반야

7

반야

제3부 | 아침이 오리라

송은일 대하소설

문이당

차례

천둥은 비도 없이 어디서 우나
누런 구름 조각조각 사방에 흩어지니

– 매월당 김시습

왕세손

금년에 열한 살이 된 왕세손王世孫은 이월 초이틀에 경기 관찰사 김시묵의 딸과 가례를 올렸다. 이튿날 세손위종사世孫衛從司의 관헌들을 교체하라는 전교가 내렸다. 위종사 관헌은 종육품의 좌장사左長史와 우장사右長史, 종칠품의 좌종사左從史와 우종사右從史 등 네 명이고, 별감이라 불리는 위종사군衛從司軍이 십육 명이다. 삼 년 전 원손이 왕세손에 책봉될 때 위종사가 만들어졌다. 이번 위종사 재편을 맡은 사람이 내금위, 이른바 금위대의 대장인 오흥부원군 김한구다.

세손이 가례 올린 지 닷새째. 금위대장 김한구가 세손위종사 관헌 네 명과 별감 열여섯 명의 명단을 만들어 세손의 오전 공부가 막 끝난 강서원講書院으로 들어왔다. 세손이 이십 인의 이름과 신상명세가 적힌 종이를 찬찬히 뜯어보다가 금위대장한테 묻는다.

"대감, 여기 적힌 사람들을 다 제 보위로 꼭 두어야 하나요?"

예상치 못한 세손의 질문에 당황한 금위대장이 우물쭈물 답한다.

"그저 이런 자들이 각하의 위종사로 적합하겠다 싶어 올려드렸을 뿐 확정된 건 아닙니다. 혹시 각하 의중에 둔 자가 달리 계십니까?"

"금위대 사람이 아니어도 괜찮습니까?"

"이왕이면 금위대에 속한 자가 임의로우나 각하께서 꼭이 가까이 두고 싶은 자가 계시면, 그를 위종사로 옮기면 될 것입니다. 의중에 두신 자가 누구입니까?"

"훈련원에 나가 있는 주부主簿 김강하를 좌장사로, 형조의 심률審律로 있는 윤홍집을 좌종사로, 사복시에 있는 최선유와 은백두, 금위대에 있는 백동수를 별감으로 주십시오."

금위대장이 세손 옆에 시립한 이극영을 째려본다. 네놈이 사주한 것 아니냐는 눈초리다. 극영은 짐짓 눈을 내리뜨고 벅수처럼 서서 모르는 체한다. 실상 아는 게 없었다. 세손은 왕세손에 책봉되면서 강서원에서 공부를 시작했다. 작년 삼월 성균관 입학례를 치른 뒤에는 세자시강원에서 수학하게 되었다. 세자시강원의 관헌들이 세손 교육을 겸하게 된 것인데, 그건 세손의 공부가 두 배로 늘어난 것과 다름없었다.

극영은 작년 구월 정시문과에서 장원 급제하여 정팔품 홍문관 저작著作으로 등용됐다. 한 달 후에 세자시강원의 정칠품 설서說書로 옮겨졌다. 세자시강원과 세손강서원을 겸하게 된 춘방春坊 교육관들 중 이극영이 가장 젊었다. 그런 까닭인지 세손이 극영을 임의로워하며 늘 가까이 있기를 바랐다. 그렇지만 극영이 세손 앞에서 위종사에 들 인물을 거론한 적은 없었다. 묘유卯酉 시작한 지 반년이 채 못 됐는데 누굴 거론하고 말고 할 것인가. 더구나 금위대장이 곤전의 부친이었다.

극영은 현 곤전이 왕후로 간택되기 전에 세 번 만났다. 수앙이 사경에서 간신히 벗어났던 삼 년 전 봄이었다. 당시 극영은 온양에서 향시를 치르고 소과에 급제한 뒤 도성으로 올라와 진장방 집에 머물렀다. 성균관의 입학시험 철이 지난 터였으나 빈자리가 나서 홀로 입학시험을 치렀다. 입학이 허락되었고 사월 십육일부터 성균관에 입재키로 되었다. 수앙이 걱정되었으나 극영이 할 수 있는 일이 없었다. 안타깝고 답답했다. 하루 두 번씩 북악을 오르내리며 몸을 굴렸다. 내려오는 길에는 보현정사 법당에 들러 백팔배를 올렸다. 별님과 수앙과 강하를 위한 기도였다.

그 사월 십삼일 아침, 북악에서 내려와 보현정사 법당에 들어갔을 때 한 규수가 있었다. 규수는 백팔배를 올리는 중인 것 같았다. 법당 구석에 앉아 하품을 깨물고 있는 노소 여인들은 그의 하님들인 듯했다. 극영은 규수에게서 멀찍이 떨어진 구석에서 늘 하던 대로「신묘장구대다라니」를 읊조리며 절을 시작했다.「신묘장구대다라니」는 삼십구 절로 이루어져 있고 극영은 짧은 구절에서 절 한 번, 그보다 긴 구절에서 두 번, 더 긴 구절에서 서너 번씩의 절하는 습관이 있었다. 신묘장구대다라니를 한 번 읊으며 백팔배를 하는 데에 보통 일각쯤 걸렸다.

백팔배를 마치고 합장 삼배하고 돌아서다 규수와 눈이 마주쳤다. 보동동하고 곱상한 규수였다. 제 몫의 절을 마치고 절하는 사람을 구경하고 있었던가, 규수가 내외도 하지 않고 싱긋 웃더니 말했다.

"염불을 잘 하십니다, 도련님. 그게 무슨 경문인가요?"

극영이「신묘장구대다라니」라고 대답하니 규수가 또 물었다.

"그 경문에는 무슨 뜻이 담겨 있어요?"

극영은 첫 번째 구절 '나모 라다나 다라야야'가 항상 보호해 주시는 가장 존귀한 부처님께 귀의한다는 뜻이라는 것부터, 마지막 서른아홉 번째 구절 '나모 라다나 다라야야 나막알야 바로기제 새바라야 사바하'가 존귀하신 관자재보살님께 귀의하오니 성취하게 하옵시라는 의미라고 설명해 주었다. 그리고 먼저 나왔다.

이튿날 같은 시각에 법당에 갔을 때 또 규수가 있었다. 절을 마치고 났더니 규수가 종이와 먹소용을 꺼내 내밀며 「신묘장구대다라니」의 음을 정음글자로 써 달라고 청해 왔다. 극영은 다라니의 음과 뜻을 함께 써 주고 나왔다. 다음날 보현정사에 갔을 때도 법당 앞마당에 규수의 가마와 가마꾼들이 보였다. 규수의 하님들은 법당 밖에서 시립하고 있었다.

그날 극영은 법당 안으로 들어가지 않고 마당에서 합장 칠배만 하고 돌아섰다. 규수가 곱상하다 하여도 맘이 끌리지 않았거니와 무슨 일이든 세 번이면 습관이 되고 만다는 걸 안 터수였다. 좋은 일이라면 세 번 아니라 삼백 번이라도 할 테지만 수앙이 그 지경이 되어 절간에 박혀 있는데 그 아우가 내외할 줄도 모르는 외간 규수와 수작이나 부리고 있을 것인가. 더구나 그날은 수앙의 생일이었다. 극영이 보현정사 대문을 나오는데 도련님, 하며 부르는 소리가 났다. 바삐 다가온 규수가 숨이 차 물었다.

"어찌 그냥 가시어요?"

더 이상 그대와 마주치지 않으려는 것이라고 말할 수는 없었다.

"오늘은 산에서 땀을 많이 흘리고 내려온 터라 법당에 들기가 황송하여 돌아섰습니다."

"저는 관인방에 사는 김여주입니다. 도련님 성함은 어찌되시어요?"

규수가 사내를 쫓아 나온 것도 모자라 자신의 이름을 먼저 밝히다니. 몹시 되바라져 보였으나 규수가 제 이름을 밝혔으므로 극영도 밝히는 게 예의였다.

"저는 진장방에 사는 이극영입니다. 아가씨의 하속들이 걱정스레 바라보고 있습니다. 가마에 오르십시오."

"저, 한 달 전쯤에도, 운종가 책방에서 도련님을 뵀는데요."

그 한 달 전쯤이라면 극영이 막 상경하여 성균관 입학시험을 치러 놓고 책방 순례를 할 때였다. 우륵재에 책이 적지는 않았으나 모처럼 한가로이 책방마다 다니며 실컷 구경하며 한두 권씩 샀다. 와중에 어느 책방에선가 그의 눈에 띈 모양인데 그게 어쨌다는 건지 알 수 없었다.

"그러셨군요."

"내일도 예 오실 건가요?"

"내일 아침에 가야 할 곳이 있어 못 옵니다."

"허면 지금 댁에 가셨다가 오후에 다시 오시겠어요?"

익은 밥 먹고 선소리 한다더니 규수가 그 짝이었다.

"어찌 그런 말씀을 하십니까?"

"부탁입니다. 다시 뵙고 싶어요."

"규수께서 하실 만한 말씀이 아니십니다."

"기다릴게요."

"저는 듣지 못한 걸로 하겠습니다."

극영은 그 규수 앞을 떠나왔고 이후 다시 보현정사에 가지 않았다. 김여주를 다시 본 게 작년 구월 말, 문과 급제자들의 방방례 자리에서였다. 어사주를 받기 위해 고개를 들다가 놀라 숨을 들이켰다. 대전 옆의 곤전 자리에 김여주라던 그 규수가 떡하니 앉아 있는 게 아닌가. 눈이 마주치기 전에 고개를 숙이긴 했으나 놀란 가슴을 잠시 쓸어야 했다. 그때 극영은 곤전이 이극영을 몰라봤기를 간절히 빌었다.

다행인 건 곤전과 부딪칠 일은 없으리란 거였다. 대전은 정성왕후 탈상 뒤 석 달여 만에 새 왕후를 맞이했다. 그리고 새 왕후를 맞이한 지 넉 달 만에 경희궁으로 이궁했다. 소전의 모궁인 영빈과 함께였다. 그 때문에 소전이며 세손은 경희궁 문안을 다녀와서 대조전 문안을 다시 하는 번거로운 일상을 살고 있었다. 소전 부자의 일상이야 어떻든 주로 춘방과 서고 등에서 지내는 극영이 곤전과 마주칠 일은 없는 것이다.

"훈련원의 주부 김강하는 그렇다 치고, 소신도 모르는 나머지 사람들을 각하께서 어찌 아십니까?"

금위대장의 질문에 세손이 대꾸한다.

"몇 해 전에 아바마마를 따라 무과장에 갔다가 윤홍집을 보았습니다. 무예가 단연 출중하더이다. 휙휙 날고 번쩍번쩍 빛나고 불끈불끈 용맹하고. 그 모습이 아름다워 아바마마께 그를 제 무술 스승으로 삼고 싶다 아뢰었죠. 아바마마께서, 그가 입격하면 장차 그리하자고 말씀하셨고요. 사복시에 있는 최선유와 은백두는 제 말을 담당하는 자들이라 알게 됐는데, 최선유는 말을 잘 다룰 뿐만 아니라 말을 아주 재미나게 하여 마음에 들었습니다. 은백두는 노래를 잘해서 맘에 들고요. 금위대 우위군으로 있는 백동수는 할바마마 뵈러 경희궁에 갔다가 만났는데 참 재미나게 생겼기에 제가 이름을 물었습니다. 이제 대감께서 제게 위종사들을 보이러 오시었으므로 제가 그들을 청하는 것입니다. 제가 거명한 이들을 데려와 주십시오. 다른 이들은 대감께서 알아 하시고요."

"각하, 김강하는 현재 종육품이라 위종사 수사首司인 좌장사로 가능하고 거명하신 최선유나 은백두, 백동수도 이동하지 못할 까닭이 없습니다. 허나 윤홍집은 병조가 아닌 형조에 있거니와 심률은 품계가 정팔품이라 좌종사로 적합치 못합니다. 위종사의 좌종사는 종칠품이라야 합니다."

"그를 한 품계 올려 주시면 되잖아요?"

"각하, 무관이 타 기관으로 옮기기 위해 승차하는 전례가 드무옵니다. 혜량하소서."

세손이 짐짓 낯을 찌푸린다.

"전례가 드물긴 해도 없지는 않은데, 제가 위사衛士로 삼고자 하는 사람한테는 불가하다, 그 말씀이세요? 제가 아직 어려서요? 아니면 형조 심률 윤홍집한테 무슨 결격사유가 있습니까?"

부원군 대감한테 내가 어리다고 무시하느냐 따지는 세손의 품새가 제법 야무지다. 극영은 세손이 귀여워 속으로 웃는다.

"그런 뜻이 아니라 승차하려면 어느 정도 연한이 되어야 하고 연한 중에 나름의 공적을 쌓아야 합니다, 각하."

"모든 관헌들이 승차할 때 그렇습니까?"

당연히 그렇지 않으므로 금위대장은 답을 못한다. 삼정승의 벼슬조차도 한두 달 만에 떨어졌다 붙었다 하기 일쑤였다. 멀리 갈 것 없이 세손 옆에 있는 이극영이 한 달 만에 홍문관 저작에서 시강원의 설서로 옮겨왔다. 금위대장도 무관無官이었다가 따님이 곤전에 들면서 일거에 돈녕부 도정에 올랐고 몇 달 뒤에 금위대장이 되어 현재에 이르렀다. 인사人事에는 원칙이 있다는 게 상식이지만 그게 대전과 소전과 그 주변 인사人士들의 뜻인 것도 상식이다.

"하오면 제가 아바마마께 청하오리까? 아니면 할바마마께요?"

대전이 아들인 소전을 없는 사람 취급하기 일쑤여도 손자한테는 지극히 자애로운 걸 모르는 사람이 없다. 아무리 내리사랑이라지만 대전의 편애는 기이할 정도였다. 세손이 대전께 가서 금위대장이 이러저러하더라 말씀드리면 대번에, 국록 받고 하는 일도 없는 자들이 어린 뜻하나 못 받아 주느냐 불벼락을 치실 터이다. 세손이 소전께 가서 고하면 후환까지 염려해야 한다.

김한구가 부원군이라도 해도 그 따님이 대군을 생산할 가능성은 없었다. 대전의 연치는 고희에 가까워 수시로 환후를 앓았다. 젊다 못해 어리다 할 만한 곤전을 창덕궁에 두고 조강지처 격인 소전의 자궁전과 경희궁으로 나가 사시는 터다. 반면에 소전은 이십팔 세의 청년이다. 소전이 가끔 미친 것 같은 행태를 보이긴 해도, 대전께 아드님이라곤 천지간에 그 한 분뿐이다. 천지가 뒤집혀 곤전에서 대군이 나지 않는 한 다음 임금은 소전이다.

"황공하오이다, 각하. 각하의 말씀대로 훈련원의 김강하를 좌장사로 하고, 최선유와 은백두, 백동수를 사군으로 배속시키겠삽고, 형조 심률 윤홍집을 위종사의 좌종사로 세우고자 한다는 뜻을 전하께 품신하겠습니다. 각하의 뜻임을 상신하겠고요."

세손이 비로소 아이다운 얼굴이 되어 활짝 웃는다. 금위대장이 떨떠름한 얼굴로 나가자 세손이 책상 앞에서 일어나 기지개를 켠다. 키를 늘리듯 깍지 낀 팔을 쭉쭉 뻗고 난 세손이 이극영을 향해 눈을 찡긋하며 속삭이듯 묻는다.

"선생님, 저 방금 좀 의젓했지요?"

"예, 각하. 의젓하시더이다. 금위대장께서 꽤 놀란 눈치시던걸요."

"그 바람에 나는 아주 고소했어요."

말해 놓고는 히죽 웃는다.

"하온데 각하, 형조의 윤 심률을 어찌 떠올리셨나이까? 몇 해 전에 보시었다면서요. 그이가 형조에 있는 건 어찌 아시고요?"

"김강하께서 알려 주었지요. 아, 선생님도 김 주부를 아세요?"

그를 어찌 모르랴. 김강하는 작년에 소전을 잘못 모신 것에 대한 문책을 받아 세자익위사에서 훈련원으로 전출되었다. 한 품계 올라간 주부로 가긴 했어도 그 인사는 영전이 아니라 명백한 좌천이었다. 그를 어린 세손이 자신의 곁으로 당겨오는 것이다.

"궐 안팎이나 육조거리에 있는 사람치고 그이를 모르는 사람이 있겠습니까."

김강하는 무과에 장원 급제한 때부터 유명했다. 중인신분으로 장원으로 입격한 데다 소전이 직접 세자익위사로 이끌어 들였고 드러내어 총애한 까닭이었다. 좀 전에 오흥부원군이 김강하를 세손위종사로 들이겠다는 세손의 말을 트집잡지 않는 게 오히려 이상하다. 작년에 세자익위사의 익위들을 죄 자신의 뜻에 맞는 사람들로 채워 놓은 그가 아닌가.

"그러니까요. 아바마마를 잘 보필하시고 나한테 무술 가르치실 때도 참 다정하셨는데 훈련원으로 나가시는 바람에 뵙기가 어렵게 됐잖아요. 내가 얼마 전에 아바마마께 김 주부한테 다시 무술을 배우고 싶다고 청했더니 아바마마께서, 조만간 그리되도록 해주마 하셨어요. 암튼 작년에 내가 김강하께 윤홍집이 어디 있냐고 여쭸더니 형조에 있다고 알려 주셨어요. 어제 저녁 문안 들어갔을 때는 아바마마께서, 위종사 재편에 대한 말이 나오면 김강하와 윤홍집을 달라고 해라, 말씀하셨고요."

작년 사월 소전이 익위 여섯 명만 거느리고 평양과 의주 등의 관서關西 지역을 다녀왔다. 소전이 대전의 허락 없이 원행을 나선 것은 바른 처신이 아니었다. 그렇더라도 지금까지 수시로 궐 밖 출입을 해왔으므로 새삼스러운 일이랄 수는 없었다. 관서 지역까지 간 것 또한 크게 보면 백성들의 삶을 살피고자 하는 의지의 발현이므로 가상하게 여길 만했다. 기껏 이십여 일이었거니와 원행에서 별 문제가 생기지 않았으므로 거론할 필요조차 없었다. 그사이 소전궁에서는 소전이 환후에 들어 처소에서 꼼짝 못하는 것으로 가장했다. 대전 문안을 거르는 것에 대한 핑계가 필요했기 때문이다. 이래저래 소전의 관서행은 무사히 넘어가는 성싶었다.

오월에 홍문관 부교리 서명응과 사헌부 장령 윤재겸이 소전의 관서행을 말리지 못한 자들과 방조한 자들에 대한 처벌을 요구하는 상소를 올리면서 문제가 불거졌다. 서명응과 윤재겸은 오흥부원군을 위시한 곤전 파였다. 그들이 앞장서 포문을 여니 소전의 원행을 대전에 대한 심각한 거역이라 몰아가는 상소들이 연이어 올려졌다. 당시 우의정이었던 빈궁전의 부친이 미봉책을 써서 상소가 대전으로까지 올라가지는 않았으나 소전을 잘못 모신 시강원과 익위사에 문책이 떨어졌다. 그때 우의정으로선 소전의 행각을 무마시키기는 게 급선무였다. 소전 측근들을 떨어내자는 신료들의 주장에 승복할 수밖에 없었다.

그 때문에 소전을 모시고 관서로 간 위사들은 물론이고 궁에 남아 있던 위사들과 시강원 교관들까지, 양 부서의 모든 인사가 관직에서 떨리거나 옮겨졌다. 소전의 수족을 모조리 잘라 버린 것이었다. 이무영은 성균관 사성司成으로 나앉았다. 설희평은 전설사典設司의 별좌로, 김강하는 훈련원 주부로 나갔다. 모두 한두 품 높아졌으되 궐에 들어올 일이 드문 자리들인바 정치적으로는 실권이랄 게 없는 한직들이었다. 그나마 노소론의 양 세력에 속해 있지 않았으므로 관직 삭탈을 당하지 않고 이임移任한 셈이었다. 극영이 가형인 이무영에게서 들은 소전 관서행 사태의 전말이 그러했다.

소전은 자신의 성질을 이기지 못하여 끊임없이 사고를 치는 것 같았다. 대궐 안 후원에서 몇백 년 자란 멀쩡한 소나무들을 베어 내게 하질 않나, 세자궁 궁인들을 죽이질 않나, 대전의 허락 없이 원행을 나서질 않나. 작년 일월에는 옷을 갈아입다가 말고 총애하던 후궁 박 수칙을 팼던가 보았다. 그 순간 소전의 심기를 심각하게 건드린 게 박 수칙인지, 전날 대전에서 들은 꾸지람인지는 알 수 없었다. 소전이 자신의 딸과 아들을 낳은 후궁을 패 놓고 궐 밖으로 나가 기생집에서 난장을 치는 사이 궁 안에 남아 있던 수칙 박씨가 숨을 거둬 버렸다. 기골이 장대한 남정이 정신없이 휘두른 손길에 잘못 맞은 것이었다. 빈궁전에서는 그날로 박 수칙의 주검을 궐 밖, 세자궁 궁방인 용동궁으로 내어다 장례를 치르게 했다.

소전은 그렇게 스스로 사고를 치면서도 결과를 두려워했다. 공식적으로 측근들을 다 잃어버린 작금에는 말할 것도 없었다. 극영이 세자시강원으로 오게 된 것이나 김강하와 윤홍집 등이 세손 수위로 오게 된 까닭이다. 떨려나간 측근들을 대신한 자들을 세손 주변에다 놓음으로써 위안을 삼고자 하는 것이다.

"하온데, 각하! 백동수라는 사람은 참말 생긴 게 재미나서 곁으로 당기셨습니까?"

"에이, 그럴 리가 있나요. 그 사람은 전일에, 지금은 성균관으로 가신 이 사성께서 비장보로 삼아 연경을 다녀오실 만큼 친하다 하셔서, 김강하 스승님하고도 친하다 하시고, 해서 제 곁으로 당긴 거죠. 그런데 실제로 재미나게 생기긴 했어요. 나례희儺禮戲 때 나타나는 처용 탈하고 영락없이 닮은 거 선생님 모르세요? 정말 처용 탈바가지 같이 생긴 거?"

처용 탈바가지! 백동수한테 이 말을 해주면 웃을지, 울지 모르겠다 싶어 극영은 속으로 웃는다. 백동수는 좋게 표현하면 몹시 사내답게 생겼고 달리 말하면 아주 사납게 생겼다. 유난히 검은 얼굴이며 사선으로 치켜 오른 짙은 눈썹이며 큰 입까지, 동수는 흡사 천오백여 년 전 서역에서 온 이국인 같았다. 세손한테 듣고 보니 그는 영락없는 처용 탈 형상이다.

"하여튼 방금 각하께서는 아주 의젓하시었습니다. 대견하십니다, 각하. 점심 수라 시간이 다 되신 듯하니 경춘전으로 거둥하시지요."

세손 호위는 대전에서 하는 셈이고 춘방에서 이루어지는 세손의 공부는 소전에서 주관하는 셈이다. 잠은 세손궁인 환경전에서 자고 그 외의 일들은 빈궁전인 경춘전에서 이루어진다. 점심때이므로 세손은 경춘전으로 갈 차례다. 연영합에서 지내는 손빈孫嬪도 경춘전으로 옮겨서 세손을 만날 것이다.

"그렇찮아도 배가 고프던 참이에요."

"소신은 오후 시강 때 다시 뵙겠나이다."

방 안의 말을 듣기나 한 듯이 밖에서 점심 수라에 대한 전갈이 들어온다. 세손이 춘방을 나가 경춘전 쪽을 향해 뛰어간다. 내관이며 내인들이 불불이 뒤따라 춘방 소문小門을 나간다. 세손이 여러 전각을 옮겨 다닐 때면 노상 뛰므로 수행 궁인들도 덩달아 뛰어다닌다. 어린 세손이 날 밝기 전에 일어나 날 저물 때까지 잠시도 쉴 틈이 없다. 그렇지만 세손은 명민하며 활기차다. 그 덕에 궐이 대전과 소전이 뿌리는 음침한 기운들에 잠식되지 않고 새봄을 맞았다.

이번 새봄도 맞을지 못 맞을지 모르는 사람이 김강하다. 그는 수유 전날 저녁이면 수락산 도솔사 아래 누에골로 말을 달려간다. 수유날이 아닐 때도 퇴청 길로 누에골에 갔다가 새벽에 돌아와 등청하는 일이 잦다. 극영은 누에골 강하의 집에 달포에 한 번꼴로나 가 보곤 한다. 골짜기에 이십여 채의 집이 듬성듬성 있는데 김강하의 집은 그중 위쪽으로 도솔사와 가까운 셈이었다. 나무껍질로 지붕을 얹은 삼간집에는 부엌과 방과 마루가 하나씩 있었다. 한숨 나는 집의 규모에 비해 넓은 마당에는 생울타리가 둘렸다. 강하가 산에서 캐다 심은 나무들로 만들어진 생울타리였다. 편액 같은 것이 있을 리 없는 그 집을 강하는 나무꾼의 집, 초부옥樵夫屋이라 자칭했다. 초부옥에서의 강하는 정말 나무꾼 같았다. 그는 짬이 나면 초부옥에 가서 지게를 지고 낫이며 도끼 등을 들고 나섰다. 숲으로 들어가 나뭇가지를 솎고 마른 나무가지들을 사려서 한 짐씩 져다가 도솔사 일주문 앞에다 놓는다 했다. 시간이 없을 때는 한두 짐, 시간이 많을 때는 서너 짐씩.

김강하가 안해를 맡긴 부처께 할 수 있는 헌공獻供 방식이 그러했다. 나무를 해 바친 뒤에 시간이 남으면 초부옥 마당의 돌 틈새에 돋은 풀을 뽑고 꽃을 심고 가을이면 나뭇잎을 쓸고, 겨울이면 불을 때고 눈을 치웠다. 주먹밥이나 누룽지를 가져가서 홀로 끓여 먹고, 장작을 패고, 책을 읽고, 홀로 검무를 추고, 나무에 높이 올라서 허공을 바라보고, 잠을 자고 비연재로 돌아와 등청하길 반복하고 있었다.

그리 지내는 강하를 보자면 극영은 수앙에게 화가 났다. 도솔사로 올라가 수앙을 끌어내다가 강하한테 칵 던져 주고 싶었다. 어린 날 누이 심경은 끄덕하면 한본을 위협했다. 엄마한테 말하면 죽는다! 스승님께 고자질하면 꿈속에다 칵 내던질 거야! 심경의 그 꿈에 활활 타오르는 불길이 있다는 걸 어른들은 몰랐지만 날마다 붙어 살았던 한본은 알았다. 그런 꿈으로 인해 심경은 자주 아팠다. '우리 몸이 타, 본아. 우리 엄마가 타, 본아. 무서워, 본아. 어떻게 해, 본아. 아버지가 우릴 안고 울었어, 본아. 아버지가 우리 땜에 죽었나 봐, 본아.' 그런 말을 속삭이며 울 때 누이 심경은 열에 떠 있었고 두려움에 휩싸여 있곤 했다.

그런 누이가 꿈이 아닌 끔찍한 일을 실제로 겪었다. 얼마나 아팠을지, 얼마나 무서웠을지 극영은 상상하기 어려웠다. 납치당한다는 게, 고신을 받는다는 게, 죽다 살아나는 게 어떤 건지 모르기 때문에 그저 짐작해 볼 따름이다. 짐작만 해도 누이가 가여워서 눈물이 나고 누이를 그리 만든 자들한테 펄쩍펄쩍 화가 났다. 누이를 그리 만든 자들이 누군지 안다면 극영은 벌써 쫓아가 그를 죽이든 자신이 죽든 했을 것이었다. 그래서 어른들은 수앙을 그리 만든 자들이 누군지 말씀해 주시지 않는 모양이었다.

어쨌든, 죽을 고비를 넘겼다 치자. 살았지 않은가. 그게 벌써 언제 적 일인데. 살았으면 산 사람답게 살아야지 어쩌자고 절간에 처박혀서 나오지를 않는단 말인가. 제가 죽은 사람처럼 처박혀 있으니 산 사람처럼 살지 못하는 사람이 몇 명인가. 강하가 그렇고, 방산과 여진과 능연이 그렇다. 별님은 더하다. 수앙이 절간에서 나오지 않으니 어머니도 절간으로만 떠돌고 계신다. 보이지 않는 눈으로 더듬더듬! 한 곳에 머물지 못하고 자꾸만 떠도신다. 어머니, 가여운 내 어머니. 별님을 생각하면 극영은 또 수앙에게 화가 난다. 어릴 때 철이 없더니 스무 살이 되고서도 철들 줄 모르는 누이.

사내에게 안해는 그야말로 해라는 걸 극영은 혼인하고 나서 알았다. 극영의 혼인은 장인인 수풍재와 가형인 우륵재의 활쏘기 놀이에서 비롯되었다. 놀이를 하면 으레 내기를 거는데 수풍재가 자신이 이기면 극영과 인모를 혼인시키자 했다. 당시 우륵재는 아우의 혼인은 어머니 홍외헌의 뜻에 달렸다고 여겼고, 홍외헌께서는 온양 근동에서 작은 며느릿감을 물색하던 중이었다. 홍외헌께서는 본가 살림을 거부한 큰며느리 대신 집안을 이어나갈 며느리를 찾아야 했기 때문이다. 우륵재는 자신이 내기에 이기면 모친의 의향에 따른다는 조건을 걸었다. 그 내기에서 수풍재가 이겼고, 우륵재는 용문골로 내려가 홍외헌께 수풍재의 딸 설인모에 대해 설명했다. 아드님의 처사를 맹신하는 홍외헌께서는 그리하라 허락하셨다. 수풍재와 우륵재의 활쏘기 놀이에서 극영의 혼례까지 석 달이 걸렸다. 혼례 날 수앙 때문에 주변이 모두 어두웠으나 극영은 장가들게 되어 기뻤다. 홍외헌께나 별님께 며느리를 안겨 드릴 수 있게 되었거니와 슬쩍슬쩍 몇 번 보며 연정을 키우던 인모한테 장가들 수 있게 되었기 때문이다.

설인모를 안해로 맞이한 이래 그를 품에 안으면 극영의 몸속에 해가 뜨는 것 같았다. 기쁨이고 즐거움이었다. 몸속에 뜬 해는 마음에도 뜨고 눈앞에도 떴다. 온 세상을 환히 밝혀주는 존재가 안해였다. 그런 안해가 있음에도 강하는 해가 뜨지 않은 암굴 같은 세상에 갇혀 산다. 강하가 가여울수록 수앙이 밉다. 만날 수 있다면 패 주고 싶은데 도솔사에 들어갈 수 없으므로 어떻게도 해볼 수가 없다. 참말 밉다. 소리 내어 읊조린 극영이 발을 툭 구르고는 장경각 지붕 너머 하늘을 한번 쳐다본다. 봄 하늘이 흐리다.

훈련원 관헌 중에서는 정팔품 봉사奉仕 두 명의 품계가 가장 낮다. 위로 정칠품의 참군參軍 둘이 있고 그 위로 종육품의 주부가 둘, 종오품의 판관이 둘, 종사품의 검정이 둘, 종삼품의 부정副正이 둘이다. 그 위로 당하 정삼품의 정正이 한 명, 당상 정삼품의 도정都正이 두 명인데 도정 한 명은 다른 기관의 관헌이 겸직한다. 수장은 정이품의 지사知事다.

김제교는 열아홉 살 때 무과 취재에 입격하여 군기시의 종구품인 참봉으로 벼슬을 시작했다. 그 자리에서 사 년째 지내던 기묘년己卯年 여름에 열다섯 살의 처제 여주가 왕후로 간택되는 일대 사태가 일어났다. 국구國舅가 되신 장인은 오흥부원군에 봉해지면서 돈녕부 도정이 되었다.

처제가 곤전으로 들어가므로 제교는 곤전의 형부인 자신도 금세 몇 단계를 뛰어오르리라 기대했다. 돈녕부 도정을 지내던 장인이 몇 달 뒤 금위대장에 올랐을지라도 제교는 장인을 찾아가 나를 군기시에서 빼내 달라 조르지는 않았다. 비루해지고 싶지 않았기 때문이다. 해가 바뀌어서야 제교한테 훈련원 정팔품의 봉사직이 내려졌다.

우선은 그만하면 충분했다. 처제가 대조전에 계시는데 바쁠 일이 무엇이랴. 그리 여겼다.

훈련원은 군기시에 비하면 일이 훨씬 많았다. 말단이긴 군기시와 다를 게 없어도 아래로 습독관들이 있어 제교는 말단 관헌이라는 열패감에서 벗어났다. 외양으로는 그러할지나 훈련원에서 팔도 군영의 군관들을 대상으로 시행하는 습진習陣 때문에 언짢은 일이 반복됐다. 훈련원 습진은 삼동三冬을 제외하고는 매월 시행됐다. 훈련원에서 외부 교관들을 섭외하는 직권은 두 명의 판관에게 있었다. 그들이 매월 두 차례의 습진 때마다 외부교관들을 차출하는데 김강하가 한 달에 한 번꼴로 훈련원으로 강학을 하러 왔다. 어느 달에는 두 번도 왔다. 그는 외부 교관으로 불려 다니는 무관들 중에서 강학을 가장 잘 하기로 이름이 높았던 것이다. 제교는 매월 한 차례씩 훈련원으로 들어오는 김강하의 꼴을 일 년 넘게 보고 살았다.

그리 지내던 차 소전이 작년 봄에 관서 지역에 다녀오는 일탈을 벌였다. 그 영향으로 김강하가 익위사에서 떨려났다. 익위사에서 떨렸으면 관직이 삭탈되든지 변방으로 전출되든지 해야 할 게 아닌가. 무슨 인사이동이 그 모양인지 김강하가 훈련원의 종육품 주부로 왔다. 작년 여름이었다. 입격 동기가 세 품계나 높은 상관으로 부임해 왔을 때 제교는 분노했다. 내가 이 짓을 계속해야 하는가, 몇몇 날을 갈등했다. 장인 보란 듯이 사직서 내던지고 나가 본격적으로 문과 취재 공부를 할까도 싶었다.

처남들인 문주와 구주가 성균관에서 수학하며 문과 취재를 준비하고 있었다. 장인은 짐짓 의연하게 아들들을 성균관에다 두고 자신의 떳떳함을 과시하는 중이었다. 그렇지만 김문주는 성균관에 적만

두고 있을 뿐 글공부에 관심 없었다. 무과 문장시에 응할 만한 공부도 돼 있지 않았다. 수시로 왈패들과 어울려 권전장이나 창가娼街를 기웃거렸다. 사냥을 핑계로 도성을 나가기 일쑤라 성균관 교과과정을 거의 따르지 못했다. 곤전의 오라비가 아니라면 진작 성균관에서 축출 당했을 터였다. 장인으로서도 큰아들 문주에 관해서는 속수무책이었다. 포기한 듯이 내버려두었다. 문제는 장인이 사위인 제교에 대해서도 훈련원으로 옮겨 준 것으로 할 도리를 다했다고 여긴다는 점이었다.

제교는 사직서를 내던지지 못했다. 다시 성균관으로 들어갈 수 없거니와 홀로 글공부를 해낼 자신이 없었다. 여러 해 관헌으로 지내면서 체질이 달라졌다. 날 새면 등청하여 움직이다 해 지면 퇴청하는 묘유 습관이 든 탓이었다. 다시 글공부를 시작한다면 책만 파며 살아야 하는데 그 하염없는 세월이 얼마나 될지 어찌 알겠는가. 그 막연함을 감당할 자신이 없었다. 솔직히 그렇게까지 하지 않아도 이미 관직에 들어섰거니와 장인이 돌봐 줄 것이라는 기대를 버릴 수도 없었다. 그냥 있기로 했다.

지사 대감 이하 종칠품의 참군에 이르기까지, 상관들과의 관계를 돈독히 하면서 훈련원에서 품계를 높이자고 다짐했다. 김제교가 곤전의 형부라는 걸 모두가 아는 터라 어지간히만 해도 처질 일은 없을 것이었다. 속내는 따로 두고 김강하에게도 깍듯이 대했다. 그가 두 살 많거니와 처음부터 앞섰다는 것을 스스로에게 주지시키면서 그와 친해지려 노력했다. 그런데 한번 검은 놈은 영 희어지지 않는다던가. 김강하는 제교에게 일말의 곁도 내주지 않고 범절 바른 동료로만 대했다. 그에게는 윗사람이고 아랫사람이고 똑같았다. 그는 습독관들이며 관속들에게도 존대를 했다. 등청해서 퇴청할 때까지 자신의 일만 했다. 정해진 휴무일 이외에 수유를 따로 내는 일도 없었다. 이따금 퇴청 뒤에 판관이며 주부, 참군, 봉사들이 함께 어우러지기도 하는데 일체 끼지 않았다.

그러면서도 김강하는 제 할 짓은 다 했다. 작년 한가위 때 그가 훈련원의 일 백여 관속들에게 검은 물들인 면포 세 필씩을 선물한 게 나중에 밝혀졌다. 지사에서부터 봉사들에 이르기까지 훈련원 관헌들에게는 입 싹 닦고 관속들만 챙겼음에도 그는 지사 대감으로부터 장하다는 치하를 들었다. 그때 제교는 상관들에게 무슨 선물을 해야 하나 고심하다가 삼품 이상의 상관들에게는 비싼 작설차를, 삼품 이하 상관들에게는 작설차보다 값이 약간 헐한 우전차 한 근씩을 돌렸다. 지사 대감 댁에는 연경에서 수입된 고급차를 보냈다. 흑포 세 필이나 작설차 한 근이나 값이 비슷할 제 제교가 선물 비용으로 쓴 돈도 만만치 않았다. 더구나 연경에서 수입한 차 값은 제교의 수준에서는 상당했다. 그렇게 쓴 돈이 김강하가 한 짓으로 인해 보람 없이 되고 말았다.

지난 설에 제교는 아무것도 하지 않았다. 상관들에게 선물을 하려니 지난번에 버금가거나 더 귀한 것을 해야 하는데 그 정도의 비용을 들이기는 부담이 너무 컸다. 다른 사람들이 일 년에 한 번만 하므로 자신도 그리하자고 생각했다. 그러면서도 김강하가 명절 선물로 뭘 돌리는지 살폈다. 그가 아무것도 하지 않기를 바랐던 것이다. 기대를 무지르고 그는 관속들에게 누런 나락 닷 되씩이 담긴 곡식 자루를 돌렸다. 섣달 스무여드레 날, 훈련원이 정초 휴무에 들어갈 저녁 참이었다. 훈련원 후문에서 대기하고 있던 수레에서 나락 자루가 나누어졌다. 대상단의 아들다웠다. 나락 자루를 어깨에 메고 돌아서는 관속들의 얼굴에 섣달 추위를 물리칠 만한 윤기가 흘렀다. 비단 자락이 춤춘다고 베 자락이 더불어 춤출 수는 없는 거지! 그렇게 속말을 하며 제교는 아무것도 하지 않기로 한 자신의 불안을 달랬다.

이번 정초에 세손위종사의 관헌들이 일제히 교체된다는 말을 들었다. 세손의 국혼이 결정된 뒤였다. 금위대장 주관 하에 세손위종사가 재편될 것이라 했다. 금위대장이 장인인바 제교는 처가인 옥구헌을 찾아가 자신을 세자익위사나 세손위종사로 옮겨 주십사 청했다. 성상과 세자와 세손 곁에 있어야만 승차할 일이 생기겠기에 작심하고 찾아간 것이었다. 품계는 높여 주지 않아도 좋으니 수평이동이라도 시켜 주십사 부탁했다. 장인이 낯을 심히 찌푸리며 말했다.

"네 겨우 스물여섯 살인데, 정팔품 벼슬이면 높다 할 만하지 않느냐? 사내놈이 떳떳치 못하게 처가 덕을 보려 하는 게야?"

그리 심히 나무라고 난 장인이 달래듯 작금의 상황을 설명했다.

"금상은 부왕인 숙종으로부터 환국換局 정치를 배우고 등극했다. 환국이 무엇이냐? 왕권 강화를 위해 국면을 전환하는 것이다. 사실상 신료들을 다스리는 것이지. 금상은 아들을 잡으면서까지 신료들을 견제하고 왕권을 강화하려는 의지가 드세다. 탕평으로 신료들 간의 균형을 맞추고, 과거에 급제한 자들을 중용한다. 외척의 발호를 극도로 경계하매, 외척들의 관직 이동을 곱게 보지 않는다. 내가 너를 함부로 옮겨 줄 수 없는 까닭이다. 그러니 주변의 상황을 넓게 보고 미래를 길게 보아라. 네가 내 자식이기도 한바 내 자식이 작금에 소전이나 세손을 호위하는 게 맞겠는지, 생각을 하란 것이다. 그리고 조만간 너를 금위대로 옮겨 줄 터이니 옮기기 전에는 물론 옮긴 뒤에도 아무 표시 내지 말고 다소곳이 지내도록 해라. 머지않아 좋은 날이 오리니."

넓게 보고 길게 보면 좋은 날이 온다는 게 무슨 말인지 제교는 비로소 이해했다. 장인은, 아니 곤전은, 아직 힘이 약하다는 뜻이었다. 대전이 너무 늙었는바 삼신할미가 떼로 덤벼도 곤전은 대군은커녕 공주라도 낳을 가망이 희박했다. 대전에는 언제 무슨 일이 일어날지 몰랐다. 그 무슨 일이 일어나기 전에, 장인은 대전의 눈에 거슬리지 않도록 조심하며 곤전의 권력을 구축해 놓아야 하는 것이었다.

장인 말씀의 저의를 충분히 알아챘을망정 김강하가 훈련원에 재임한 지 일 년이 못되어 세손위종사의 수사首司인 좌장사로 명받았다는 소식에는 좌절했다. 그렇게 김제교를 괴롭게 하던 김강하가 주변에서 떠날지라도 그가 가는 곳이 세손 곁이라는 게 설상가상인 듯했다. 내색하지는 않았다. 그 정도로 우둔하지 않거니와 미련을 떨 때도 아니었다.

금위대장이 세손위종사의 좌장사 자리에 처음 적었던 이름은 작년까지 세자익위사에 있던 국치근이었다. 그 자리를 김강하한테 앗긴 국치근은 금위대 종육품인 중위군 검관자리에 그냥 머물게 됐다. 국치근은 세자익위사에 있을 때 정오품 우사어까지 지냈는데 작년에 소전을 따라 관서에 갔다 오면서 관직을 삭탈 당했다가 금위대로 들어갔다. 그 결과 오랫동안 아랫사람이었던 김강하와 품계가 같아졌다. 그와 비슷한 경우가 정치석이었다. 세손이 정치석을 마다하고 난데없는 형조 심률 윤홍집을 끌어당기는 바람에 정치석은 금위대 종팔품인 우사관 자리에 그대로 있게 됐다.

사위를 세손 곁에 두지는 못할지라도 자신의 수족들을 위종사에 꽂으려던 금위대장의 계획이 심히 어긋났다. 금위대장의 조카인 김형태가 세손위종사의 우종사로 가긴 했으나 우장사인 문현조까지 아울러 소전의 사람이 셋이나 세손을 둘러싸게 됐다.

어쨌든 제교도 훈련원에서 지낼 시간이 길게 남지는 않은 터였다. 이왕이면 잘하자 싶어 활달하게 굴기로 했다. 김강하가 이임하므로 간소하게 송별연을 열자고 제안하기까지 했다. 어제였다. 김강하는 정중한 어조로 마다했다. 식구가 몇 년째 병석에 있는데 근자에 심히 아프다며 사양했다. 그가 말한 아픈 식구가 누구인가. 제교는 모처럼 김강하의 내자를 떠올렸다. 절세가인이라던 은씨. 그이가 몇 해 전 빈궁전의 부름을 받고 입궐하다 실종됐던 사건이 당시에 떠들썩했다. 저간의 사정이 어떻든 실종은 죽은 것과 다름없었다. 제교는 그래서 은씨가 그때 죽은 줄 알았다. 당시의 정황을 알 길은 없으나 은씨가 살아 있었던 모양이었다. 살아 있긴 했으나 내내 아팠고, 김강하는 그런 내자 때문에 그처럼 어두운 얼굴을 하고 다녔던 것이다.

오늘 김강하는 훈련원에서의 마지막 일과를 여상하게 마쳤다. 유시가 되자 김강하의 늙은 종복이 청사로 찾아왔다. 김강하가 청사 내에 있던 몇 개 되지 않는 자신의 흔적을 말끔히 정리해 담은 궤짝을 할아범한테 넘겨줬다. 할아범이 앞서 나간 뒤 김강하는 청사에 남아 있는 사람들한테 인사를 한다.

"멀리 가는 거 아니니 금세 또 뵙게 되겠지요. 강령들 하십시오."

김강하가 나가기 위해 대문 앞에 이르자 이미 나와 있던 수십 명의 관속들이 그의 떠남을 안타까워하며 배웅한다. 그가 사라질 때까지, 사라지고도 한참이나 남아 쳐다보고 있다. 우선은 시원하다. 언젠가 다시 부딪치는 날이 있을 터, 그리 오래지 않을 것이다. 그때는 지금처럼, 이제까지와 같은 양상은 아닐 것이었다. 제교는 비로소 돌아서 들어와 퇴청준비를 한다. 정치석이며 김형태, 김문주 등이 제교의 집으로 오기로 돼 있었다. 은밀한 이야기들을 하기에는 내 집이 최고였다.

업어 드릴게요

소전이 경운궁慶運宮으로 내쫓긴 건 삼 년 전, 새 중궁전이 들어선 지 넉 달여 만이었다. 동시에 대전과 자궁慈宮께서 경희궁으로 이거하셨다. 소전은 이듬해에 창경궁으로 돌아왔다. 어른들이 나가시고 자신이 돌아온 게 빌미였던가. 소전의 난행이 본격화되었다. 작년 정월에는, 벼랑에 핀 아름다운 꽃 같다고 빙애娉崖라 칭하면서 총애하던 수칙 박씨를 때려 죽였다. 와중에 빙애의 소생인 찬禶을 통명전 연못으로 내던졌다. 돌이 갓 지났던 찬이 연못에 시든 채 우거져 있던 연잎들에 떨어졌기 망정이지 소전은 자식 죽인 패륜까지 범할 뻔했다.

그 무렵에 삼정승이 차례로 죽었다. 두어 달에 걸쳐 영의정 좌의정 우의정이 앞서거니 뒤서거니 죽었는데 소전이 통명전 뒤뜰의 정승소나무 세 그루를 베었기 때문이라는 둥, 소전이 그들을 자결케 했다는 둥의 기괴하고 망극한 말이 돌았다. 소전의 난행이 거듭되니 생기는 말들이었다. 그 무렵 소전이 궁 밖에 나갔다가 여승 하나를 꿰차고 돌아왔다. 듣기로는 강화 가는 길의 김포 어느 절에서 억지로 끌고 왔다는데 여승이라는 게 중 같지 않고 색기가 줄줄 흘렀다. 빈궁은 수칙 박씨의 주검을 치웠듯 여승도 내쫓았다. 내쫓으며 도성에 남아 있다가는 목숨을 보전치 못하리라 윽박질렀다.

그러고 났더니 소전은 잠행 나간 길로 관서까지 내처 가 버렸다. 이십여 일 만에 돌아왔는데 평양 기생 하나를 달고 왔다. 평양 기생으로 모자라 도성 부중의 기생들을 끌어들이더니 내관들과 잡스럽게 섞여 놀았다. 그 며칠간의 난장을 인내했던 빈궁은 평양 기생이고 한양 기생이고 모조리 내쫓았다. 당장 사라지지 않으면 쥐도 새도 모르게 죽으리라 엄포를 놓았다.

미친것도 병일 제 소전의 광증은 중증이었다. 미쳐도 고이 미치면 좀 좋으리. 세손이 가례를 올려 며느리를 본 지 겨우 보름이 넘었을 뿐인데 소전이 이번에는 통명전으로 화완을 불러들였다. 분명히 부모가 같은 오누이 지간이매 친생 오누이가 붙어서 이레째였다. 아침 조정에 삐쭉 얼굴만 내밀고 모든 상소며 장계들에 그리해도 무방하리라, 쓱쓱 써 붙이는 걸로 정무를 마치고는 화완이 있는 곳으로 가서 연희판을 벌였다. 통명전에서 놀다 물리면 후원에서 놀고 지겹다 싶으면 건극당으로 옮기고 그러다 지치면 환취정으로 들어가서 자는 식이었다. 아침에 일어나면 또 후원이며 통명전이며 환취정으로 옮겨 다니는데 오누이가 떨어지지 않았다. 술에 취해 한방에서 곯아떨어지기도 하는 모양이었다. 상상조차도 불경한 것일지나 남매가 공히 괴이하기 짝이 없는지라 취기어린 은연중에 상피도 범할 것 같았다. 그렇지 않다면 아무리 취했기로 한방에서 오누이가 함께 밤을 날 까닭이 없지 않는가.

남매가 붙어 무슨 짓을 하건 그건 모두 빈궁 자신의 망상이라 치면 되었다. 문제는 둘이 붙어 황음과 퇴폐를 자행하는 시간 자체였다. 바깥에서 들어온 것들은 내쫓을 수라도 있는데 화완은 궐 안에서 태어나 사는 족속이라 내쫓지도 못한다. 소전의 기색을 봐야 하는 점도 있으려니와 화완이 얼마나 방자한지 빈궁전에서 따로 좀 보잔다고 기별해도 듣지도 않았다. 몸이 아파 못 가네, 대전 뵈러 가는 길이라 못 가네, 자궁전께서 부르시어 못 가네. 빈궁전에 오기 싫어 화완이 대는 핑계는 늘 같았다. 눈에 뵈는 게 없으려니와 아무 것도 보기 싫은 게 작금의 화완이고 그 오라비인 소전이었다. 남매가 똑같이 미쳐 돌았다.

이전 시강원과 익위사에는 그래도 소전이 어려워하면서도 정을 붙인 인사들이 다수였다. 몸에 좋은 것은 입에 쓰다 하던가. 측근들이 부디 이리 마시라, 간언을 거듭하니 오직 단것만 좇고 싶은 소전이 그들을 멀리했다. 평양이며 의주까지 갈 때 최측근이었던 그들을 빼놓고 간 게 그 방증이었다. 소전이 관서에서 돌아온 뒤 빼놓고 간 위사들마저 다 떨려나갔다. 소전 곁에 입 달린 인사가 없어진 뒤부터 저 모양이 되고 말았다.

'이리 가다간 종내 못볼꼴을 보고야 말리라.'

봄 풍경 가득한 경춘전 뜰을 서성이며 빈궁은 이를 간다. 부덕지도고 뭐고 통명전으로 쳐들어가 그 오누이를 붙들어 물고를 내고 싶다. 아예 금원禁苑의 깊은 숲에다 흔적 없이 그 오누이를 파묻어 버릴 수 있다면 얼마나 좋으랴. 어쨌든 이대로 방치할 수는 없다. 끝내 못볼꼴을 보기 전에 무슨 수를 내야 하는 것이다. 그것도 내일이 아니라 당장 해야 한다. 그래, 소전과 맞서다 폐서인이 되고 말자. 어차피 이리 가다간 내가 폐서인이 되고 말 터. 빈궁이 결연히 돌아서는데 세손과 세손빈이 듭신다는 기별이 울린다. 오후 공부를 마치고 만난 어린 내외가 저녁 문안을 온 것이었다.

웃전들에 대한 세손 내외의 아침 문안은 부모인 소전 내외가 먼저다. 부모가 문안을 받은 뒤 대조전으로 가서 곤전께 문안한다. 연후 가마를 타고 경희궁으로 가서 조부모인 대전과 자궁전을 뵙는다. 저녁 문안은 먼저 경희궁을 다녀와서 대조전을 들러 경춘전으로 들어온다. 원래는 통명전으로 가야 맞으나 그곳에서 어린 내외에게 차마 못 보일 꼴들이 연이어 지는지라 빈궁은 세손 내외를 경춘전에서 멈추게 했다.

"어마마마, 해가 지려 하는데 어찌 나계시나이까?"

세손이 다가들며 묻는 말에 빈궁은 수심을 거두고 대꾸한다.

"웃궐이며 곤전에는 다녀오셨습니까?"

세손빈이 두 손을 당의 속에 넣고는 읍례하며 대꾸한다.

"예, 어마마마. 안으로 드시옵소서."

"오늘 저녁 문안은, 지금 이리 마주한 것으로 대신합시다. 그보다 손빈孫嬪!"

"예, 어마마마."

"내 세손과 함께 통명전에를 좀 가야겠으니 손빈께서는 우선 안에 들어가 계세요."

"아바마마께 가시옵는데 소첩은 아니 데려가시옵니까?"

세손이 어미의 기색이 심상찮음을 눈치채고는 손빈을 향해 말한다.

"아바마마께서 좀 편찮으시어 그러시는 것 같아요. 내가 어마마마와 함께 아바마마 뵙고 와서 나중에 말해 줄게요. 지금은 먼저 들어가세요, 손빈!"

"예, 마마. 어마마마, 다녀오시옵소서."

어린 세손빈인들 궐 안에 드리운 먹구름을 느끼지 못하랴. 세손빈의 수발 상궁이며 내인들이 상전을 모시고 경춘전 안으로 들어간 뒤 빈궁은 세손을 향해 입을 연다.

"웃궐들께서 아바님에 대해서 무슨 하문을 하십디까?"

세손의 가례 뒤로 소전 내외가 웃전 문안을 다니는 것은 면제되었다. 아드님 꼴을 보시기 싫어 경희궁으로 나가신 대전이신지라 세손 내외가 조석 문안을 다니게 되자 소전 내외한테는 날마다 올 것 없노라, 하시었다. 대전께서 그 말씀하시기 전에도 끄덕하면 칭병하고 문안을 빼먹었던 소전이긴 했다. 그 꼴도 대전께서는 보기 싫으셨던 것이다.

"그저 소자 내외의 공부에 대해서만 하문 하셨나이다."

"다행이십니다. 세손께서 어리시긴 해도 근래 아바님의 각종 거둥이 얼마나 심각한 양상인지는 아시지요?"

"예, 어마마마."

"이 어미가 아무리 그리 마시라 말씀드려도 들어주시지를 아니 하십니다. 아예 이 어미 꼴도 아니 보려 하시니, 부모된 자로서 부끄럽기는 합니다만, 지금 세손께서 이 어미와 함께 가셔야겠습니다. 가시어 아무 말씀이라도 한 말씀만 올리세요. 아니 아무 말씀 아니하셔도 괜찮으실 겝니다. 아드님을 보시기만 하여도 부끄러움을 느끼시고 주춤하시겠지요."

"어마마마."

세손의 어린 목소리가 수심에 찼다. 빈궁의 가슴이 저리고 쓰리다. 자식 앞에서 이게 무슨 꼴인가 싶어 목이 멘다.

"말씀하세요."

"소자가 뵈올 때 아바마마께서는 영명하시고, 다감하십니다. 소자의 공부 내용을 하문하시고, 글 선생은 누가 좋으며 무술 선생은 누가 맞춤하노라, 일일이 말씀하십니다. 하온데 어마마마께서는 아바마마로 인해 날로 근심이 깊어 가시고요."

"아드님께라도 그리하시니 얼마나 다행인지 모르겠습니다. 이 어미가 세손을 모시고 아바님께 가려는 까닭이기도 합니다. 어미로서, 아들한테 이리하자는 게 미안하고 부끄럽습니다만, 한번 가 보십시다. 시방은 환취정에 계시다고 합니다."

세손이 다가와 어미의 손을 잡는다. 제법 자랐다고는 해도 아직 어미보다 손이 작다. 그 작은 손을 잡아 꼭 쥐노라니 빈궁의 코끝이 매워진다. 소전과 빈궁은 세손보다 어린 나이에 가례를 올렸다. 이십 년째다. 이십 년 동안 지아비로 인해 근심 없던 날이 몇 날이나 될까. 작금에는 한시도 근심에서 헤어나질 못한다. 그 사실을 온 궐은 물론 온 백성이 다 안다. 수시로 일을 치는 지아비나 그로 하여 근심하는 지어미나 사람으로 못 살 노릇이다. 빈궁은 아들 손을 잡은 채 한숨을 내쉴 수 없어 깨물어 삼킨다.

경춘전 옆 뜰을 지나면 통명전의 너른 마당이 나오고 그 너른 마당의 옆문으로 나서면 숲이고 숲을 지나면 환취정 전각의 남쪽이다. 숲을 지나려 할 적부터 환취정 앞의 소란이 느껴진다.

"살려 주소서, 저하! 살려 주소서."

또 누굴 죽이려는가. 시중드는 궁인들이 비끗만 해도 끌어내어 매를 치라 하거나 직접 쳐대므로 소전의 놀이판에서 죽거나 상한 사람이 셀 수도 없게 되었다. 그러니 어느 궁인이 주인을 귀히 여기랴. 소전궁에서 일어난 일들이 어느 것 하나 가라앉지 못하고 궐 밖으로 새어나가면서 온갖 흉한 말들이 덧붙는 까닭이었다. 빈궁의 속이 무너지며 걸음이 덜덜 떨리는데 어미 손을 놓은 세손이 날 듯이 앞서 달려간다. 세손의 수위들과 수발 궁인들이 꽁지에 불붙은 듯 따라가는데 빈궁은 다리가 떨려 걷기조차 힘이 든다. 한상궁에게 부축되어 간신히 이른 환취정 마당은 어느새 밝힌 불로 아침인 양 밝다.

내관 하나와 내인 하나가 맨땅에 엎어져 있다. 소전은 상의를 다 벗어부친 데다 맨발인데 채찍을 든 채 얼어붙었다. 세손의 갑작스런 등장에 놀란 모양이다. 환취정 누마루에서는 화완이 술에 취해 나부대며 마당을 내려다보는 중이다. 누마루 아래에서 어쩔 줄 모르고 서 있는 자는 부마 신광수다. 화협 옹주의 지아비. 소전은 매제인 신광수를 싫어하고 그 아비 신만은 혐오한다. 하지만 그 부자를 큰 궐에 계신 자궁께서는 몹시도 아끼셨다. 오늘 신광수는 소전을 살피라는 자궁의 청을 받들어 환취정에 왔을 터이다. 소전은 그 때문에 화가 났으나 매제며 자궁께 화를 낼 수 없으므로 궁인들을 잡아대던 중에 느닷없는 세손의 등장에 놀라 채찍질을 멈춘 것이다.

세손은 부친 앞에 무릎을 꿇고 엎드려 울고 있다. 세손은 귀가 열리고 눈이 뜨인 아기 적부터 말로는 다 못할 부친과 조부의 불화를 지켜보며 컸다. 할아버지에게 당하지 못하는 아버지가 어떤 괴로움을 겪는지, 그로 인해 어떤 난행을 자행하는지, 어찌 모르겠는가. 아이 몸속에 깊이 모를 눈물샘이 파여 있는 것이다. 세손이 엎드려 우니 십수 명의 궁인들도 모조리 엎드려 있다. 지아비의 정경이 아니라 우는 아들 때문에 빈궁도 울음이 터진다. 아들 옆의 맨땅에 털벅 주저앉은 빈궁도 소리 내어 운다. 신광수가 섰던 자리에서 엎드리고 누마루의 화완이 비실비실 내려와 형부인 신광수 옆에 엎드린다. 세손이 울며 울부짖는다.

"아바마마! 소자 다시 간청드리나이다. 부디 진노를 거두시고 이들을 살려 주소서."

아들의 애원에 소전이 빈궁을 노려본다. 어린 아들을 방패로 삼아 쳐들어온 마누라를 원한 서린 눈으로 쏘아본다. 모친에 대한 부친의 눈길이 얼마나 사나운지 느낀 세손이 무릎걸음으로 다가들어 아비의 맨 발등에 제 두 손을 포갠다.

"아바마마, 저녁 공기가 차옵니다. 이리하시다 옥체에 고뿔이라도 드실까 저어되나이다. 부디 안으로 드시어 옥체를 보하오소서."

맨 발등에 얹힌 어린 손의 온기가 명치께라도 건드렸는가. 소전이 채찍을 내던지며 털썩 주저앉더니 아들을 끌어안고 운다. 울며 중얼거린다.

"내 삶이 서러워서, 자꾸만 서러워서 이리되고 만다. 이런 나를 어쩔 거나. 어찌할 거나."

"소자가 업어 드리겠나이다, 아바마마. 지금도 업어 드리고 앞으로도 자꾸자꾸 업어 드리겠나이다."

아들의 읍소어린 위로에 소전이 울다가 웃는다. 빈궁은 어이가 없어 웃다가 또 운다. 우는 중에도 화완이 엎드려 끄덕이는 게 보인다. 이 판세에도 졸고 있다. 죽였어야 했다. 사 년여 전 그때 제 수발상궁이 그랬던 것처럼, 그즈음에 제 궁 대들보에다 목을 매달아 버렸어야 했다. 아무도 모르게, 제 손으로 그런 것처럼. 진작 그렇게 했어야 했다.

빈궁이 화완을 노려보는 사이에 소전이 아들 손을 잡고 일어나 마당을 걸어간다. 환취정이 아니라 통명전 쪽이다. 익위들과 수위들과 내인들이 앞서거니 뒤서거니 뒤따라간다. 빈궁은 환취정의 난장판을 정리하기 위해 몸을 일으킨다. 한바탕 바람이 지나갔다. 내일은 또 어떤 바람이 불어닥칠지 알 수 없어도 최소한 오늘 밤은 무사히 넘어갈 성싶다. 봄밤 바람이 차다. 빈궁은 부르르 진저리를 치고는 시누이 목을 비틀어 놓고 싶은 증오를 다스리며 화완 쪽으로 걷는다. 목을 따서 후원 어딘가에 묻어 버릴 수 없다면 제 궁안 처소인 신복재에서라도 쫓아내고 말 것이다. 신복재를 태워 버리고라도 기어이.

전임前任 형조 심률 김억은 평안도 맹산 사람으로 만단사 봉황부 일봉사자인 김번의 아우다. 사 년 전 홍집이 일봉 회합에 처음 나갔을 때 만난 김번 일봉을 통해 사귀었다. 그 자신이 봉황부 이봉사자이기도 한 김억 심률은 환갑이 가까웠고 치질이 심했다. 어느 관청이든 하위직 관헌들의 일이란 온통 서류를 처리하는 것이라 허구한 날 자리에 앉아 시간을 보내야 하는데 김억 심률은 고질병인 치질 때문에 앉아 보내는 시간을 못 견뎌 했다. 등청을 못하는 날도 많았다. 검률 윤홍집이 심률의 업무를 대리하는 일이 잦았다. 그때마다 김억이 윤홍집에게 눈썰미 좋고 손끝이 야무지며 필체가 단정하다 칭찬했다. 자신의 일을 무시로 시키자니 칭찬이라도 할 수밖에 없으려니 하면서도 홍집은 성심껏 김 심률의 일을 도왔다. 김 심률이 한 달의 반이나 등청하지 못하게 되자 어쩔 수 없이 사직을 청하게 됐고 그 자리에 검률 윤홍집을 천거했다. 전임의 천거가 받아들여져 홍집은 이태 만에 정팔품 심률로 승차했다.

다시 일 년여 만에 종칠품인 세손위종사의 좌종사로 임명되었다. 교지가 내렸고 좌우장사와 좌우종사 네 명이 세손궁에 들어 세손께 복명하며 인사를 올렸다. 복명하던 자리에서 세손이 좌종사 윤홍집을 향해 말했다.

"저 어릴 때 훈련원 무과장에서 윤 좌종사를 뵀는데, 그날 제 눈에는 윤홍집 한 사람만 보였잖아요. 저를 잘 부탁드립니다, 선생님."

그날로부터 이레째다. 어린 상전이 사막한 부모 사이를 중재하고 통명전을 나와 처소인 환경전으로 향하면서 또 운다. 어린 어깨가 몹시도 고단해 보여 업어 드리겠다 해도 마다하더니 타박타박 걸으면서 어깨를 흠칫거린다. 어린 몸으로도 체면은 큰지라 소리 내어 못 울고 연신 눈물을 훔친다. 내관, 내인, 위종사들까지 스무 명이나 되는 사람이 둘러싸고 걷지만 설워 우는 세손을 어찌해 줄 수가 없다. 대전께서 아들은 미워하고 손자는 고와한다는 걸 모르는 사람이 없다. 지존 권좌의 속성이 그렇지는 않을 것이다. 그 자리를 아들이 뺏겠다고 나서는 것도 아닐 제 그럴 필요도 없는 것 아닌가. 당신 하실 만큼 하신 다음 돌아가면 아들이 잇는 것뿐인데 자식이 어째 그리 미울까.

소전도 그랬다. 부친의 미움을 받기로서니 누이를 끼고 도는 난행을 벌일 일인가. 그리하여 어린 아들을 맨땅에 엎드려 울게 만들어야 하는가. 신하로서 그저 쳐다보기만 하며 살아야 할 홍집으로서는 임금 부자를 굳이 이해할 필요가 없지만 이해하기도 어렵다. 그 아들의 어린 아들이 부모 때문에 우는 일이 눈앞에서 벌어지니 더욱 이해하기 힘들다. 홍집에게도 가슴 저린 자식이 있기 때문이다.

홍집은 작년 삼월에 함월당으로부터 다섯 살이 된 미연제가 어디 살고 있는지를 들었다. 제주도나 회령이나 연경처럼 먼 곳이 아니고, 백두산이나 지리산처럼 깊은 곳도 아니었다. 미연제는 홍집이 하루면 닿을 수 있는 온양 땅에 있었다. 강담아비의 동무로 가장하여 찾아가 보고 온 이후 두 번을 더 보았다. 최근이 지난 정초였다. 아이는 강담네 내외를 친부모로 알고 강담과 쌍둥이 남매로 자라고 있었다. 미연제는 이온과 윤홍집이 사통으로 낳은 그 아이가 맞는지 의심스러울 정도로 명랑했다. 어느 사이 그 작은 얼굴에 제 어미 얼굴이 보이지 않았다면 버선을 벗기고 확인해 봤을지도 모른다.

"우리 아버지 동무시라면 아저씨라고 해도 되죠? 우리 집에 오실 일이 많으신 아저씨는 뭘 하셔요? 우리 아버지는 방물 장사를 하시는데요, 한번 나가시면 두세 달이나 지나야 집에 오신답니다. 아저씨도 그러셔요? 우리 아버지는 나갔다 오실 때마다 우리한테 선물을 사오셔요. 아저씨도 아저씨 댁 아기들한테 그러셔요? 우리 아버지가 이번에 오실 때 저와 강담이한테 찻종지만 한 해시계를 사다 주셨어요. 시계 기둥 바늘을 북쪽을 향해 맞춰 놓으면요, 시각을 알 수 있는 해시계인데요, 아저씨, 보여 드릴까요?"

아이가 보여 준 시계는 나침반을 겸한 소지용 앙부일귀였다. 미연제는 시계를 자랑한 것이면서 저를 키우는 아비를 낳은 아비 앞에서 자랑하고 있었다. 두 사내가 다 아이의 아비이되 낳은 아비는 아이 앞에서 내가 네 아비라고 나설 처지가 못 됐다. 아이가 저를 기른 아비를 그리 좋아하는데 어찌 끼어들랴. 언젠가는 내가 네 아비라고 나서서 데려와야겠지만 아직은 아이가 너무 어렸다. 사랑받으며 잘 자라고 있는 아이를 두고 나올 때마다 가슴이 썩썩 쑤셨다.

미연제를 데려다 키우고 싶은 마음만큼 데려오면 아이가 견디지 못하고 죽을 것 같은 두려움이 컸다. 호원당이 아이를 낳다가 끝내 못 낳고 아이를 태중에 담은 채 숨을 거둬 버린 까닭이 무엇이랴. 혼인 일 년 만에 수태했던 온도 넉 달여 만에 유산했다. 작년에도 회임을 확인한 지 한 달여 만에 태아를 피로 쏟아 버렸다. 윤홍집의 자식들은 앞으로도 세상에 나지 못할 성싶었다. 미연제도 허원정으로 데려다 놓기만 하면 세상을 떠나 버릴 것 같았다. 어찌 데려오겠는가.

아이 어미로서의 온도 아직 믿지 못한다. 두 다리로 서지 못할 거라 여겼던 예상과 달리 온은 목발을 짚고 일어섰다. 양팔도 목발을 짚을 수 있을 만치 쓸 수 있게 되었다. 뿐만 아니라 온은 좌대 양쪽에 쇠테바퀴를 달아 수레좌대를 만들게 했다. 업히거나 안기는 대신 수레좌대에 앉아 종복들에게 밀게 하여 움직일 때 온은 불구 같지 않았다. 팔과 다리를 접고 펴기가 임의롭지 않으므로 못하는 일이 많지만 할 수 있는 일이 더 많았다. 집안에 앉아서도 보원약방을 경영했고, 보현정사와 이화헌에 만든 학당을 운영했다. 함화루로 내려가 있는 부친을 대신하여 만단사 사령 노릇을 하거니와 칠성부령 일을 너끈히 했다. 그토록 강하거나 질긴 온의 의지가 홍집은 불안했다. 온은 겉으로는 전혀 다른 사람인 것처럼 되었지만 본래 성정은 전혀 달라지지 않았다. 외려 굳건해졌다.

"세손 각하 듭시오!"

내관의 선소리와 함께 세손이 환경전 마당으로 들어서자 수직 궁인들이 부랴부랴 나와 주인을 맞이한다. 오늘 일을 마친 윤홍집은 물러날 때이다. 홍집이 마당에서 내일 아침에 뵙겠노라 인사하자 계단을 오르던 세손이 휙 돌아서더니 “선생님.” 하고 부른다. 홍집이 몸을 낮추자 세손이 바싹 다가서더니 속삭인다.

“예전에 세검정 근방에 살았다는 소소 무녀를 찾아봐 주세요.”

울며 걸어오는 동안 그 궁리를 한 모양이다.

“어찌 무녀를 찾으시나이까?”

“어마마마를 위로해 드리고 싶어서요. 소소 그이가 어마마마의 오랜 동무거든요.”

“언제까지 찾으면 되오리까?”

“그이가 도성을 떠난 지 꽤 됐다니까 찾기 쉽지는 않을 거예요. 그이를 찾으면 부디 어마마마를 찾아뵈라고 청해 주세요. 그이가 듣지 않으면 그이 소재를 제게 알려 주시고요. 제가 직접 가서 어마마마를 찾아봬 달라고 청할 거예요.”

“각하, 소신 삼가 아뢰나이다. 그런 일은 경춘전께오서 친히 하실 것이옵니다.”

“어마님께서 하시는 일은 온 궐이 다 알지 않습니까? 그래 소소를 그리워하시어도 찾지 못하시는 건데요. 제가 찾아 드리고 싶어요. 선생님이 찾아 주세요. 김 수사首司와 의논하셔도 돼요.”

“최선을 다하겠나이다, 각하.”

홍집이 복명하자 세손이 휴, 한숨을 내뱉고는 환히 웃는다. 아무 일도 없었다는 듯이 기지개를 켜며 돌아서서 계단을 올라가 안으로 들어간다. 홍집은 세손과 키를 맞추느라 꿇었던 몸을 세우고 일어나 옷을 턴다. 최선유가 다가와 속삭여 묻는다.

“무슨 밀담을 나누신 겁니까?”

세손위종사의 수사인 김강하는 별감 열여섯 명을 네 조로 나누어 교대로 움직이게 했다. 오늘 저녁부터 내일 아침까지의 밤번은 최선유의 삼조와 은백두의 사조다. 밤번에 든 두 조는 서로 번갈아 자며 세손궁 불침번을 선다.

"내일 말해 주마."

"그러십시오."

별감들에게 밤새 수직 잘 서라는 말을 남긴 홍집은 세손궁을 나선다. 은백두는 곡산 대각산 출신 비휴의 맏이다. 만단사령이 그들을 키웠으므로 다 자란 그들의 미래도 책임져야했다. 그 책임을 홍집이 대신 맡았다. 홍집은 곡산 비휴들을 불러올려 각 처로 꽂아 흩어놓았다. 사복시 병졸로 있던 은백두가 세손위종사 별감으로 들어온 경위가 그랬다.

홍집은 세손위종사로 등청하게 되면서 홍화문으로 입궐하고 요금문으로 퇴궐하는 버릇을 들였다. 요금문에서 광화방을 거치며 고개를 넘으면 안국방에 닿기가 쉬웠다. 전각들의 담장마다 달린 문을 꿰어 다니기가 번거로워 후원을 거쳐 요금문에 이르다 보니 날마다 궐 안을 반 바퀴쯤 도는 셈이 됐다. 처음 요금문을 택한 건 궐내의 지리를 익히자는 의도였다. 한편으로는 무녀 소소가 궐을 드나들 때 늘 요금문을 통했다는 걸 들었기 때문이다. 그 더딘 걸음으로는 요금문에서 대조전까지 드나들기도 수월치 않았을 것이다. 그가 다시 입궐하게 된다면 창덕궁을 지나 경춘전까지 와야 한다. 홍화문 쪽으로 입궁하면 경춘전이 훨씬 가깝다. 하지만 그이는 홍화문 쪽은 얼씬하기 싫을지도 모른다. 수앙이 홍화문 안에서 변을 당했지 않은가. 수앙은 아직 절에 있는 것 같았다. 그 식구는 아직 삼 년 전 그때 사건에서 헤어나지 못했다.

당시 수앙이 궁궐 안에서 납치된 까닭에 소전까지 알게 되어 그 사건을 없던 것으로 할 수는 없었다. 그때 안인부인 은씨는 행방불명된 것으로 처리되었다. 그 사건 한 달 뒤쯤 이온에게 매수되었던 내명부 호위별감 네 명이 각기 다른 곳에서 똑같이 두 손목과 혀가 잘려서 발견되었다. 그들은 죽지는 않았으나 병신이 되었으므로 궐 언저리에서 완전히 떨어져 나갔다. 당시 누가 그들의 손목과 혀를 잘랐는지는 밝혀지지 않았다. 본인들조차 몰랐다. 홍집은 짐작했다. 방산이 한 일이 아니었다. 김강하의 부친인 평양의주 상단의 도방. 그는 사신계에서 연화당과 같은 반열에 있을 것이었다. 홍집은 그를 함월당에서 만났다. 삼 년 전, 수앙이 도솔사로 들어가고 홍집이 연초장에서 온을 데리고 나온 지 열흘쯤 뒤였다.

"나는 김상정이라 하오, 강하의 아비이자 수앙을 아비로서 키운 사람이오. 우리 아이를 그대가 먼저 찾았다고 들었소. 고맙소이다."

자신을 그리 소개하던 그는 장사치가 아니라 태산 같았다. 수앙은 연화당과 함월당의 딸만이 아니라 태산 같은 그의 딸이자 며느리이기도 했던 것이다. 그 열흘 뒤에 별감 넷이 그 꼴이 되었다. 그 사흘 뒤에는 의녀 백화를 납치해다 죽게 했던 반석방의 쌍리 일성과 수하 셋이 별감들과 똑같은 일을 당했다. 두 손과 혀가 잘린 상처를 부여안고 지내던 쌍리 일성은 반년 뒤쯤 대들보에 목을 맸다. 온이 저지른 일은 그렇게 큰 환란이었다. 온과 혼인하여 사는 윤홍집이 딸아이 미연제를 데려다 키울 자신이 없는 까닭이었다.

아이를 데려올 수 없는 또 한 가지 이유는 김강하다. 그동안 어쩌다 한 번씩 김강하가 있는 곳에 가서 그 앞에 나서지는 못하고 몰래 잠깐씩 지켜보곤 했다. 볼 때마다 그가 살아나, 예전처럼 빛나 주기를, 무심한 미소라도 짓기를 바랐다. 그렇지 못했다. 그는 산송장 아니면 허수아비나 같았다. 김강하 덕에 무과에 급제하고 그 덕에 종칠품 벼슬아치 노릇까지 하게 된 홍집은 아직 그를 볼 면목이 없었다. 그와 함께 세손 곁으로 오게 된 까닭이 어느 선에서 이루어진 공작인지도 모른다. 세손위종사에서 만나게 된 첫날 김강하는 여상한 어투로 잘 해나가 보자고 했지만 악수를 청하지는 않았다. 이제 빈궁전이, 또 세손이, 무녀 소소를 찾아 나섰으므로 김강하를 따로 만나야 하는데 그 식구 소식을 물을 수 있을지는 의문이다.

환취정에서 취해 있던 화완에게 빈궁이 말했다.

"옹주, 정신 차리고 잘 들으세요. 오누이가 더불어 벌이는 이 같은 난행을 내 더 이상 좌시하지 않겠습니다. 다시는 오라버니 곁에 다가들지 마세요. 오라버니가 부르시더라도 응하지 마시고요. 그리고 오늘 밤으로 신복재를 비우세요. 처음이자 마지막으로 드리는 경고입니다."

술이 깨 가던 상태였다. 빈궁이 이를 악물 듯 내뱉은 말이 칼날처럼 화완의 머리에 박혔다. 이리하다가는 빈궁 손에 죽을 수도 있으리라 느꼈다. 난생 처음 느낀 두려움이었다. 깊이 따질 것도 없이 차기 내명부의 권좌는 빈궁전의 것이었다. 정성왕후 승하 후 삼 년 동안 빈궁전이 내명부를 통솔했다. 새 곤전이 들어왔어도 그이에게 자식이 없고 왕의 총애가 없으므로 빈궁전의 위세가 달라질 까닭이 없었다. 이렇게 세월이 지나다 어느 날엔가 빈궁전이 곤전으로 올라앉을 것이었다.

신복재로 돌아왔다. 빈궁전이 비우라 한 방안을 둘러본다. 어린 날부터의 처소는 여기였으되 모궁전의 막둥이인 덕에 어머니 처소에서 지낸 시간이 많았고 열두 살에 혼인하여 원동궁으로 나갔다. 궐을 나가니 모궁전과 신복재와 원동궁이 다 임시 거처 같았다. 어느 곳도 정들지 않았고 안정하지 못했다. 연신 세 곳을 오가며 나이가 들었다. 그러다 보니 현재였다. 세상 모든 게 내 것인 것 같은 왕녀일지나 실상의 내 것은 아무것도 없는 과부.

내 것인데 내 것이 아닌 신복재에서 가지고 나갈 거라곤 화완 자신뿐이다. 주변 난향각과 취요헌과 요화당, 계월합, 화초고 등에 살던 이복, 동복 옹주들이 모두 혼인해 나갔다. 현재 난향각에는 아홉 살 청연군주와 일곱 살 청담군주가 함께 살고 있다. 어린지라 한집에서 지내는 자매는 내년쯤에 각자의 전각을 정해 지내다 혼인하여 나갈 터이다. 한 번 나간 그들은 지내던 데로 돌아오지 않는다. 행사가 있을 때 입궐은 할지라도 용무 끝나면 미련 없이 퇴궐하여 제 집들로 돌아간다.

화완이 이해하기 어려운 게 그 점이었다. 화순이며 화평, 화협, 화유, 화령과 화길까지. 왕녀로 자라 혼인해 나간 건 같은데 그들은 어찌 궐에 미련이 없는 건지. 지아비 따라 죽어 버린 화순은 예외로 치더라도 다른 옹주들은 어떻게 그리 잘들 지내는지. 화완은 일성위日城尉 생전에도 그렇지 못했다. 내 것을 여기 두고 저기 가서 지내는 것 같았다. 원동궁에서는 궐이 저기일 제 저기 있는 내 것들이 노상 눈에 밟혔다. 수시로 입궐할 수밖에 없었고 입궐하면 혼인하기 전으로 돌아간 듯이 자유로웠다. 그 자유가 매번 짧았다. 궐에서 사는 사람이 아니므로 할 일이 없으면 머물기가 어려웠다. 더 자주 들어올 수밖에 없었다.

어쨌든 이제 아주 나가야 하게 생겼다. 내 발로 나가는 게 아니라 쫓겨나는 것이다. 경희궁으로 가 대전께 경춘전이 나를 쫓아내더라고 고자질해도 받아 주시지 않을 터이다. 요새 대전께서는 세손만 사랑하시지 않은가. 가자, 가! 치사해서라도 나간다! 화완은 이를 악물며 스스로를 다그친다. 여기 있으나 저기 있으나 같지 않게 되어버린 마당이었다. 저기 가서 술이나 진탕 마시고 꼬꾸라져서 새는 날에는 눈뜨지 않기를 바라자. 눈을 뜨게 된다면 이 치욕을 떠올리게 될 테니.

"내 시방 원동으로 갈 것이다."

수발 상궁인 현상궁이 이미 나갈 차비를 꾸려 놓았다. 궐 안에 있던 제 상전의 자리가 완전히 사라졌다는 걸, 나가지 않을 수 없다는 걸 이미 짐작한 것이다. 계단을 내려선 화완은 가마 안으로 들어앉기 전에 현상궁한테 이른다.

"요금문으로 나가세."

신복재를 나가 부용지를 거치고 개유와皆有窩와 열고관閱古觀 옆을 지나 후원을 꿰면 요금문이다.

"예, 마마."

이레 만의 출궁인데 가마에 들어앉으려니 난생 처음 출궁인 것처럼 서럽다. 문이 내려지고 가마가 움직인다. 행렬의 앞뒤 좌우에 등불이 있지만 가마 안은 어둡다. 돈화문을 통해 드나드는 게 보통이었다. 지금 요금문으로 나가자 한 건 오기다. 쫓겨나는 처지에 정문으로 나가랴. 언제든 내가 다시 들어올 때는 오늘 같지 않으리라는 다짐이다.

오르막길 내리막길을 한참 움직이던 가마가 주춤하더니 선다. 약간 남은 취기 때문에 졸던 화완이 눈을 뜨곤 묻는다.

"집에 도착했느냐?"

현상궁 목소리가 들려온다.

"요금문 앞이옵니다, 마마."

"헌데?"

"내일 전하께옵서 이쪽으로 거둥하실 예정이라 금위군들이 문마다 살피고 있사온데, 마마의 가마라 하니 원동궁까지 호위하겠다 하옵니다. 어찌하오리까?"

"지휘관이 누군데?"

"금위대 중위사관 김제교라 하옵니다."

"오흥부원군의 사위인 그 김제교?"

김상궁에 이어 수발 상궁으로 온 상궁 현씨는 금년에 마흔 살이 됐다. 이전에는 왕대비전인 집상전의 머리상궁을 지냈다. 열 살 때 생각시로 궁에 들어와 삼십 년째. 애초에 승은을 입기 어려운 못난 얼굴인 데다 나이는 많아졌다. 왕대비전 탈상하며 집상전 궁인들이 재배치 될 제 현상궁은 상궁들 간의 세력다툼에서 밀려 원동궁으로 쫓겨났다. 쫓겨났을지언정 현상궁은 궐 내 전각 주인들의 신상파기를 훤히 꿰고 있었다. 곤전 주변 인사들에 대해서도 상세히 알았다. 열흘 전엔가 훈련원에 있던 김제교가 금위대로 들어왔다고 했다.

"그렇사옵니다, 마마."

"호위하라 하게."

가마가 다시 움직인다. 한 식경이나 지났을까 가마가 멈춰 내려지더니 가마문이 열린다. 현상궁이 손을 내민다. 그 손을 잡고 나서니 원동궁 대문 안인데 바로 앞에 있던 금위대 복색이 예를 갖춰온다.
"그대가 김제교 사관이오?"
"예, 옹주마마."
"이 밤 내내 번을 서오?"
"소직이 낮번이었던지라 해 질 녘에 교대하고 창덕궁을 둘러보고 있었사옵니다. 내일 아침에 태령전으로 등청하여 전하의 행차를 모시게 될 것이고요."
"허면 나와 술 몇 잔 나누시겠소?"
시선이 마주친다. 처처에 등불이 켜져 있고 열나흘 달빛도 밝지만 눈빛을 볼 수는 없다. 눈빛까지 살필 필요도 없다. 더불어 술을 마시겠다면 마시는 거고, 불가하다면 혼자 마실 셈이니까.
"예, 마마."
김제교의 흔쾌한 응수에 흐흥, 자조한 화완은 안으로 향한다. 삼 년 전 중양절에 김강하한테 원동궁으로 오라 했을 때 불가하다 했다. 그래도 오라 하였는데 그가 오기 전에 김상궁이 제 처소에서 목을 매는 바람에 소동이 났다. 그때 김상궁이 목을 매는 대신 김강하 맞이할 준비를 해놓고 있었더라면 지금은 어떤 형세일지. 그건 알 수 없으나 최소한 빈궁한테 협박당하며 쫓겨나지는 않았을 것이다. 궐에 들어가지 않고도 살아냈을 테니.
김제교가 들어와 마주앉자마자 현상궁이 하속들을 지휘하여 술상을 내온다. 화완은 현상궁한테 술 몇 병 들여 놓고 물러가 쉬라 한다. 근 이레 동안 날마다 술에 빠져 지냈거니와 그전에도 틈만 나면 홀로 술을 마시곤 했다. 온몸에 피가 아닌 술이 차 있을 것이었다.
"김 사관께서는 내외를 아니하는구려?"

"마마께서 내외를 아니하시는데 명색이 사내인 소직이 내외하겠습니까."

"그 씩씩함이 맘에 듭니다. 자, 술 받으세요."

제교는 화완이 따라 준 술을 쭉 들이키곤 그 잔에다 술을 채워 건넨다. 김강하가 위종사로 옮겨간 이튿날 제교도 두 품계 높은 금위대 중위군의 위사관으로 영전했다. 인사 차 들어간 옥구헌에서 장인이 점잖게 말했다.

"왈패 같은 놈들과 어울려 쓸데없는 짓 하고 다니지 마라. 극히 조심히 처신하면서, 네가 할 일이 뭔지를 생각하며 지내도록 해라. 무슨 말인지 아느냐?"

아무의 눈에도 띄지 않게 움직이면서 소전을 끌어내릴 방법을 궁구하라는 말이었다. 소전을 끌어내린 뒤 대전이 몇 해 안에 승하하면 세손이 어리므로 곤전의 세상이 되는 것이었다. 그 일은 세손이 열다섯 살이 되기 전, 곤전의 섭정이 가능할 때 일어나야 했다. 그렇게 알아듣긴 했으나 이미 임금인 소전을 어떻게 끌어내릴 것인가. 요즘 제교는 생각이 많았다. 오늘 퇴청하며 창덕궁으로 온 까닭도 그래서였다. 익숙치않은 궁 안이라도 살펴보자 싶어서.

요금문 안쪽 마당에서 화완의 행차와 마주친 건 우연이었다. 그 한 시진 전쯤 환취정에서 일어난 소동에 대해서는 전해 들었다. 새삼스러운 일이 아니므로 그러려니 했다. 화완이 제 궁으로 가겠다고 나선 걸 발견한 순간, 뭔가가 섬광처럼 지나갔다. 놓치면 안 될 그 어떤 기회가 온 것이었다. 대포로도 무너뜨리기 어려운 옹성을 공격할 때 제일 빠른 길은 내부에서 문을 열게 만드는 것 아니겠는가. 화완이 그 문을 열게 할 수도 있으리라, 싶었던 것이다. 이처럼 쉽게 화완의 방 안으로 들어왔으므로 예감이 맞았다. 방안에 들어왔는데 그 어딘들 못 들어가랴.

제교는 잔 하나로 주거니 받거니 하며 한 병을 금세 비운다. 두 번째 술병을 기울 때는 속도를 늦추며 화완으로 하여금 말을 하게 한다. 화완이 너무 취해 제가 벌인 짓을 알지 못하면 안 되기 때문이다. 경춘전에 맺힌 게 많았던지 화완은 제가 오늘 궐에서 쫓겨난 얘길 하며 눈물 흘린다. 그 곁으로 다가앉아 눈물을 닦아 주며 술을 권한다. 제교도 마신다. 스스로도 흥취가 필요하기 때문이다. 젊은 과부 화완이 김제교를 절대 잊지 못하도록, 김제교의 말이라면 죽는 시늉이라도 할 수밖에 없도록 그 몸에 자국을 남기자면 스스로도 즐기는 게 상수인 것이다. 두 병의 술이 비었고 제교는 적당히 취했다. 훨씬 적게 마신 화완은 제교보다 좀 더 취했다. 자세가 흐트러졌고 몽롱한 눈빛으로 자꾸 실실거리지 않는가. 히죽 웃은 제교는 화완 앞으로 앉아 그의 몸을 쑥 당겨온다.

장원 급제 해야 할 까닭

태학인 성균관의 교과과정은 대학재大學齋부터 시작된다. 대학재에 들어 『대학』을 배운 뒤 고강考講 시험을 통과하면 논어재論語齋로 옮아간다. 고강 시험의 점수는 대통大通, 통通, 약통略通, 조통粗通, 불통不通의 다섯 종류로 다음 과정으로 옮겨 갈 수 있는 점수는 대통과 통이다. 같은 방식으로 맹자재孟子齋, 중용재中庸齋, 예기재禮記齋, 춘추재春秋齋, 시재詩齋, 서재書齋, 역재易齋를 거치는 데에 빠르면 일 년이 걸린다. 각 재齋마다 대통이나 통을 받아 모든 과정을 통과했을 경우, 대과 준비가 시작된다.

작년 정월에 입학시험을 치르고 이월에 성균관에 입학한 김국빈은 대학재에서 역재에 이르는 과정에 모두 대통을 받으며 통과했다. 국빈처럼 모든 과정을 통과하면 자신에게 필요한 재에 다시 들어가 같은 공부를 반복하거나 존경각에서 홀로 공부하는 등의 선택이 임의롭다. 국빈은 작년 동짓달 들면서 올해 식년문과에 응시하기 위한 준비를 시작했다. 동짓달과 선달의 방학이 보통 설 명절까지 이어지므로 다수의 유생들이 귀가하거나 귀향했지만 국빈은 어머니께 편지만 올리고 성균관에 남아 공부했다. 지난 정초에 허원정에 찾아가 인사드리고 떡국 한 그릇 먹고 돌아온 이후 두 달 넘게 성균관 밖으로 나가 보지 않았다.

오대독자인 국빈이 이번 과거에 급제해야 하는 가장 큰 이유는 어머니다. 재작년에 조부께서 별세하셨다. 집에는 어머니와 몇 되지 않는 하속들만 남았다. 어머니에게는 며느리가 시급했다. 그런 까닭에 어머니는 국빈이 열다섯 살이 되자마자 혼인을 시키려 했다. 부디 과거 급제할 때까지 기다려 주소서. 국빈이 어머니에게 청했다. 어머니는 아들의 열일곱 살까지만 기다리겠노라고 선언했다. 자식의 혼사는 부모의 절대 권한인바 국빈은 열일곱 살인 올해 안에 급제 여부와 상관없이 혼인을 하게 될 터이다. 어떤 규수든 어머니가 정해 주면 장가드는 게 마땅했고 국빈도 의당 그리하려니 여겨왔다.

작년 가을 이종사촌 격인 이곤을 따라 보현정사에 갔다가 이극영의 질녀인 영로아기를 다시 만나면서 생각이 달라졌다. 영로아기가 열 살, 국빈이 열두 살이던 섣달에 보고 사 년여 만이었다. 다시 만나게 된 영로아기는 열 살짜리 아이가 아니라 어여쁜 규수가 되어 있었다. 그의 총명함이야 어릴 때부터 알고 있었거니와 다시 만난 영로아기는 활달하기까지 했다. 영로아기가 "빈씨 삼촌!" 하며 활짝 웃는데 아찔했다. 법당 안에 열 명도 넘은 사람이 있었는데, 그들 모두가 증발하고 둘만 남은 것 같았다. 순간적이었지만 세상 천지에 단 둘만 있는 것 같은 그 느낌은 아스라하고 기이했다. 그 순간이 지나자 국빈의 가슴이 마구 뛰었다. 그 자리에서 국빈이 성균관에 있다 하자 영로아기가 또 한 번 탄성했다.

"어머나, 우리 아버님이 성균관 교관으로 가셨잖아요!"

국빈은 그때서야 그 전전달에 성균관 사성으로 부임한 이무영 영감이 이극영의 가형이고 영로아기의 부친임을 깨쳤다. 온양 용문골의 홍외헌에서 국빈과 같이 공부하고 함께 놀던 때의 영로아기와 성균관 사성 영감의 따님인 이영로는 같은 사람이면서 존재의 위치가 달랐다. 반족이라고 다 같은 반족이 아니었다. 이영로는 명문 경대부가의 딸이었다. 영로의 문벌과 국빈의 집안은 명망으로나 재력으로나 비교할 수조차 없었다. 이영로의 집안으로 매파라도 띄워 보려면 국빈이 등과해야 했다. 그것도 몇십 명 중에 겨우 드는 급제가 아니라 이극영처럼 장원을 해야 했다.

"이보오, 김생! 참말로 내일 모꼬지에 아니 갈 거야?"

지난 이월부터 한방에서 기숙하는 유생 최인보다. 스물두 살인 최생은 함경도 장진에서 왔다. 함흥향교에서 수학하고 초시에 들었다고 했다. 올해 입학한 그는 지난 이월 말 고강시험에서 조통을 받아 아직 대학재에 있었다. 최생이 고강시험을 치른 날 밤에 국빈은 최생에게 시험에 응한 내용을 복기해 보라 하고 들어보았다.

최생이 받은 시제는 「대학전大學傳」 첫 장의 내용을 구술하는 것이었다. 사람이 스스로 덕德을 밝힌다는 내용이었는데 최생은 「대학전」 첫 장에서 『서경』의 「강고편康誥篇」과 「태갑편太甲篇」을 전거로 드는 것을 잊었다. 그 대목에서는 전거가 중요한데 최생은 구술하며 그걸 까먹었다. 사실 최생의 공부가 미흡하여 그 대목이 중요하다는 것도 깨닫지 못한 것이다. 그런 상태라면 대학재를 통과하는 데만 일 년이 걸릴지도 몰랐다. 모꼬지나 가고 있을 때가 아닌 것 같은데 그가 여유로운 건 오는 시험에 응시하지 않기 때문이고, 국빈과는 달리 과거 급제에 쫓기지 않기 때문이다.

국빈은 다른 자리에서 책을 보고 있는 유생들을 살핀다. 저쪽 자리에 김구주 유생이 있다. 그는 곤전의 작은 오라비다. 같은 성균관 유생인 그의 형 문주와 다르게 구주는 강학시간이 아닐 때면 존경각에서 살다시피 했다. 김구주가 국빈보다 다섯 살이 많지만 작년에 함께 입학한 동기이자 둘 다 존경각에서 보내는 시간이 많아 자연스레 동무가 되었다. 저녁이면 모여 낮의 공부를 복습하는 과외 동아리이기도 하다. 곤전의 오라비가 저리 열심인데 내가 무어라고 놀랴. 국빈은 고개를 낮추며 속삭인다.

"말씀드렸잖아요, 형님. 저는 이번 과거에 꼭 급제해야 한다고요. 모꼬지 나가 놀 새가 없다니까요. 부디 저는 없는 사람인 듯이 잊어주세요."

팔일인 내일이 수유일이라 모꼬지 날로 정해진 것 같은데 한 시간이 아쉬운 국빈으로서는 온종일 나가 놀 생각이 없다.

"한 사람도 빠지지 않아야 할 것이라고 장의掌議가, 으름장을 놓고 있으니 하는 말이잖아."

장의 윤명은 현임 이조판서 윤급의 조카다. 이판의 조카도 곧 이판인지 장의 윤명은 문음승보로 시험도 치르지 않고 입학한 지 삼년째다. 올해는 이판의 막내아들 윤상이 역시나 문음승보로 입학했다. 요즘 관내에서 그 사촌 형제의 권력이 이조판서처럼 높았다.

"그래도 어쩔 수 없습니다, 형님. 저는 못 가고, 아니 갑니다. 형님이 정 곤란하실 것 같으면 제가 아프다고 하십시오. 봄철 감기가 시작되었다고요."

실제로 간밤 잠자리에서부터 몸살기를 느꼈다. 코에서 나오는 바람이 맵고, 몸에서는 미열이 났다. 반나절이라도 앓고 있을 새가 없으므로 아침 먹자마자 관내 약방을 찾아가 몸살약을 얻어먹었다. 약방 의원이 잠이 많이 부족한 것 같다며 일단 잠부터 자라 했다. 국빈은 낮잠이나 자고 있을 여유가 없었다. 약을 얻으러 약방에 갔을 때 하필이면 사성 영감께서 와 계셨다. 영감께서 국빈에게 물었다.

"온율서원 시습재에서 이극영과 함께 수학했던 김국빈인가?"

그렇다고 하니 당신이 의원이기라도 하는 양 국빈의 맥을 짚고 눈동자를 들여다보고 이마를 만져 보시며 당부했다. 공부의 기본은 체력이니 조급해하지 말고 몸살부터 다스리라고. 맞는 말씀이시지만 국빈에게는 앓을 시간도 없었다.

"멀리 가는 것도 아닌데, 어지간하면 같이 나가서 바람이나 쐬고 오지?"

"어디로 간다고요?"

"북악 중턱에 있는 인수원仁壽院 터래. 고려조 때는 큰 절이었다가 개국한 뒤에 북부학당이 되었는데 학당이 폐하면서 빈터로 남았대."

보현정사 옆길로 올라가는 인수원 터에 국빈도 가 본 적이 있다. 이곤과 함께였다. 절터 앞으로 계곡이 흐르고 절터 위쪽에서는 도성이 다 내려다보였다. 아스라이 펼쳐진 도성과 듬성듬성 박힌 궁궐들이 그림처럼 아름다웠다. 머지않은 미래에 과거에 급제하면 방방례를 하기 위해 궁궐에 들어가 금상전하 앞에 엎드리게 될 것이라고 도성을 내려다보며 생각할 때 가슴이 설렜다.

"폐사지에 가서 뭘 한다고요?"

"낸들 아나? 보아하니 인수원지로 올라가는 길목에 있다는 보현정사에도 들어가 볼 것 같은데."

"예?"

"보현정사가 비구니 절임에도 자못 장하다는데, 김생 아나?"

보현정사는 비구니 절이면서 만단사 칠성부 학당이기도 하다. 열 살 안팎의 학동 열댓 명과 비구니 스님들을 아울러 삼십여 명이 살고 있다.

"아는 사람을 따라가 본 적이 있습니다. 거긴 개인 사찰인 데다 비구니 절이라 아무나 함부로 드나들 수 없다고 하던데요."

"우리가 아무나는 아니지 않나? 아무튼 보현정사 아래 일주문 앞으로 내일 아침 진시 초경까지 모이라는 게 장의의 명이야. 먹을거리는 관속들이 져 올릴 테지만 술은 각자 숨겨 가자는 것이고."

"성상전하의 금주령이 엄하신데, 시정잡배들도 아닌 태학의 유생들이 모꼬지하며 술을 마신다는 게 말이 됩니까? 무슨 배짱으로요. 목숨이 몇 개씩 된답니까?"

"모범생 아니랄까 봐 빡빡하기는! 술 마신 사람이 다 죽었다면 온 저자며 산천이 텅 비었을 테지. 다 할 만하니 하는 게 아니겠어? 게다가 모꼬지 가는데 술이 없으면 무슨 재미야? 암튼 같이 가는 방향으로 하자고. 그리고 거, 낯빛이 열에 떠 있는 걸 보니 참말 아픈 거 같은데, 방에 가서 좀 눕지 그래? 그러다 진짜 아프면 며칠을 더 손해 보잖아?"

내내 입냄새 폭폭 풍기며 속삭이던 최생이 국빈의 어깨를 토닥이곤 돌아서 나간다. 국빈은 도리질을 하며 열려 있는 창밖을 내다본다. 서쪽으로 기울어가는 햇빛이건만 봄볕이라 눈이 부시다. 전신의 살갗이 욱신거린다. 이런 봄날 오후에 영로아기는 뭘 하고 있을까. 그의 손을 잡고 그의 웃는 얼굴을 들여다보며 그가 하는 말을 들을 수 있다면! 그리되기 위해서는 공부를 해야 하는데 웬 모꼬지 타령들이란 말인가. 아프건 자건 공부를 하건 놀건, 각자 하고 싶은 대로 하면 안 되는가. 이년 차부터 사년 차에 이르는 상재생 일흔두 명에, 신입생인 하재생이 스물네 명이나 되는데, 일백 명 가까운 젊은 놈들이 떼 몰려다니며 어쩌자는 것인가. 비구니 절이자 보원약방의 부설 학당인 보현정사는 무엇 때문에 들여다본다는 것이고.

모꼬지에 안 가고 배길 자신이 없거니와 그럴 힘도 없는 현재가 갑갑하고 어지럽다. 모꼬지를 가든 말든 우선은 잠을 좀 자야 할 것 같다. 국빈은 두 손으로 관자놀이를 눌러대다 읽고 있던 『맹자주해』를 덮는다. 제목 아래 쓰인 이무영 편저李楙渶 編著라는 저자명이 선명하다. 사성 영감의 저작인 것이다. 장원 급제를 세 번이나 하고 형조와 세자시강원에서 일하다가 작금에는 성균관에 재직하고 있는 분. 현재는 스승이실 뿐이지만 언젠가는 그분의 사위가 되고 싶은 게 국빈의 꿈이다. 그리되자면 지금 앓고 있을 겨를이 없는데 몸이 어찌 이러는지. 국빈은 더운 숨을 내뱉으며 책상 앞에서 일어난다.

봄비

요즘 보현정사는 몇 해 전과 비교하면 다른 절이라 할 만치 고요해졌다. 예전에는 무녀 삼딸에게 점을 치러오는 부인들이 많았다. 그 탓에 노상 북적였다. 보현정사에 들어 살던 온의 보위들도 다수였다. 그들이 어디론가 떠나간 뒤 무녀 삼딸은 머리를 깎고 신덕스님이 되었고 절은 학당을 겸하게 됐다. 삼 년 전쯤에 시작된 변화였다. 몇 달 동안 텅 비다시피 했던 절에 스님들이 차례로 들어왔다. 늙은 비구니 스님 두 분과 덜 늙은 비구니 세 분과 젊은 비구니 다섯 분. 행자 다섯과 보살 여섯. 그들 이후 두어 해에 걸쳐 입학한 학동이 열여섯 명이다. 학동들은 비구니가 될 것은 아니로되 입학할 때는 머리를 깎고 승복을 걸쳐 동승 행색이 되어야 했다. 열다섯 살이 되면 머리를 기르게 된다던가.

여인들만 있는 절에서는 여인들이 모든 일을 다 한다. 범종을 치고 법고와 목어와 운판을 두드리고 경전을 공부하고, 나무를 하고 불을 때고, 절 안팎 텃밭에 농사를 짓고. 글과 그림과 의술과 무술을 가르친다. 보현정사에 살거나 드나드는 누구건 맡은 바 소임 대로 부지런히 움직였다. 이곤만 하는 일이 없다.

작년 정월에 친누이 병희가 궐 안에서 죽었다. 원래 이름이 유원이었던 누이가 입궐한 뒤 곤은 누이를 세 번 만났다. 아우를 만날 때마다 울던 누이였다. 그 누이가 주검으로 들려나와 장례를 치러 버리고 난 뒤에야 곤은 소식을 들었다. 그 무덤은 영미동 선산에 만들어졌다. 위패는 보현정사 법당에 모셔졌다. 그때 곤은 온에게 청해 태극헌의 방을 얻었다. 누이의 명복을 빌기 위함은 아니었다. 누이를 위한 기도는 아침저녁으로 스님들께서 해주시므로 곤 스스로는 그저 누이의 위패 앞에서 합장 삼배나 하고 누이가 낳은 청근현주와 은전군이 무사하기를 잠시 빌다 나오는 게 고작이었다.

오늘도 아침부터 보현정사에 와서 부처님 한 번 뵙고, 누이의 위패 한 번 쳐다보고 법당을 나선다. 삼월 초여드레이므로 초파일이 되려면 한 달이나 남았는데 이달 들면서 종이 연꽃을 걸기 시작했다. 법당 처마 밑에는 종이 연꽃이 주렁주렁 걸렸고 항성재 처마에 연꽃을 매다느라 수선스럽다. 사다리를 밟고 올라가 연꽃을 거는 행자와 사다리를 붙든 스님과 연꽃을 사다리로 올려 주는 보살과 가연당에서 몰려 올라와 칠미원으로 옮겨가는 동승들까지. 절간이라 할지라도 봄날 같긴 하다.

"금세라도 폭우가 쏟아질 것 같은데 어쩌자고 종이꽃을 저리 걸어대시나 모르겠다."

곤의 혼잣말을 늠이가 달랑 받아 대꾸한다.

"처마 밑에 다는데 비오시면 어때요? 그리고 모내기철이 닥쳤는데도 비가 안 온다고 난린데 비가 쏟아지면 좋죠."

"비는 비고 종이꽃은 종이꽃이잖아."

"어련히 알아서 하시려고요?"

"그러시겠지. 너, 할 일 없으면 가서 연꽃 거는 것이나 좀 도와드려라."

"그렇잖아도 그럴 참인데요, 제가 연꽃 다는 동안 도련님은 뭘 하실 거예요? 오늘도 글 아니 읽으시고, 무술 수련도 아니하시고, 잠만 주무실 거예요? 국빈 진사님은 과거공부 하시느라 눈이 벌게져 계실 텐데요."

"가서 연꽃이나 달아!"

소리친 곤은 태극헌으로 올라와 방으로 들어선다. 어제 읽다 서안에 펼쳐두곤 간『장자莊子』부터 책장에 꽂힌 사십여 권과 책궤에 가득 찬 책들까지. 일백 권 넘은 책이 있지만 요즘 곤은 책을 시늉으로만 본다. 시늉으로나마 보는 책도 과거시험 준비하는 선비들에게는 금서와 다름없는『장자』다. 사서삼경은 봐서 무얼 하며 무술 수련은 무엇 때문에 한단 말인가. 과거를 봐서 급제하면 무얼 하고, 만단사 봉황부에서 품계를 높이면 또 뭘 하랴. 곤은 서안 앞에 앉다가 뒤로 벌러덩 누워 팔베개를 한다. 올려다본 천장의 벽지가 누렇게 바랬다.

누이 유원을 잃은 뒤 곤은 갈 곳을 잃었다. 원래 갈 곳이 없었음을 깨달았다는 게 맞을 것이다. 허원정 내원의 뒤채에서 도둑공부를 할 때는 어렸거니와 도둑공부를 시키던 누이가 늘 절박했으므로 시키는 대로 읽고 외웠다. 누이를 웃게 하고 싶어서였다. 웃게 하고 싶었던 누이가 대궐로 들어가 버린 뒤 기억에 없던 부친 대신 태감께서 아버지가 되었다. 형님을 아버지라 부르니 아버지 같았고 아버지라 부를 수 있는 아버지가 계시니 좋았다. 제법 잘 읽는구나. 쓸 만하구나. 아버지가 그렇게 칭찬을 하실 때면 어깨가 으쓱하면서 키가 한 뼘이나 자라는 것 같았다. 그리 다정하던 아버지를 큰소리로 웃게 해드리고 싶었다. 기회가 없었다. 연경에 가셨다가 병을 얻어 돌아온 아버지는 등청은커녕 나들이도 못하셨다. 태산처럼 높고 크시던 분이 버려진 야산 모양 집안에서만 일 년여를 지내다 상림으로 이거해 버렸다.

스승인 윤홍집이 매부가 되어 한 집안에서 살지만 얼굴 보기가 쉽지 않다. 보아도 이전처럼 다정한 게 아니라 어렵고 수줍다. 누님인 온은 두렵다. 홍집이 아침에 등청하고 나면 온의 처소로 들어가 전날에 무슨 책을 어떻게 읽었는지 누굴 만났는지 고하고, 오늘 무얼 할 것인지 말하는데, 그 길지 않은 시간이 곤은 벅찼다. 전날 한 줄 글을 읽지 않았어도 머리 속에 든 것을 순서대로 풀어 놓긴 하지만 그때마다 거짓말을 하는 것 같았다. 그 거짓말을 온이 다 알아채는 것 같으므로 매번 진땀이 났다.

이래저래 집안에 있기가 답답하고 힘들어 아침마다 보현정사로 온다. 와도 하고 싶은 게 없으므로 얼마 못 있고 일어나기 일쑤다. 보현정사를 나가서 천지사방을 싸돌아다닌다. 해 질 녘에 집에 가 저녁을 먹고 나면 또 가만히 있지 못하고 밖으로 나갈 틈을 노린다. 가만히 있기가 어렵기 때문이다. 어떻게도 견디기가 힘들면 말을 달려 상림으로 간다. 아버지가 하향하신 뒤 설과 한가위 외에도 다섯 차례나 다녀왔다. 아버지는 곤을 알아보기는 했다.

"우리 아들, 왔냐? 두루 잘 있더냐?"

그렇게 묻고 사당으로 데려가 일조一祖의 어진에 절을 하라 시켰다. 그뿐이었다. 궁금한 게 두루 많아야 하건만 아버지는 질문할 줄 몰랐다. 일조의 어진에 절을 하라 시키는 것도 당신의 일과에서 비

릇된 습관일 뿐 후손으로서의 막중한 책임감 같은 것은 아니었다. 그나마 영고당 때문에 아버지 곁에 오래 있지도 못한다. 곤이 상림에서 닷새 정도만 지내면 영고당이 도성으로 돌아가 공부하라고 성화를 부렸다. 영고당은 금오당이나 온이 곤을 보내 상림의 정황을 살피게 하는 것이라 여겨 싫어하는 것 같았다.

"도련님, 주무세요? 정말 비가 듣기 시작해요. 아기스님들은 모두 오전 공부 시작했고요."

깜박 잠이 든 참에 들려온 늠이 목소리다. 그러고 보니 빗방울 듣는 소리다. 지난겨울 내내 가물다는 소리를 들었는데 비가 오니 다행이다. 먼지를 일으키며 땅을 파고드는 빗물 내와 흙내가 느껴진다. 이렇게 먹먹하고 멍청한 가슴에도 빗방울이 파고들어 균열을 일으켜 준다면 좋겠다.

"아침에 우륵재 아기씨가 천아만 달랑 달고 오셔서 백팔배하고 내려 가셨대요! 비 오실 걸 아셨나 봐요, 그 아기씨는. 그런데 우륵재 아기씨는 어쩌자고 그리 절하는 걸 좋아하실까요? 슬픈 일이 있으실까요? 그리운 게 많으실까요?"

늠이 중얼거리는 소리에 곤이 눈을 떴다가 다시 감는다. 늠이 말한 아기씨는 이영로다. 따스하고 밝은 규수. 그리운 건 몰라도 몹시 슬픈 일 같은 건 겪지는 않았을 인상인데 절에 찾아와 절하기를 좋아하는 게 예사롭지는 않았다. 반가의 규수들은 물론이고 여염 처자들도 거리에 나다니지 않는 게 올바른 행실이라지만 한낮의 시전거리에는 온갖 여인들이 오색 물결처럼 넘실거린다. 여인들은 나이나 지체에 상관없이 저자거리를 좋아하는 것 같았다. 반면에 영로아기는 절에 오는 걸 좋아한다. 이 보현정사에 오는 까닭은 이곳을 특별히 애착해서가 아니라 가깝기 때문일 것이다.

곤이 영로아기를 처음 본 건 작년 정월 하순이다. 그때도 함화루에 다녀왔더니 집안 공기가 이상했다. 그 닷새 전에 누이가 궐 안에서 돌연히 죽었고 이미 장례까지 치렀다는 것이었다. 누이는 소전궁 사람인바 장례는 소전궁의 궁방인 용동궁에서 치렀고 위패는 보현정사 법당에 모셨다고 했다. 곤은 누이의 주검이나 장례를 보지 못했으므로 누이의 죽음도 믿지 못했다. 법당 왼편 제단에 놓인 현비수칙박씨신주顯妣守則朴氏神主라고 쓰인 위패를 보아도 실감나지 않았다. 굳이 믿지 않기로 했다. 그저 도성에 있을 때면 하루 한 번씩 법당을 찾는 버릇이 시작되었을 뿐이다.

그 즈음에 영로아기가 보현정사에 왔다. 제 어머니를 따라 올라온 거였다. 그 어머니 보연당은 영고당과 동무였다. 영고당과 이곤은 피가 섞이지 않았지만 모자지간인 건 분명했다. 영고당이 저 아랫녘 함화루로 내려가 살고 있어도 그의 동무인 보연당은 누이의 위패 앞에 앉은 곤에게 위로의 말을 건넸다. 곤이 감사의 뜻으로 읍했다. 영로아기는 그때 불상 쪽으로 돌아서 있었다. 남녀칠세부동석이라는 내외법에 따라 곤과 영로는 인사를 나누지 않았다. 얼굴조차 못 본 건 아니었다. 영로는 곤을 못 본 듯이 굴었고 곤도, 규수들은 의당 그러려니 했다.

그 한 달여 뒤, 온양에서 외사촌형 격인 김국빈이 성균관에 입학하여 허원정으로 인사를 왔다. 열여섯 살에 초시에 들어 진사가 된 뒤 성균관에 특례입학한 그는 공부가 많이 되어 있었다. 특례입학이란 삼월 초시에 입격한 유생이 입학철이 지난 성균관의 입학시험을 치르고 입학하는 거라 했다. 김국빈 같은 천재들이나 가능한 입학이므로 온이 그를 사뭇 반기며 자주 들러 곤의 공부를 봐 달라 청했다. 이후 수유날이면 국빈이 허원정으로 찾아오곤 했다. 어울리다 보니 그를 데리고 보현정사에도 오게 되었다. 작년 구월 보름날이었다. 국빈과 함께 법당에 들어갔을 때 영로아기가 있었다. 놀랍게도 국빈과 영로아기는 잘 아는 사이였다. 국빈이 영로아기의 삼촌 이극영과 절친한 사이였던 것이다.

남녀칠세부동석의 내외법이 국빈과 영로아기 사이에는 존재치 않았다. 이영로는 국빈에게 빈씨 삼촌이라 불렀고 국빈은 그를 영로아기라 칭했다. 그들의 무람없는 사이가 곤은 부러웠다. 이후 국빈으로부터 영로아기를 사모한다는 말을 들었다. 대과에 급제하면 집안 어른들한테 청하여 영로아기한테 청혼할 작정이라 했다. 그 둘은 어쩌면 언약을 했는지도 모른다. 해서 국빈은 내달 십삼일에 열리는 식년 문과를 치르기 위해 밤낮없이 책에 파묻혀 있을 것이다. 정초에 한 번 다녀간 뒤 두 달 넘게 얼굴 한 번 비치지 않는 게 그 까닭 아니겠는가.

"도련님, 참말 주무셔요? 공부 안 하시고요?"

영로아기가 어여쁘긴 할지라도 그 때문에 곤의 마음이 설레는 건 아니다. 곤이 이따금 설레며 떠올리는 처자는 따로 있다. 이름을 몰라 칠엽이라거나 별꽃이라고 부르는 그 처자. 가마골에서 두 차례 봤을 뿐인 칠엽은 나이도 이곤보다 몇 살 위일 것이었다. 그날 곤은 칠엽으로부터 그림을 받았다. 허원정 작은사랑의 벽에 족자로 걸려 있는 용담화는 이미 색깔이 바랬다. 꽃 색깔은 바랬을지라도 칠엽에 대한 기억은 또렷하다. 기억 속의 그이는 나이를 먹지 않았으므로 이제 곤과 또래쯤 되었다. 사 년이 지나도록, 그토록 도성 안팎을 찾아다녔건만 한 번도 못 봤다. 그는 어쩌면 누이 유원처럼 저세상으로 가 버렸을지도 몰랐다. 아버지처럼 바보가 되거나 누님처럼 불구가 되어 집안에서만 살고 있을지도 모른다. 또 어쩌면 이미 시집을 갔을지도.

"에이, 잠충이!"

투덜거린 늠이가 방 앞을 떠난다. 영로아기가 벌써 다녀갔다는 게 서운한 것이다. 늠이는 김국빈처럼 이영로를 사모하는 것 같았다. 신분의 차이가 어떻든 사모하는 거야 제 맘대로 할 수 있는 것이니 내버려둔다. 쌍둥이 같은 늠이일지라도 그 맘까지 배려하기에는 곤의 마음이 너무 휑했다. 둘 곳 없는 마음이 어디로 가 버린 것 같았다. 그 마음을 찾으면 공부가 하고 싶을지도 모른다.

빗소리가 굵어졌다. 소나기인가. 일어나라고 마구 보채는 것 같은 빗소리에 곤은 하는 수 없이 몸을 일으킨다. 태극헌은 일성헌과 칠미원의 뒤쪽으로 축대를 쌓아 앉힌 집이라 마당이 옆으로 길고 앞으로 짧다. 태극헌 마루 가운데서 정면으로 내려다보이는 곳은 인송정의 측면이다. 인송정에서는 신덕스님을 아우른 스님 여섯 분이 지내고 항성재에는 젊은 스님과 행자들이 살고 아래쪽의 가연당에는 공양주보살들이 산다. 일성헌은 평시에는 비어 있고 칠미원은 동승들의 공부방이자 숙사이다. 아직 아침인 셈이라 모두 자기 할 일을 시작하였으므로 비에 잠긴 절간은 그야말로 절간 같아야 하는데 어쩐지 생뚱스런 기척이 들린다. 곤은 일어나 마루 끝으로 나서 본다. 무슨 난리가 났는가. 비구니 절로 알려진 보현정사에 남정들이 떼로 뛰어다니고 있다. 비를 피해 각 처마 밑으로 뛰어드는 모양이다. 모두 도포를 입었고 넓은 갓을 쓴 사내들이다.

인송정에서 큰스님이 나와 녹색 도포와 무어라고 응대를 한다. 그 곁에 있던 늠이가 태극헌으로 냅다 뛰어 올라온다. 금세 후줄근히 젖은 놈이 가쁘게 중얼거린다.

"태학에서 공부하시는 선비님들이시래요. 저 위 인수원지로 모꼬지 가는 길에 비를 만나서 이리 들어오셨다고요. 쉬 그칠 비가 아닌 성싶다고 전각 하나를 내달라고 하세요. 법당이라도요. 큰스님이 원주께 여쭤봐야 한다고 하시니까, 좀 대장인 것 같은 선비님이 절더러 집에 가서 여쭤보고 오라세요. 어쩌죠, 도련님?"

"신덕스님은?"

"신덕스님은 어제, 사가에 가신 모양이에요. 아마 오늘이 모친님 기일일걸요."

신덕스님의 모친은 보현정사에서 노보살로 불리며 지내다가 재작년 봄에 도성 밖 우이골로 나갔다. 나간 지 일 년쯤 되어 별세했다. 모친이 돌아간 뒤로도 신덕스님은 한 달에 두 번 꼴로는 우이골에 다녔다. 가서는 이삼 일 묵고 오기 예사였다. 오늘이 기일인 줄 곤이 몰랐다. 알았더라면 제수로 올릴 무엇이라도 보탰을 것이다.

"거기, 국빈 서방님 계시디?"

"저는 못 뵀어요. 법당 앞이나 칠미원 앞에 계실지도 모르지요."

"왔으면 먼저 나한테 오셨을 테니 아니 오신 거겠지. 냅다 집으로 뛰어가서 근정께 말씀드리고 처분을 듣고 와."

"누룽지 먹으면서 큰스님한테 심청 이야기 읽어 드리고 있었는데, 이게 뭔 난리래요?"

"난리는 난 것이고, 서둘러 다녀와."

늠이가 꽁지에 불붙은 듯이 내달려간다. 늠이는 말처럼 잘 달리므로 반각이면 허원정에 닿을 것이다. 상림에 갈 때는 둘 다 말을 타는데 늠이는 때로 말과 달리기 시합도 한다. 곤이 풍사를 타고 늠이의 말 쇠뇌의 고삐를 쥐고 달리면 늠이가 뛰는데 일각 정도는 말에 뒤처지지 않을 만큼 빨랐다. 뜀박질이 그렇게나 빠른 것에 비해서는 무술이 높아지지 않았다. 자형이나 양연무 사숙들의 기색으로 미루어 짐작컨대 늠이의 무공이 쌓이지 않는 까닭은 한 가지에 몰두하지 못하는 성정 탓인 것 같았다.

"그대들은 상하 간에도 닮는구나."

사숙인 자선께서 그렇게 말씀하셨을 때 곤도 한 가지에 몰두하지 못한다는 속뜻이 내포되어 있었다. 곤이 글공부도 무술 수련도 진척이 없다는 나무람이었던 것이다.

곤은 마루에서 물러나 방문을 닫고 들어앉으려다가 망설인다. 여인들만 사는 곳에 명색이 사내랍시고 하나 있는데 수십인지 수백인지 알 수 없게 들이닥친 침입자들을 나 몰라라 하는 건 심히 비겁하지 않은가. 스승께서 아시면 사뭇 노여워하실 게다. 스승께서 나의 강력은 남의 침입을 막을 만하면 된다고 가르치실 때, 침입을 당하면 도망치라는 뜻이 아니셨지 않은가. 남을 침입하지는 않되 나를 침범해 온 자들은 어떻게든 막으라는 말씀이셨다. 그런 말씀을 들으며 몇 해를 자라온 터수다. 도적처럼 난입한 위인들일지언정 우선 일성헌에다 들여 놓으며 온의 처분을 기다리라 하는 게 순서인 것이다. 곤은 다시 한숨을 쉬고는 짐짓 어깨를 펴며 방을 나와 문을 닫는다. 이레 뒤에는 부친 생신이라 상림으로 가야 할 터. 뵈러 가서 오늘 소란에 대해 말씀드리면 재미나 하실지도 모른다. 말씀드릴 제 떳떳하려면 그만한 일을 해야 할 것이다.

도솔사의 심경와心經窩는 법당 뒤쪽에 높이 올라앉은 너와집으로 방이 두 칸이다. 왼쪽의 작은 방과 오른쪽의 큰 방. 큰 방은 공부가 높은 수행자들의 수행실이다. 그 방에 들어간 수행자들은 소리 없이 공부를 하고 경문을 필사하며 묵언 기간을 지낸다. 영로가 열한 살에 입계한 직후 묵언수행을 들어갔을 때 그랬다. 열두 살 때의 영로가 도솔사에 갔을 때는 심경와가 수행자들이 출입할 수 없는 금지구역이 되어 있었다. 영로가 머물던 한 달여 내내 그러했다. 그 안에서 무슨 일이 벌어지고 있는지 겨우 열두 살이었던 영로가 알 수 없거니와 물어볼 수도 없었다.

일 년 뒤에 다시 갔을 때 영로도 심경와에서 공부하고 경문을 필사했다. 심경와에서 일과가 끝나면 밭을 메거나 청소를 하거나 빨래를 하거나 공양간의 일을 하는 등 각자 일을 하기 위해 움직였다. 법당과 마찬가지로 심경와는 잠을 자는 곳이 아니었다. 그런데 심경와의 작은 방에서 사는 이가 있었다. 영로가 공부방에 갈 때는 그이도 심경와에 있지 않거나 나오지 않으므로 얼굴을 보기 어려웠다. 보통 사십구 일을 머물다 떠나는 다른 수행자들과 달리 그이는 일 년 넘게 심경와에서 머물고 있는 것 같았다. 몇 번 슬쩍 본 그이는 낱낱의 뼈가 다 잡힐 것처럼 야윈 데다 계곡을 흐르는 물처럼 투명했다.

산책 중이었던가. 숲길에서 마주쳤을 때 그이가 영로에게 환히 미소 지었다. 그이는 그저 미소만 지었는데 그가 하는 말이 영로한테 들리는 것 같았다.

'아기, 너는 글을 잘 쓰는구나. 예쁘다!'

들리는 것 같은 게 아니라 분명히 들었다. 복화술인가 싶어 이상하긴 했어도 금언이 규칙이라 묻지 못했다. 서로 고개 숙여 인사하고 지나치는데 영로의 가슴이 찌르르 아프면서 눈물이 났다. 어찌 가슴이 그리 아프고 눈물이 나는지 몰랐다. 이튿날 아침 공양 시간이 지난 뒤 수행자들이 각자의 일과를 위해 이동할 때 그이가 법당 뒤에 높직하게 설치된 비계非階에 올라가 있는 것을 보았다. 그이는 화공이었던 것이다. 그의 그림은 보통 절의 법당 벽에 그려진 심우도가 아니라 범나비였다. 그는 법당의 뒷벽에 나비의 한 살이를 그려내고 있었다.

겨울을 난 번데기에서 나비가 빠져나오는 첫째 판, 풀밭 위를 날며 짝을 짓는 둘째 판, 나비가 알을 낳는 셋째 판, 알을 낳은 나비가 죽은 옆에서 알이 부화하는 넷째 판, 부화한 알에서 애벌레가 나오는 다섯째 판, 애벌레가 나뭇잎 속에 고치를 짓는 여섯째 판, 고치를 깨고 나온 나비가 날개를 펴는 일곱째 판, 나비가 알을 낳아 놓고 하늘을 날 듯이 떨어져 내리는 여덟째 판.

영로가 작년 봄에 갔을 때도 심경와의 그이는 아직 있었다. 여느 촌락처럼 빛깔이 없던 도솔사 안의 흙벽 곳곳에 흰 회칠이 되었고 그 회벽마다 갖가지 형상의 나비가 살고 있었다. 다시 한 해가 지난 지금쯤 어쩌면 도솔사의 흙벽이 남아 있지 않을지도 몰랐다. 심경와의 그이가 그린 그림을 상상할 때마다 영로의 가슴이 설렜다. 그이를 보고 싶고 그의 그림을 보고 싶었다. 이 봄이 가기 전에 도솔사에 가야만 그이를 볼 수 있을 것 같았다.

지난 삼 년 동안 봄마다 영로가 도솔사에 가기 위해 보연당한테 대는 핑계는 용인 한실의 고모 댁에 가겠다는 것이었다. 먼저 고모 댁에 가서 며칠 지낸 뒤 도솔사로 옮겨가 있다가 나와 다시 고모 댁으로 가서 며칠 머물고 집으로 돌아오는 식이었다. 이번에도 그리

하려니 하고 보연당한테 청했다가 벼락 맞듯 꾸지람을 들었다. 다 큰 계집아이가 무엇 하려 고모 댁은 그리 찾아다니느냐는 것이었다.

"계집애가 지금까지 한 공부로도 기가 승하다 못해 넘치는데 쓸데도 없는 글공부는 무엇 때문에 더 하느냐. 시집이나 가거라."

그동안 영로는 고모인 겸곡재한테 글을 배우는 걸로 되어 왔다. 실제로 겸곡재한테 글쓰기에 관해 배우거니와 도솔사에 들어가서도 공부를 하고 나오므로 거짓은 아니었다. 어머니한테 말하지 못한 사실들이 있을 뿐이다. 겸곡재 이알영이 사신계 무진이라는 것, 자신이 알영 무진 휘하의 계원이라는 것 등. 말씀드리지는 못할지라도 지금까지 어머니 뜻을 거스른 일은 없었다. 오늘 아침 보연당의 야단은 순전히 그 자신의 분풀이였다.

보연당은 손위 시누이인 겸곡재를 싫어했다. 겸곡재의 학식이 높은 것이나 책을 쓰는 것이나 위아래 사람들과 두루 돈독한 것이나, 뭐든지 고까워했다. 더하여 요즘 어머니와 아버지 사이가 사나웠다. 내외 사이가 원래 화목하다 할 수 없거니와 근자에는 영로의 혼인 문제로 한층 나빠졌다. 작년에 두 집에서 청혼서가 들어왔을 때는 내외가 합의하여 정중히 거절했는데 이번 봄 들면서 보연당이 자신의 친정 고종사촌인 이조판서 집과 혼약을 맺자 하면서 시비가 불거졌다.

작금의 이조판서는 윤급이다. 그의 막내아들 윤상이 열여덟 살로 올해 성균관에 입학했다. 영로가 열다섯 살이 되어 혼기가 찼으므로 보연당이 이판의 아들과 혼인시키자 했다. 우륵이 거부했다. 이판 윤급이나 그가 어울리는 자들이 하나같이 불측하매 그런 집안과 혼사 맺을 수 없다, 생각도 말라, 했다. 평소 어지간하면 부인이 하고자 하는 일에 반대하지 않았던 우륵이 이번에는 절대 불가하니 두 번 다시 그런 말을 입에 올리지 말라고 못박듯 선언했다. 고종사촌 오라비가 불측한 자들과 어울린다는 말은 곧 사촌오라비가 불측하다는 것이고 보연당의 친정이 그렇다는 말이 아닌가. 여인이 부군의 뜻을 거스를 수 없으므로 보연당도 입을 다물기는 했으나 심히 부아가 났다. 애먼 하속들과 만만한 영로를 잡았다.

사실 영로가 아버지에게 어머니를 말려 달라고, 혼인은 열여덟 살쯤 되어 계원 집안의 이미 입계한 사람과 하고 싶다고 간청했다. 아버지는 딸자식의 청을 들어준 것이었거니와 애당초 영로를 계외의 집안으로 시집보낼 생각도 없었다. 사신계원들에게 세상은 계界와 계외界外로 나뉜다. 계와 계외가 뒤섞여 살므로 양쪽의 혼인이 이루어지기는 할지라도 거의 아들의 경우였다. 딸자식을 계외의 집안으로 시집보내는 일은 드물었다. 계의 여인들이 세상사는 방식과 계외 여인들이 사는 방식이 너무 다르기 때문이었다.

부친에게 모친을 말려 달라 청한 영로로서도 어머니에게 죄송한 마음이 없지는 않았다. 어머니가 안쓰럽기도 했다. 영로가 보기에 우륵재의 안채와 사랑채는 한양과 연경만큼이나 멀었다. 어머니와 아버지 사이가 그런 것이었다. 아버지는 첩실을 두지 않았고 외간 여인을 보고 다니는 것 같지도 않았다. 영로가 보기에 아버지는 천생 학인이라 그런 짓을 하지도 못할 것 같은데 어머니는 허구한 날 아버지에게 다른 여인이 있지 않나 조바심을 내고 성화를 부렸다. 채운회彩雲會나 보현정사 기도를 빙자한 어머니의 출타도 너무 잦았다.

어머니에게는 비밀이 있었다. 다른 사람은 모르며 절대 몰라야 하는 어머니의 비밀은 외가인 충정재의 노복 재근이다. 재근은 어머니와 젖형제였고 함께 자랐다고 했다. 그렇다고 해도 사대부가의 안주인과 친정의 노복이 따로 만날 일이 무엇인가. 한두 번도 아니고 벌써 몇 해째. 영로가 어머니와 재근이 이상하다고 여긴 게 열두 살 가을 외조부의 기일 밤이었으니 벌써 이태가 넘었다. 영로가 모르는 세월이 더 있을지도 몰랐다. 어쨌든 어머니의 비밀을 영로가 눈으로 확인한 건 아니다. 늦은 밤 외가에 있는 어머니의 방으로 재근이 들어가는 것을 느꼈다손, 어머니의 출타가 잦고 수행 없이 홀로 나갔다 들어온다손, 영로가 더 아는 것은 없었다. 하여 영로는 어머니의 은밀한 행각을 모른 체하는 비밀을 갖게 되었다.

어머니의 비밀을 자신의 비밀로 갖게 된 영로는 어머니가 슬프면서도 두려웠다. 여염에서도 여인의 훼절과 사통은 몹시 큰일이되 사대부가 여인의 그것은 멸문지화를 부를 수 있는 사태다. 여인이 그런 큰 비밀을 가졌으면 그걸 가리기 위해서라도 더 조심하고 지아비에게 공순하고 시부모를 공경해야 할 것 같은데 어머니는 그리하지 않았다. 될 대로 되라는 듯했다. 어머니가 용문골 본가에 다니지 않는 것이야말로 영로가 이해하기 힘든 점이었다. 본가에 가기를 한사코 마다하지 않은가. 가마로 움직이는 사나흘 길이 가깝다고는 못하지만 일 년에 한 번도 못 갈 만큼 멀지는 않다. 영로며 긍로, 우진 등은 예닐곱 살 적부터 말을 타고 이틀이면 용문골에 닿곤 했다. 홀로 말을 탈 수 있게 된 뒤로는 하루 반이면 갈 수 있다. 사대부가 여인이 말을 탈 수 없다는 생각을 가진 어머니가 용문골에 못가는 핑계는 가마 멀미였다.

어머니는 오는 스무 하룻날의 홍외헌 불천위제不遷位祭에도 내려갈 뜻은 없어 보였다. 맏며느리 체면에 한 번 가면 얼마간이라도 머물러야 하므로, 그리되면 아버지가 한양 집에다 첩실을 들여앉힐 것이라는 염려 때문인 성싶었다. 그건 시집살이를 하기 싫은 것에 대한 핑계인 것 같지만 아버지에 대한 어머니의 마음 같기도 했다. 외간에 정인을 두고 있으면서도 어머니는 아버지를 사랑하는 것이다. 어머니는 그렇게 아버지를 사랑하는데 아버지는 그렇지 않아 보였다. 영로가 아는 한 아버지는 안채에서 밤을 나는 일이 없었다. 어머니와 다정하게 대화하는 모습도 보지 못했다. 다정한 대화는커녕 내외간에 몇 마디만 오고가면 아버지가 입을 꽉 다물거나 일어나 버리거나 했다. 그럴 때 아버지는 영로에게조차 낯설었다. 몇 마디 말씀이면 어머니를 달랠 수 있을 것 같은데, 어머니는 그걸 바라는 것뿐인데 아버지는 그러지 않았다.

아버지처럼 잘나고 점잖은 데다 자식에게 다정한 남정이 안해에게는 장승처럼 무뚝뚝할 제, 다른 남정들은 어떨지 영로는 상상하고 싶지 않았다. 어머니도 그랬다. 지아비를 그처럼 사랑하고 사랑받고 싶어 안달하면서 정인을 따로 두고 있는 안해라니. 삼촌 극영이 숙모인 인모와 동무처럼, 정인처럼 다정하게 지내지만 아직 젊어 그런 것뿐이고 나이든 뒤에 어머니 아버지처럼 변하는 게 혼인이라면 대체 혼인은 뭣 때문에 한단 말인가.

영로는 혼인하지 않고 이야기책을 쓰면서 홀로 살고 싶었다. 중이 되고 싶지는 않으나 심경와의 그이처럼 절에서 사는 것도 괜찮을 것 같았다. 한차례 봄비가 지나간 이 석양에 그이는 무얼 하고 있을까. 또 어느 벽에 나비를 그리고 있을까. 도솔사를 나가지는 않았을 것이다. 신기하게도 그렇게 생각됐다. 아직 심경와의 작은 방에서 살고 있을 것이며 한 번은 더 볼 수 있으리라고.

영로는 장하게 쏟아지는 석양빛을 바라보며 도솔사 심경와의 그이를 생각한다. 집에 있다가 도솔사가 그리울 때면 보현정사로 올라가 백팔배를 하곤 했다. 도솔사가 그리운 건 결국 그 안에 든 사람이 그리운 것인 듯했다. 이번에도 참다못하여 어머니께 청했다가 혼인이라는 불벼락을 맞을 뻔했다. 혹시 또 시집이나 가라는 말씀을 듣게 될까 봐 고모 댁에 가련다는 말은 다시 못하게 됐다.

"언니, 뭐해?"

긍로와 우진이 별당으로 들어오며 소리쳐 묻는다. 곁방에서 바느질하던 천아가 부리나케 나가 철부지들이 더러운 발로 마구 짓밟은 마루를 훔치고 신발짝들을 사린다. 긍로는 열세 살, 우진은 열네 살이다. 우진은 겸곡재의 막내아들로 태어났다가 돌림병 때문에 외동이가 되어 버렸다. 그 부친은 두어 해 사이로 자리를 옮겨 다니다 올해는 남한산성이 있는 하남현의 현감으로 부임했다. 그 모친 겸곡재는 부군의 부임지를 이따금 찾아다니고 집안을 다스리고 글을 쓰고 칠성부 무진으로서 선원을 경영하느라 늘 바빴다. 우진이 어릴 때부터 용문골 외가에 가서 살거나 외삼촌 집에 와서 지내는 이유다. 우진과 긍로는 작년부터 같이 동학東學에 다니고 있었다. 오늘은 수유일이라 학당이 쉬는데, 아침에 영로가 보현정사에 다녀왔더니 나가고 없었다.

"수유날이라고 어딜 실컷 쏘다니다 온 모양이지?"

영로의 질문에 긍로가 흥분하여 말했다.

"언니, 보현정사에 난리가 났어!"

"절에 난리가 나다니, 왜?"

"아침에 형이랑 내가 방산芳山에 가느라 나가는데, 웬 선비들이 떼를 지어 자꾸 보현정사 쪽으로 올라가는 거야. 무슨 일인가 궁금해서 가만히 쫓아가 봤잖아. 태학 유생들 모꼬지였나 봐. 인수원지로 가기 위해서 보현정사 일주문 앞에서 모인 거고. 그런데 비가 쏟아졌잖아? 선비들이 죄 보현정사로 들어간 거야. 태학의 관속들까지 모조리. 백 명도 넘게. 백 명이 뭐야. 짐진 관속들이며 유생들의 종자들까지 합치면 이백 명도 넘을 거야."

"스님들께서 난리를 만나긴 했구나. 그렇지만 점잖은 선비들이 절집이자 학당인 곳에서 무슨 큰일이야 벌였을라고? 더구나 그건 아침 일이고, 지금은 언제 비가 왔냐는 듯이 그쳤는데 웬 수선이야? 입성들은 그게 뭐고? 비 맞은 강아지 꼴들을 해가지고. 비 오는 날 방산엔 어찌 갔어?"

조정에서 삼 년 전부터 도성의 수로를 정리하면서 파낸 흙을 청계천 변 화교華僑 양쪽에 쌓아 가산假山을 만들었다. 거기다 꽃나무를 잔뜩 심으면서 그 산의 이름이 향기로운 산이라는 뜻의 방산芳山이 되었다. 방산과 같은 뜻으로 가산佳山이라고도 불린다. 작년부터 가산이 도성 사람들의 놀이터가 되어가는 모양이었다. 꽃다리에서 쳐다보는 시내 풍경이 몹시도 화사하다던가. 영로는 가 본 적 없으나 학동들이 갈 만한 곳은 아닌 성싶었다. 우진이 손사래를 치며 대꾸한다.

"우리가 수선 피우는 게 아니야 언니. 오늘 동서 학당의 학동들이 방산에서 만나기로 했는데, 서학당의 동장童長 홍국영이 우리 동학당의 동장 이견李汧이 아니 나왔다고 우리를 마구 무시하는 말을 하잖아? 동학당에 순 겁쟁이들만 있다고. 그 바람에 우린 순 겁쟁이들이 되어서 비만 쫄딱 맞고 돌아오다가 보현정사가 궁금해서 올라가 본 거야."

영로가 보현정사에 갈 때는 대개 어머니가 보현정사 간다고 나갔을 경우다. 오늘 아침만 해도 수유날이라 아버지가 집에 계시는데도 어머니는 보현정사를 핑계대고 기어이 나갔다. 보현정사 들렀다가 채운회에 모임에 참석하겠다는 게 오늘 어머니 출타의 구실이었다. 보현정사에서 동료들을 만나 채운회 모임에 갈 테니 시중이 필요 없다고 바올네를 돌려보냈다. 어머니가 출타하실 때면 흔히 일어나는 일이었다. 바올네가 돌아온 뒤 영로도 보현정사에 가 보았다. 어머니는 오늘 거기 들른 흔적이 없었다. 거짓말로 바올네를 떼어낸 어머니가 지금쯤 어디에 있을지 영로는 모른다. 어쩌면 바올네는 뭔가를 알지도 모른다. 알면서도 어쩌지 못하므로 오히려 감싸 주고 있는지도. 내막을 알아봐야 한다 싶으면서도 도저히 엄두가 나지 않아 영로는 아무것도 모르는 척하고 있다.

"이견과 홍국영? 그들이 어느 집의 자제들인데?"

"이견은 장동 청류헌의 손자고, 홍국영은 팔배골 두동재의 아들이지. 그런 건 어찌 묻는데?"

도령들의 이름까지는 몰랐지만 장동 청류헌에서 혼담이 들어온 건 작년 한가위 무렵이고, 팔배골 두동재에서 청혼서가 들어온 건 초겨울이다. 청류헌은 오대 전 임금 인조의 아들인 낙선군의 집안이고, 두동재는 관찰사가 나온 집안이라 했다. 어머니는 두 번 다 여식이 아직 어리다는 핑계로 거절했는데 영로가 느끼기에는 그 집들의 가세가 넉넉치 않아서인 것 같았다. 그때 혼담들이 진척되지 않은 건 다행이지만 지금은 공교롭고도 우습다. 청혼서를 보내온 두 집의 도령들이 동서 학당의 동장이라니. 이영로와 나이가 같을망정 그들은 아직 학동들이 아닌가. 내년에는 초시를 볼 수도 있겠지만 아직 아이들인 것이다.

"이견은 어찌 방산에 나오지 않았대? 홍국영은 또 어찌 그런 험한 소리를 한 거고?"

"이견이 오늘 방산에 나오지 않은 까닭은 내일 학당에 가 봐야 알겠지만 아마 집에 무슨 일이 있어 못 나왔을 거야. 사실 양쪽 학당 동장이 한판 뜨기로 했는데 우리 동장은 한판 뜨기 무서워 나오지 않을 겁쟁이가 아니거든."

"한판은 어찌 뜨는데?"

"주먹질이지 뭐."

"뭐야? 학동들이 공부 시합을 하면 했지 주먹질로 붙어?"

"공부는 만날 하는 거잖아. 기운이 펄펄 넘치는데 책만 파고 있자니 주니가 나는 거고. 그리고 언니! 사나이들 세계에서는 주먹을 겨루기도 하는 거야. 서열을 정해야 할 때가 있거든."

"서열? 사나이? 학동들이 사나이야?"

"왜 이러셔. 우리도 사나이지! 어쨌든 그건 나중에 따지고 언니, 지금 중요한 건 보현정사에서 무슨 일이 벌어졌는지, 그거라고."

"거기서 무슨 일이 벌어졌는데?"

"포도청 나군들이 새까맣게 몰려와서 술에 취한 선비들한테 죄 오라를 채웠다니까!"

"뭐?"

"보현정사 주인이 보원약방 집인 안국방 허원정의 이 대방이라 하잖소?"

"그야 도성 사람은 다 아는 것이지. 보현정사 앞에 보원약방 부설 학당이라는 팻말이 떡하니 서 있고. 그런데 포군들이 와서 태학 유생들한테 오라를 채웠다고?”

그런 일이 일어나면 성균관 사성으로 계시는 아버지한테도 큰일이다. 유생들을 가르치고 관리하는 교관들에게 문책이 떨어질 것이기 때문이다.

“몰래 상황을 보자니까 이 대방이 아침에 선비들한테 비 그칠 때까지 일성헌에 있어도 된다고 허락했나 봐. 비가 정오 지나서 그쳤잖아. 그런데 비가 그칠 때쯤에는 선비들 거개가 이미 취한 거야. 인수원지 모꼬지고 뭐고, 너른 일성헌에서 그냥 죽치기 시작한 데다, 젊은 비구니 스님들과 동승들을 불러들여 희롱까지 한 거야. 이 대방이 그 말을 전해 듣고 화가 나서 불편한 몸임에도 포도청으로 직접 찾아가 유생들이 자신의 사학당私學堂에 난입해 공부 중인 아우와 학동들 위협하고, 집안 여인들을 희롱했다고 발고한 거지. 당장 처리하지 않으면 웃궐로 찾아가 대전 알현을 청해서 직접 말씀드리고, 대전을 뵙지 못하면 경희궁 사거리에서 시위를 벌이겠노라 으름장을 놓은 거야. 좌우 포도청에 난리가 난 건 물론이고 성균관의 대사성 영감과 학정學正, 이조판서와 내자시 제조 대감까지 보현정사에 있는 것 같았어. 완전히 난리난 거잖아.”

대사성은 성균관에서 일어나는 모든 일을 책임져야 하고 학정은 유생들의 품행에 관한 책임을 져야 하는 직책이므로 당연했다. 이조판서나 내자시 제조는 그 아들이나 손자가 오랏줄에 묶여 있다는 기별을 듣고 불불 찾아갔을 것이다. 유생들의 난행이 조정과 대전으로 들어가지 않게 막고 내일 아침 조보에 뜨지 않게 해야 할 터였다.

보현정사는 갈 곳 없는 여승들이 모여 사는 힘없는 절이 아니다.

오래 전부터 왕실 여인들이 드나들던 절이었거니와 중건한 뒤로는 세자 자궁전이나 빈궁전, 화완 옹주 등, 작금의 왕실 여인들도 한두 차례씩은 다녀간 왕실 사찰이다. 내명부 웃전들이 다녀가므로 내외명부 여인들도 어렵지 않게 드나들었다. 궁에서 가깝거니와 비구니들만 사는 덕이다. 그럼에도 이 대방이 사찰이라는 말은 빼 놓고 학당만 강조한 까닭은 공식적으로는 절에 다닐 수 없는 왕실 여인들을 위한 배려일 것이다. 조선은 공자님을 숭앙하여 사대부들의 머리위에 앉히고 부처님을 팔천八賤으로 내려앉힌 나라이기 때문이다.

"우리 아버님은?"

영로의 걱정 어린 질문에 긍로가 대답했다.

"아버지는 아무것도 모르시고 사랑에서 손님맞이하고 계시는 것 같던데?"

"손님? 어떤 손님?"

"인관언니의 아버님, 그러니까 대사헌 대감님 같으시던데?"

작금 대사헌은 조엄 대감이다. 아버지의 설명에 따르면, 사 년 전 특급으로 승차하여 경상관찰사로 나갔던 조엄 대감은 경상도내의 사찰노비 일만여 명의 노비공역을 견감蠲減시켰고 마른 전답에 대한 세비를 줄여 백성들의 전세田稅부담을 낮추고 도내 곳곳에 조창漕倉을 설치하는 등의 치적을 쌓았다. 작년 가을에 대사헌에 제수되어 조정으로 돌아왔다. 그 아드님인 인관이 우륵재의 문하생으로 얼마전 사마시에 합격해 생원이 되었다.

"보현정사 일에 대해 말씀드렸어?"

"말씀드려야 하나 말아야 하나, 잘 모르겠어서, 언니한테 물어보려고 먼저 이리 온 거야. 손님도 계시는데 아버지한테 말씀드려야 해?"

딸자식한테 당신 주변의 어지간한 일들을 조근조근 알려 주시는 아버지의 손님들은 두 부류로 나뉜다. 안에서 대접할 음식을 만드는 손님들과 아버지만 보고 나가는 손님들. 아버지만 만나고 가는 손님들이 올 때는 안에서 무얼 준비할 필요가 없으므로 손님 왔다는 사실을 안에다 알리지도 않는다. 작년 여름쯤부터 그렇게 된 듯했다. 아마 그 즈음에 사신계에서 아버지의 자리에 변동이 생긴 듯했다. 영로가 짐작하기로 그동안 아버지는 현무부 무진이었다. 무진보다 높은 자리는 부령이다. 다섯 부의 부령 위에는 사신경과 사신총이 계실 뿐이다. 아버지가 현무부령이 되신 것 같다고 짐작하는 까닭은 집을 찾아오는 손님이 대폭 늘었는데도 사랑채의 움직임이 훨씬 조용해졌기 때문이다. 더구나 호위들이 문하생을 빙자하여 상주하지 않는가.

"말씀드려야지. 아무것도 모르시고 낼 아침에 출사하셨다가 유생들이 무슨 짓을 저질러 어떤 상황에 처해 있는지 뒤늦게 아시게 되면 곤란하실 거잖아. 그런데 황우진, 이긍로! 오라에 묶인 선비들 새에 빈씨 삼촌도 계시더니?"

두 소년이 뒤늦게 그 존재를 떠올려 보는 듯 아 아! 하고는 고개를 젓는다. 우진이 대답했다.

"우리가 숨어 보느라 못 봤는지는 모르지만 빈씨 삼촌은 거기 아니 계셨어. 가만! 그런데 어찌 없었지? 빈씨 삼촌도 태학생, 그것도 상재생이잖아!"

김국빈이 그 자리에 없는 게 그에게 이로운 일인지 해로운 일인지 영로는 가늠할 수 없다. 무슨 이유로든 동료들 사이에 끼어 있지 않거나, 혹은 끼어 있지 못한 건 안쓰럽다. 이제 겨우 열일곱 살일 뿐인데 그가 지고 있는 오대독자로서의 책임이 너무 큰 듯했다. 삼촌 극영에 따르면 김국빈은 천재라 했다. 영로가 볼 때 천재인 삼촌이 그리 말할 정도면 국빈은 정말 천재일 터였다. 그런데도 그는 늘 뭔가에 쫓기는 듯 주변을 살피고 눈치를 보는 것 같았다. 그에게 연심은 없을지라도 우정이 있으므로 영로는 안타까웠다.

"지금 사랑으로 가서 보현정사에 생긴 일을 말씀드려. 너희들이 본 것을 전부. 과장하지 말고, 본 그대로만."

"언니는 같이 안 가고?"

"나는 본 게 없거니와 너희 사나이들의 일이잖아? 어서들 건너가. 아버님이 들어 보시고 보현정사로 가 보시든 아니 가시든 결정하셔야 하니까."

아우와 사촌아우가 다시 신난 일을 만난 듯 일어나 별당 마당을 나간다. 수십 명의 태학 선비들이 무슨 일을 벌이고 어떤 일을 당하게 될 것이든 아직 어린 두 사람은 재미있기만 한 모양이다.

"아가씨, 차 한 잔 드릴까요?"

천아의 물음에 영로는 고개를 젓는다. 천아가 하던 바느질로 돌아간다. 그 모친인 천아네가 우륵재의 침모다. 열일곱 살의 천아도 제 모친의 솜씨를 닮아 바느질을 잘 한다. 어릴 때부터 글 배우기는 싫어했다. 한글은 몇 번 눈여겨보기만 해도 익힐 수 있는 글자라 배웠지만 한자는 익히려 들지 않았다.

"천아, 대사헌 대감께서 와 계시다는데, 혹시 뭐 필요치 않으신지, 사랑에 한번 나가 볼 테야?"

"예, 아가씨."

천아가 가만히 나간다. 영로는 서안 위에 덮여 있는 첩지를 열어 놓고 말라 있는 벼루를 당겨 연적의 물을 붓고 먹을 갈기 시작한다. 눈길은 서안 위에 펼쳐 놓은 백지에 닿아 있다. 영로가 이야기책을 쓰리라 생각한 건 열두 살 때 겸곡재가 지은『만령전』을 읽고 나서다. 그 얼마 뒤 정처사라는 사람이 쓴『자명령』을 읽고는 가슴이 마구 뛰었다. 머리에서 불꽃이 솟는 성싶었다. 하고 싶고 할 수 있는 게 그뿐이고 할 일도 이야기를 쓰는 일뿐인 듯했다. 그때부터 영로는 이야기 쓰기를 업으로 삼기로 했다.

항간에서 떠돌며 읽히는 '심청' 이야기에 불만이 많던 영로였다. 이야기 속 어린 심청은 어여쁘고 눈물겹지만 심봉사가 스님한테 공양미를 약속한 순간부터 이야기는 말이 안 되는 방향으로 나아갔다. 심봉사한테 공양미를 운운한 스님은 스님이 아니라 사기꾼이었다. 세상에 봉사한테 눈을 뜨게 해주겠다고 쌀 삼백 석을 내놓으라는 스님이 어디 있으랴. 그는 가짜 중일 뿐더러 사악한 도적이다. 쌀 한 줌도 없는 처지에서 자기 눈을 뜨겠다고 공양미를 약속하는 어리석은 아비도 세상에는 없다. 차라리 딸을 창가娼街나 노비로 팔지언정 공양미를 부처님 앞에 바치겠다고 약속하는 아비가 영로가 알기에는 없는 것이다. 물론 공양미를 받고 눈을 띄워 주는 부처님도 없다. 부처님이 겨우 그런 존재라면 누가 불경을 읽으며 누가 불상 앞에서 절을 하겠는가. 그리고 심청. 그 눈물나게 어리석은 계집아이. 세상의 딸들에게 부모를 봉양함에 목숨을 바치라고 강요하는 심청 이야기는 나쁘다. 심청 이야기에 숨은 잔혹한 의미에 대해 이야기를 나눌 때 겸곡재가 말했다.

"영로, 네가 다시 쓰려무나. 그런 심청 말고 네가 원하는 모습의 심청을."

영로가 놀라 물었다.

“이미 있는 이야기를 다시 써도 돼요?”

겸곡재가 흔연히 대꾸했다.

“이야기란 사람의 상상으로 만들어진 것인바 이야기를 할 때마다 달라지는 것인데, 네가 네 방식으로 이야기를 해도 되지 않겠니? 대신 새로워야 한다. 이미 알려진 심청처럼 작금의 세상이 계집들한테 강요하는 대로의 심청은 아니 된다는 게다. 똑같으려면 쓸 필요가 없으니까 말이다.”

영로는 한글로『새 심청 이야기』를 썼다.『새 심청 이야기』는 고려 말경 지금의 한양인 남경에서 태어난 심청이 열세 살이 된 때부터 시작됐다. 어린 딸자식을 뜯어 먹고 살던 눈 먼 아비가 아들 낳을 후처를 들이기 위한 돈이 필요해 삼십 냥에 딸을 팔았다. 어여쁜 심청이 팔려간 곳이 재상 권가의 집이었다. 권 재상 집에서 열세 살의 어여쁜 계집아이를 사들인 까닭은 공녀로 가야 할 자신의 딸 대신 원나라로 보내기 위해서였다. 권가녀를 대신한 공녀로 원나라로 끌려갔던 심청은 신출한 무공을 지닌 무사이자 부자가 되었고 이십 년 뒤에 새나라 조선으로 돌아왔다. 자신처럼 공녀로 갔던 이들 중 고국으로의 귀환을 희망한 삼십여 명의 여인들과 함께였다. 조선에서는 심청과 같은 여인들이 환향녀, 즉 화냥년이라 불리며 질시당할 때였다. 심청의 아비 심학규도 돌아온 딸을 부끄러워하며 내쳤다. 심청은 함께 돌아온 환향녀들에게 아름다운 사내들을 유혹하여 씨를 품게 한 뒤 백두산으로 들어가 아름다운 사람들이 사는 마을 선인곡仙人谷을 만들었고, 선인곡은 지금도 백두산 어딘가에 은밀하게 이어지고 있다. 영로가 수없이 고쳐가며 완성한 글을 읽은 겸곡재가 재미있다며 깔깔대다 눈물을 훔쳤다. 안아 주며 말했다.

"우리 영로! 아직 어린 줄 알았더니 어찌 이런 기특한 생각을, 어떻게 이리 아픈 이야기를 생각해 냈니. 장하고 장하다."

한껏 칭찬하고 다독여준 겸곡재가 『새 심청 이야기』의 내용을 대목마다 세세히 지적하며 개작을 권했다. 영로가 알지 못하는 남녀간의 교접이나 어른들의 몸이나 동작 등에 관한 장면들이었다. 영로가 개작한 원고를 내밀자 겸곡재가 이만하면 되었다 했다. 네 책을 널리 읽히게 하리라며 영로의 필명을 태일泰溢로 지어 주고 책을 목판본으로 인쇄해 주었다. 작년 시월이었다.

영로는 『새 심청 이야기』를 쓴 공으로 칠성부 삼품인 기품琪品에 올랐다. 태일의 『새 심청 이야기』는 세책방으로 퍼졌고 두 달 뒤에 『만령전』, 『자명령』, 『군아전』 등과 같이 금서禁書 목록에 들었다. 금서가 되면 책방 가판대에서는 사라질망정 책은 발 없는 말처럼 더 멀리 퍼진다. 이야기꾼 태일은 제법 유명해 졌다. 덕분에 돈도 벌게 되었다. 사신계 칠성부에서 태일에게 『새 심청 이야기』 값으로 오백 냥이나 되는 거금을 내준 덕이었다. 『새 심청 이야기』가 세상을 떠돌고 있는 요즘 태일인 영로는 『나비사람(蝶人)』을 쓰는 중이다. 장자가 나비 꿈을 꾸는지, 나비인 자신이 장자가 되어 꿈을 꾸는지 알 수 없는 호접몽胡蝶夢을 꾸었다. 영로도 자신이 심청인지 나비사람인지 알 수 없는 꿈을 꾸며 지낸다. 또한 도솔사 심경와의 그이도 요즘 태일의 붓길 안에서 나비 꿈을 꾸며 산다.

부마가 될 수도 있었을

한판 붙기로 했던 청류헌의 이견이 방산에 나타나지 않은 바람에 홍국영의 체면이 우습게 되었다. 분을 참지 못하여 양쪽 학당의 학동들이 반수 이상씩 모인 자리에서 성질만 노출한 꼴이 되고 말았다. 내일이면 남학南學과 중학中學 등의 사부학당 전체에 소문이 날 것이다. 호랑이 없는 골에서 토끼가 위세부리는 꼴이더라고.

동갑인 이견과 홍국영은 열두 살 때 종학宗學에서 처음 부딪쳤다.

종학은 왕실과 종실 규수들의 학당인바 평소에는 소년들이 들어갈 일이 거의 없다. 그렇지만 어쩌다 한 번씩, 공주나 옹주들의 부마 간택을 앞두고 도성 안팎 반가 소년들을 죄 모아 시험을 친다. 어차피 간택령은 내릴 터이나 소년들의 공부 수준을 보아 간택 범위를 줄이고 소년들의 글공부가 어찌되고 있는지 점검하자는 의도였다. 그래서 부마 간택 대상이 아닌 종친가의 소년들도 대개 그 자리에 참여했다. 성상께서 친히 거둥하시는 일도 있기 때문이었다. 그때는 성상께서 총애하시는 소의昭儀 문씨 소생의 옹주, 화령의 부마 간택 전이었다. 열한 살에서 열세 살에 이르는 오십여 소년이 그 자리에 나섰고 과거시험을 치르듯이 문장시험에 응했다. 시제는『소학』의「가언嘉言」편에서 출제됐다.

한나라 소열왕昭烈王이 죽음에 이르러 후주後主를 신칙한 뜻을 기술하라.

한나라는 촉한蜀漢이고 소열왕은 유비이고 후주는 그 아들 유선이다. 유비가 임종에 이르러 아들에게 경계의 말을 남기기를 '악함이 작다고 하여 하지 말고, 착함이 작다고 하여 아니하지 말라'고 했다.

국영은 그때, 소열왕의 재상이자 군사軍師였던 제갈량이 자신의 아들 제갈첨에게 편지로 보낸 군자의 행실까지 예로 들어가며 쓴 답지를 제출했다. 시험관이 열 명이나 되었으므로 답지를 내놓은 지 한 시진 만에 다섯 소년이 뽑혀 그때쯤 거둥하신 성상전하 앞에 부복했다. 문장시험의 일등이 이견이었다. 이등이 홍국영, 삼등이 심능건, 사등이 김대현, 오등이 명세교였다. 친견 나오신 성상께서 다섯 소년에게 하문하셨다.

"너희들이 이립而立이 되었을 때 어떤 모습일 것 같으냐? 너, 명가 세교부터 말해 보거라."

이립은 서른 살을 의미했다. 그때까지 국영은 서른 살의 자신에 대해 상상해 본 적이 없었다. 그 즈음에는 아버지가 도적 떼에게 당한 상처로 인해 온 집안에 암운이 드리운 상태였다. 이십 년 뒤는커녕 한 달 뒤도 상상하기 어려웠다. 그런데 명세교가 말했다.

"전하, 충년沖年인 소년은 미욱하와, 이립을 넘어 불혹이 가까운 소년의 어미아비가 사는 세상도 잘 보지 못하옵니다. 이십 년 뒤 소년의 모습을 상상하기도 어렵나이다. 다만 소년의 어미아비가 다정히 지내시므로 소년도 아비처럼 한 고을의 원을 지내며 어미처럼 다정한 안해와 더불어 소년과 같은 철없는 자식을 키우고 있지 않을까 하나이다."

열한 살짜리 명세교의 말에 성상께서 화통하게 웃으셨다. 그리고 일등인 이견에게 말해 보라 하셨다.

"너는 이립에 어찌 살고 있을 것 같으냐?"

이견이 대답했다.

"소년은 유의儒醫가 되어 백성들의 병을 살피고 있을 것이옵니다, 전하."

이견이 미리 준비한 듯이 그리 아뢰니 전하께서 또 껄껄 웃으시더니 어여쁘도다, 칭찬하셨다. 그 다음이 국영 차례였다. 국영은 무슨 말을 아뢰야 할지 도무지 생각이 나지 않아 앞이 캄캄하던 차였다. 아무 말이라도 하기는 해야 하므로 했다.

"소년은 제갈량처럼 슬기롭고 용맹한 장수가 되어 성상 전하를 보필하며 나라를 지키고 있을 것이옵니다."

전하께서 말씀하셨다.

"장하도다, 잘 자라 꼭 그리되려무나."

뒤늦게 떨리는 바람에 국영은 삼등인 심능건과 사등인 김대현이 무슨 말을 하는지는 잘 듣지 못했다. 어쨌든 상으로 종이 한 동씩을 받고 물러나왔다. 종학을 나와 대문 앞에서 각자의 시종들이 대령한 말에 오르려는 참에 바로 옆에 있던 이견이 국영에게 시비를 걸어왔다.

"홍국영이라는 너! 너희 조상 중에 부마가 있었다면서? 그래서 넌 부마가 될 수도 있었을 텐데 장수가 된다고 말하는 바람에 일이 틀어진 걸 아냐, 이 바보야?"

"그게 무슨 말이야?"

"오늘 우리 다섯 중의 하나는 부마가 될 건데, 나는 종친가에 속해 있으므로 애초에 열외거든? 나를 제외하면 네가 가장 유력한데 너는 장수가 되겠다고 했잖아? 너는 모르나 본데, 옹주는 무관武官하고는 혼인하지 않는단 말이야. 또 전하께서, 나라를 지키겠다는 너로 하여금 변방에서 나라를 지키게 하시지 도성에서 옹주를 지키게 하겠냐? 옹주는 그 하속들이 지키면 되는데? 결국 너는 부마 간택의 들러리 노릇만 하고 만 거란 말이지."

국영이 대꾸를 못하니 이견이 말에 오르는 심능건을 향해 턱짓하곤 말했다.

"아마 저 녀석이 부마가 될 거다. 이 바보야!"

조상 중에 부마가 있었다는 말은 들었다. 그렇지만 국영은 부마 자리에 대해 생각해 본 적이 없었다. 성상전하를 뵐 수도 있으리라는 기대만 가졌다. 그럼에도 이견이 약올리듯 하는 말을 듣고 나니 꼭 바보가 된 듯했다. 내 손에 쥐고 있던 걸 빼앗긴 기분이었다. 아니 그 일 년 전에 이미 바보가 되었던 것을 이견에게 들킨 것 같았다.

날짜도 정확히 기억한다. 동짓달 이십일일 밤. 몇 명이나 되는지도 알 수 없는 도적들이 집에 침입하여 부친에게 천 냥을 내놓으라 할 때, 천 냥을 내놓지 못한 아버지가 도적들에게 맞으며 몸이 부서질 때, 국영은 건넌방에 있었다. 어느 사이에 들어와 있던 흑두건 쓴 자가 말했다.

"도련님, 이불 속에 들어가 얌전히 계십시오."

국영은 시키는 대로 이불속으로 들어갔다. 아버지의 고함과 비명에도 꼼짝 못하고 떨기만 했다.

종학 시험을 치른 얼마 후 이견 말대로 열한 살에서 열세 살에 이르는 소년들을 대상으로 간택령이 내렸다. 종학 시험에서 삼등이었던 심능건이 부마로 간택되었다고 했다. 국영은 부마 노릇이 어떤지 모르므로 심능건이 부럽지는 않았다. 대신 그때부터 국영의 머릿속에는 이견이 종알거리던 바보 소리가 떠돌아다니게 되었다. 틈만 나면 바보 소리가 반딧불처럼 날아다녔다. 이견 때문에 바보가 된 듯했다. 바보라는 소리를 털어내기 위해서 더 부지런히 공부했고 무술 수련도 훨씬 열심히 했다. 열 살에 입사했으나 관심 두지 않았던 만단사에도 관심을 가졌다. 부친께서 봉황부령인바 자신이 큰 언덕을 가졌다는 것도 새삼 느끼게 되었다. 종친가의 아들 이견이나 임금의 여러 사위 중 하나인 심능건은 만단사 봉황부령의 아들에 비하면 그야말로 따위에 불과했다.

학당에는 열네 살이 된 작년에야 입학했다. 학당은 열다섯 살까지만 다닐 수 있고 초시는 열여섯 살이 되어야 칠 수 있다. 국영은 학당을 다니지 않아도 초시 입격하고 태학에 입학할 자신이 있지만 학당에 도성의 한다하는 집안 자제들이 다니므로 그들과의 면을 익히기 위해 들어섰다. 부친의 명이었다. 서학에 입학하고 나서야 이견이 동학에 다니고 있다는 것을 알게 되었다. 사부 학당의 학동들이 뒤섞이는 일이 흔하거니와 힘겨루기도 자주 벌어진다는 사실도 알게 됐다. 가을이면 사부 학당의 학동들이 어울려서 모꼬지를 가기도 하지만 거리에서 부딪치면 쌈질도 곧잘 했다. 각 학당 간의 경쟁의식이 워낙 심하기 때문이었다.

국영에게는 금년이 학당의 마지막 해였다. 학동으로 불릴 마지막 해이기도 해서 어린 시절을 마감하는 의미로 동장이 되었다. 그랬더니 서학의 동장으로 이견이 뽑혔다는 말이 들렸다. 그 순간 이렇게 가다간 태학에서도 이견과 만나겠구나, 싶었다. 종학 시험에서 그가 앞선 때부터 조짐이 좋지 않았다. 태학에서도 그와 겨룰 때마다 그가 앞설지도 몰랐다. 장차 대과를 쳤을 때 그는 장원을 하고 홍국영은 방안이 될 수도 있었다. 그리되어서는 안 되는바 서열을 정리해 놓을 필요가 생긴 차였다.

열흘 전 오후에 장통교 어름에서 소년들과 그 종자들까지 가세한 패싸움이 일어났다. 지나던 포도청 나군들이 호각을 불어대고 오라를 지우겠다고 엄포를 놓고서야 쌈질이 끝났는데 동서 학당 학동들의 시비가 커져서 패싸움으로 번진 것이었다. 국영은 그 사건을 기회로 동학에 정식으로 통고했다. 방산에서 만나 동장들끼리 겨루자. 이견이 그러자고 응답해 놓고는 오늘 방산에 나오지 않음으로서 서학당과 그 동장인 홍국영을 우습게 만들었다.

"도련님, 마님께서 찾으십니다."

시종 기호의 목소리다. 국영은 펴 놓고만 있던 『시전詩傳』을 탁 덮고는 일어선다. 비를 쫄딱 맞고 들어왔을 때 부친께서 집에 계시지 않았던 건 그나마 다행이었다. 사뭇 자애로웠던 부친께서는 도적들에게 침범당한 이후로 몹시 엄해지셨다. 방산에서 주먹싸움을 하려 했다는 사실을 알게 되면 심하게 나무라셨을 것이다.

"찾아계시옵니까, 어머니."

네 살짜리 누이 효영이 오라비를 보고는 어머니 등 뒤로 숨는다. 국영이 웃으며 이리 와 보라고 손짓하자 저도 웃으며 고개를 살랑살랑 흔든다.

"김 수사水使 댁에서 혼담이 들어왔다."

"예?"

김 수사는 용부령 김현로다. 그는 경기감영 수사水使로 남양 화량진에 배속 중인데 정선방에 집이 있었다. 그의 가형이 좌의정 김상로였다. 국영이 그런 사실을 아는 까닭은 부친이 봉황부령인 덕이고 두 부령의 회동 자리에 나가 인사를 드린 적이 있기 때문이다.

"어찌 그리 놀라?"

"소자는 아직 장가들 생각 없습니다."

"아버님 연치가 쉰이 넘으셨는데 독자인 네 입에서 그런 말이 나와?"

"형이 넷이나 있는데 제가 무슨 독자입니까?"

"서출, 그것도 천출의 아들이 백 명이 있다 해도 이 집안의 적자는 너 하나뿐이다. 그건 아들이 하나뿐인 것과 같다."

"그렇다고 해도 아버님이 다시 건강해지셨고 아버님 곁에는 형님들이 있습니다. 저는 아직 혼인하고 싶지 않고요."

"네가 말하는 그 장한 형들은 네 아버님을 지키지 못하고 자그마치 일 년을 방안에서 약만 잡수며 지내시게 하였다."

"그건 불가항력이었지요."

"수직청에서 술판 벌이는 게 불가항력이란 말이냐? 입에 담고 싶지도 않은 일, 더 말할 거 없다. 네 혼인은 네 뜻으로 하는 게 아니거니와 우리 집안을 튼튼히 하고 아버님의 입지를 굳히기 위한 것이다. 아버님이 우리 세상의 수령이 되시려면 김 수사 어른의 힘이 필요하다."

"아버님이 우리 세상의 수령이 되시는 데 힘을 보태자고 한다면 제 혼인은 우리 세상 바깥의 집안과 맺는 게 더 낫지 않습니까? 우리 세상에서의 아버님은 현재와 같이 점잖게 입지를 다져나가시면 되고, 현실 세상에서 힘을 가지셔야 우리 세상에서의 위상도 높아지실 거 아닙니까."

"김 수사 댁은 우리 세상과 현실 세상을 동시에 경영하고 있지 않니? 진장방 우륵재보다 힘이 더 큰 것이야. 우륵재의 명망이 높다고는 하나 현재로선 김 수사 댁보다 나을 게 없어. 더구나 그 집에서는 우리 청혼을 거절했고. 우리 집을 시피 본 것이지."

어머니는 보현정사에서 우륵재의 딸을 보고 대번에 반했던가 보았다. 작년 중양절이었다. 음전하고 영민하며 활달하며 사근사근한 규수를 보았노라 입에 침이 마르셨다. 어머니가 하도 그러시니 국영도 우륵재의 규수가 궁금했다. 규수가 어찌 생겼는지 보고 싶었다. 구월 보름밤에 대문 앞에 커다란 느릅나무가 하늘거리는 우륵재의 별당 쪽 담을 넘어보려 했다. 넘지 못했다. 별당 쪽은 물론이고 담장 어느 곳이든 안쪽에서 엄한 경계가 느껴졌던 것이다. 자정이 다 된 시각에 잠들지 않고 경계를 서는 하속들이 있다는 사실에 놀라 물러났다.

아들이 우륵재의 규수를 살피려다 실패한 걸 모르는 어머니는 급기야 부친을 졸라 그 집에 청혼서를 넣기로 결정했다. 규수의 모친과도 안면이 있었던 터라 임의롭게 청혼서를 넣었는데, 대번에 거절당했다. 그 서운함이 깊었던 것 같다. 국영은 서운하기보다 개운했다. 그 집은 보통 집이 아닌 게 분명하되 국영에게 범접을 허락하지 않는 기운이 있었다. 그 딸도 그럴 것 같은데 나를 허락지 않는 기운에 나라고 애써 부합하랴. 규수 얼굴을 못 본 걸 다행으로 여기며 맘을 접었다. 매파를 끼우지 않고 자기 집의 청지기한테 청혼서를 들려 보내는 까닭은 거절당할 수도 있다는 것을 전제로 한다. 거절하는 측에서도 거절이 담긴 편지를 청지기한테 들려 보낸다. 서로 소문이 나지 않게 하기 위함이다. 거절을 사과하는 의미로 비단이나 목면 한 필을 편지와 함께 보내오면, 그에 상응하는 물건을 보냄으로써 혼담이 없었던 것이 된다. 우륵재와도 그런 과정을 거쳤다.

"어머니는 김 수사 댁의 규수를 본 적이 있습니까?"

"내가 어찌 봐?"

"그 규수는 우리 세상에 들어 있습니까?"

"모른다만 들어 있지 않겠니?"

"몇 살이랍니까?"

"열일곱 살이라더라."

"그런 집안의 규수가 열일곱이 될 때까지 혼인하지 않은 까닭이 뭔데요?"

"딸이 여럿인가 보더라. 그중 넷째라 하고. 셋째의 혼처가 이제 정해지면서 넷째 차례가 온 모양이야. 부친이 늘 외직에 나가 계시니 따님들 혼사가 아무래도 늦어진 것이겠지."

"이름이 뭔데요?"

"진혜라고 들었다. 참 진, 은혜 혜."

"확정된 것입니까?"

"부친들께서 말씀 나누셨으니 확정된 것이지."

어차피 해야 하는 혼인일 제 집안에 가장 득이 될 수 있는 규수가 김진혜라니 별 수 없이 그에게 장가를 들어야 할 모양이다. 숙부인 홍낙순이 현재 홍문관 교리였다. 숙부께서는 과거에 급제하시어 순탄한 길을 걷고 계시지만 부친은 과거급제의 운이 없는 것 같았다. 결국 관직 운이 없는 것일 터. 아우가 고관이 되어가는 건 형에게 나쁠 일은 아닐지라도 득 될 것도 없다. 아버지는 자력으로 힘을 기르셔야 하고 국영은 아버지를 위해 혼인을 해야 하는 것이다.

"그렇다면 어머니, 소자가 태학에 들 때까지만 말미를 주십시오."

"네가 내년 봄에 초시를 치르면 내후년에 태학에 입학할 터인데, 그리되면 진혜가 열아홉 살이나 돼 버리는데, 그 댁에서 반기겠느냐? 이왕 치를 혼사라면 어느 쪽도 맘 상하는 일 없이 깔끔하게 치르는 게 좋다. 안해가 생긴들 네 공부에 방해될 까닭이 없는데 이태나 미룰 일이 무어냐. 혼인부터 하고 공부하거라."

"아버님 돌아오시면 말씀 좀 들어보고 달리 도리가 없다면 부모님 뜻을 따르겠습니다."

안채를 나온 국영은 쨍쨍한 석양에 눈이 부셔 낯을 찌푸린다. 어수선한 맘으로 방에 들어가 봐야 글이 눈에 들어올 것 같지도 않으므로 대문 바깥의 별채로 향한다. 기호가 주인의 뜻을 알아차리고 별채 대문을 연다. 별채는 부친 호위들의 수직청이자 형님들의 본가 처소이며 국영의 무술 훈련장이다. 큰형 남수는 훈련원의 습독관으로, 셋째 형 남선은 금위대 위군으로 나다니므로 본가에 들어오는 날이 드물지만, 둘째 형 남진과 넷째 형 남경 등은 호위들과 더불어 무술 훈련에 열심이다.

삼 년 전 도적 떼에 침범 당한 이후부터 아버님이 계실 때의 두동재는 상시 경계 태세를 갖춘다. 그때 도적들에게 총과 검을 강탈당했던 부친은 거금을 들여 다시 총을 구입했다. 재력이 튼튼했다면 호위 모두에게 총을 지니게 했을지도 모른다. 어쨌든 지금은 아버님이 계시지 않으므로 호젓하다. 뜰이 넓지는 않아도 혼자 움직이기는 넉넉하다. 특히 부친이 출타하시어 수직청도 빌 때는 고즈넉이 춤출 만하다. 기호가 아래채 기둥에 줄줄이 걸린 목검 두 개를 집어내 한 자루를 국영에게 건넨다.

뜨고 지고, 피고 지고 또

문수와 정덕 내외는 자식이 셋이다. 여섯 살 쌍둥이 아들 강담과 딸 점아, 세 살배기 아들 강모다. 점아 미연제는 귀엽고 명랑했다. 제법 영민한 아이는 어느새 한글을 깨쳤고 한자를 익히기 시작했다. 어린아이가 맘씀이 넓기도 했다. '아주머니 제 손을 잡으세요. 다섯 걸음 쯤 앞이 내려가는 계단이에요.' 아이는 반야가 눈이 불편한 걸 알아차리고는 그리 맘쓸 줄 알았다.

"우리 점아, 참 착하구나!"

아이가 제 작은 어깨를 지팡이로 디밀었을 때 반야가 그렇게 칭찬했다. 궁리원窮理圓 뒤편 은샘으로 함께 목욕하러 내려갈 때였다. 칭찬을 들은 아이의 환한 웃음이 제 어깨에서 피어났다. 그때 반야는 자신이 누군가에게 착하다는 말을 한 게 처음임을 깨달았다. 반야 스스로 평생 착하다는 말을 들어본 적 없고 누구에게 해본 적도 없었던 것이다. 그 쉬운 말을 어찌 듣지 못하고 하지도 못했는가. 지금 그 말을 어쩌자고 점아한테 하는가. 자신에게 되물으면서 반야는 참

착하다는 그 말이 아이가 타고난 성정을 나타낸 것임을 깨쳤다.

직관력이랄 수도 있는 신기는, 강약의 차이가 있을망정 사람마다 다 가지고 태어난다. 신기는 그 사람의 혜안이며 기세다. 신기에 더하여 뭇기를 지니고 태어나는 사람도 있다. 뭇기巫氣는 암묵적으로 타인의 삶에 관여할 수 있는 힘이며 욕구다. 그 발현 양상이 타인의 삶에 대해 말하는 공수다. 뭇기를 타고난 사람 중에서 무격이 나온다. 태어날 때 없던 뭇기가 나중에 생길 수도 있다. 흔히 신내림이라 말하는 그 기운이다. 그 뭇기도 신기와 마찬가지로 강약의 차이가 있으나 타고난 신기가 강했던 사람에게 강한 뭇기가 생겼을 경우는 필연코 무격이 되어 살아야 한다.

무녀가 되기 싫었던가, 조이현! 맑고 순하고 선한 성정을 타고난 점아한테는 뭇기가 보이지 않았다. 아직 어려 보이지 않는 게 아니라 아예 없었다. 기어이 무녀가 되고 싶다던 조이현의 소망과 한 많았던 제 삼생을 담아 미연제로 태어나게 했건만 뭇기가 말끔히 증발되어 버렸다. 미연제 점아한테 뭇기가 내재되어 있지 않음을 삼덕과 정덕도 느낀다고 했다. 아이를 키우는 무녀 두 사람이 그리 느낄 정도면 반야가 잘못 본 게 아닌 것이다.

아이를 잘 키우라, 당부하고 궁리원을 나올 때 막막했다. 나 아니라도 얼마든지 잘 돌아가는 세상이지 않은가. 다들 나름대로 살아갈 터이니 괜찮다. 그렇게 자위했으나 내 몸이 내 몸만이 아닌 탓에 버리지 못한 욕심이 있었다. 높고 깊고 넓은 뭇기를 지닌 무녀가 태어나 자라고 있기를 바라는 소망이자 그런 무녀에게 칠요 자리를 넘겨주고 물러나 전대 칠요 흔훤처럼 가벼이 살다 연기처럼 가만히 스러지고 싶은 이기심, 욕심이었다.

욕심이 커 실망도 컸던지 기진했다. 며칠간이라도 편히 앓아 누울 자리, 비빌 언덕이 필요했다. 처처에 집이 있으나 한번 떠난 곳은 다시 집이 되어 주지 못했다. 미타원이 그렇고 소소원이 그렇고 유수화려가 그렇고 임림재가 그러했다. 방산이 마련해 놓은 목멱산 덕적골 집에는 잠깐 들렀다가 나왔으므로 아직 정을 붙이지 못했다.

삼 년 전 기묘년己卯年 삼월에 황환이 별세한 뒤 반야는 사십구 일 만에 탈상하고 임림재를 떠났다. 임림재는 익산 청룡부 선원, 칠성부 선원을 겸하여 화산 무진과 혜원 무진 내외가 살게 했다. 외순과 한돌은 자신들이 원하여 유수화려로 보냈고 천우와 연덕의 식구는 양평 흔훤사로 보냈다. 해돌과 복분 내외도 자식 둘을 데리고 해돌의 친가가 있는 함경도 단천으로 옮겨갔다. 단아는 문성 무진 휘하로 보내 본격적으로 의녀 취재시험 준비를 하게 했다. 자인은 혜정원 수직방으로 들어가게 했다.

화개에서 불러올린 계수만 데리고 도솔사로 들어가 황환이 떠난 그 해를 보냈다. 이듬해 일 년여는 강화도 수국사에서 지냈다. 작년에는 다시 도솔사로 옮겨가 일 년 하고도 석 달을 살다가 한 달 전인 이월 중순에 나왔다. 왕세손의 가례 소식을 들은 뒤였다. 그 전 세손빈 간택 기간에 빈궁전에서 무녀 소소를 찾는다는 기별을 여러 번 들었으나 나서지 않았다. 세손빈으로 들일 규수를 이미 다 정해 놓은 터에 무녀를 찾는 빈궁전의 속내가 뻔했다. 간택령을 내릴 때는 세손과 나이가 비슷한 팔도의 처자들을 대상으로 한다. 그건 그저 명분이자 왕실의 혼인을 팔도에 포고하는 것일 뿐이다. 세손빈은 빈궁전의 사가와 누대로 막역하게 지내온 노론 명문가의 규수였다. 빈궁전이 무녀 소소를 찾은 까닭은 대전 국상이 언제 날지를 묻자는 것이었다.

곤전에 새 주인이 들어왔으나 대전의 연치가 너무 높으므로 대군이 날 가능성은 없었다. 아직도 내명부의 실제 권력은 어린 곤전이 아니라 한창 나이인 빈궁전에 있었다. 작년에는 빈궁전의 부친이 영의정이 되었다. 빈궁전의 가문이 노론의 좌장 격으로 올라서며 조정이 온통 노론 세상이었다. 노론이 세상을 장악하니 그들끼리 파가 갈라지면서 권력 다툼이 시작되었다. 대, 소전을 둘러싼 빈궁전 집안과 곤전 집안, 대전 후궁의 삼파전이었다.

아무려면 어떠랴. 반야는 자꾸 그리 생각되었다. 대전이 십수 년 전에 어린 소전한테 대리기무를 시키면서 아들을 권신들에 맞서는 방패막이로 삼았다. 뒤로 한 걸음 물러앉았다고는 하나 대전의 권력욕조차 줄어든 것은 아니다. 대전이 아들을 눈엣가시로 여기고 잡아대는 것도 그 때문이다. 눈엣가시를 뽑아내지 않으면 살 수 없는 게 사람이고, 대전도 사람인지라 그러는 것이었다. 인지상정은 권력욕에 앞서지 못하고 누르지도 못한다. 그게 차라리 인지상정이라 할 만했다. 대전은 한창 강해지는 아들을 억누르고 권신들을 장악하기 위해 무슨 일이든 벌이고 말 터였다. 그러니 내가 무얼 할 수 있으랴. 사람 아랫것인 무녀로 태어나 사람도 아닌데 사람 위에서 권력을 탐하는 자들을 내가 어찌하겠는가.

도성에서 멀어지고 싶었다. 궁리원에서 한철 지내며 미연제를 지켜볼 셈으로 왔으나 나흘 만에 일어서고 말았다. 이제 덕적골 집으로나 가야지 싶은데 그 집이 도성에 있는 탓에 가고 싶지 않았다. 거기가 집이라 하므로 가기는 가야겠지만 미루고 싶었다. 남녘으로 더 내려가 바다 건너서 섬으로나 들어갈까. 강경포구로 가서 청국 가는 배나 탈까. 아예 북녘으로 올라가 금강산이나 백두산으로 들어갈까. 별의별 생각을 해봐도 아무 의지가 없으므로 다 헛것이었다. 아무도 만나지 않고 홀로 지내고 싶지만 그럴 수 없는 몸인 탓에 그 또한 헛됐다.

온양 용문골이 생각났다. 스무 해 전 봄, 온율서원 연못에서 사온재 대감의 누이 영신아씨의 주검을 건져냈다. 그때 홍외헌에서 며칠간 머물렀다. 은샘골에서 용문골이 가깝기도 하거니와 그 시절이 그리웠다. 타인의 삶을 보고 혼령을 만날 수는 있으되 힘든 일은 겪지 않고 아무 책임도 지지 않았던 그때. 그러면서도 힘들다고 엄살 치고 마구 어리광을 부릴 수 있던 열아홉 살 시절. 사온재 대감을 뵙고 싶은지도 몰랐다. 사신경에서 물러나시어 자연인으로 사시는 그 어른이 아버님 같으시므로.

홍외헌 마님은 노안이 들어 느닷없이 들이닥쳐 절하는 반야를 게슴츠레 쳐다보다 입을 연다.

"가까이 와 보아라."

뒤에 시립한 능연이 반야를 일으켜 마님 가까이 데려다준다.

도솔사에서 나오며 거느리게 된 식구가 다시 일곱이나 된다. 혜정원의 수직방 방수로 있던 능연이 칠요 호위무진이 되어 왔다. 몇 해간 끼고 살았던 계수가 혜정원으로 들어가고 백동수와 혼인하여 삼내미에 살던 자인이 서방을 두고 함께 왔다. 내의녀 취재시험에 입격하여 의원이 된 단아가 내의원에서 일하는 대신 칠요호위대에 합세했다. 청룡부의 감우산은 임림재 화산 무진의 사촌아우다. 백호부의 설인준은 세자익위사에 있다가 전설사典設司의 별좌로 간 설희평의 아들이다. 그는 극영의 손위처남이다. 주작부의 조덕상은 몇 해 전에 서거한 구영출 주작부령에 이어 새로이 주작부령에 오른 조회경의 막내아들이다. 현무부의 최선오는 만단사 비휴이면서 사신계원이 된 청년이다. 일곱 호위 모두가 사신경 김상정과 혜정원 방산 무진이 몇 달의 숙고 끝에 조직하여 반야한테 달려 보낸 호위들이다.

"네가 정녕 별님이라는 게냐?"

"예, 마님. 소인 별님이옵니다. 강령하시온지요?"

"나는 그럭저럭 늙어왔다. 어디 손 한 번 잡아보자꾸나."

마님의 손이 다가와 반야의 손을 잡는다. 주름지고 마른 마님의 손이 온화하다. 반야는 마님의 손을 꼭 잡았다가 가만히 풀어 놓는다.

"대감마님께서는 출타하셨나이까?"

"요새 집에 계실 적이면 온율서원의 훈장 노릇 하며 노시지 않느냐. 그나저나 얘야, 대체 이게 얼마 만인 게냐? 네가 몇 살이나 되었고?"

"스무 해 만이옵고 소인은 서른아홉 살이 되었나이다."

"너나 세월이나, 참 무정쿠나."

"황송하여이다, 마님."

"네 눈이 부실해 졌다는 말은 오래 전에 대감께 들었다만, 시방 내가 조금이라도 보이느냐?"

약간 뜨인 듯했던 눈은 지난 삼 년 동안 거의 어두워졌다. 오래지 않아 빛과 어둠도 분간치 못하게 될 터이다.

"어두운지 밝은지만 아옵니다."

"스무 해 전 너의 총총한 눈빛을 내가 환히 기억하는데, 사람살이가 참으로 무상하구나. 고생 많았겠다."

"황감하여이다, 마님."

"근자에 극영이를 보았더냐?"

사온재 대감은 일 년에 한 번꼴로 만난다. 극영도 그랬다. 극영이 혼인한 뒤에 제 처를 함월당으로 데리고 와서 보여 주었다. 만져 보기는 했을망정 며느리 설인모가 어찌 생겼는지는 느낌으로만 안다.

"가끔 보옵고 한 번은 제 내자를 데리고 왔삽기에 보았습니다."

"내 극영이한테 내자를 네게 보여 주라 했더니라."

"마님의 은혜를 소인이 살아서는 갚을 길이 없나이다."

"내가 너한테 고맙다는 말을 하려던 참이다. 네가 네 아우들을 자식으로 거두어 키운 걸 내가 능히 짐작하느니, 끼고 살아도 아까울 자식들을, 자식들을 위해 그리 맘 쓴 것도 안다. 네가 나한테 극영이를 보내 준 덕에 내가 늘그막에 자식 키우는 재미를 톡톡히 누렸지 않느냐. 더구나 극영의 내자가 참하기 이를 데 없느니, 젊은 것들이 떨어지기 싫을 터인데 일 년에 반은 작은 아이가 예 와서 살아 주지 않느냐. 네게 고맙고 작은 아이한테 고맙다."

"황송하옵니다, 마님."

"연전에 내가 대감께 들은 말씀이 따로 있다."

"어떤 일을 말씀하시는지요?"

"영로아범과 네 사이 말이다."

영로아범, 이무영. 이제 떠올리기만 해도 죄스러워지는 그 사람. 대감께서 아니하시어도 좋을 말씀을 하시었다.

"미천한 소인이 젊은 날, 언감생심 서방님께 사모의 정을 품었사와 그리되었나이다. 용서하소서."

"내가 분하다는 말을 하는 게 아니다. 내 대감께 그런 이야기를 듣고 지난 설에 아범이 왔을 때 너에 대해 물었느니라. 아범이 답하기를, 네가 첫정이라 하더구나. 제 어릴 적부터 너를 맘에 들여 놓고 이십 년이 다 되도록 너를 맘에 품고 사노라고. 먼 훗날에라도 형편이 된다면 너와 살고 싶다고. 그러면서 청하더구나. 혹여 내가 너를 다시 만나게 된다면 부디 나무라지 말고 자식으로 품어 달라고 말이다. 그래 아범이 하필이면 이즈음에, 너를 보내 온 것이냐?"

작년 사월에 사온재 대감이 사신경에서 물러났다. 부령들이 김상정 현무부령을 사신경으로 추대했다. 현무부령 자리가 비었는바 유월에 칠십여 명의 현무부 무진들이 혜정원에서 회합을 가졌고 그 자리에서 열외 무진이었던 이무영을 현무부령으로 뽑았다. 새 부령이 나면 오령 회합을 가져야 하지만 반야는 이번 봄으로 미뤘다. 봄이 왔으나 아직 오령 회합하자고 통기할 엄두가 나지 않았다. 이무영을 만날 자신이 없어서였다.

"소인이 서방님을 뵌 게 오 년 전 이맘 때였나이다. 그때 어느 절에서 잠시 뵌 적이 있사오나 이후 한 번도 못 뵈었기에, 하필이면 이때라는 마님 말씀을 알아듣지 못하나이다. 근래 댁에 무슨 일이 있나이까?"

"열흘 뒤 삼월 스무하룻날이 우리 집안 가장 큰 제일祭日인 불천위제 날이 아니겠느냐. 극영의 처가 먼저 올 게고 영로아범이 아이들을 데리고 올 터이다."

"황송하여이다, 마님. 소인은 몰랐나이다. 용서하소서."

"너는 그 사람이 불천위제를 즈음하여 집에 오리란 걸 모르고 왔고, 그 사람은 네가 예 와 있는지 모르고 올 것이니, 더 큰 문제가 아니냐. 어찌, 이미 중년에 접어든 사람들이 그리 멀리 살면서 소시적 연정을 여태도 가질 수 있단 말이냐? 그게 어찌 가당해?"

그런 게 가당한지 부당한지 반야는 생각해 본 적이 없다. 연정이든 사련이든 겪을 만큼 겪어 봐야 하는데 평생 어떤 상대와도 그럴 겨를이 없었다. 첫 정인이었던 동마로가 그렇고 이후에 겪은 사내들이 그러했다. 이무영이라고 다르랴. 한번 만나기조차 어려운 사내와 무슨 감정놀음을 할 수 있겠는가.

"황송하여이다, 마님. 이제는 옛일로 치며 살고 있습니다. 서방님 오시기 전에 소인, 서둘러 비켜나겠나이다."

"너는 그럴진대 그 사람은 너를 그토록 그리고 있으니 내가 속이 무너진 게 아니겠느냐. 더구나 네가 이리 왔는데, 내가 너를 그냥 내보냈다 하면, 그 사람이 이 늙은 어미를 바로 보려 하겠느냐?"

"소인을 못 본 듯이 하소서."

"내 평생 자식들 앞에서 거짓을 말해 본 적이 없거늘 무슨 영화를 바라고 늙어가는 아들한테 거짓을 말하랴?"

"황송하여이다."

"너와 내가 이미 여러 인연을 맺었는데 이제 와서 무얼 따지고 말고 하겠느냐. 부모자식지간이라 여기며 지내자꾸나. 더구나 대감께서 네게 호부呼父하라 하셨다고 들었느니, 나 또한 부모로 여기거라."

"은혜가 깊으시옵니다, 마님."

"그나저나, 이제 보니 네 신색이 심상찮구나. 어디 아픈 게냐?"

"소인이 오랜만에 어릴 적의 집터에 다녀 나오다가 몸살이 났나이다. 몸이 아파 멀리 갈 형편이 못 되니 마님께 며칠 의탁하고 싶더이다. 며칠 머물게 해주십사, 청하려 들렀사온데……."

"진작 말하지 않고서! 처처에 빈방인데 자식 삼은 너와 네 식구들한테 방을 못 내주겠느냐. 별원을 너와 네 식구한테 내어줄 터이니 아범이 올 때까지 일단 머물러라. 여봐라, 한남네! 게 있는가?"

한남네가 들어와 읍하자 마님이 물었다.

"자네, 이 사람을 기억하는가?"

"오래, 오래 전에 영신아씨 일이 났을 적에 왔던, 그 꽃각시 보살아씨를 어찌 모르겠나이까?"

"자네만 알 만한가, 식구들이 다 알 만한가?"

"서른 살 넘은 사람들은 알 만하지 않겠나이까? 그때 온 집안사람들이 아씨의 며칠간을 지켜보았으니까요."

"허면, 자네부터 그때 일을 잊어야겠네."

"예?"

"이 사람이 그때 그 꽃각시인 걸 자네부터 잊으란 말이네. 그리고, 이 사람이 그때 꽃각시인 걸 알 만한 사람들한테도 이 사람이 그 사람인 걸 잊으라 하게. 오늘부터 이 사람은 내 이질녀 갑인당일세. 집안에든 동네에든 갑인당이 아니라 꽃각시 운운한 말이 뜨면 내 경을 칠 것이라 알리고, 갑인당을 그리 알아 모시도록 하게."

"명심하겠나이다, 마님."

"갑인당과 식구들한테 별원을 통째로 내어주되, 집안이며 동네에 말이 나기는 미혼과부인 내 이질녀 갑인당이 이모를 찾아온 것으로 해야 할 것이야."

"명심하겠나이다, 마님."

홍외헌은 사신계원이 아니다. 그 바깥인 사온재며 자식들, 손자 손녀가 모두 계원이지만 홍외헌은 계에 들지 않았다. 그가 다스려야 하는 영토가 넓거니와 거느리는 가솔들이 상당한데 그 모두를 입계시킬 수 없어 그도 계 밖에 있었다. 그렇지만 이 집에 들어온 이래 수십 년을 계 안에서 살아온 그이므로 어지간한 것은 알 터이다. 지금 무녀 별님을 이질녀로 위장시키는 까닭이다.

갑인당이 된 반야가 한남네를 따라 일어서자 웃방에 고요히 시좌하고 있던 능연이 건너와 부축한다. 능연에 이끌려 별원으로 들어선다. 마님 앞에서는 자못 의연한 척했으나 사지가 낱낱이 해체된 듯 몸에 힘이 없다. 별당 큰방에 마련된 이부자리에 누워 능연에게 말한다.

"이 댁에서 이삼 일 묵고 나가, 태조산 원각사 들러서 큰스님 뵙고 도성으로 갑시다. 앞으로 덕적골 집을 반야원般若院이라 부르기로 하고, 사월 보름날에 우리 부 무진 회합을 반야원에다 만드세요. 그 사흘 뒤 반야원에서 경령 회합을 하자고 청하세요."

한 계집의 이름으로는 너무 벅찼던 반야를 세상 사람들 앞에 내놓고 숱한 사람들이 더불어 사용함으로써 무게를 덜어내고 싶은 심사인지도 모른다. 얼마나 머물게 될지는 알 수 없으나 살던 사람이 떠난 집에는 남은 사람들이 살게 될 터이다.

"당호를 반야원이라 지으십니까?"

능연은 반야가 집 이름에 본명을 걸겠다는 말의 진의를 묻고 있다. 수앙과 함께 납치되었을 때 중독되었던 능연은 이레 만에 깨어났다. 저세상을 다녀온 셈이었다. 다시 살게 된 이후 능연의 감각이 몹시 예민해 졌다.

"내 이름자를 쓰는 게 아니라 지혜로운 사람들이 모여 사는 집이라는 뜻이오. 회합 때 혜원과 이소당한테는 며칠 앞서 오셔 달라 청하세요."

"알겠습니다, 마님."

능연이 복명하고 자인을 데리고 나간 뒤 반야는 단아의 근심 어린 눈을 느끼며 이불을 뒤집어쓴다. 단아한테 눈물을 들키기 싫어서다. 왜 서러운지, 서럽다 한들 나이들 만큼 들어 눈물은 어쩌자고 자꾸 비집고 나오는지. 어느새 다 늙어 주책바가지가 된 성싶다. 발치의 이불이 들리는가 싶더니 버선이 벗겨져 나간다. 단아가 반야의 버선을 벗기고는 발을 만지기 시작한다. 단아의 온기가 경혈들을 통해 시린 발을 데운다.

"고맙구나, 단아야."

"좀 주무시어요, 마님."

"그러자."

단아는 양연무의 최선오와 혼인했고 이번에 내외가 함께 칠요호위대에 합류했다. 능연은 포도청에서 일하고 있는 유자선과 혼인해 삼내미에 살림을 차렸다. 자인은 작년에 백동수와 혼인했고, 극영은 재작년에 설인모와 혼인해 적선방에서 처가살이를 한다. 명일은 삼 년 전에 사역원 검정檢正의 딸과 혼인해 아이도 낳았다. 삼 년은 그렇게 좋은 일이 많이 생길 수 있는 긴 세월이었다. 강하와 수앙만 삼 년 전 그때에 뿌리가 심긴 듯 멈춰 있었다.

수앙은 혼수에서 깨어난 이래 말을 하지 않았다. 그때 손가락 네 개를 잃은 게 아니라 혀를 뽑힌 것 같았다. 삼 년을 꼬박 넘긴 지금도 수앙은 입을 열지 않는다. 어미가 가도 소리 없이 웃기만 하고, 어미가 옆에 있어도 고개를 끄덕이거나 젓기만 하고 어미가 떠난다 해도 미소만 지었다.

혼수에 들어 있던 때 수앙에게 뭇기가 내렸다. 몸주는 환인제석, 천신天神이었다. 반야는 삼 년 전 그때 아이한테 일이 생겼다는 걸 느낀 순간 그 사실을 깨달았다. 실상 그때 처음 내린 뭇기가 아니었다. 수앙이 유릉원에서 계례를 올리던 밤에 홀로 사지로 나선 까닭이 뭇기 때문이었다. 그때 반야는 수앙이 제 뭇기를 느끼지 못하는 걸 다행으로 여기며 모른 체했다. 그 사실을 아무한테도 내색하지 않고 강하와 혼인시켰다.

아이가 혼수에 든 것을 느끼고 부랴부랴 달려가는 동안 그 사실을 다시금 깨달았다. 아이한테 당도하여 확인했을 때 눈앞이 캄캄했다. 진짜 뭇기라니. 천신을 받아들이다니. 아득했지만 워낙 다급했으므로 반야는 자신이 무녀인 것도 무시하고 그저 어미로서 아이를 안고 속삭이며 약조했다.

"부디 돌아와 살아만다오. 네가 원하는 건 무엇이든 해주마."

약조의 말을 속삭인 지 사흘 만에 아이가 깨어났다. 이 땅의 무격들이 단군 이래 받들어 온 천신이 수앙의 몸주가 되었으므로 그때 반야가 딸을 살리기 위해 한 약조는 천신에게 한 것과 같았다. 반야의 몸주는 부처다. 부처는 일천 몇백여 년 전에 이 땅으로 들어와 천신과 결합되었다. 작금의 조선 땅에 사는 무격이 이천여 명이라 하매 그들 거개가 천신과 부처와 산신과 인신들을 뒤섞어 받든다. 천신이 부처고 부처가 천신인바 반야의 약조는 자신의 몸주와 한 것이기도 했다.

황환의 별세가 멀지 않은 때였으므로 아이가 눈을 뜬 것만 확인하고 임림재로 돌아갔다. 아이의 뭇기를 다시금 모른 체한 것이었다. 황환을 떠나보내고 사십구재 탈상을 하고서야 도솔사로 갔다. 가는 동안 간절히 바랐다. 아이의 뭇기가 혼몽 중에 나타난 제 꿈이었기를. 갖은 상상을 다 할 수 있는 아이이니 그 또한 상상이기를. 간절히 바란 보람도 없이 역시나 뭇기였다. 더욱 절망적인 것은 수앙의 뭇기가 스스로 무병을 제어할 수 있을 정도로 강력하다는 것이었다.

반야는 수앙을 무녀로 살게 하고 싶지 않았다. 반야 스스로 무녀인 것이 싫다 여긴 적이 없는데 수앙의 무녀 노릇은 싫었다. 지금까지 싫은 일들이 헤아릴 수 없이 많았을지라도 무녀로 사는 수앙의 미래만큼은 아니었다. 다른 모든 싫은 것들은 반야가 다 감당할 만했다. 감당하기 싫거나 힘들 것 같으면 달아나면 되었다. 수앙의 무녀 노릇은 대신해 줄 수 없는 것이라 시키기 싫은 것이다. 고단하고 고단한 삶, 서럽기 그지없는 그 살이. 어머니가 살았고 내가 살고 있는 것으로 충분하지 않은가.

그렇게 삼 년이 흘렀다. 아이와의 약속, 천신과의 약조를 어기는 것에 대해 날마다 용서를 빌면서 부디 아이의 뭇기를 거둬 가시라 간구했다. 내 목숨을 가져가시고 수앙을 보통 여인으로 살게 하시고, 강하를 보통 남정으로 살게 해주시라 애걸하면서 살아왔다.

어미가 그 모든 것을 알아보고도 말이 없으므로 수앙도 입을 열지 않았다. 입을 여는 순간 어미의 뜻을 거스르고 무녀로 나서게 될 것이라 아예 입을 다물었다. 어미가 무녀로서의 제 삶을 허락하고 내림굿을 해주지 않는 한 수앙은 입을 열지 않을 것이고 도솔사에서 나오지도 않을 것이다. 전부 아니면 아무것도 아니할 태세였다. 아니 태세조차도 비치지 않았다. 이미 허공처럼 비어 버렸다. 그 허공에 어떤 바람이 불든 상관치 않았다.

수앙의 왼손가락 네 개가 두 마디씩 잘려나갔는데 그 손에 붓을 쥐고 붓 쥔 손을 무명으로 꽁꽁 싸매고 그림을 그린다 했다. 석회벽이건 흙벽이건, 방안의 종이 바른 벽이건, 무명천으로 도배된 벽이

건 도솔사에서 허락받은 곳마다 그려대는 그림이 모두 나비라고 했다. 훨훨 나는 나비들, 고양이와 노는 나비들. 꽃잎에 앉은 나비들. 교미하는 나비들. 알을 낳는 나비들. 한 생을 다하고 추락하는 나비들. 나뭇잎을 떠나는 나비들. 새에 잡아먹히는 나비들. 나비들의 치열한 한 살이가 그림에서는 고요하기만 하다던가.

아이가 그려대는 그림은 곧 말이다. 바람이자 바람이다. 수앙의 내면이 그처럼 치열하면서도 고요했다. 아이가 그리 지내는 이유는 어미 때문이자 어미를 위한 것이다. 어미가 저의 무녀됨을 원하지 않으므로 그저 도솔사의 나무 한 그루처럼, 풀 한 포기처럼, 풀잎에 내려앉은 나비처럼 지내고 있다.

아이를 도솔사에서 끌어내고 말리라. 수백 번 다짐했다. 어미로서 억지로 끌어내면 별 수 없을 테고, 부령으로서 나오라 명하면 나오기는 할 터였다. 날마다 그렇게 작정은 할지라도 끌어내지 못하고 명하지도 못했다. 앞으로도 못할 것이다. 억지로 끌어낸들 아이가 할 짓이란 반편이를 가장한 벙어리 노릇밖에 없을 텐데 그런 삶은 또 어찌 본단 말인가. 하지만 저리 살고 있는 수앙을 어찌할 것인가. 삼 년 넘게 제 처 얼굴 한번 못 본 채 벅수처럼, 나무꾼인 듯 살고 있는 강하는 또 어찌할까. 이미 일천여 나날이 흘렀으되 저대로 두면 일만의 날도 그리 살 것이다. 두 자식을 생각할 때마다 안쓰럽고 미안한 반야는 서러워 눈물이 났다.

보연당은 혼인한 이래 한 번도 불천위제에 참여하지 않았다. 혼인 초 세 차례 용문골에 와서 한두 달씩 지내다 간 적은 있으되 그걸로 끝이었다. 한양 집 살림을 해야 하거니와 한양과 온양 간의 거리가 멀어 사대부 집안 아낙이 함부로 움직여 다닐 수 없다는 게 핑계였다. 무영도 처음 몇 해 이후로는 보연당을 용문골로 보내거나 데리고 다닐 것을 포기했다. 선영과 부모 앞에 종손며느리 세우기를 포기하고 나자 보연당한테 가졌던 죄스러움과 안쓰러움이 사라졌다. 금년 불천위제에 같이 가자 청한 것은 매년 반복되어온 타성이었을 뿐이다. 보연당에게 여인이 말을 타는 것은 언어도단인데 가마는 멀미 때문에 못 탄다는 핑계 또한 당당했다. 역시나 이번에도 보연당은 가마멀미를 빙자하며 온양 행을 마다했다.

가마 대신 말을 타는 극영의 처 인모는 호위 둘만 거느리고도 잘 다니는 덕에 앞서 온양에 갔다. 인모는 불천위제에 온양으로 가서 한가위까지 어머니 곁에서 머문다. 설에도 미리 내려와 명절을 준비하고 정초를 지내다 제 서방과 함께 상경한다. 시집 살림을 배우며 며느리 노릇을 해주는 제수 덕에 무영은 한시름을 놓은 셈이지만 장자로서의 죄스러움이 덜하지는 않다. 장자로서 어린 아우 내외를 데리고 살지 못하고 처가살이를 시키는 것도 체면이 서지 않았다. 극영의 혼인이 정해졌을 때 보연당이 한마디로 잘랐다.

"서방님 살림을 내주지요."

그 문제로 무영은 보연당과 다툴 엄두가 나지 않았다. 그의 뜻에 반해 아우 내외를 억지로 데리고 산다고 해도 젊은 내외한테 이롭지 못할 것 같아 포기했다. 당시에 극영이 성균관에 있었던 데다 혼인 초의 처가살이가 드문 일도 아니어서 살림을 내주는 대신 처가에 살게 했다. 극영이 입격하고 난 뒤 살림을 차려 주려 했더니 제수가 마다했다. 어차피 자신이 온양 본가를 오르내리며 살 터인데 그때마다 극영을 홀로 두는 것보다 지금대로 사는 게 낫지 않겠냐는 것이었다.

매해 그랬듯이 이번에도 무영은 답답하게 움직이는 가마 행렬을 이끌고 나서지 않게 되어 다행이라 여겼다. 작년 불천위제 때와 달라진 건 호위가 넷이나 생겼다는 것이다. 현무부령이었던 김상정 도방이 사신경으로 올라가며 자신의 호위 넷을 새 부령이 된 무영에게 붙여 주었다. 부령의 호위들이 팔도 현무부 무진들을 꿰고 있으므로 그 내역을 새 부령인 무영에게 이관移關시킨 것이었다. 누대로 부령들이 물려받는 부령 본원의 자금도 함께 왔다. 부령과 호위들의 활동자금이자 현무부 내에서 필요할 때 쓰는 공금인데 부령 자신의 능력에 따라 차기한테 물려줄 자금이 커지기도 하고 줄어들기도 하는 모양이었다. 전 현무부령 김상정 도방은 돈 버는 데 탁월한 재능이 있는 사람이라 많이 늘린 듯했다. 무영은 늘릴 재주가 없는 건 물론이고 관리할 재량도 없었다. 그걸 잘 아는 김상정 도방이 혜정원에 자금관리를 맡기면 어떻겠느냐고 물었다. 무영은 찬성했다.

관헌으로서는 성균관으로 나앉은 게 오히려 편했다. 빈궁전의 부친이 영의정이 되든 말든, 신임 경기관찰사 홍계희가 중궁전의 아비 김한구와 짜고 소전을 몰아붙이든 말든, 이조판서 윤급과 영의정을 지내다 좌의정으로 밀려난 김상로가 임금의 총첩 문녀와 패거리가 되어 임금 부자를 이간질하든 말든, 남의 일이 되었다. 뒤끝 질긴 대전이 소전의 지난 관서 행을 기어이 다시 들추고 나설게 뻔해도 궐에 들어가지 않으므로 눈에 보이지 않고 눈에 보이지 않으므로 잊을 수 있었다. 성균관에서 유생들과 더불어 학문을 논하게 되니 젊어진 것 같은 데다 책 읽고 글 쓸 시간이 많았다. 앞으로 관직에 있는 내내 성균관에서만 지내도 괜찮을 성싶었다.

지난 초여드레 날 유생들이 보현정사에 난입하는 사달을 일으키긴 했다. 들어가 비만 피한 게 아니라 술판을 벌이고 비구니들과 동승들을 희롱했다. 조정은 물론 도성이 들썩일 만한 큰일이었다. 다행히 대전까지 전해지지 않고 소전 선에서 멈췄다. 소전은 보현정사에 들어간 유생들에게 삼천 자 이상의 반성문을 쓰게 하고 술까지 마신 유생들에게는 일만 자 이상의 반성문을 쓰게 하는 것으로 용서했다. 성균관의 관속들로 하여금 사흘 동안 보현정사 청소를 하게 함으로써 그 주인에게 사과했고, 그 주인은 소전의 뜻을 받들었다. 유생들이 벌인 짓의 비중에 비하면 가벼이 마무리 된 셈이었다. 일이 더 커졌다면 성균관 교관 중 한 명인 무영이 집안 제사를 지내기 위해 수유를 내기는 어림도 없었을 것이다.

아우 극영과 아들 긍로와 조카 우진과 호위 둘만 데린 채 말을 달리므로 여유부리며 움직였는데도 만 하루 만에 온양 집에 도착했다. 극영은 며칠 만에 만난 제 처를 몇 년 만에 만난 듯이 수선을 피우고 우진과 긍로는 할머니 품을 파고들며 호들갑을 떤다.

"영로는 어찌 데려오지 않았누?"

홍외헌의 질문에 긍로가 입을 삐죽이며 답한다.

"언니는 아버님처럼 만날 공부만 하잖아요. 요조한 규수인 척 얌전을 빼고요. 할머니한테 갖다 드리라고 이야기책을 한 보따리 싸 주던걸요."

"그랬어? 할미가 이야기책 좋아하는 걸 알아 책도 싸 보내고. 영로가 참말 다 컸구나."

우진이 제 말에 실어온 책 보따리를 홍외헌에게 건넨다. 영로가 쓴『새 심청 이야기』도 들어 있을 것이다. 영로가 태일이라는 건 궁로나 우진도 모르는 비밀이다. 『새 심청 이야기』가 금서인지라 그 저자도 비밀이어야 하기 때문이다. 성균관 유생들이 태일을 서른 몇 살쯤의 여인일 것이라 유추하는 소리를 들었다. 영로가 열네 살에 쓴 이야기가 유생들한테 그렇게 느껴질 수 있는 건 제 고모의 지도와 가필 덕이었다. 그렇더라도 아직 어린 딸이 그 이야기를 써 냈다는 사실이 무영은 신기했다. 책방에 가서 은근짜하게 『새 심청 이야기』를 묻고 돈 내고 살 때는 감격스러웠다. 아이가 할머니한테 그 이야기를 해드리면 몹시 좋아하실 텐데 안타깝게 되었다.

홍외헌이 보따리 끄르는 걸 보던 무영은 천마의 안장주머니에 두었던 책이 생각나 일어난다. 도성 집에서 출발할 때, 내달 초 논어재의 고강시험 문제를 내야 한다는 생각이 나서 급히 넣어 두곤 잊어버리고 있었던 것이다.

"천마 안장주머니에 책이 한 권 들었을 거야."

사온재 마사지기는 덕구다. 어린 시절의 무영에게 말타기를 처음 가르친 사람이 두 살 많은 덕구였다. 그의 부친이 마사지기였던 덕에 그도 자연히 뒤를 이었다. 『논어집주論語集註』를 꺼내 주던 덕구가 말을 걸어온다.

"그 아씨 있잖습니까, 서방님?"

"그 아씨라니, 어느 아씨?"

"옛날 옛날에 온율서원 연못에서 고모님 넋을 건져낸 그 꽃각시 보살 말입니다."

무영의 가슴이 덜컥 내려앉는다. 그렇잖아도 다음 달 열여드레 밤에 경령 회합이 벌어질 것이라는 기별을 받았는데 덕구가 반야를 거론하고 있지 않은가. 반야는 이 집에서 경령 회합을 발의했던 것이다.

"고모님께서 큰일을 당하셨지. 나는 그때 여기 없었지만."

"아! 큰서방님은 그때 태학에 가 계셨지요. 아무튼 그때 고모님 넋을 건진 무녀 이름이 꽃각시 보살이었는데요. 그 아씨가 열흘 전에 쑥 들어왔지 뭡니까?"

"우리 집으로?"

"다른 집이면 쇤네가 이런 말을 뭣 하러 합니까? 귀한 밥 먹고 할 일 없이."

"그렇다 치고, 그때가 벌써 언제인데, 자네가 그 사람을 금세 알아봤어?"

"어찌 못 알아봅니까? 그때랑 똑같던데요."

"이봐, 덕구 씨. 스무 해 전의 그 사람이 어찌 지금과 똑같아?"

"정말입니다. 그때랑 똑같더라니까요. 해서 쇤네가 금세 알아봤지요. 헌데 마님께서 아무도 알아보지 말라고 명을 내리셨지 뭡니까. 마님의 명으로 그 아씨를 아는 사람들이 죄 모르는 사람인 것으로, 그이는 갑인당 아씨인 것으로 되었지요."

"갑인당? 갑인, 하갑인은 돌아간 우리 이종사촌 누인데?"

"마님께서 꽃각시를 갑인당 아씨로 되살려 내신 거 아니겠어요?"

"그래서, 갑인당이 지금 집안에 있단 말이야? 어디? 별원에?"

"별원에서 사흘 묵고 떠났지요. 사흘 내내 앓는 기색이었고요."

"이모 찾아온 사람이, 그것도 아픈 사람이 겨우 사흘 묵고 갔다고? 어디로 갔는데?"

"그야 쇤네가 모릅지요."

"갑인당이 누구랑 같이 왔는데? 시자가 몇 명이나 됐어?"

"그 아씨가 시자를 잔뜩 거느리고 다니는 걸 서방님은 어찌 아신답니까? 시자가 일곱 명이나 되더라고요, 글쎄. 여인 셋, 남정 넷. 그뿐이 아닙니다. 아씨는 물론이고 시자들까지 죄 말 한 필씩을 타고 나타났지 뭡니까? 원님 행차도 아니고, 어떻게 우리 집보다 말이 많데요? 무녀가? 아무리 그 옛날의 꽃각시 보살이라도요?"

각부에서 반야에게 무사들을 보내며 말을 태워 보냈다. 반야가 한 자리에 머무는 사람이 아닌 데다 하는 일이 많으므로 그 호위들에게는 기동력이 필수인 까닭이다. 방산이 현무부에서 칠요호위대로 누구를 보낼지 물어왔을 때 현무부령인 무영은 방산의 뜻을 물었다. 방산은 최선오를 거명했다. 최선오는 현재도 만단사에 속해 있으되 의녀 단아의 지아비인지라 그 내외가 함께 칠요를 보위하면 좋겠노라 했다. 무영이 반대할 이유가 없었다.

"갑인당이라며!"

"그러니까요."

마굿간에서 나온 무영은 곧장 안채로 향한다. 이제부터 불천위제를 준비하며 모여들 일가친척들을 맞이해야 한다. 그전에 반야가 어디로 갔을지 확인하는 게 급선무다. 앓기까지 했다니 멀리 가지는 않았을 것이나 벌써 여러 날 전에 나갔다 하지 않는가.

서성이며 들어선 아들의 낌새를 느끼셨는지 모친께서 우진과 궁로를 내보낸다.

"그예 별님이 얘길 들은 게지?"

"예, 어머니."

"아직도 별님이를 기리는 것이야?"

"그 사람이 어디로 갔는지, 어머니, 아십니까?"

“어미 질문에 대답 먼저 해야지.”

“어디로 갈 맘이 아니옵니다. 그 사람이 있어 허튼 생각하지 않고, 어떤 허튼 짓도 아니하며 살아가노라, 말씀드리지 않았나이까. 그 사람이 어디로 갔는지 아시면 부디 말씀해 주십시오.”

“자네가 그리 나올 성싶어 내가 그 사람을 잡아 놓았네.”

“잡아 놓으시다니요?”

“놀라기는! 도저히 움직일 몸이 아니게 보이는데 기어이 가겠다고 해서, 행선지를 고하지 않으면 못 나가리라, 그냥 나가면 다시는 나를 못 보리라 엄포를 놨지. 늙은이 대접하느라 가르쳐 주더구먼. 원각사로 가서 얼마간 몸을 추스른 뒤에 움직이겠다고 했어. 예서 나간 지가 벌써 이레나 됐으니 아직 게 있을지는 모르겠으나, 정히 못 잊을 것 같으면 어른들 다 오시기 전에 얼른 다녀와.”

당장 일어나려던 무영은 마음을 가라앉힌다. 반야는 가는 데마다 집을 만드는 사람이고 처처에 칠성부 선원을 두었다. 또 혜정원에서 구입해 뒀던 목멱산 동남쪽 방향의 산림 안에다 짓던 집이 완성됐다고도 들었다. 덕적골이라던가. 진강포 뒤쪽이라는 덕적골은 목멱산 성곽 밖이거니와 도성을 등진 쪽이어서 무격이 들어가 살 법했다. 덕적골에 지었다는 그 집이 반야의 새 집이거니 여겼던 무영의 예상과 달리 그 사람은 몇 군데 절만 전전하는 듯했다. 분명히 도솔사에서도 꽤 오래 머물렀던 것 같은데 무영을 부르지 않았다. 작년 가을에 부령 회합도 마다했다. 이 사람이 나를 피하는 거로구나, 생각하니 맘이 몹시 아팠다.

그런 사람이 이 집으로 들어와 쉰 까닭이 무엇이랴. 이 집이 이무영의 집이기 때문이 아니런가. 반야는 떠도는 삶에, 숱한 사람들의 의지가 되어 온 자신의 삶에 지친 것이다. 지칠 만했다. 이제는 누군가가 그를 돌봐야 할 때가 되었다.

“한시가 급할 텐데 어찌 아니 나가고 뭉그적이는 게야?”

“소자, 어머님께 청이 있습니다.”

“말씀하시게나.”

“그 사람을 들여앉히게 해주십시오.”

“범 같고 여우 같은 젊은이들을 거느린 그 사람이, 자네가 들여앉히련다고 들어앉을까? 더구나 어디다가? 예다가? 아니면 진장방에다?”

“어머님께서 허락만 해주시면 소자가 그 사람과 의논하여 거처를 정하겠습니다. 허락해 주십시오.”

“남정 품에 들어앉을 사람이 아니야.”

“허락만 해주십시오.”

모자지간에 눈이 마주친다. 홍외헌의 주름진 눈매 속의 눈동자가 흔들림 없이 곧다. 아들의 진의를, 맘의 깊이를 가늠하고 있다.

“기어이 그리 해보고 싶으냐?”

“예.”

“허락하마. 가서 만나지면, 의논껏 해봐. 이거 먼저 챙기고.”

홍외헌이 경상의 서랍에서 동그란 꾸러미와 주머니를 꺼내 내민다.

“차와 돈이옵니까?”

“차는 불전에 올리도록 하게. 주머니에는 은금붙이가 들어 있네. 내 시집올 적에 지니고 온 패물들이며 자네 할머님께서 남기신 것들, 내가 평생 이점저점 모은 것들을 아울러 천 냥어치나 될 게야.

자네가 받는 녹봉이야 영로어미한테 가는 게고, 자네가 딴짓하여 축재할 재간이 있는 사람도 아니고. 헌데 여인네의 남정 노릇을 하려면 집칸이라도 있어야 할 게 아닌가."

무영은 모친께 앉을 절을 바치고 주머니를 받는다. 평생 동안 반야를 그리워하며 살았을망정 저자에서 흔히 파는 옥가락지 하나 사다 준 적이 없다. 그에게 어떤 물건이 어울릴 수 있으랴, 그리 여겼는지도 모른다.

"고맙습니다, 어머니."

"그런 인사는 필요 없고 대신, 한 마디 보태겠네. 억지로는 못하는 게 여인의 맘일 제, 별님이를 억지로 들여앉히려 해서는 아니 되거니와 혹여 그리되었을 때라도 영로어미는 몰라야 할 게야. 어멈도 제 맘, 제 맘대로 아니 됨을 생각하라는 것이지."

"명심하고 조심하겠습니다."

"그래 다녀와. 오늘 밤은 몰라도 내일 아침에는 돌아와야 해."

모친 앞에서 물러나 간단히 행장을 꾸린다. 명진과 검희는 어쩔 수 없이 데리고 나선다. 사사로운 일에도 호위들을 데리고 다니게 되면서 그 오랜 세월 반야가 어찌 살았는지 조금이나마 이해하게 되었다. 내 몸이 내 몸만이 아닌 삶. 그 무거운 책임.

태조산은 아주 높다 할 수 없는 산이고 그 중턱에 있는 원각사는 크다 할 수 없는 절이다. 전각들의 크기로 보면 그러했다. 하지만 원각사는 부속 암자를 십수 개나 거느린 원찰이다. 품이 넓고 깊어 사신계원들을 키우고 품어 안으며 수백 년을 존속해 왔다. 현내에서 원각사 일주문 앞까지 말을 달릴 수도 있을 만치 길도 잘 닦여 있다. 일주문을 지나면 사정이 달라진다. 절을 찾는 자들로 하여금 숨결을 다스리고 자신을 내려놓고 겸허해지라는 듯 등성이는 높아지고 골은 깊어졌다. 일주문 아래쪽 하마비 앞에서 말을 내린 무영은 명진과 검희에게 이른다.

"예들 있게."

명진이 읍하며 말한다.

"말을 단속해 놓고 모르는 사람처럼 뒤를 따르겠습니다."

무영은 홀로 걸으며 숨결을 다스린다. 어린 시절에 몇 번 부친을 따라온 적이 있으나 원각사에 머문 시절은 없다. 이곳에서 무술을 익힌 몇 사람을 알기에 친숙할 뿐이다. 몇 해 전 극영도 원각사에 한 철을 보냈다.

정신없이 달려오긴 했으되 오는 내내 반야가 이곳에 있을지 걱정했다. 이곳에 있어도 만날 수 있을 것인지. 그 사람이 원할 때만 만날 수 있었지 않은가. 반야가 홍외헌께 원각사로 간다고 아뢴 까닭이 이무영으로 하여금 찾아오라는 뜻이 아닐지도 몰랐다. 반야의 맘이 달라졌을 수도 있으리라 가정한 게 아니라 그에게 무슨 일이 있는 것이라고.

수앙이 삼 년 전에 당한 고초가 반야에게 큰일이었다는 것은 짐작했다. 반야뿐이랴. 언제나 아침 해처럼 빛나던 강하가 빛을 잃고, 멀겋게 흐르는 물처럼 무심하게 살고 있는 것만 봐도 그 식구가 겪은 고통이 어땠을지 가늠할 만했다. 수앙이 당한 일이 강하를 무너뜨렸듯 반야도 그리된 것이라 여길 만했다. 하지만 그와 다른, 그보다 큰 무슨 일인가가 반야를 무너뜨린 게 아닌가 싶었다. 결국 수앙이 도솔사에서 나오지 않는 까닭과 관련된 것일지도 모른다. 그게 뭔지 반야를 만나 봐야 알 수 있을 텐데 과연 만날 수 있기는 할지.

작년 여름 부령을 추대하는 무진 회합에서 자신이 거명되었을 때 무영은 사양할 수도 있었다. 계 내에서의 자리 욕심 같은 걸 가져 본 적 없거니와 열외 무진인지라 휘하 계원도 없었다. 거절이 마땅했으므로 사양했다. 재청 지나 삼청이 들어왔을 때 생각을 바꾸었다. 부령이 되면 칠성부령의 소재를 알 수 있다는 생각을 해냈기 때문이었다. 과연 현무부령 자리에 앉으니 반야의 소재가 제꺽 파악됐다. 파악하면 뭘 하랴. 만날 수 없는 건 같았다. 신임 부령이 들어서면 부령 회합을 가져야 마땅한데 반야는 그조차도 미루기만 했다.

원각사 입구인 천왕문을 들어서는데 댕댕, 종이 울린다. 해 질 녘이므로 저녁 예불을 알리는 종소리다. 여기저기서 나온 비구며 사미들이 대웅전을 향해 간다. 무영도 대웅전으로 든다. 삼십여 명은 될 법한 사람들 사이에 평복한 사람은 무영뿐이다. 무영은 찻잎 꾸러미를 불전에 올려놓고 물러나 뒤켠에 서서 저녁 예불을 드렸다. 반야심경을 외는 것으로 예불이 끝나고 승려들이 대웅전을 나가기 위해 움직이는데 나가는 게 아니라 벽 쪽으로 붙어 길을 낸다. 큰스님께서 먼저 나가시도록 물러나는 것이다.

큰스님의 법명이 경산이었다. 그걸 생각해 낸 무영은 반대편 문을 통해 먼저 법당을 나와 멀찍이서 큰스님의 뒤를 따른다. 다행히 큰스님은 대중방이 아니라 상좌승과 함께 당신 처소로 향하는 것 같다. 대웅전 뒤편에 올라앉은 자그만 집 앞에서 무영은 큰스님을 불렀다. 일흔이 넘었을 성싶은 큰스님 대신 상좌승이 돌아본다. 뒷모습이 젊은이 같은 상좌승은 앞에서 보니 쉰 가까이 돼 보인다.

"예불에 드신 거사님이시군요. 무슨 일이십니까?"

"소인은 온양 용문골에서 온 이무영이라 합니다. 큰스님께 여쭙고 싶은 게 있어 이리 뵈었습니다."

큰스님이 돌아보지 않고 마루로 올라서며 말했다.

"자산! 손님 안으로 모시게. 불 켜 주고."

자산이 무영에게 안으로 드시라는 손짓을 해 보이고는 불을 가지러 간다. 자리를 비키는 것이다. 어스레한 방으로 들어선 무영은 좌정한 큰스님을 향해 삼배하고 무릎 꿇고 앉는다. 무영이 어린 날 뵀던 그 경산스님이신 게 분명한데 그때와 그리 달라 보이지 않는 게 기이하다.

"편히 앉으시고, 무슨 일로 이 늙은 중을 강아지마냥 졸졸 쫓아왔는지 말씀하시구려."

"한 여인을 찾아왔나이다."

"비구들만 사는 절집에서 여인을 찾는다? 중생은 비구니 절에 가서 사내도 내놓으라 하겠구먼."

"그 여인이 이레 전에 이곳으로 간다더라는 말을 들었나이다."

"여인들이 와서 기도를 하곤 하지. 허나 내 오늘은 여인을 못 봤는데?"

"이레 전에는 여인을 보셨는지요?"

"어제까지는 여러 여인을 멀리서 구경했지. 여인들은 탑돌이를 참 좋아해. 한나절 내내 빙빙 돌기도 한다니까. 보는 사람은 재미나는데 도는 사람은 어지럽지 않나 몰라."

"스님!"

"거, 누굴 말하는지 모르나 날 찾아올 게 아니라 종무소 가서 물어

보실걸 그랬소. 종무소 가면 독원이라는 땡초가 있을 테니 가서 찾는 여인에 대해 물어보시구려. 음, 시방은 독원이 공양간에 있겠구먼. 남들이 다 먹고 난 연후에 남은 걸 죄 퍼먹거나 없으면 탈탈 굶는 버릇이 있는 땡초라서 게 있을 거요. 가서 좀 얻어 자시구려. 남은 게 있을라나 모르겠지만."

"소인이 종무 스님께 여쭤볼 줄 몰라서 큰스님을 뵌 게 아님을 아시지 않나이까. 부디 말씀해 주소서."

"거 참 답답한 중생이로고. 중생이 찾는 여인을 어찌하여 이 늙은 중한테 내놓으라 하냐는 게지. 내가 그 여인을 이 자그만 방 벽장 안에라도 숨겨 놨을까 봐?"

"그 사람은 벽장 안에 숨길 수 없게 큰 여인인지라 큰스님 심간에 두셨을 것 같나이다."

"벽장 안에 못 둘 만치 큰 여인을 중생은 어찌 감당하려고 찾아? 찾아서 어찌하려고?"

"그 사람이 많이 아픈 것 같나이다."

"아프다손?"

"그저 얼굴 한번 보고 얼마나 아픈지, 물어나 보려 합니다. 제 평생 그 사람한테 그것밖에 한 일이 없어, 이번에도 그럴 것입니다만, 그나마나 하고 싶어 찾아 나섰습니다. 부디 청하오니, 만나게 해주소서."

스님이 잠잠히 건너다본다. 자산이 마당의 석등에 켜 놓은 불빛이 희미하게 비쳐들 뿐 큰스님의 눈빛을 볼 수는 없다. 한참만에야 큰스님이 입을 뗐다.

"중생이 용문골에서 왔다고 했나? 이가고?"

"예, 스님."

"내 그 동리 사는 이가 성의 한 처사를 알지. 평생 바쁘게 살던 처사가 늘그막에 하던 일을 다 내려놓고 심심해지니 가끔 이 늙은이를 찾아와서 놀자고 보채곤 하는데, 그 처사를 알 것 같나?"

"삼가 향기롭게 생각하는 집, 사온재思馧齋에 사는 그분이라면, 아옵니다."

"사온재와 어찌 아는데?"

"소인은 그분 슬하입니다. 소인 어렸을 적에 아버님을 따라 예 와서 경산스님을 몇 번 뵌 적이 있나이다. 마지막 뵀을 때가 열 살 한가위 무렵인데, 그때 스님께오서 소인한테 칼질이나 주먹질은 못하게 생겼으니 붓질이나 부지런히 배우라 하셨습니다."

"내가 어린 중생을 앞에 놓고 그런 혀를 놀렸단 말이야?"

"예, 스님. 소인은 스님 말씀대로 칼질과 주먹질에 대한 꿈을 접고 붓질만 배우고 있나이다."

"내가 그랬단 말이지?"

"예, 스님."

"허면, 내 서른 해 전에 세 치 혀를 잘못 놀린 죄갚음으로 한 여인에 대한 이야기나 해주지. 중생이 찾는 여인인지는 모르나, 이십 년 전쯤에, 묘령의 처자가 아주 크게 다쳐서 여길 왔지. 어떤 어지러운 중생의 화마 같은 심화를 덮어쓰는 바람에 원기元氣를 잃어버린 상태더구먼. 남의 목숨을 재량할 수 있으리라는 스스로의 교만에 치인 것이기도 했지. 어쨌든 죽을 둥 살 둥 심각한 몸으로도 절집에서 일을 하겠다고 찾아왔었어. 업이 참 무겁구나 싶어 짠하기 그지없었지. 아마 곱게 생겨서 더 짠했을 게야. 그때 이 절의 중들이 그 처자 때문에 몸살깨나 앓았거든. 하여튼 절에 곱상한 여인이 나타나면 사달이 난단 말이지."

현무부는 아니되 사신계 열외 무진이실 게 뻔한 노스님께서는 여유롭기 한량없으시다. 대체 노인들은 어찌들 이러시는지. 나도 나이가 들면 이 분들처럼 되려는가. 무영은 채근하지 못하고 한숨을 삼킨다.

"그때 그 처자가 나이가 들어서 얼마 전에 다시 왔는데, 이번에는 원기를 잃은 게 아니라 심기心氣를 상실했더군. 원기나 심기나 결국 같은 거라, 일단 잃으면 운신이 쉽지 않지. 그런 몸으로 어디에도 머물지 못하고 싸돌아다니는 중에 이 근방에 이르렀는데, 아무데도 갈 몸이 못되어 급한 대로 이곳으로 기어든 게야. 울 곳이 필요합니다, 스님! 그러면서 또 눈물을 흘리더군. 해서 그 여인과 식구들한테 암자를 내어 줬어. 그 여인이 암자에서 얼마나 지낼지, 그 후에 어디로 갈지는 이 늙은이가 알 수 없고."

"소인이, 소인 같은 자가 찾아올지도 모른다는 말을 그이가 하더이까?"

"그런 말 없었어. 그저 암자 내주었더니 시자들한테 업혀 올라가더구먼."

"소인에게도 오늘 밤에 누울 자리를 내어 주시겠나이까?"

"오늘 이 절에 중생이 누울 자리는 없어."

"박정하십니다, 스님."

"이보라 젊은 중생. 내 늙은 중생으로서 충고 겸 덕담 한마디 하겠는데, 어느 여인이든 찾으려 할 제 조급해하면 안 돼. 특히 중생이 찾는 그 여인은, 아픈 데다 몸이 너무 커서 그 자신 외에는 누구도 감당 못 해. 그러니까 조급해하지 말고 그 여인이 심기를 되세울 때까지 기다려. 그 여인이 스스로를 감당할 기운을 되찾아야만 중생도 그 여인을 찾을 수 있을 게야. 미련하지 않아 보이니 내 말도 알아듣겠지?"

석 달 열흘을 조른다고 해도 여기서 반야를 만나기는 불가능하다는 말씀이다. 그 사람이 원하기 전까지는 되지 않을 일임을 모르고 온 것도 아니다.

"내리신 말씀 명심하겠나이다. 하옵고 청이 있습니다."

무영은 바랑에 넣어 온 어머니의 주머니를 꺼내 스님 앞에다 놓는다.

"무엇인데?"

"그 사람이 암자에서 내려오면 이 주머니를 전해 주시옵소서."

"돈이야?"

"소인의 마음이옵니다."

"마음 주머니라! 그 주머니 속에 담긴 마음을 짐작은 하겠네만, 그래서 외려 내가 전하기는 마땅치 않는 것 같구먼. 언젠가 그이를 만나게 되면 직접 전하시게나. 아주 오래 걸리기야 하겠나? 그리고 그이가 지금은 몸이 너무 큰 데다 아프기까지 해서 운신이 어렵다지만, 사람이 언제까지나 크기만 할 수는 없는 게 만상의 이치 아닌가. 이 마음 주머니는 그때 쓰는 게 좋을 성싶구먼."

반야가 작아졌을 때 쓰라는 말씀인데, 그 말씀의 담긴 속뜻을 묻기는 두렵다. 큰 사람은 큰 채로 강건해야 하는데 큰 사람이 작아지면 어떤 상태가 된다는 것인가.

"알겠나이다. 강령하시오소서, 큰스님."

"그래, 잘 가시게."

큰스님께 절하고 방을 나서니 자산스님이 시립하고 있다가 신발을 돌려놓아 준다. 무영이 합장절하고 신을 신고 섬돌을 내려서자 그가 합장절로 배웅한다. 무영은 다시 합장해 보이곤 대웅전 옆길로 내려 걷는다. 명진과 검희가 뒤따르고 있다. 머지않은 어느 곳에 반야가 있는데 못 보고 절을 나가야 하는 무영의 맘이 호젓하다 못해 비감하다. 어두운 눈으로, 눈보다 더 어두운 맘으로 어둠에 잠겨 있을 그 사람을 안고 다 괜찮아질 거라고 말하고 싶었다. 수앙이나 강하는 이미 다 자랐지 않냐고, 몹쓸 일을 겪었지만 너끈히 이겨낼 사람들이라고, 부디 당신 먼저 기운을 차리라고 말하고 싶었다. 안아 다독이며 재워 주고 싶었다. 이무영의 품에서 늘 잘 자던 사람이므로. 함께 살아야겠다고 작정했던 것도 그래서였다. 할 일이 많고 많은 그 사람이지만 내 품에 안겼을 때만이라도 쉬게 해주고 싶어서.

천왕문 밖으로 나선 무영은 돌아서서 합장 칠배를 한다. 합장 칠배를 마치고 돌아서지 못한 채 맨땅에 엎드린다. 놀란 호위들이 뒤에서 같이 엎드리는 게 느껴진다. 부처님! 부르는데 코끝이 매큼해진다. 부디 그 사람을 굽어 살피소서, 하는데 눈물이 나고 만다.

섞는다는 것

이무영의 스물두 살, 오보연의 열일곱 살 늦봄에 정혼하고 가을에 가례를 올렸다. 초례청에서 혼례포를 내렸을 때 보연은 신랑의 얼굴을 처음 봤다. 장원 급제를 세 번이나 하고 형조 좌랑으로 벼슬을 시작했다는 신랑이 헌칠한 몸피에다 용모조차 단정했다. 눈이 마주쳤을 때 보연의 가슴이 마구 뛰었다. 신방에 들었을 때 신랑이 아름다워 설렜다. 첫날밤을 무사히 치르고 더불어 잠이 들었다. 새벽에 눈을 떴더니 신랑이 곁에 없었다. 놀라 문을 열어 보니 신랑이 마당 가운데에 석상처럼 서서 새벽하늘을 올려다보고 있었다. 사람의 등에 표정이 있다는 걸 깨달았던 그때 그의 뒷모습이 사뭇 고독하고 냉연하여 보연의 가슴이 철렁했다. 사실 보연은 간밤에 신랑과 치른 교접이 처음이 아니었다.

유모의 아들인 재근과 보연은 한 젖을 먹은 덕에 임의롭게 어울려 자랐다. 열여섯 살 봄, 해 질 녘이었다. 영지에 심부름을 갔던 재근이 엿새 만에 집에 돌아와 인사차 별당에 들렀다. "천지에 꽃이 피었던

데요!" 그렇게 인사한 재근이 마당의 화단으로 돌아서더니 며칠 새에 봄꽃을 가리며 솟아오른 풀들을 두 손으로 죽죽 뽑아 뿌리의 흙을 털어 화단가에 늘어놓았다. 불현듯 눈이 부셨다. 날마다 보며 살던 그가 아니었다. 그의 몸에서 빛이 풍겨 석양 속에서 반짝거렸다. 어머나. 수틀을 붙들고 주니를 내고 있던 보연이 그렇게 한숨처럼, 탄성을 내뱉었다. 열린 창문으로 재근을 지켜보는데 어쩐지 손이 저리는 듯 다리가 간질거리는 듯 몸이 뜨거웠다. 그를 향해 말했다.

"들어와 봐."

"제가 아가씨 방에 들어간 걸 어른들께서 아시면 저는 멍석에 말려 죽어요."

그리 말하면서도 재근이 손이며 옷을 툭툭 털고 들어왔다.

"너를 보는 내 몸이 좀 이상해."

보연의 말에 재근이 대꾸했다.

"이제야 이상하세요? 저는 작년 이맘때부터 아가씨 볼 때마다 이상했는걸요."

"그랬어? 근데 우리 몸이 왜 이래?"

"섞고 싶어서 그런 것 같아요."

"뭘 섞어?"

"몸이요. 마음인가?"

"몸을 어떻게 섞는데?"

"저도 해보지 않았으니 모르죠."

"우리 둘이 해보자, 섞는 거."

"그러면 안 되죠. 그런 짓하다 들키면 전 죽는다고요."

"아무도 모르게 하면 되지. 해보자."

"정말이요?"

"정말! 널 만져 보고 싶어. 네가 지금 날 막 만져 줬으면 좋겠어."

그렇게 시작됐다. 장난처럼. 봄날 석양처럼 붉고 뜨겁게. 그보다 재미있는 놀이가 다시 있을 것 같지 않았다. 입술을 맞대고 혀를 섞고, 상체를 맞대고 체온을 섞고 하체를 맞대고 속살을 섞었다. 너른 방에서 섞고 골방에서 섞고 벽장에서 섞고 다락에서 섞었다. 옷을 다 벗고 섞고 속곳만 벗은 채 섞고 뒤로 섞고 옆으로 섞고 거꾸로 섞고 쪽쪽 빨며 섞고 물어뜯으며 섞었다. 몰래 하는 놀이라 매번 짜릿하고 감질났다. 횟수가 잦아도 모자랐다. 쾌감이 클수록 부족했다. 그 봄이 지나고 여름 가을이 지나고 겨울이 지나고 다시 봄이 왔다. 열일곱 살이 되었고 보연은 당시 좌부승지의 아들로 장원 급제한 형조좌랑 이무영과 정혼했다. 그렇지만 재근과의 섞는 놀이를 그치지 못했다.

가례를 달포쯤 앞뒀을 때 어머니한테 발각됐다. 골방에 들어가 문 닫고 섞느라 어머니가 골방문을 벌컥 열 때까지 기척을 느끼지 못했다. 딱 걸렸다. 어머니는 너무 놀라서 그 순간에는 화도 못 냈다. 행여 누가 알세라 신음을 뱉듯이 낮게 말했다.

"옷 입고 나오너라."

옷 입고 나서니 어머니가 종아리를 쳤다. 핏물이 배어날 정도가 되어서야 회초리질을 멈춘 어머니가 보연에게 지금부터 닷새간 방에서 나오지 말고 굶으라 했다. 보연이 처소에 연금되어 닷새 굶는 벌을 받는 동안 재근과 그 식구들이 충정재에서 사라졌다. 시골 영지로 내쫓긴 것이었다. 어머니는 보연에게 당신 눈에 흙이 들기 전에 둘이 다시 만나면 재근을 죽일 것이라 했다.

이무영과의 첫날밤에 보연당은 저간의 일들이 신랑에게 들킨 줄 알았다. 그가 돌아섰을 때 들킨 게 아님을 느꼈다.

"소피하러 나왔다가 새벽하늘이 장하여 잠시 감상에 빠졌는데, 그대 잠을 깨웠는가 봅니다. 미안합니다."

그가 그리 정중히 사과하므로 보연당은 자신의 실절失節이 두렵고 미안했다. 가슴이 싸했다. 그 새벽의 싸함이 십칠 년째 계속되고 있었다.

보연당은 지아비 이무영을 좋아하고 사랑했다. 재근을 좋아하고 사랑한 것과 한 치도 다르지 않았다. 지아비한테 사랑받고 싶고 그와 내외하지 않고 우애롭게, 틈나는 대로 안고 밤마다 함께 자고 아침에 같이 일어나고 싶었다. 바람대로 되지 않았다. 우륵은 혼인 초부터 한 달에 한두 번꼴로나 안해를 품고 몸을 풀기는 할망정 다정하지 않았다. 그는 안해가 아니라 책과 다정했다. 보연당이 아무리 보채도 소용없었다. 보연당은 자신의 어린 날의 실절을 갚하는 셈치고 지아비가 다른 계집을 본다 해도, 첩실을 들인다 해도 결코 투기하지 않고 감당할 작정이었다. 우륵은 아무 일도 벌이지 않았다.

보연당 자신이 모를 뿐 우륵에게는 심중에 담은 계집이 따로 있는 게 틀림없었다. 그렇지 않다면 안해의 혼전 실절을 모르는 그가 그처럼 여일하게 냉정할 수는 없는 게 아닐까. 알았다면 진작 어떤 식이든 파탄이 났을 것이니 모르는 게 분명하매 그에게는 계집이 있는 것이다. 몇 번이나 우륵의 뒤를 캐 봤다. 미행도 붙여 봤다. 그가 흠잡을 만한 짓을 하지 않는 것만 알아냈을 뿐이다. 그렇게 십여 년을 살다 보니 보연당은 숨이 막혔다. 숨을 쉬기 위해 채운회에 들었다. 서른 살 때였다.

그 무렵 오라버니가 재근을 통인으로 쓰기 위해 충정재로 불러들였다. 모친이 돌아가셨고 부친도 별세하셨지만 보연당이 고명딸인데다 친정 식구가 번다하지 않으므로 충정재 별당은 여전히 보연당의 처소로 남아 있었다. 그 방에서 그 사람을 보니 예전의 뜨거웠던 다정이 살아났다. 충정재 제사에 갈 때면 지남철에 이끌린 쇠붙이처럼 그가 그리워 몸이 뜨거웠다. 어쩌다 한 번 만나는 걸로는 뜨거움을 식힐 수가 없었다. 하지만 부모가 아니 계시는 친정에 출가외인이 자주 드나들기는 어려웠다. 매월 초하루와 열나흘 날에 절에 간다는 핑계로 집을 나서 재근을 만났다.

그렇게 삼 년여를 지냈는데 재근이 달라졌다. 영지에서 장가를 들었다가 상처했던 재근이 충정재로 돌아온 지 삼 년여 만에 오라버니가 그를 새로 장가들였다. 작년 시월이었다. 재근의 새 처 순미는 보연당 올케의 시비로 올해 스물세 살이었다. 천행두 앓은 흔적이 얼굴에 심하게 남은 곰보딱지였다. 그런 못난이를 안해로 맞은 재근이 제 처를 맘에도 들인 것이었다.

"이렇게 따로 뵙는 건 이제 그만해야겠습니다."

지난 섣달에 만났을 때 그리 선언한 재근이 은월당에 나타나지 않았다. 남부 예관골의 은월당은 보연당이 재근과 만나기 위해 마련한 집이었다. 청계천을 건너 효경교를 지나서 구불구불한 길을 한참 걸어야 나타나는 예관골에는 집이 몇 채 되지 않았다. 은월당은 그중에서도 호젓한 숲 속에 들어 있었다. 아낙이 홀로 다니기에는 멀다 할 수 있는 곳일지나 오직 재근을 위해 구입하고 가꿨다. 보름에 한 번 정도 정오경에 만나지만 매인 몸인 그가 시각 맞춰 오기 어려우므로 대개 보연당이 기다렸다. 기다리면 늦어도 왔으므로 그를 기다리는 시간이 보연당은 좋았다. 집에서는 하속들이 하는 일을 은월당에서는 직접 했다. 쓸고 닦고 불을 때고 마당의 풀을 메고 화단도 가꿨다. 또 다시 봄이 와 화단의 꽃들이 색색으로 피어나고 주변 숲의 나무들이 새순을 피워대느라 난분분하다. 재근이 오지 않을 뿐이다. 다시 오지 않겠다 하더니 이월 지나 삼월이 다 가도록 정말 오지 않는다.

우륵은 어제 아우와 아들과 조카와 호위들을 대동하고 온양 친가에 갔다. 작년 가을에 급작스레 문하생 넷을 집안으로 끌어들인 그였다. 사온재께서 하향하신 뒤 그 문하생들도 사라져 한적하던 집안이 다시 꽉 찼다. 특히 사랑채는 우륵의 문하생이며 우륵을 찾아드는 손님들로 자주 북적였다. 우륵이 없을 때는 사랑채가 도려빠진 듯이 고요해 졌다. 지금 집에는 영로와 하속들만 있다. 영로는 내 딸이 맞나 싶을 정도로 책을 좋아했다. 제 고모가 책을 좋아하므로 아이는 고모를 어미보다 더 따랐다. 고모 집에 가는 걸 좋아하는 이유였다. 올봄 들어서도 제 고모 집에 간다는 아이한테 야단을 쳤다. 겉으로는 글공부 대신 침선 배워 시집이나 가라는 야단이었지만 속내로는 재근 때문에 보연당의 심기가 어지러웠던 탓이었다.

영로에게는 오늘 채운회 모임이 길어지리라 핑계대고 나왔다. 모임이 길어진다는 건 저녁까지 먹고 파한다는 뜻임을 영로도 안다. 모임이 열린 집에서 하속을 붙여 배웅해 주는 것으로 여긴다. 그렇다고 해도 초경에는 귀가하기 마련이다. 지금 초경에 접어들었을 터이다. 유일하게 보연당의 탈선을 아는 바올네가 마님 마중 간다고 나와 집 앞 골목에서 서성이며 기다리고 있을 터이다.

집까지 부지런히 걸어도 두어 식경은 걸린다. 재근이 오면 집 근

처까지 배웅을 해줄 터인데 그가 오지 않으므로 지난번처럼, 그 앞들처럼 또 홀로 걸어가야 한다. 보연당이 어두운 길을 홀로 걸어야 함을 알면서도 나타나지 않는 재근은 자신의 마음이 돌아섰다는 걸 그렇게 표현하고 있다. 보연당도 돌아서야 하는데 안 된다. 여기 오지 않으리라고, 끝내리라고 작정하고 작심하고 다짐하고 결심해도 앞서 움직이는 몸 앞에서 무위가 되어 버린다. 그가 그리워 몸도 마음도 끓는다. 끓다가 식다가 다시 끓기를 반복한다.

전무 아니면 무한

다시 하루의 봄밤이 깊었다. 내일 아침부터는 삼 년 다섯 달 열이틀이라거나 천이백오십칠 일째라고 꼽게 될 것이다. 강하가 수앙을 마지막 본 날이 그만치 됐다. 연경을 향해 떠나던 아침. 초겨울이던 그때 수앙은 혼인할 때 영혜당께서 지어 주신 솜 두고 누빈 검정 두루마기를 걸치고 있었다. 머리채는 귀밑에서 쓸어 모아 뒷목에서 묶은 귀밑머리였고 머리에는 흰 술이 나풀거리는 검은 남바위를 썼다. 그날 아침 강하는 다녀올게, 속삭이며 수앙을 안다가 수앙의 등에 늘어진 붉은 댕기를 괜히 만져 보았다. 나 없는 새에 머리채 늘어뜨리지 말고 남정 복색에다 상투 틀고 다녀. 그리 말하고 싶었으나 소인배 짓 같아 참는데 수앙이 강하의 귀를 잡아당기며 속삭였다.

"큰언니 돌아올 때까지 나, 계집 짓 안 할 거니까 그런 걱정일랑 꽉 붙들어 놓고 잘 다녀오기나 하셔. 큰언니 돌아오면 나는 배불뚝이가 되어 있을지도 몰라. 요새 밤마다 우리 어지간했잖아? 아기가 생겼을지도 모른다고!"

석 달여 만에 귀환할 때 배불뚝이까지는 바라지 않았다. 그저 아아, 큰언니! 환호하며 뛰어와 안길 수앙만 기대했다. 환호하는 수앙은커녕 토라진 수앙도 없었다. 우쇠 할아범에게 수앙이 어디 갔냐고 물으니 함월당으로 가시어 여쭙시오, 했다. 아무것도 모르는 상태였음에도 우쇠의 그 말이 너무나 무서웠다. 함월당까지 가는 데 한 식경이나 걸렸다. 함월당에 갔더니 수앙이 도솔사에서 사경을 헤매고 있노라 했다. 수앙을 배불뚝이로 만들 수도 있었던 넉 달쯤 된 태아는 사경을 헤매는 모체를 견디지 못하고 피로 흘러 버렸다 했다. 이온한테 납치돼 그리됐다는 것이었다.

또 이온이라니. 기어이 이온이라니. 강하는 누구도 탓할 수 없고 어떤 핑계도 댈 수가 없었다. 수앙이 그리된 건 강하 자신 때문이었다. 미칠 듯했다. 미쳤다. 날뛰지는 못했다. 방산이 혜정원 무절들을 동원해 강하의 사지를 옴짝 못하게 묶어 버린 덕이었다. 꼬박 이레를 묶여 지낸 뒤 심신이 넝마처럼 너덜너덜해 지고서, 아무 짓도 아니한다는 맹세를 하고서야 풀려났다.

수앙이 살아났고, 누운 자리에서 일어났으며, 입을 닫아 버렸고, 도솔사에서 나오기를 거부한다는 소식을 전해 듣기만 했다. 어찌 이럴 수가 있느냐고 묻거나 따질 상대도 없었다. 반야나 방산, 순일당이나 여진이나 능연이나 사온재까지도, 모두 자신들 탓이라 여기며 제대로 숨도 못 쉬고 있는데 누구에게 뭘 물을 것인가. 석 달쯤 지나서 강하는 수앙이 도솔사에서 좀체 나오지 않으리라는 사실을 깨달았다. 몇 년이 될지, 평생이 될지는 알 수 없었다.

혼인하고 수앙이 어머니가 계신 임림재에 가서 두 달을 지냈다. 내외가 함께 지낸 나날은 반년 남짓했다. 그 반년 동안 강하는 퇴청해서 다음날 등청하기까지 수앙과 함께 먹고 함께 공부하고 함께 자느라 노상 바빴다. 은재신인 데다 김경이고 꽃님이자 금복이고 심경인 수앙은 나날이 참 변화무쌍했다. 강하가 딴전 피울 새는커녕 수앙이 벌인 짓을 수습하고 달래며 안기도 어지러웠다. 홀로 나가면 아니 된다, 그렇게나 말려도 그 하나를 지키지 못하는 수앙인지라 열흘이 멀다 하고 방산께 종아리를 맞았다. 회초리 석 대만 맞아도 피가 터지는 종아리를 가진 안해는 지아비 앞에서는 요부인 듯 굴었다. 안아 줘! 안아 줄게! 수앙이 두 팔을 뻗으며 속삭이면 강하는 그저 안을 수밖에 없었다.

지아비를 그리 바쁘게 했던 지어미가 곁에 없으므로 강하는 할 일이 없었다. 열일곱 살에 칠품이 되고 팔 년여 만에 무진에 올랐으나 선원이며 휘하가 없는 열외 무진이라 새삼 해야 할 일이 보이지 않았다. 등청해서 일하거나 퇴청해서 일상을 살거나 같았다. 하고 싶은 일, 해야 할 일이 없었다. 소전에게 약조했던, 인재를 모으는 일도 남의 일이 됐다. 내 식구하나 지키지 못한 주제에 소전의 미래, 조선의 미래를 준비하다니! 소전과 조선의 미래가 나와 무슨 상관이라고! 그랬다. 그나마 생각도 하지 않게 됐다. 하루하루가 몹시도 길었으므로 할 일 없는 시간을 메울 일이 필요했다. 누에골에다 삼간 너와집이나마 마련한 까닭이었다.

도성 쪽으로 향한 누에골 일대는 도솔사의 속지屬地다. 도솔사로부터 주거를 허락받은 사람들이 정착하여 누대를 지나면서 누에골이 되었다. 근방에 논이 없으므로 산자락에 뽕나무를 가꿔서 누에를 치고 명주를 생산해 먹고 살았다. 골짜기 이름도 그렇게 붙었다. 강하는 촌장을 찾아가 마을에서 살게 해달라고 청했다. 촌장이 도솔사

종무스님께 여쭤보겠노라 했다. 청해 놓고 보름 만에 갔을 때 도솔사에서 허락했다는 말을 들었다. 강하는 눈여겨 두었던 마을 위쪽, 도솔사로 오르는 길목의 모퉁이 안쪽에다 집을 짓기로 결정했다. 비탈치고는 완만하고 넓은데 너덜겅이라 마을 사람들이 밭을 만들지 못하고 내버려둔 곳이었다.

누에골 남정들에게 품삯을 주기로 하고 돌부터 치우게 했다. 치운 돌을 집터 아래쪽 비탈로 내려뜨려서 쌓게 했다. 서른 명 남짓한 남정이 열흘을 일하고 나니 돌멩이 밑에 깔려 있던 언덕진 땅이 드러났다. 그대로 둔 큰 바위들 틈에서 옹달샘도 나타났다. 언덕진 땅을 고르며 나온 흙을 축대처럼 쌓은 돌 사이에다 붓게 하니 터가 훨씬 넓어졌다. 그 일에 다시 열흘이 걸렸다. 촌장은 초막 한 채 지을 공사가 어처구니없이 커진다고 한탄하면서도 기꺼이 공사를 주관해 주었다. 온 마을 사람들이 일 년 내 일해도 만지지 못할 돈을 집 한 채 지으면서 벌게 된 덕이었다.

터를 다진 뒤 초석을 놓으면서 촌장이 터가 제법 넓으니 집의 간살이라도 넓게 하자고 되레 청했다. 그의 말에 따라 간살 넓게 기둥을 세우고 지붕을 만들고 흙과 지푸라기를 이겨 지붕 속과 벽을 만들고 지붕에다 너와를 얹었다. 그렇게 해서 옹달샘이 가까운 왼쪽에 부엌이 있고 가운데 방이 있고 방 앞의 툇마루가 오른쪽 마루로 이어지는 집의 형태가 갖춰졌다. 마을 남정들이 마루를 놓고 방에 구들을 놓고 황토를 채워 말려 놨을 때 강하는 시전 지전포에서 방바닥 장판지와 벽에 바를 종이를 사서 말에 싣고 왔다. 방바닥을 바르고 벽에 도배하고 나서 마구간과 변소를 겸한 헛간을 지었다. 방 앞쪽과 부엌 뒤쪽과 마루 옆쪽으로 석 자 길이의 덧지붕도 덧대 얹었다. 또 도솔사 길에서 초부옥으로 들어서는 모퉁이에 자그만 육각 모정도 하나 앉혔다. 도솔사를 오르내리는 사람들이 잠시 쉬어가게 하고 싶어서였다. 이래저래 도성에서 쉰 냥이면 살 만한 집 한 채를 짓는 데 삼백 냥 넘는 돈이 들어갔다.

집이 대충 지어진 뒤 촌장이 자신의 내자와 손녀딸을 보내 끼니를 챙겨 주겠노라 했다. 환갑 즈음의 촌장은 수더분하고 선량했다. 그 내자와 손녀에게 끼니 시중을 들리겠다는 말도 호의에서 나왔다. 문제는 집을 짓는 두 달 동안 강하가 공사판에 올 때마다 그 손녀는 물론이고 마을의 처자들이 일하는 제 아비나 오라비 등을 핑계로 나타난다는 것이었다. 그때 강하는 촌장의 호의를 거절했을 뿐만 아니라 엄포를 놓았다.

"저는 포악무도하기로 호가 난 놈입니다. 저는 가끔 홀로 지내기 위해서 이곳에다 집을 지었습니다. 아무도 만나지 않으면서 저를 다스리기 위해섭니다. 여기 있을 때의 저는 아무도 만나지 않기를 바랍니다. 제가 와 있지 않은 날에도 이 집에 사람이 들지 않길 바라고요. 해서 저는 마을 사람의 출입을 금합니다. 특히 제가 와 있을 때 누군가 찾아오면, 그가 여인이든 아이이든 노인이든, 도적으로 간주하여 죽이겠습니다. 역모 죄와 강상죄 다음으로 큰 죄가 도적질인 걸 촌장께서도 아실 테지요. 자신의 집에 든 도둑을 죽이는 건 살인죄에 해당하지 않는다는 것을요. 그러니 제 뜻을 마을 분들한테 잘 전해 주시고 혹시 제게 하실 말씀이 생기시면 촌장어른 홀로 와 주십시오."

그동안 젊은 벼슬아치라고 지성스레 공대하던 촌장이 무슨 이런 놈이 있나, 만정이 떨어진 얼굴로 나갔다. 강하가 마을 여인을 죽일 수 있을지는 의문이지만 여인의 사사로운 접근이 싫은 건 사실이었다. 싫은 정도가 아니라 끔찍했다. 여인에게 맘을 주고 여지를 준 탓에 이 꼴이 되었지 않은가.

마을 사람들의 접근을 아예 막아 버린 뒤 강하는 지게를 만들어 홀로 나무를 하러 다녔다. 나무하러 올라간 산에서 꽃이 예쁜 어린 나무들을 캐다 뜰 가장이에 심었다. 살구나무, 사스래나무, 콩배나무, 참달래, 개달래, 산딸나무, 백당나무, 조팝나무, 이팝나무, 붉은병꽃나무, 흰병꽃나무, 작살나무, 오갈피나무 등등. 생울타리를 만드는 틈틈이 마당에다 납작돌을 깔았다. 집이 수풀에 휩싸이지 않게 하려는 방지책이었지만 기실은 이곳에 왔을 때조차 시간이 너무 많아 한 짓이었다.

마당에 깔기 시작한 돌은 뒤란은 물론 집 앞의 길을 덮고 모정 주변을 덮고 도솔사로 오르는 큰길에까지 닿았다. 큰길이라야 지겟짐 진 사람이 그럭저럭 움직일 폭이었다. 도솔사 법당 앞까지의 길을 다 납작돌로 덮을 수 있을 것 같았으나 그쯤에서 길에다 돌 까는 짓을 멈췄다. 수앙에게 가는 가없는 마음 길을 멈춘 것이었다. 수앙이 평생 도솔사에서 나오지 않을지도 모른다는 예감이 현실이 되는 것을 실감하며 삼 년이 지나는 동안 어린 나무들이 자라 제법 울타리 구실을 하게 되었다. 이번 봄 들어서는 꽃들이 한층 화사하게 피었다.

도성 밖에서는 인경 소리가 들리지 않는다. 인경 소리가 미치지 않는 곳에서는 통행금지가 없다. 인경이 들리건 안 들리건 산골짜기 마을의 밤은 어차피 인기척이 드물다. 그나마 마을 사람이 찾아오면 죽이겠다고 엄포를 놓은 터라 누에골 사람들은 강하가 와 있을 때면 초부옥을 쳐다보지도 않는다. 그렇지만 가끔 부엌에 불때기 쉽게 사려진 장작개비며 솔가리 등이 한 짐씩 쌓여 있곤 한다. 새로 지은 짚신이나 미투리가 마루에 올라 있을 때도 있다. 작년 여름에는 모기장으로 쓰라는 것인지 청올치로 짜인 가리개도 놓여 있었다. 순박하고도 어진 사람들이었다. 강하는 마을 사람들한테 미안해서 집집마다 호미와 낫 한 자루씩을 사다 주고 나눠 가지게 했다. 누에골 사람들의 호의에 값한 건 그것뿐이었다.

사월 초이틀. 또 하룻밤의 잠을 위해 등잔불을 끈다. 해 질 녘에 도착했을 때 금세 비가 내릴 성싶기에 아궁이에 불을 지폈다. 밖에는 비가 내릴망정 방바닥은 안온하다. 이렇게 평생 살게 될지도 모른다. 혼인 같은 건 해본 적이 없는 듯, 수앙 같은 사람은 알지도 못하는 양. 그러다 보면 언젠가는 정말 수앙을 잊고 이 집도 잊어버릴 날이 올 수도 있을 것이다. 수앙이 어찌 생겼더라. 올해 몇 살이더라. 그런 것이나 궁금해하게 될 훗날을 바라는 건 아니다. 그저 가끔, 아무것도 바라지 않는다고 스스로 되뇔 뿐이다.

이곳에 오면 대체로 잘 잔다. 쉽게 잠들고 몇 시간이라도 푹 자는 편이다. 오늘 밤은 어쩐지 어렵다. 어수선한 마음이, 설레는 듯 자꾸 일렁인다. 마구간의 화풍도 자꾸 푸르륵 소리를 낸다. 그 옛날 동마로가 남겨 놓고 간 화풍의 나이가 제법 많은 탓에 노인네처럼 날씨에 예민하다. 별님의 말 연풍이 늙어 죽을 때 나이가 서른 살이었다. 화풍은 올해 스물세 살이다. 말이 장수하면 사십 년쯤 산다 했다. 특별한 경우 그렇고 보통은 이십오 년에서 삼십 년 사이에 기력이 떨어지는 모양이었다. 화풍은 아직 기력이 떨어지지는 않았지만 노년기에 접어들기는 했다.

"빗소리 때문인가. 새삼스럽게."

강하는 이불을 걷고 일어나 문을 연다. 근 며칠 비가 잦다. 모내기 철까지 원체 가물었던 탓에 요즘 방방곡곡에서 때늦은 모내기를 하느라 바쁜 것 같았다. 이제라도 비가 내려준 게 다행이긴 했다. 비구름 위의 밤하늘은 맑은지 아주 어둡지는 않다. 생울타리 나무들이며 그 너머 나무들의 형상이 어렴풋하다. 사립짝은 없으나마 생울타리의 병꽃나무 사이를 틔우고 양쪽에 설주 하나씩은 박았다. 병 모양의 꽃들이 잔뜩 핀 참이다.

설주 사이에 느닷없는 통나무 하나가 섰다. 아니 사람 형상이다. 강하의 등골이 서늘해진다. 설마 수앙일 리는 없다. 수앙은 제 지아비가 수유 전날 밤이면 이곳에 와서 하룻밤이나 이틀 밤, 때로 몇 밤씩 묵어가는 것을 모른다. 가끔은 평일에도, 미친 놈처럼 어둠 속을 달려와 자고 새벽 어둠 속으로 나서는 걸 알 리 없다. 아니 수앙이 그런 사실을 아는지 모르는지조차도 모른다. 아무것도 모르고 무엇도 바라지 않지만 수앙이 귀신이 되어 나타나는 일만은 일어나지 않기를 바랐다. 그런데 사람 형상의 검은 형체는 영락없는 귀신이다. 강하는 눈을 질끈 감았다가 다시 뜨고 본다. 검은 형체는 그대로 있다. 귀신은 아닌 것이다. 게다가 화풍이 자꾸 히힝 소리를 낸다. 누군가를 반가워할 때의 기색이다.

"수, 수앙이야?"

저쪽이 놀랄까 봐 가만히 묻는데 몸이 떨린다. 검은 형체는 대꾸가 없다. 강하는 툇마루에 올려놨던 미투리를 꿸 생각도 못하고 휘청거리며 마당으로 내려선다. 검은 형체는 강하가 제 한 발짝 앞까지 다가들어도 꼼짝하지 않는다. 키가 다섯 자 두 치인 수앙의 정수리는 강하의 가슴팍 위쪽의 한가운데인 천정혈天鼎穴에 닿는다. 딱 그 키를 가진 검은 형체는, 머리카락을 짧게 자른 머리에 아무것도 쓰지 않은 수앙이다. 맨 머리며 승복이 홀딱 젖은 채 덜덜 떨고 있다. 강하가 팔을 벌리자 품으로 들어온다. 평생 당연했던지라 지금도 당연한 그 행동이 강하의 가슴을 뜨겁게 울린다.

강하는 수앙을 단짝 안아들고는 부엌 앞으로 간다. 부엌 앞에 수앙을 내려놓고 부엌문을 열고 아궁이에다 솔가리를 밀어 넣어 불꽃을 살린다. 살아난 불에다 장작 몇 개를 올려놓고 솟대처럼 서 있는 수앙을 들어다 아궁이 앞에 내려놓는다. 제 평생 길렀던 머리카락이 귀밑에서 싹둑 잘린 단발머리가 되었다. 머리끝에서 물방울이 동동 떨어진다.

강하는 자배기를 들고 샘으로 가서 찬물 두 바가지를 떠 담고 부엌으로 돌아와 솥 안에 가득한 더운 물을 퍼서 자배기의 찬물에 섞는다. 자배기를 부뚜막 밑에다 놓고는 수앙을 들어다 판돌을 깔아놓은 부뚜막에 앉힌다. 아궁이의 불이 활활 타올라 부엌이 제법 밝아졌다. 원래도 몸피가 얇은 수앙은 강파르게 야위었다.

"고뿔 들기 전에 젖은 옷을 좀 벗을까?"

입을 열지는 않아도 고개는 끄덕인다. 늘어진 소매 속에 들어 있던 손을 꺼내더니 저고리 고름을 만진다. 강하는 그동안 수앙의 왼손가락 네 개가 절단됐다는 말을 듣기만 했다. 지금 눈앞에 손가락 네 개가 깡똥해진 수앙의 왼손이 있다. 손이 곱았는지 젖은 옷고름을 쉽게 풀지 못한다. 익숙해지다 못해 잊은 줄 알았던 통증이 날카롭게 강하의 가슴을 찌른다. 손가락이 잘릴 때 얼마나 아프고 무서웠을 것인가.

"내, 내가 할까?"

수앙이 고개를 끄덕인다. 강하는 수앙의 겉고름과 속고름을 풀어 젖은 저고리를 벗긴다. 속저고리도 젖었으므로 벗긴다. 일으켜 세워서 미투리와 버선과 바지와 속곳까지 다 벗기고는 몸을 씻긴다. 물을 갈아 가며 씻기는 동안 큰 목욕통을 만들어 둘걸 그랬다는 생각을 연신한다. 발까지 다 씻기고는 부뚜막 쪽의 쪽문을 열고 수앙을 들여보낸다.

"윗목 횃대에 수건 걸려 있을 거야. 대충 닦고 이불 속으로 들어가."

수앙의 옷들을 헹궈 짜서 솥뚜껑 위며 부뚜막에 널어 놓고는 잔가지에 불을 붙여 방으로 들어선다. 등잔에 불을 붙이고 나자 머리에 수건을 얹고 이불을 몸에 감고 우두커니 앉아 있는 수앙이 보인다. 강하는 수앙의 머리에 얹힌 수건을 벗겨 머리카락을 말려 주며 묻는다.

"그대 옷 가져다 논 게 있는데 입을 테야?"

또 고개를 끄덕인다. 고개를 끄덕여 주는 것만도 고마운 강하는 벽장 속에 넣어 두었던 수앙의 옷 궤짝을 들어낸다. 철마다 한 벌씩의 옷을 가져왔다가 철이 바뀌면 집에 갖다 놓고 철에 맞는 옷을 가져오곤 했다. 궤짝 속의 속옷 보퉁이를 꺼내 매듭을 풀어 밀어 주자 수앙이 쓰고 있던 이불을 내리고는 보퉁이를 끌어당긴다. 속속곳과 속곳을 입고 속속저고리 속저고리를 순서대로 입는다.

"겉옷도 줘?"

고개를 젓는다. 강하는 겉옷 보퉁이를 꺼내 놓고 궤짝을 벽장으로 올려놓는다.

"먹을 건 누룽지하고 보릿가루뿐인데, 누룽지를 끓여 줄까?"

고개를 젓는다.

"보릿가루를 타 줘?"

끄덕인다.

"알았어. 잠깐 쉬고 있어."

방을 나온 강하는 미투리를 꿰고 부엌으로 들어서서 살강을 연다. 살강에는 주발 두 개와 대접 두 개, 접시 세 개, 합 하나와 반병두리 하나가 있고, 수저는 두 벌씩이다. 보시기만 한 양념 항아리도 세 개가 있다. 양념 항아리에 소금과 된장과 고추장을 담아 제 서방한테 들려 보낸 사람은 극영의 처 설인모다. 극영이 왔다 갔다 하면서 부엌살림이 이만치 갖춰졌다. 강하는 합 속에 보릿가루를, 반병두리 속에 누룽지를 담아 놓았다. 보릿가루 두 수저를 주발에 떠 담고 찬물에 풀고 뜨거운 물을 섞어 젓는다. 숨을 가다듬으며 천천히 한다. 이 밤에 수앙이 내려온 까닭이 있을 터이다. 이대로 지아비를 따라 도성으로 가겠다는 의미일 리는 없다. 자신이 어떻게 변화했는지, 앞으로 어찌하게 될지를 알려 주러 온 것이다. 그 무언의 말을 알아들어야 할 텐데 강하는 그 내용과 마주하기가 두렵다. 차라리 이대로, 절에다 수앙을 두고 나무나 한 짐씩 해다 주면서 사는 게 훨씬 나을지도 모를, 그 어떤 미래.

'아무것도 묻지 않으리라.'

강하는 다짐한다. 아무것도 알아채지 못하는 미련퉁이처럼 그저 몇 시간 재워서 절 앞에 데려다 놓고 말리라고. 단단히 마음먹은 강하는 보리죽 대접과 더운 물 대접과 수저를 소반에 얹어 방으로 향한다. 방문을 열어 놓고 마당에 내리는 비를 내다보고 있던 수앙이 비로소 미소 짓는다. 강하의 가슴이 다시금 무너진다. 그 미소에 수앙의 변화를 다 느껴 버린 탓이다. 몸은 절간에 두고 있었을망정 수앙은 이미 자유로워져 있었던 것이다. 그럼에도 절에서 나오지 않았던 이유를 절대 묻지 않으리라, 강하는 다시 다짐한다.

"천천히 먹어."

고개를 끄덕이고 오른손으로 수저를 든다. 호호 불어가며 천천히 떠먹는다. 죽 한 수저, 더운물 한 수저 순으로 먹는다. 그릇이 빌 때까지 강하는 수앙을 쳐다보는 대신 어두운 마당을 내다본다. 말을 하고 싶지도, 말을 시키고 싶지도 않아서 빗발만 바라본다. 빗물이 가슴에 고인 듯 눈물이 차오른다. 어린 날 어머니며 동마로 등을 잃으면서 같이 잃어버렸던 눈물을 삼 년여 전 연경에서 돌아와 한꺼번에 흘렸다. 그때 팬 눈물샘이 깊었던가, 이후에는 혼자서도 가끔 눈물을 훔치곤 했다. 꽃이 핀 것을 볼 때나 꽃이 진 것을 볼 때나 바람이 불거나 비가 오거나 눈이 올 때. 이곳에 오다 마을 아이들이 노는 것을 보거나, 그 아이들이 귀신을 만난 양 달아나는 것을 보거나, 마당에 깐 돌판 사이에서 돋아난 풀꽃을 보거나 단풍이 들거나 단풍이 지거나. 때 없이 한 번씩 눈물을 흘리곤 했다. 앞으로도 그렇게 살면 되는 것이다. 강하는 눈물을 훔치고 얼굴을 만진 뒤 돌아앉는다. 수앙의 죽 그릇이 말끔히 비었다.

"누구한테 잠시 비운다는 언질은 하고 내려왔어? 쪽지라도 써서?"

고개를 끄덕이며 웃는다.

"그냥 나왔으면 걱정하실 텐데, 잘했어. 내일 아침에 돌아갈 거지? 새벽에?"

고개를 젓는다. 강하는 괜히 물었구나 싶다.

"그러면, 이대로 나하고 집으로 갈 거야?"

고개를 젓는다.

"그럼 어디 다른 데 갈 데가 있어? 어디?"

늘 반짝이고 쾌활하던 눈동자가 지금은 심연처럼 깊고 어둡다. 저 심연 안에 무엇이 있을지. 강하는 감당하고 싶지 않아 채근하는 대신 눈을 감는다. 네가 눈을 뜨라 하기 전에는 내 뜨지 않으리라. 고집을 피워 본다. 하지만 눈을 뜨라고 말하는 소리나 눈꺼풀을 열기 위해 다가오는 손이 없다. 강하는 수앙에게 일평생 이겨본 적이 없음을, 이후 평생도 이기지 못하리라는 걸 인정하고 눈을 뜬다.

"어디 갈 건데?"

수앙이 왼손 엄지를 세우고 오른손 검지를 대어 절하듯 일곱 번을 까닥거린다. 칠성부령을 향한 칠배 시늉이다. 그러니까 별님을 보러 가기 위해 내려왔다는 것이다. 강하는 별님의 새로운 거처가 목멱산 덕적골이라고 들었다.

별님이 화개를 떠나 임림재에서 지내게 된 이후 방산이 도성 주변을 수소문하다가 덕적골을 발견했다. 원래 무격들이 살던 마을이었다. 십삼 년 전인 기사년 겨울에 돌림병 환란이 있었다. 이듬해인 경오년까지 이어진 대재앙이었다. 돌림병이 돌림병인 줄 아직 몰랐을 때 덕적골 무격들이 진강포구에서 사흘에 걸친 큰 굿판을 벌였다. 굿판이 끝난 뒤 덕적골로 돌아간 무격들이 앓기 시작했고 열흘이 지나지 않아 열한 가호에 들어 살던 사람들이 애어른 할 것 없이 모조리 죽었다. 동시에 도성 안에 돌림병이 창궐했다. 덕적골이 돌림병의 진원지였을 리는 만무하지만 그로 인해 폐촌이 되어 버렸다. 원래 무격들이 살던 집이나 집터에는 아무도 살려들지 않는 법. 유골이 굴러다니고 귀신이 득시글거린다고 소문난 덕적골은 완전히 버려져 있었다.

방산은 호조로 찾아가 성저城底지역인 덕적골 일대가 주인이 따로 없는 국유지인 것을 파악했다. 국유지는 호조에서 관할하는데 버려진 땅들까지 관리할 수는 없는지라 관리권을 매매했다. 관리권이 소유권인바 방산은 덕적골에서 샘바위골, 외실과 삽촌에 이르는 산림을 일만 냥이나 되는 거금을 지불하고 구입했다. 나라에서 관리하지 못하는 부분일지라도 목멱산이 도성의 안산이라 호조에서 큰돈을 요구한 것이었다. 산림을 구입한 방산은 덕적골의 폐가들을 헐어내고 터다짐을 시작하며 길을 넓혀 닦았다. 집짓기가 본격화된 건 별님이 임림재를 떠난 직후부터였던 듯했다.

"별님께서 그대한테 도솔사에서 나와 덕적골로 오라고 명하셨어?"

고개를 저은 수앙이 왼손 엄지를 한 번 까닥해 세우고는 오른손 검지로 그 앞에 엎드리는 시늉을 한다.

"별님께서 이제 그대한테 도솔사에서 나오라는 명을 내리실 거니까 그대는 별님께 가서 엎드려 그 명을 받을 거라는 뜻이야?"

고개를 끄덕한다.

"그대는 별님의 명이 전해지기 전에 그 말씀을 미리 알 수 있다는 거고?"

웃는다. 강하는 말 시키지 않겠노라 작정해 놓고 말을 시키고, 수앙이 손가락 짓으로 하는 말들을 다 알아듣고 있는 자신이 어이가 없다. 알아채 버린 게 너무 많아 모른 척 넘어가기도 늦었다. 하는 수 없다면 갈 데까지 가는 거지, 강하는 후우 한숨을 쉰다.

"그러니까, 그대는 별님처럼 된 거야? 뭇기가 생겨서?"

고개를 두 번 끄덕인다. 수앙이 절에서 고집을 피우는 까닭이 납치 당한 것보다, 손가락이 잘린 것보다 더한 무슨 일인가가 있을지도 모른다는 생각은 강하도 했다. 손가락이 잘린 것보다 훨씬 나쁜 상황인 거라고. 그게 무얼까. 숱하게 생각했어도 어른들이 차마 말하지 못한 그 어떤 게 뭇기일 거라고는 상상하지 못했다. 별님께서 당신의 자식들을 무녀의 자식으로 살게 하지 않으려 이 집 저 집으로 나누어 키웠는데 수앙이 다 커서 뭇기를 받을 거라고 어찌 상상한단 말인가. 지난 삼 년여 동안 수앙은 이중삼중으로 별님의 가슴을 찢고 있었던 것이다. 별님께서 안정하지 못하고 떠돈 이유가 그것이었다.

강하는 수앙에게 연신 해댄 질문을 통해 자신이 알아야 할 것을 다 알아 버린다. 수앙은 그때 죽을 고비에서 뭇기가 내렸고, 별님은 수앙이 무녀로 사는 게 싫어서 여태 모른 척 해왔다. 도솔사에서 나와 또다시 원행을 나섰던 별님이 덕적골로 들어갔다. 닷새 전이었다. 더 이상 수앙을 내버려둘 수 없는 별님이 내일 도솔사로 능연을 보내 올 것이고, 동시에 강하에게도 그쪽으로 오라는 명이 전해질 것이다.

"별님께서 우리 둘을 동시에 불러서 무슨 말씀을 하실 거 같은데?"

수앙이 곧은 눈길로 바라보다 두 손을 들더니 한 마디가 남은 왼손 검지에다 오른손 검지를 감아 고리를 엮는다. 그리고 강하가 쳐다보는 앞에서 손가락 고리를 풀어 길고 짧은 두 검지를 따로 세워 멀어지게 한다.

"지금 그대 말은, 별님께서 우리 둘에게 이의異意를 명하신다는 거야? 헤어지라고?"

고개를 끄덕인다. 강하는 수앙이 무녀가 되어야 한다는 사실보다 더 기가 막힌다.

"아니야. 별님께서, 어머니가 그러실 리 없어. 그러실 분이었으면 삼 년이 넘는 동안 그대를, 또 나를 어떻게도 못하고 내버려두시지 않았을 거야. 그건 그대가 잘못 느끼는 거야. 그렇게 생각하지 마. 그리고 설령 별님께서 그리 명하신다 해도 나는 그 명을 따르지 못해. 알잖아? 그대도 그러면 안 돼."

수앙이 고갯짓도 손짓도 없이 가만히 바라본다. 미소도 없다. 별님께서 어찌하시든 강하가 따라야 하듯 수앙 저도 그리할 것이라는 뜻이다. 운명이 그리 정해졌다는 것이다. 강하는 고개를 젓는다. 이 밤에 수앙이 지아비를 찾아온 것은 별님의 뜻이 아니다. 자신의 의지다. 강하는 그리 믿고 싶고, 믿기로 한다.

"알았어. 입장 정리를 위해서 다시 확인할게. 그대는 기어이 무녀가 되어야 해?"

고개를 끄덕한다. 일단 무녀가 되고 나면 무녀 노릇을 아니하고 살 수는 없다. 그건 강하도 잘 안다.

"무녀 노릇을 하면서, 내 안해로 살 수도 있잖아."

고개를 젓는다.

"그래, 그렇다면 잘 들어. 그렇다 할 때 우리 입장은 두 가지로 정리할 수 있어. 내 안해 은재신은 그때 행방불명되어 이미 죽은 사람으로 치고, 첫 번째는 내가 사직하고 자유로운 몸이 되어 무녀인 그대와 사는 거야. 두 번째는, 그대가 무녀 노릇을 하되 본색을 가린 채로 아침이면 신당에 나가서 무녀 노릇을 하고, 저녁에는 나한테로 오는 거지. 남들이 보기에는 우리가 무관한 사람들처럼 사는 거지만, 같이 사는 거야. 이 두 가지 중 하나를 그대가 선택해. 선택하고 결정해 놓고, 덕적골 가서 어머니한테 그리 말씀드려. 그래야 해."

한참을 말갛게 바라보던 수앙이 두 손을 내민다. 강하가 두 손을 내주자 이끌어 제 두 볼에 댄다. 강하가 원한 대답은 아니다. 수앙은 제가 대답할 수 있는 사안이 아니므로 미루는 것이다. 강하가 강요할 사안도 아니다. 어쨌든 지금은 수앙이 안해로서 안겨온다. 강하는 또다시 치미는 울음을 참으며 수앙을 안는다. 살아 있는 것만도 고마우므로, 바라는 것 하나도 없노라 그토록 스스로를 달래 왔건만 보람도 없이 서럽다.

방산의 회초리

지난 삼월 이십일에 천안 원각사에서 칠요로부터의 통문이 왔다. 덕적골 집을 반야원으로 칭하고 사월 보름날 반야원에서 칠성부 무진 회합을 겸한 성주굿을 한다는 내용이었다. 그 사흘 뒤에는 반야원에서 경령 회합을 연다는 기별이 덧붙어 있었다. 다 지어 놓고도 몇 달이나 비어 있던 집에 드디어 주인이 들어가는구나 싶어 방산은 느꺼웠다. 그 집에서는 별님이 부디 안정하기를 축수했다. 별님이 안정을 찾으면 강하와 수앙도 제자리로 돌아올 것이었다.

방산은 수앙을 지키지 못했다. 한 아이를 못 지킨 탓에 삼 년 넘게 두 아이를 잃은 채 살았다. 수백의 휘하를 거느리고 보살피며 살고 있지만 아이 둘을 잃고 사는 동안 그 모두가 덧없었다. 내 새끼들을 돌보지 못하는데 남은 살펴 뭘 한단 말인가. 그러던 차에 드디어 별님이 온양에서 올라와 덕적골 반야원으로 들어갔다. 여드레 전이다. 날마다 가 보고 싶은 마음이 다락같이 솟구쳐도 주책할멈처럼 참섭하는 것 같아 참고 지낸다. 능연이 어련히 잘 하랴, 하면서.

반야원은 별님 반야가 꽃각시 보살로 살았던 어린 시절에 점사로 벌어 유릉원에 맡겼던 돈으로 이루어졌다. 미타원에서 소소원으로 옮기던 즈음 아직 생존해 계시던 그 모친께서 아들 동마로한테 건넸던 금붙이가 오만 냥어치 정도였다 했다. 오래전 동마로를 통해 그 자금을 맡았던 유릉원의 김상정 도방은 십만 냥으로 정산해 주었다. 별님이 그 돈을 쓰고 싶은 대로 쓰라 하였으므로 방산은 집을 지었다.

별님이 사는 집에는 더불어 사는 식구가 많으므로 방도 많아야 했다. 간간이 큰 행사를 치러야 하므로 마당이 넓어야 하고, 큰 방도 있어야 했다. 아이들을 키우며 가르칠 학당도 필요했다. 경사진 산자락을 삼내미처럼 평평한 터로 만들 수는 없는지라 지형에 따라 터를 닦아 집들을 앉혔을 때 산자락 마을처럼 되게 했다. 덕적골 입구에 외각外閣을 세우고 외각 양쪽에다 주랑柱廊을 만들었다. 외각에서부터 우마차가 다닐 수 있을 만한 폭으로 두 갈래 길을 닦았다. 경사가 덜 지게 하기 위해서 돌리다 보니 길이 서너 마장 정도로 늘어졌다. 왼편 길의 휘어짐이 훨씬 심했다. 두 갈래 길이 끝나는 곳에 눈이 시원해지는 넓은 우물마당을 놓았다. 큰 굿판을 대비한 우물마당 가장이에는 구경꾼들이 앉을 수 있는 계단식의 언덕을 쌓고 떼를 입혔다. 우물마당 북쪽 높다란 언덕 위에 외삼문을 앉혔다. 마당에서 외삼문에 이르는 계단은 사십구 개로 했다.

대문채를 들어서면 신당이 있고, 신당 좌우로 방 세 칸씩을 넣은 집을 놓았다. 신당 보좌각을 양편에 앉혔고 그 뒤쪽으로 앞쪽에서는 보이지 않게 안당을 짓고 안당 앞에 우물을 팠다. 안당의 네 방향으로 역시 방이 세 칸씩인 집 네 채를 놓았다. 집 뒤의 양쪽 숲에다 모정 두 개를 세웠다. 모정 위쪽 숲속에다 학당이자 대중방으로 쓸 둥그런 집을 지었다. 각 집마다 담장을 쌓았는데 안쪽의 담은 낮게 하고 바깥 쪽 담들은 높게 했다. 반야원 전체를 두루는 바깥 담장도 높이 쌓았다. 원내에 중문들은 달지 않았다. 각각의 집이 독립성을 갖되 전체적으로는 소통이 원활하게 했다. 원래 있던 큰 나무들이나 바위들을 거의 그대로 두고 어느 지점에서도 한눈에 반야원 전체를 볼 수 없게 했다. 공사가 마무리 될 즈음에 외각 건너편에다 약방으로 쓸 집과 반야원을 보조할 계원들이 살게 될 집 일곱 채를 더 앉혀 마을을 만들었다.

터다지기부터 따지면 오 년이 다 걸린 대 공사가 마무리된 뒤 방산은 각 집의 이름을 궁리했다. 큰 이름은 주인에게 지으라 남겨 두고 작은 이름들을 갖가지로 생각했다. 각 경전의 빛나는 문구에서 따서 지을까. 식물들의 이름으로 할까. 십장생으로 붙일까. 별님의 자식들의 이름을 붙일까. 며칠을 골몰하다 포기하고 현판을 붙일 필요도 없을 만치 쉽게 부르기로 했다. 약방은 약방이고 외각은 외각이고 대문채는 대문채고, 신당은 신당이고, 호위들이 살게 될 신당 왼쪽 집은 당좌각, 오른쪽은 당우각으로. 신당 뒤편 보좌각은 당서각과 당동각으로. 지미방이며 침선방, 세답방 등이 들어 식구들의 공동 공간이 될 안당은 그냥 안당이고 안당 동쪽 집은 안동재, 서쪽 집은 안서재, 남쪽은 안남재, 북쪽은 안북재. 모정 두 채는 좌모정, 우모정. 학당은 학당. 약방에서 오르는 두 갈래 길은 우상로右上路와 좌하로左下路.

"마님, 계수입니다. 자인 언니가 마님 뵙기를 청합니다."

방산은 삼내미를 한 바퀴 돌고 함월당으로 들어와 때 묻은 버선을 막 벗었다. 맨발로 발바닥의 열기를 식히고 싶던 참인데 미뤄야 하겠다.

"들라 하렴."

자인을 들라 한 방산은 부랴부랴 새 버선을 찾아 신는다. 오늘만 네 번째 버선이다. 버선을 하루 네댓 번은 갈아야 신어야 할 만큼 혜정원주 방산은 움직일 일이 많다. 예를 갖추고 봐야 하는 사람도 많다. 자인이 윗방에 무릎을 꿇고 앉는다.

"새삼 내외하나? 편히 앉게. 왜? 그대 상전께서 새 기별을 내셨나?"

"아닙니다, 마님. 별님께서 소소암 스님들께 편지를 전하라 하시기에 거기 다녀오면서 잠시 들렀나이다. 금세 가 봐야 하옵니다."

"소소암에는 안부를 전하신 겐가?"

"내용은 모르오나 그렇겠지요."

"그대 집에는 다녀나왔나?"

"잠깐 보고 나왔나이다."

비연재 오른쪽으로 세 집을 건너면 자인과 백동수의 집이 있다. 그 뒤쪽으로 두 집을 건너면 능연과 유자선의 집이다. 유자선과 백동수는 저희 처들이 별님을 따라나간 뒤 홀아비처럼 살면서 끼니는 혜정원 지미방에 들어와 해결한다. 의복수발도 혜정원 침선방에서 해준다. 그들이 삼내미에서 살게 된 까닭이다. 반야원이 안정되고 난 뒤에는 백동수나 유자선이 제 처들을 찾아다니게 될 것이다.

"보름날 행사에 관한 연통은 다 돌았을 것이고, 성주굿은 이소당이 오셔서 하게 될 테지?"

"이소당께서 구일당과 함께 이미 오시었고, 혜원께서도 오셨습니다."

"아직 아흐레나 남았는데 이소당이 벌써 오셨어? 구일당까지 데리고? 혜원은 언제 오셨는데?"

"세 분 다 지난 그믐날 낮에 들어오셨습니다. 이소당과 구일당께서 임림재로 들르시어 동행하셨다 합니다."

"그러니까 닷새 전에 왔는데 이소당과 구일당은 그렇다 하더라도 혜원조차 나를 보러 오지 않았어? 덕적골과 삼내미 간의 시오리 길이 나 모르는 새에 천리 길로 늘어졌던가?"

"별님께서 편찮으셨습니다. 두 분께서 짬을 못 내시고 말씀 전해 달라 하시더이다. 하옵고 혜원께서는 마님께, 내일 중으로 반야원에 다녀가십사, 청하셨습니다."

"그랬구먼. 별님께서는 여독이 계셨나 본데, 많이 편찮으신가?"

"이제 좀 나으신 듯합니다. 오늘 새벽에는 예불을 올리셨고 모처럼 아침 공양도 제법 하셨습니다. 하온데 마님!"

"응?"

"오는 보름에 강신 무녀 내림굿도 겸하게 된다 하나이다."

"별님께서 남녘에 가시어 새 무녀를 찾아오셨는가?"

묻는 속뜻에는 도고 은새미에 있는 점아 미연제가 들어 있다. 별님이 미연제를 보러 갔지 않은가. 그 아이 하나를 낳게 하기 위해 얼마나 애를 썼는지. 여인이 자식을 낳을 때마다 그와 같은 과정을 겪는다면 하늘 아래 사람 족속은 벌써 씨가 말랐을 것이다.

"궁리원의 그 아기씨한테는 뭇기가 없는 것으로 판별된 듯합니다."

방산은 어리둥절해 진다. 조엄 대감의 딸 이현의 후생이 현생의 점아 미연제다. 별님이 온 정성을 다하여 빚었으매 어쩌면 차기 칠요가 될 수도 있을 아이. 방산이 알기로 그러했다.

"별님께서 점아기에 대해 뭐라 하셨는데?"

"저희들한테야 아무 말씀도 아니하셨습니다만, 은새미에서 그 아기씨한테 하신 말씀을 그대로 옮기자면 다음과 같습니다. 우리 점아 참 착하구나!"

"착해? 착하다는 말 참 오랜만에 듣는구나. 나는 일생 들어 본 일이 없고, 자인 그대는 착하다는 소리 들어 봤어?"

"아니요."

"나도 못 들어 봤는데. 그러고 보면 우리 세상 사람들은 그다지 착하지는 않은 듯해. 그렇지?"

방산이 웃으며 한 말에 자인도 웃으며 대꾸한다.

"그렇지만 악하지 않지요, 우리는."

"악하지 않다! 그 자신감은 쓸 만하구나. 여튼 점아 미연제는, 착하기는 해도 뭇기는 없더라? 어찌 그리되었을까?"

윤홍집이 점아의 소재를 두 번째로 물어왔던 작년 삼월에 알려 주었다. 그때 그가 아이를 데려와도 되겠느냐고 물었다. 방산이 대꾸했다.

"직접 가시어 만나 보시고 판단하시구려. 현재의 점아한테 어느 곳이 적당할지를요. 나는 몸으로 자식을 낳아 보지 못해 숱한 경험을 듣기만 했을망정 부모자식 간에도 합이 들어야 자식 앞날이 좋다는 건 압니다. 양연께서 가서 보시면 이제금 데려다 키워도 될지 가늠이 되겠지요."

그리 말하면서도 홍집이 정작 아이를 데려오면 복잡하겠구나 싶었다. 점아 미연제가 반야를 이을 무녀로 태어났을 것이라 여겼기 때문이다. 반야를 이음은 곧 후계 칠요일 제 아이가 윤홍집과 이온의 딸로 허원정에서 자라는 과정에 뭇기가 피어난다면 사신계 칠성부에서 그 아이를 보호하느라 이중삼중으로 애를 써야 하지 않은가. 그때 은새미에 갔던 홍집은 아이를 데려오지 않았다. 이번 정초에도 은새미에 가서 아이를 보기만 하고 데려오지 않았다. 강담아비가 와서 전해준 바에 따르면 그랬다. 홍집은 아이가 너무 어리므로 아직은 거기가 적당하리라 여기는 것 같더라고 했다. 그도 제 딸의 착함을 봤는지 모른다.

"어찌 그리되었는지는 소제가 모릅니다만, 그 아기씨한테 뭇기가 없음을 별님께서 확인하신 듯합니다. 그 때문이었는지 별님께서 몹시 상심하시고 보리암에서 여러 날을 앓다 오셨습니다."

"앓기까지 하셨어? 해서 돌아오신 담에도 연신 앓으신 게고?"

"예."

"허면, 이번에 내림굿을 치르는 강신 무녀는 어디서 난 게야? 보리암에서 만나셨나? 거기서 수행 중이던 새 무녀가 있었어?"

원각사 보리암은 도솔사처럼 사신계 여인들의 수행처다. 윗녘 의주의 대원사에도 보리암이 있어 젊은 날 방산은 그곳을 통해 입계하고 수련했다. 어느새 삼십여 년이나 되었다.

"수앙아씨입니다."

방산은 알아듣지 못하고 수앙이 뭐! 하며 반문했다. 자인이 대꾸한다.

"이번에 내림굿 치르게 된 강신 무녀가 수앙아씨라고요."

"뭐가 어쨌다고?"

"수앙아씨가 그저께, 서방님과 함께 반야원으로 들어오셨습니다. 소제가 드릴 수 있는 말씀은 여기까지입니다, 마님. 혜원께서는 마님께 그저 반야원에 들러 주십사 청하셨는데, 소제 생각에는 마님께서 알고 계셔야 할 것 같아서, 말씀드렸습니다. 하오면 소제 물러가나이다."

자인이 꽁지에 불붙은 듯이 달아난다. 자인을 붙들지 못한 방산은 억장이 막혀 가슴팍을 쳐대다가 버선 갈아신던 맨 방바닥에 눕는다. 송장처럼 누워서 백 가지 천 가지 생각을 한다. 납치 사건으로부터 비롯된 지난 삼 년간의 모든 일들이 수앙의 뭇기와 연결되었음을 이해하고 스스로를 납득시킨다. 그랬구나. 그런 거였어. 그랬어. 그랬구나. 그래, 그런 것이었어. 백 번 수백 번 그랬구나, 해도 수앙이 무녀가 된다는 걸 용납할 수가 없다. 날이 저물고 밤이 깊어도 마찬가지다.

급기야 방산은 함월당과 비연재 사이에 난 지하통로의 문을 연다. 비연재가 원래 혜정원에 속해 있었던지라 지하통로는 비연재 밑을 지나 그 뒷집 아래채 밑까지 이어져 있다. 현재 병주와 남희 내외와 그 식구들이 사는 집이다. 오후 내내 방산의 눈치를 보고 있던 여진과 계수가 등불을 들고 앞선다. 비연재 내원 아래채에 있던 노인들이 황급히 나와 맞이한다. 방산이 불 켜진 사랑을 건너다보고 우쇠 할아범한테 묻는다.

"저 사람 언제 들어왔습니까?"

"퇴청해 들어와 저녁 드시고 성아 공부를 지켜보고 계십니다."

성아는 삼내미 중학당 학동들과도 어울릴 수 없을 만큼 글공부가 높았다. 녀석은 수앙이 도솔사로 들어간 뒤 제 공부를 숨기고 주로 사내아이들과 어울려 놀며 크는 중이었다.

“지난 초이틀 밤에도 사랑채 사람이 초부옥에 간 것 같지요?”

강하는 방산과 같은 반열인 무진이다. 자식이 장성하면 부모는 한 걸음 뒤로 물러나는 게 맞는 것 같았다. 자식같이 키운 강하가 같은 무진 반열에 들었는데 한 걸음도 물러나지 않고 있는 방산의 눈에는 여전히 철없는 자식 같다. 이미 늦은 밤에 자식한테 골난 어미처럼 쳐들어온 까닭이다.

“그러신 것 같습니다. 그날 일찌감치 퇴청하여 오시자마자 옷 갈아입고 나가셔서 이튿날, 초사흘 밤 이 시각쯤에 들어오셨으니까요. 어제하고 오늘은 여상하게 묘유하셨고요.”

제 처가 도솔사에서 나왔으므로 이제 수유 전날마다 초부옥으로 가서 사는 홀아비 짓은 아니하게 생겼다. 삼간 너와집 한 채를 삼백 냥이나 들여 짓는 멍청한 홀아비 짓거리라니. 삼 년 전 강하가 연경에 다녀오며 남긴 돈이 칠팔백 냥은 되었을 터였다. 보통 대로라면 그 돈은 방산에게 건너와 강하가 받는 녹봉들과 함께 관리되었을 것이다. 방산은 지금도 강하의 녹봉을 받아 고스란히 여축하고 있었다. 강하는 모르지만 비연재 살림에 쓰는 돈은 모두 방산이 혜정원 주로서 받는 새경으로 대신한다. 강하의 첫 녹봉이 들어왔을 때 그게 너무나 대견했다. 써 없애기엔 아까워 불려 주리라고 작정했던 게 지금까지 이어졌다. 삼 년여 전 그때는 수앙이 당한 일로 워낙 어지러워 그 돈까지 신경쓸 여력이 없었다.

그러는 사이에 강하는 그 돈을 가지고 누에골에다 집을 짓기 시작했다. 방산은 뒤늦게 천불이 나서 쫓아가 보았다. 한창 공사 중일 때였다. 삼간 너와집이라기에 불을 확 싸질러 버리거나 기둥에 도끼질을 해서라도 주저앉혀 버릴 심산이었는데 그리 못했다. 누에골 사람들이 그 집 한 채 지으면서 일 년 벌이를 하고 있지 않는가. 이후에도 강하가 거기 갔다 싶으면 천불이 나고 그때마다 초부옥에 분풀이를 하고 싶었지만 이미 도솔사의 방 한 칸이 되었는데 어쩌랴 하며 참곤 했다.

그 홀아비 노릇이 무녀의 지아비 노릇보다 못하지 않을 것이다. 홀아비 짓보다 못한 무녀의 서방 짓이나마 하며 살 수 있을지도 의문이다. 조선 천지에 내자가 무녀인 벼슬아치는 존재하지 않는다. 현실 법도에서 반족이 무녀를 정실로 놔둘 수도 없다. 반족 여인에게도 뭇기가 내리지 말라는 법은 없으나 반족집안에서는 내당이나 딸에게 뭇기가 생기면 어떻게든 죽여 없애므로 그런 말이 퍼질 일도 없다. 헌데 종육품 벼슬아치인 김강하의 처가 내림굿을 받게 생겼다.

"알겠습니다, 우쇠님. 제가 저 위인하고 할 말이 있어 왔습니다. 우리 놔두고 주무십시오."

방산은 사랑으로 건너와 대청으로 올라서며 인기척을 한다. 강하와 성아가 서둘러 나온다. 아이가 계수를 보고는 뛰어 안긴다. 화개에서 한 시절을 함께 자란 아이들이라 자매처럼 다정히 지낸다. 강하는 읍할 뿐 말이 없다. 앞뒤 집에 살면서 날마다 들여다보던 세월은 삼 년 전에 끝났다. 제 처가 도솔사에서 박혀 있는 동안 강하는 방산이 일부러 부르지 않는 한 혜정원에 발걸음을 하지 않았다.

"아가, 성아, 내가 네 큰언니하고 긴히 나눌 말이 있으니 너는 네 방 가서 자거라. 밤도 많이 깊었다."

"예, 스승님. 하온데 스승님, 청이 있나이다."

"네 청은 네 큰언니한테, 내일 하려무나."

"스승님께 드려야 할 청 같은걸요."

"그렇다면 해보거라."

"수앙 언니가 잔치하게 될 때요, 저도 데려가 주셔요."

"뭐라, 수앙의 잔치?"

"네. 수앙 언니가요, 어여쁜 옷 입고요, 춤을 막 추면서 잔치를 벌일 거잖아요? 저도 수앙 언니처럼 어여쁜 옷 입고 가서 잔치 구경하고 싶어요."

"대체 누가 너한테, 잔치 어쩌고 하는 주둥아리를 놀리더냐?"

"어젯밤 꿈에 수앙 언니가 왔어요. 수앙 언니하고는 늘 그렇게 만나는데요. 언니는 만날, 절에 있는 벽에다 나비를 그렸죠?"

지금이 현실 세상인지 꿈 속 세상인지 방산은 어지럽다. 아무래도 꿈이 맞는 것 같다. 꿈이었으면 싶다.

"난 네 꿈에 들어가 보지 않아서 잔친지 뭔지에 대해서 아는 바가 없다."

"아시게 되면 데려가 주실 거지요?"

"오냐. 가서 자거라."

아이가 읍하고 물러나는 시늉만 한다. 자러 갈 뜻이 없는 게다. 방으로 들어와 앉은 방산은 강하가 마주앉자마자 묻는다.

"너, 수앙을 만났더냐? 언제? 어떻게?"

"사흘 전 밤에, 제가 초부옥에 있는데 수앙이 내려왔더이다."

"저 홀로?"

"예."

"그 밤에 수앙이 입을 열더냐?"

"제가 묻는 말에 손짓, 몸짓으로 대답하더이다."

"그리해서 둘이 무슨 말을 나눴는데?"

"수앙이 내일 어머니가 우리 둘을 동시에 부르실 거라고, 해서 내려왔다고 했습니다. 그리고 자신에게 생긴 뭇기에 대해서 말했고요."

"수앙의 말대로 다음 날, 그러니까 그제 덕적골에서 연락이 왔고?"

"예, 아침에 도솔사 스님 한 분과 능연께서 함께 초부옥으로 오셨더이다. 저희들은 능연을 따라 반야원으로 가서 어머니를 뵀고요. 혜원도 오랜만에 뵀습니다."

"별님과 너희 둘이 나눈 이야길 상세히 해봐라."

강하가 고개를 수그린다.

"말하래도! 네가 건너와서 해주어야 마땅한 이야기를 내가 들으러 왔지 않느냐?"

강하가 고개를 들지 않은 채 읊조린다.

"별님께서 저희 내외한테, 둘이 손잡고 무릉곡으로 들어가 살아라, 하셨습니다. 저는 예, 하는데 수앙은 수그린 고개를 들지 않더이다."

"수앙은 불복했다? 너는 참말 수앙과 무릉곡으로 들어갈 생각이 있고?"

"예."

수앙을 무녀 노릇 시키는 것보다는 그게 나을지도 모른다. 현실과 동떨어진 별세계로 들어가 선인들처럼 살게 하는 게. 임금도 없고 신분도 없고 남녀유별도 없다는 별세계에는 혼인도 없다고 했다. 서로 좋은 사람들이 함께 살고 아이는 다 같이 키우고 아이가 세상으로 내려가고 싶어 하면 내려 보낸다. 사신계는 그들의 아이들을 받아 현실 세상에서 살게 한다. 유릉원의 숙현당과 능연 등이 별세계에서 현실 세상으로 내려온 사람들이다. 드물게 현실 세상을 벗어나고 싶은 사람들이 그 별세계로 들어가기도 한다. 그곳으로 들어간 사람들이 다시 나오는 일은 없으므로 두 세상은 교류하지 않는 셈이다. 단 한 사람, 칠요는 양쪽을 오간다. 강하와 수앙은 별님을 따라 별세계에 다녀온 적이 있다.

"그 다음엔?"

"별님께서 무릉곡으로 아니 갈 것이면 둘이 갈라서라, 하셨습니다."

방산의 가슴이 철렁한다. 별님이 젊은 내외를 갈라 세우려 했다는 건 수앙에게 뭇기가 돌이킬 수 없는 것임을 인정했기 때문인 것이다.

"그래서?"

강하가 숙이고 있던 고개를 더 수그린다.

"말하래도!"

"제가, 불복했습니다."

"네가 싫다하니 별님께서 뭐라 하셨는데?"

"별님께서 말씀하시기 전에 제가 별님께, 어머니께서 상전으로써 정작 그리 명하시면……."

"정작 그리 명하시면, 네가 어찌하겠다고 했는데?"

"이록과 이온을 죽이고 저도 죽겠노라고, 말씀드렸습니다."

방산은 기함하지 않으려고 강하를 노려본다. 고개를 수그리고 있으므로 강하의 상투만 보인다. 놈의 상투를 댕강 쳐 버리고 싶은 분노를 참느라 기를 쓴다. 화를 내야 할 방산이 숨조차 참고 있으므로 강하가 말한다.

"제가 그리 막돼먹은 짓을 했나이다. 수앙은 수그린 채 가만했고요. 어머니 처분에 따르겠다는 뜻이었지요. 별님께서 저희들을 앞에 놓고 한참을 우시더이다. 저희들도 울었고요."

"그 다음엔?"

"별님께서 수앙에게, 평생 얼굴 드러내지 않는 무녀로 살면서 강하의 내자로도 살겠노라 맹세하면 내림굿을 해주겠노라 하시었습니다. 그러자 수앙이 고개를 들고 입을 열더이다. 예, 어머니, 평생 얼굴 없는 무녀로, 김강하의 내자로 살겠습니다, 천지신명과 어머니께 맹세합니다, 라고요."

"그 다음엔?"

"저는 수긍했습니다. 수앙의 무녀 수업이 끝날 때까지, 수앙이 저를 찾거나 수앙 스스로 비연재로 올 때까지 기다리기로 약조했고요."

반야가 두 자식을 앞에 두고 숨을 쉬기 위해 얼마나 애썼을지 짐작하겠다. 방산은 반야 대신 숨을 쉬기 위해 자신의 가슴팍을 퍽퍽 쳐댄다. 자인을 만났을 때부터 막혔던 숨통이 트이면서 분노가 솟구쳐 오른다. 젊은 내외에 대한 안쓰러움은 별개다. 아이들에 대한 분노로 다시 숨이 넘어갈 것 같다. 방산은 바깥을 향해 소리를 지른다.

"여진, 회초리를 가져오라. 회초리가 없으면 저 아랫방 바느질 대자라도 들여오라. 당장!"

허구한 날 회초리가 필요하던 수앙이 절에서 사는 동안 함월당에서 회초리가 사라졌다. 지금 비연재에 회초리가 있을 턱이 없다. 여진이 봉주 할멈의 대자를 가지고 들어와 정말 종아리를 칠 셈이냐고 눈으로 묻는다. 방산은 여진의 손에서 대자를 확 잡아챈다. 그사이에 강하가 바짓부리를 걷어올리고 종아리를 내놓는다. 문은 열린 채고 여진은 설마 다 큰 사람 종아리를 칠까 저어하며 나가지 못하는데 방산은 대자를 사정없이 휘두르고 소리친다.

"별님께서 어찌 편찮으신가 했더니 네놈이, 너희 연놈이 넘어뜨렸구나."

또 한 대 치고 소리친다.

"수긍했어?"

강하는 말이 없다.

"별님께서 오죽하여 그 말씀을 하셨겠느냐."

또 한 대 치고 소리친다.

"네가 별님을 몰라서 그 가슴에 대못을 박는단 말이냐."

강하는 묵묵하다. 제가 저지를 수 있는 최악의 짓을 저지를 때 놈 스스로도 그걸 잘 알았으므로 지금 할 말이 있을 리 없다.

"열 살도 아니고, 스무 살도 아니고, 서른 살이 머지않았으매. 네놈이 오직, 네 맘만 중히 여겨, 별님 앞에서 감히 죽어 버리겠다는 말을 해? 못된 놈. 막돼먹은 놈! 천하의 불상놈 같으니라고!"

마디마디 내뱉으며 치는데 칠수록 방산의 손에 독이 오른다.

"내 반평생을 맘쓰며 네놈을 키웠다. 나만 너를 그리 키웠느냐? 우리 세상 사람이 다, 너를, 온 정성을 다해 키운 걸 몰라? 그걸 몰라?"

이를 악물고 너 죽고 나 죽자 하고 쳐대니 급기야 강하의 종아리가 터져서 피가 튄다. 성아가 웃방으로 들어와 잉잉 울어댄다. 계수가 아이를 안고 같이 엉엉 운다.

"죽겠다고 했어? 다른 데서도 아니고 별님 앞에서? 별님이, 네 어머니가, 가엾지도 않더냐. 이 몰인정한 놈아. 이 포악무도한 놈아."

강하가 운다. 우는 놈 때문에 방산의 매질은 더 독해진다. 위아래

방의 중간에서 여진이 안절부절 못하다 눈물을 흘린다.

"눈도 아니 보이는 몸으로 더듬거리며 네놈들을 사랑해 온 그분이 불쌍치도 않아? 너를 아들 삼아 키운 나는, 또 영혜당은 아무 것도 아니냐? 죽어? 이록과 이온을 죽이고 너도 죽겠다고? 우리가 그 자와 그 계집을 죽일 줄 몰라서, 못 죽여서 살려둔 줄 아느냐? 죽겠다고? 네놈이 그 정도 밖에 아니된다면, 해서 죽고 싶다면 이놈, 죽어라, 내 눈앞에서 당장 칵 죽어라."

강하의 종아리에서 피가 철철 흐른다. 회초리에 묻어 뿌려진 피가 벽마다 튀어 그림을 그려댄다. 방산은 고래고래 소리치기도 멈추고 매질만 해댄다. 방바닥이 피 칠갑이 되어간다. 회초리를 치는 방산이나 맞는 강하의 눈에도 눈물이 철철 난다. 방 밖에서 듣고 있던 비연재 수직 노인들이 고래고래 소리를 지른다.

"사람으로 못 할 일이네에! 아이고오, 우리 마님, 무정도 하셔라! 세상에나, 어찌 저리하실꼬. 사람 잡겠소, 마님. 우리 서방님이 불쌍치도 않소, 마님? 제발 그만 치시오! 차라리 나를, 이 늙은이를 치시오!"

온 집안에 통곡 소리가 낭자하다. 마침내 기진한 방산이 대자를 내던지며 소리친다. "내 남은 평생 두 번 다시 회초리를 치는 일은 없을 게다!" 일어나 방을 나서는데 기승했다가 기진한 몸이 발발 떨린다.

아이를 지키는 특별한 방법

밤새 잠을 이루지 못한 방산은 수행도 마다하고 덕적골로 왔다. 직접 보고 듣지 않으면 환장할 것 같아서다. 별님한테 묻고 싶은 게 많았다. 따지고 싶은 건 더 많다. 어머니로서 자식들을 당해 내지 못할 것 같으면 상전으로써 찍어 누르시라. 나머지는 내 알아서 다 하겠노라. 큰소리칠 작정으로 왔다. 편액이 걸리지 않은 외삼문 앞 우물 마당에 이르러 말에서 내리는데 마치 기다렸다는 듯이 수앙이 계단을 다다다 뛰어 내려온다. 그 뒤에 청지기 인회 씨가 나와 방산에게서 말고삐를 받는데 수앙이 환호하며 달려든다.

"아아, 스승님! 그리웠어요. 정말 참말 그리웠어요."

도솔사에 수십 번을 찾아가도 달싹도 아니하던 그 입이 열린 것도 넘쳐 쪽쪽 입맞춤까지 해온다. 방산은 기쁘기보다 또 한 번 억장이 막힌다.

"그놈의 입이 참말로 열리긴 열렸구나!"

"네에, 스승님. 저도 제가 이렇게 말을 하고 싶었는지 몰랐어요.

이상하죠? 정말 한 마디도 하고 싶지 않았는데 지금은 봇물 터진 것 처럼 막 나와요."

"장하구나! 아주 장해!"

"화나신 건 알지만요, 큰언니를 그렇게 심하게 패시면 어떻게 해요?"

"뭐라고? 그놈이 그새 다녀갔니?"

"아이, 그럴 리가요. 어젯밤에 김강하가 스승님께 피터지게 맞고 막 우는 소리를 들었어요. 저도 종아리가 아팠다고요. 눈물도 났고요. 제 종아리도 치실 거예요?"

콧구멍이 둘이라 숨 쉰다더니 어제부터 콧구멍이 네 개는 돼야 할 성싶다.

"내 어젯밤에 어떤 놈 종아리를 치고 나서 맹세했다. 누구 종아리도 다시는 아니 치겠다고. 손목 부러져라 치면 뭐하니? 백날 천날 종아리를 맞아도 제 하고 싶은 짓들은 다 하는데!"

"이제 종아리 맞을 짓 정말 아니할게요, 스승님."

"아주 몹시 고맙구나! 그나저나 손가락에 낀 그게 뭐냐?"

수앙의 잘린 손가락들에 손가락 모양의 골무 같은 게 끼워져 있지 않은가. 대나무 뿌리로 만든 것 같은데 손가락하고 똑같지는 않을망정 섬려하게 다듬어졌다.

"이거요, 혜원께서 만들어 두셨다가 이번에 가져다주신 제 손가락들이에요. 재작년에 도솔사에 오셨을 때 제 양손을 석고로 뜨시기에 뭘 하시려나 그랬는데 손가락을 만들어 주시려던 거였나 봐요. 이건 대 뿌리를 다듬은 거고요. 얇은 백금으로 주물된 것과 흰 가죽으로 만들어진 것도 있어요. 덕분에 제 손가락이 여러 가지가 됐잖아요.

혜원 스승님은 참말 지혜로우셔요."

새 손가락을 자랑한 수앙이 방산의 손을 잡고는 계단을 올라 대문 안으로 이끌어 들인다. 대문 안으로 들어서면 신당 사이에 연못이 있다. 신당으로 바로 들어가지 않고 연못의 한쪽을 돌아 들어서게 하기 위한 배치이자 연을 키우기 위해서다. 못에 연뿌리를 꽂은 지 이태가 되었다. 꽃을 틔우려는지 꽃망울들이 퐁퐁 솟아올랐다.

별님은 신당에 앉아 혜원이 책 읽어 주는 소리를 듣고 있다가 방산을 맞이한다. 이소당이 함께 있다가 반가이 웃는다. 수앙이 부엌에다 스승님 오신 걸 알려야겠다며 안당 쪽으로 뛰어가고 방산은 신당 안으로 들어선다.

신당은 크게 보면 세 칸이다. 왼쪽이 별님의 거처고 오른쪽이 점사 방이다. 가운데 공간을 상하로 나누어 턱없는 문지방을 만들고 문을 달았다. 그 안쪽에다 예단禮壇을 차렸다. 이소당이 일어나 예단방의 문을 연다. 예전 소소원에 있던 청동 불상을 모셔다 봉안했고 쇠꽃님이 수놓은 팔도 산천도를 불상 뒤 벽에다 걸었다. 예단의 아랫단에 향로와 촛대 두 개 놓았을 뿐이라 별님의 신당은 늘 그렇듯이 담박하다. 방산은 불상에 칠배하고 나와서 별님한테 절한다. 별님이 맞절한다.

"아이가 스승님 오신다고 뛰어나가더니, 오셨네요. 어서 오세요, 방산."

"편찮으시다기에 뵈러 왔나이다. 좀 어떠십니까?"

"혜원이 책 읽는 소리를 들으니 심신이 다 편합니다. 도로 임림재로 가서 혜원한테 붙어 살아야 할까 봅니다."

"농하시는 걸 뵈니 제 마음이 좀 풀립니다."

"방산께 평생 걱정만 끼치네요. 죄송합니다."

"그리 말씀하시면 소인이 어찌 낯을 들고 살겠나이까. 아침은 자셨습니까?"

"이제 먹어야지요. 솜씨 좋은 분을 보내 주셔서 제가 맛난 것을 먹고 살게 되었습니다."

작년에 혜정원 지미방 방수 해심 씨가 환갑이 되어 퇴직하게 되었다. 반야원에 누굴 보낼까 고심하다가 해심 씨한테 의향을 물었더니 자신이 가고 싶노라 했다. 도성 한가운데서 스무 명의 숙수를 거느리고 수십에서 수백 명 분의 끼니를 챙겨왔던 그이한테 반야원의 외진 지미간을 견디겠느냐고 방산이 물었다. 해심 씨가, 그럼 자신이 퇴직했다고 아무 것도 하지 않는 건 견디겠느냐 반문했다. 반야원이 자리잡을 때까지 제자 숙수를 키워 놓겠다고 덧붙였다. 그래서 혜정원 손님 수발방에서 일하다 먼저 퇴직해 있던 그 바깥 인회 씨와 함께 반야원에 배속시켰다. 반야원의 침선방에도 사람이 필요해 상의원尙衣院의 침선방과 세답방에서 일하던 계원 두 사람에게 그쪽을 그만두고 옮길 의향이 있는지 물었다. 그들이 기꺼워하며 일터를 옮겼다.

"맛난 걸 해달라 하시어 많이 잡숫고 기운을 내십시오. 저도 오늘 아침은 예서 얻어먹어야겠습니다."

자기 말하는 걸 듣기라도 한 듯이 숙수 해심이 젊은이들에게 상을 들려 나타난다. 범처럼 커다란 네 젊은이들한테 하나씩 들린 소반들이 앙증맞다. 식사를 할 때 다른 사람들은 안당에 있는 지미간의 찬방에 가서 먹지만 별님의 식사는 처소로 들이는데, 손님들이 있으므로 같이 내오는 것이다.

해심이 신당으로 들어서더니 맨 앞에 선 감우산의 소반을 받아 별님 앞에 놓고 옆으로 앉는다. 끼니 수발을 하기 위함이다. 설인준이 들어와 상을 방산 앞에 놓고, 조덕상이 들어와 혜원 앞에 상을 놓고 최선오가 들어와 이소당 앞에 상을 놓는다. 젊은이들이 나간 뒤 해심이 두 손으로 별님 상의 탕기 뚜껑을 열어 놓고, 주발의 뚜껑도 열더니 별님의 왼손을 잡아다 탕기에 살짝 대어 주며 상차림에 대해 설명한다. 고개를 끄덕인 별님이 더듬거려 숟가락을 쥐더니 말했다.

"공양하세요, 들."

세 사람이 각자 주발과 탕기의 뚜껑을 열고는 수저를 잡은 채 별님이 더듬거리며 국 뜨는 것을 바라본다. 별님의 소반과 세 사람의 소반에 얹힌 음식이 삼첩인 것 같은데 내용이 다르다. 세 사람의 상에는 간조기 한 마리씩이 놓였지만 별님의 소반에는 없고, 김치는 색깔이 다르다. 국은 다 같은 무국인데 세 사람의 국에는 고기 조각이 들어갔고 별님의 국에는 버섯이 들었다.

"저 밥 먹는 거 처음 보시는 것도 아닌데, 저만 쳐다보시지 말고 잡수세요들."

별님이 웃으며 한 말에 소리 맞춰 웃는다. 수저질하는 방산은 입이 써 밥맛도 쓰다. 간밤에 강하를 상대로 온 힘을 다해 패악을 떤 데다 잠을 설친 탓이다. 별님의 밥상과 밥 먹는 모습을 보고 있자니 목이 메기도 한다. 별님이 평생 누린 것과 비린 것, 매운 것, 단 것, 신 것, 짠 것들을 피하는 까닭은 먹을 줄 몰라서가 아니었다. 그 맛나고 강렬한 것들에 취하여 신기 떨어질 걸 저어하여 기피하다 보니 천성처럼 굳어진 것이었다. 그렇게 지킨 신기를 타인들을 돌보는 일에 써왔다. 그런데 수앙까지 무녀가 되겠다고 나섰으니 서러울 만했다. 지칠 만하고, 아플 만도 하다. 밥을 먹는 동안 방산은 별님에게 아무것도 묻지 않고 따지지도 않기로 한다.

식사가 끝나고 이소당이 아이 공부시켜야겠다며 나간다. 단아가 들어와 차를 끓여 세 사람에게 베푼다. 백초차百草茶다. 온갖 새싹들을 따서 덖은 차는 쌉싸래하면서도 달큼한 맛이 난다. 차 몇 잔씩을 마시는데 어디선가 장단 소리가 나기 시작했다. 혜원이 별님에게 말한다.

"마님, 단아와 잠시 계시오소서. 소인들은 수앙이 공부하는 걸 구경하고 오겠습니다."

"그러세요."

장단 소리는 안서재 마당에서 났다. 이소당의 신딸이자 무등원의 부원주인 구일당이 수앙의 양손 중지에다 빨간 모란 종이꽃을 꽃반지처럼 끼워 놓고 기본 춤동작을 가르친다. 혜원이 상경하면서 천안 칠성부에 들러 데려왔다는 우동아가 수앙과 함께 이소당을 따라 움직인다. 스물한 살 칠품 무절인 우동아가 수앙보다 춤을 훨씬 잘 따라한다. 이미 익힌 듯이 우동아의 동작이 여유롭다. 제 평생 무예를 닦아 온 무절이라 몸이 날렵한 것이다.

"하나 두울 세엣, 띄고 넷. 치마 잡고 그대로, 하나 둘 눌러서 셋, 서고, 앉고, 다섯, 여섯, 뒤로 뒷발 딛고 일곱, 여덟. 서고, 앉고, 세엣 넷. 붙이고 둘, 붙이고 넷."

구일당이 앞에서 입짓하며 움직이고 그 뒤에서 어리숙한 수앙은 똑같이 따라하려 애쓴다. 이소당은 툇마루에 앉은 채 장구를 치며 어깨춤을 추고 있다. 기껏해야 어제 시작했을 춤 공부 판이 흥겹다. 아침부터 수앙의 얼굴에 홍조가 서렸다. 손가락에 낀 종이꽃이 커서 가짜 손가락은 눈에 띄지 않는다. 이제 갓 배우기 시작했음에도 동아와 수앙의 몸짓은 꽃이 너울거리는 듯 어여쁘다.

"무녀 수업의 시작이 춤추기부터인 줄은 내 오십 평생 처음 알게 됐구먼. 누구 덕에 내가 갖가지로 참 큰 공부한다!"

중얼거리는 방산의 팔꿈치를 혜원이 잡아 돌려세운다. 안서재 위쪽의 좌모정으로 이끈다. 양 모정의 뒤 숲 학당 양쪽에 샘을 파서 물을 모으고 도랑을 두 갈래로 만들어 물이 흘러내리게 했다. 두 갈래 도랑에서 물이 흘러 모정 앞쪽에서 합수되었다 다시 두 갈래 도랑으로 분리되어 한 갈래는 안당 뒤의 둠벙으로 흘러가 지미방으로 들어가고 한 갈래는 안서재의 옆을 돌고 안당 앞의 우물 앞 둠벙까지 이어진다. 우물에서 넘쳐 나온 물은 둠벙에서 합쳐져서 넘친 뒤 다시 도랑을 타고 안남재 옆을 돌아 당우각 앞을 흘러 신당앞 연못으로 들어갔다가 연못의 배수구를 타고 내려간다. 배수구의 물은 대문 마당 양쪽의 연못에서 다시 모인다. 우모정 쪽도 같다. 숲속에서 내려오는 두 도랑이 우모정 앞의 돌 웅덩이에서 만나 갈라진 뒤 안동재 옆을 돌고 안당을 거치고 우물 앞 도랑에서 합수되어 당좌각 앞을 흘러 신당 연못에서 배수구를 타고 바깥 연못으로 나간다. 바깥 연못의 물들은 우상로와 자하로 곁의 도랑을 통해 흘러내리다 양 길의 중간에 있는 연못들에서 한 차례 모였다가 다시 흘러내려 한강까지 간다.

물이 많으면 좋으리라는 풍수의 말을 따르기도 했으려니와 화재를 예방하기 위해서 물길이 많아졌다. 팔도 칠성부 무진들이 모두 모였을 때를 가정하기도 했다. 몇백 명이 동시에 임의롭게 물을 쓸 수 있게 하기 위해서다. 도랑 양쪽에 판석 길을 만들어놓은 까닭은 흙이 도랑으로 들어가지 않게 방지한 것이자 별님의 산책을 위한 길이다. 덕분에 식구들도 비 오는 날 신발에 흙탕이 묻지 않을 것이다. 며칠 전에 큰 비가 한바탕 내린 탓에 도랑물이 제법 흐른다.

"형님, 집, 참 잘 지으셨어요. 도랑도 온 집안을 다 돌게 해노시고. 별님께서 도랑을 따라 걸으시면 홀로 산책도 하실 수 있겠더군요."

"내가 했나. 별님의 돈이 했지. 맘대로 쓰라 하시기에 진짜, 맘대로 멋대로, 원 없이 써 봤네. 팔도에 있는 풍수, 대목, 소목, 미장, 와장, 석수 등의 기술 가진 계원들은 다 만나 봤고. 남정네들을 실컷 만나고 났더니 평생 생과부로 살아온 분이 풀리대. 내가 호사를 누리는 사이에 자네는 애 손가락 만드느라 애썼더구먼?"

"괜한 말씀 마시고, 앉으세요. 새로 핀 나뭇잎들 좀 보시고요. 나무는 이맘때가 제일 예쁜 것 같죠? 사람의 힘으로는 도저히 이룰 수 없는 신성조차 풍겨요, 연초록이 초록으로 변해가는 이즈음에는."

이건 또 무슨 조짐인가. 혜원한테 어울리지 않는 풍경타령에 방산의 가슴이 우둔거린다.

"이봐 혜원! 어찌 이러시는가. 이제 와서 우리 둘이 속닥거릴 일이 무엇이야?"

혜원의 대답 대신 좌모정 뒤쪽에서 헛기침 소리가 나더니 두 젊은이가 나타난다. 칠요호위대의 감우산과 설인준이 모정에 앉은 두 사람에게 읍례를 갖춘다. 혜원이 두 사람한테 웃어 보이며 묻는다.

"우리가 긴한 얘기를 할 참인데 서방님들, 숲속에 아무도 없겠지요?"

혜원의 사촌 시동생인 감우산이 씩 웃으며 대답한다.

"숲속에서 다람쥐와 청설모와 딱따구리와 멧비둘기를 봤고, 학당 중정에서 노루를 보았습니다. 저희가 못 본 것들은 훨씬 많을 겁니다."

"노루가 있어요? 어떻게?"

"어찌 들어왔는지는 모르겠습니다만 그리 불편해 보이지 않더이다."

"여기가 비어 있을 때 들어온 모양이네요. 그들은 입이 무거우니 괜찮겠지요. 두 분, 하시던 일 계속하세요."

두 청년이 안북재 쪽으로 사라진 뒤 혜원이 저고리 앞섶을 헤집더니 그 안에서 목걸이를 꺼낸다. 검은 진주알이 박힌 반지를 백금 줄에다 꿰어 건 목걸이는 오래전, 소소원 시절부터 혜원의 목에 걸려 있던 것이다.

"형님, 이 반지에 대해 아시지요?"

"소전의 자궁전이 우리 별님한테 내리신 걸 별님께서 자네한테 주신 거잖아."

"제 열일곱 살 때였습니다. 저는 지금 서른일곱 살이고요."

"그렇지. 헌데 느닷없이 웬 반지 자랑인가?"

"믿으실지 모르지만 이 반지를 갖게 된 날부터 저는 제 심장이 별님의 심장과 이어져 있는 것 같은 기분이 들 때가 있습니다."

"믿어. 자네가 별님의 속내를 그처럼 잘 읽는데 믿지. 믿고 말고."

"제가 별님을 모시면서, 별님의 신기가 사람들한테 어떻게 작용하는지를 목격하며 깨달은 게 있습니다."

"대체 무슨 말을 하려고 그리 뜸을 들이는 게야?"

"별님한테 점을 치러 오는 사람들이 높은 복채를 기꺼이 내놓는 이유가 자신을 알아봐 주기 때문이라는 것이었습니다. 자신을 알아봐 줄 뿐만 아니라 자신이 표현하고 싶어도 하지 못하는 걸 대신 말해 주기 때문이라는 것을요. 제가 별님께 첫눈에 반한 까닭도 저를 알아봐 주셨기 때문이었던 거지요."

"새삼스럽긴. 우리 누군들 아니 그런가?"

"별님께서 저를 알아봐 주신 뒤로 저 또한 그분의 속내를 어지간히 읽게 됐다는 걸 형님이 아시니, 말씀드립니다. 오원 회합을 가지셔야겠습니다."

은밀히 칠요를 보위하는 오원五苑은 누대에 걸쳐 긴밀하게 연결된 채 존속해 왔고 현재의 오원들도 서로를 잘 알고 있다. 그래도 현재의 오원이 정식 회합을 가지지는 않는다. 오원의 정식 회합은 현 칠요한테 문제가 생겨 다음 칠요를 모색해야 할 시기에나 이루어지기 때문이다. 그런데 오원이 아니고 그 후계도 아닌 혜원이 오원 회합을 거론했다.

"이봐 혜원, 내 어제부터 기막히고 숨통 막히는 소리를 워낙 많이 들어 한 마디만 더 들으면 꼴까닥, 저쪽 세상으로 넘어갈 것 같네. 어지간한 일이면 혼자만 알고 가시게."

"별님의 눈이 다시 캄캄해지신 걸, 형님 느끼셨습니까?"

"어제오늘의 일도 아니고 새삼스레 별님 눈 이야기는 왜 해?"

"우리는 별님께서 장님이 되신 뒤에 그분이 원래 장님이었던 것처럼, 그분의 눈에 대해서는 별로 생각해 본 적이 없지요. 그분을 그리 가까이 느낀다는 제가 그랬습니다. 그분은 심안으로, 신력으로 사람을 헤아리시는 거라고만 여겼습니다. 몇 해 전 그분의 눈이 색깔을 약간 구분할 수 있게 됐다는 말씀을 당신께 직접 들으면서도 약간 보이는 것이나 아무것도 보이지 않는 것이나 당신께야 무슨 차이가 있겠는가, 생각했지요. 우리는 이렇게 눈으로 보는 것을 숨쉬는 것만큼이나 당연하게 여겨, 보는 일에 대해 아예 생각조차 하지 않으면서도, 못 보시는 별님의 눈에 대해서는 무심히 여겼습니다."

듣고 보니 그렇다. 아까 별님이 진지 젓술 때만 해도 바라보는 내 눈만 아프게 여겼지 별님의 보지 못하는 것에 대해서는 생각이 없었다.

"맞아, 그랬어. 그래서?"

"별님께서 화개에서 지내실 때, 연덕과 복분과 제가 아이들을 줄줄이 낳았습니다. 그 즈음에 별님의 시력이 몸 상태에 따라 밝아졌다 흐려졌다 하기를 반복하셨는데, 가끔 눈이 밝을 때는 아기들과 시선을 맞추실 수 있는 것 같았습니다. 아기들을 안고 눈을 맞추며 어르실 때 그 얼굴에 어린 환희가 바라보는 저도 떨리게 할 정도였지요. 사람과 사물을 그 생긴 대로 볼 수 있는 기쁨을 우리는 모르지만 별님께서는 아시는 겁니다."

"우리가 모르는 걸 별님께서 아시는 거야 당연하잖은가. 그런데?"

"별님께서 스스로 말씀은 아니하셨지만 그 무렵에, 당신의 눈이 다시 완전히 캄캄해 질 때쯤 당신의 수명도 끝나리라 예감하시는 것 같았습니다."

"뭐가 어째? 대체 왜들 이러는 게야? 애들은 애들이라 그렇다 치고, 자네까지 대체 어찌 이래?"

"엿새 전에 와서 지켜보는 동안 화개에서 제가 했던 생각들이 떠오르더이다. 별님께서 제게 생각을 보이셨기에 제가 그 생각을 하게 된 거지요. 그리고 사흘 전에 아이들을 데려와, 수앙의 무녀됨을 허락하시고 나서부터는 아예, 그런 생각을 아니하시는 것 같은데, 까닭이 뭔 줄 아십니까?"
"자네 속도 모르는 내가 별님 속을 어찌 알아?"
"수앙한테 들키지 않으시려는 겁니다."
"얘가 별님의 속내도 읽는단 말이야?"
"어젯밤에 형님, 강하의 종아리를 치셨지요?"
"피를 한 동이쯤 짜 줬지. 그러고 보니 아까 대문 앞에서 얘가 제 큰언니를 그리 패지 말지 그랬냐고 따지더군. 어제 인경 무렵에 한 일을 얘가 어찌 안 게야? 참말로 얘가 그걸 느낀단 말이야? 시오 리 밖에서?"
"간밤에 제가 아이와 안남재에서 함께 자려는데 인경 즈음에, 애가 자신의 종아리를 만지면서 펑펑 울더군요. 김강하 아프겠다, 큰언니 아프겠네, 우리 강하 아프겠네, 하면서요."
괭이가 알 낳았다는 소리를 들어도 이보다 덜하지는 않으리라. 별의 별꼴을 다 보게 되니 오십 년이 참말 긴 세월인 것 같다.
"기가 차서 넘어가겠구먼. 어쨌든 그래서 아이가 무녀가 되겠다고 나대는 건데, 아이 신기하고 별님의 시력이며 수명은 무슨 상관이라고, 갖다 붙이는 게야?"
"정말 만의 하나라고 가정하고요. 별님께서 당신의 수명을 아이 앞에서 감추시는 거라면, 그 까닭이 무엇이겠어요?"
"뭔데?"
"수앙이 저로 인해 모친을 잃었다는 자책감을 갖지 않도록 하기 위해서겠지요. 별님 당신께서 반생을 시달려 온 그 자책을요. 수앙이 무녀 수업을 마치고 제 힘으로 설 수 있을 때까지 별님께서 버티실 겁니다만, 그 시한이 그리 길지 않을지도 모른다는 게 제 우려입니다."

"이봐, 혜원. 말하는 대로 되어 간다고 하잖아! 어찌 자꾸 그런 소리를 해? 또 오원 회합은 어찌 말하고?"

"수앙을 보호할 방법을 찾아야 하기 때문이지요."

"오원까지 아니어도 우리가 보호하겠지. 그러려 애쓰잖아."

"애썼지만 우리는 수앙을, 못 지켰습니다."

못 지켰다. 전쟁이 난 것도 아닌데 도성 한가운데서, 그것도 궁궐 안에서 대낮에 애를 놓쳤다. 그때 생각만 하면 방산은 자신의 가슴팍을 퍽퍽 쳐댄다. 눈물샘은 가슴팍 안에 들었는지 치면 코끝이 맵싸해지고 목이 메면서 먼지 일 듯 눈물이 솟는다.

"한탄이나 하자고 드린 말씀이 아닙니다, 형님. 우리가 수앙을 지킬 방법을 찾자는 겁니다."

"저 아이가 싸돌아다니기를 얼마나 좋아하는지 아나? 빠져나가기는 또 얼마나 잘하는데? 완전히 괭이야, 괭이! 이제 저한테 사람 속을 들여다보는 뭇기까지 생겼으니 괭이한테 날개가 달린 격이지. 괭이처럼 사뿐사뿐 뛰고 새처럼 활활 날아다닐 아이를 무슨 수로 지켜? 게다가 무녀는 만 사람을 상대해야 하는데! 우리가 할 일은 이 반야원이나 비연재, 소소원이나 비연재 사이에 아이를 안전하게 나르는 것이 되겠지. 새벽이면 복면을 씌우든 너울을 씌우든 해서 점상 앞에 앉게 하고 그게 끝나면 비연재로 돌아와 강하의 처 노릇을 하도록."

"예, 형님. 바로 그렇게 살게 하자는 것입니다. 안전하게요."

"그러니까 무슨 수로?"

엿듣는 사람도 없는데 혜원이 바싹 다가들어 속삭인다.

"별님 후계로 만들어서 장차 칠요에 앉히는 거지요."

"뭐야?"

"그게 제가 이 며칠 동안 별님 몰래, 아이 눈도 쳐다보지 않으면서 궁리한 방법입니다. 해서 형님께 오셔 달라 한 거고요."

"그게 가당키나 해?"

"가당하지요. 그 자리는 오원들이 만들지 않습니까."

"칠요 후계는 칠요께서 지목하시는 게 먼저야! 별님께서 수앙을 지목하시겠어? 애들한테 무릉곡으로 들어가라 하셨다며? 왜겠어?"

"무릉곡은 수앙이 싫다 했고 별님께선 포기하셨습니다. 어쩔 수 없다 여기시고 아이한테 무녀 노릇을 시키기로 하신 거고요."

"그러게, 오죽하면 그리하셨겠어! 예사 무녀 노릇만으로도 무거워 목이 꺾일 지경인데, 애한테 그 노릇을 시켜? 나도 그건 싫어. 절대 싫어. 수앙은 내 손으로도 키웠다고. 내 딸이기도 하단 말이야. 무녀 노릇은 어쩔 수 없이 시켜야 하고, 내 살아 있는 동안은 최선을 다해 아이를 보살피겠지만 그 자리는 못 시켜. 안 시킬 거야."

"남의 자식은 시켜도 내 자식은 아니 시킵니까?"

"자네 딸 윤이라면 그 자리에 앉히겠나?"

혜원은 쌍둥이 아들 진솔과 달솔 아래로 딸 윤을 낳아 두 돌을 넘겼다.

"윤이 무녀가 된다면, 자격만 된다면 앉히지요."

"그건 윤이 무녀가 아니 될 줄 알기에 하는 말 아니야?"

모정 가장이에 걸터앉았던 방산이 푸르르 일어나 도랑에다 손을 담근다. 세수를 마구 해대고 코를 탱 풀고 다시 세수를 한 뒤 속치 마자락으로 얼굴을 닦는다. 치마를 탈탈 털고 저고리 소매를 바로잡고, 저고리 고름도 다시 매고는 모정으로 돌아와 앉는다.

"우리가 아니 해야 할 말이지만 혜원, 탁 까놓고 해보지. 우리 수령 노릇 해서 돈을 벌길 해, 무슨 영화를 보길 해? 물론 우리가 아씨, 마님 하면서 우리 수령을 하늘처럼, 태산인 양 떠받들기는 하지. 그게 영화라고 쳐! 그 영화로 하루 다섯 번 먹나? 다섯 번은커녕 별님은 하루 두 끼니를 그것도 풀만 잡숫지. 그 노릇하느라고 눈도 잃으셨어. 별님이 일곱 살 때부터 벌었다는 그 많은 돈은 전부 남들이, 우리가 써. 그리고 눈이 보이든지 아니 보이든지, 그 자리가 맘대로 돌아다닐 수나 있나? 삶 자체가 감옥 아니야? 사방 벽이 움직이는 감옥이라고. 그런 감옥에다 별님을 가둬 놓고 수천 명이 올려다보면서 칠요 당신은 원래, 별처럼 달처럼 높으신 분이니 그리 살아 주시오, 옴나위 못하게 가둬 놓고 강요하는 거 아니냐고!"

"형님 말씀 듣고 보니 딱 그렇네요, 그 자리가."

"자네는 별님처럼 살고 싶어?"

"아니요."

"나도 싫어. 그리 못살아. 절대 못 살아."

"예."

"그러니까! 자네나 나도 그리 못 살 제 자식한테 힘든 일 시키기 싫은 게 인지상정이잖아? 수앙은 내 자식이자 자네 아이이기도 해. 우리가 같이 키웠잖아. 번갈아 안고 어르며 재웠어. 기저귀 갈아 주고 노래 불러 주고, 씻기고, 머리 묶어 주면서. 종아리는 또 얼마나 쳤어? 자네는 아이 손가락을 만들어 왔잖아? 손가락 닮은 대나무뿌리를 찾아서 얼마나 헤매고 다녔을지, 갖바치한테, 또 세공인한테 이러이러한 모양으로 만들어 달라고 숱해 청하고 다녔을 모습이, 보지 않아도 훤히 보이네. 자네 자식이기 때문이잖아."

"그랬습니다. 아이 손가락 닮은 대나무 뿌리를 찾아서 대나무가 잘 자라는 전라도 남녘을 몇 번이나 갔습니다. 담양, 화순, 흥양까지 내려갔지요. 흥양에서 아이 손가락 닮은 대 뿌리들을 찾았고요."

"그러니까! 수앙은 신분이 갖춰졌고, 재주가 많고도 높고, 어여뻐. 제 스스로 돈도 잘 벌어. 혼인도 해서 저 아니면 죽겠다는 서방놈도 있어. 대체 아이한테 그 노릇을 시킬 까닭이 뭔가?"

"수앙은 그 모든 걸 갖춘 아이죠. 우리가 그리 키웠고요. 하지만 형님! 그리 키운 우리 아이가 어떤 일을 겪었습니까?"

이 질문이 닥칠 때마다 방산은 할 말이 없다. 방산 엄양희의 어린 시절이 아무리 힘겨웠을망정, 손가락이나 발가락이 잘리지는 않았다. 힘겨웠던 어린 시절을 탈출하여 사신계에 들어온 이후 태생의 모든 것을 보상 받은 듯이 자유롭게, 하고 싶은 일 다 하고 살았다. 사신계 무진으로서 조선 최대 객관을 운영하고 있지 않은가.

"앞으로는 아이한테 그런 일 다시 겪지 않게 할 자신이 있습니까? 세상에는 이록과 이온 같은 자들이 많고도 많은데요? 더구나 아이는 이제 평범하게 살 수 없습니다. 형님 말씀대로 어여쁩니다. 어여쁜 정도인가요? 제 평생 본 여인 중에 별님이 가장 아름다운데, 수앙은 이미 그보다 환합니다. 여태 제대로 피어나지 못했는데, 겨우 이틀, 애가 제대로 먹으면서 웃기 시작하니까 어느새 이 덕적골 전체가 환합니다. 그렇게 눈에 띄어 버리는 아이한테 뭇기까지 더해졌으니 숨어 살 수도 없습니다. 그렇다면 보호할 방법을 찾아야 하는데, 제 생각에는 아이를 그 자리에 세우는 게 최선의 방법이라는 겁니다. 우리 세상 전부가 아이를 보호하게 만들자는 거지요."

듣고 보니 그럴싸하다. 별님처럼 다소곳이 살 수 없는 아이이매 별님처럼 보호하자면 수천 명은 둘러놔야 할 터이다.

"그렇다 치고, 오원들이 그리 쉽게 아이를 후계로 세울 것 같은가?"

"현재 오원이 누구누구입니까. 제가 아는 척하면 아니 되므로, 그 함자들을 거론치는 않겠습니다만, 면면을 다 압니다. 그 후계들도 다 알지요."

천안 칠성부의 열음당이 황원이고 그 후계가 제자인 단아다. 평양 칠성부의 영혜당이 청원이고, 그 후계는 큰며느리인 숙현이다. 양평 선원의 모올 무진이 백원이고 그 딸 연덕이 후계다. 지금 안서재 마당에서 장구를 뚱땅거리고 있는 이소당이 적원이고, 그 신딸 구일당이 적원 후계다. 방산 자신이 흑원이고, 칠요호위 무진인 능연이 후계다.

"자네가 다 알리라는 걸 나도 짐작은 했어."

"예전 오원 회합은 언제 열렸습니까?"

예전 오원 회합은 반야가 칠요가 되기 다섯 해 전에 열렸다. 이십오 년 전, 전대 칠요였던 흔훤께서 자신의 뭇기가 떨어졌으므로 칠요 자리에서 물러앉겠다고 밝힌 뒤였다. 그 오원 회합에 방산은 흑원 후계로서 흑원이었던 삼로 무진을 배행하여 참석했다. 현재 오원 중에 그때도 오원이었던 사람은 유릉원의 영혜당뿐이다. 모올이나 이소, 열음은 방산과 같은 후계였다. 흔훤 칠요는 칠요 자리에 앉은 지 사십일 년째였다. 이미 고희가 가까운 나이라 뭇기가 떨어질 만도 했다. 당시 오원들은 흔훤 칠요의 물러남을 수긍할 수밖에 없었다. 흔훤 칠요가, 후계 칠요로, 적원 동매가 은새미에서 키우고 있던 반야를 지목하고 있다는 것을 그 자리에서 알게 되었다. 반야가 태어나기 전부터 시작된 후계 작업이었음도 그때 알았다.

흔훤이 물러나고부터 오 년 동안 칠성부에는 수장이 부재했다. 부내에서 생기는 긴요한 일을 결정해 주는 존재가 없었다. 흔훤께서 부령 자리에 상징적으로 앉아 계시긴 했지만 뭇기와 신기가 떨어져 혜안도 없다 하며 어떤 결정도 하지 않았다. 죽어야 할 자가 죽지 않음으로 인해 여럿이 죽는 일들이 생겼다. 살아야 할 자가 살지 못함으로 인해 또 여럿이 죽는 일들도 발생했다. 무진들에게는 생사를 결정하는 권한이 없어 갈팡질팡하다 일이 커지곤 했다. 선장 없는 배가 산으로 갈 수 있듯 칠성부도 중심이 사라지자 그렇게 허청거렸다. 모든 무진들의 눈이 온양 도고현 은새미의 반야한테 쏠렸다. 점사 손님으로 가장하여 은새미에 가 본 무진이 다수였다. 그때 문제는 반야가 계원조차도 아니라는 것이었다. 사신계라는 이름조차 모르는 반야가 어떻게 커날지 아무도 짐작하지 못했다. 조마조마하며 오 년을 기다렸더니 마침내 반야 스스로 사신계를 찾아와 칠요가 되어 주었다. 그리고 이십 년째였다.

"이십오 년 전에 열렸지. 그 앞서는 사십여 년 만이었다고 했고. 헌데, 우리 별님의 연치가 이제 겨우 서른아홉인데, 이십 년 가까이 그분을 모시는 자네가 오원 회합을 거론하나?"

"보십시오, 형님. 형님 아시다시피 저는 별님을 모시는 동안 제 몸에 독을 지니고 살았습니다. 제가 별님을 지키지 못하면 즉시 죽기 위해서요. 지금도 저는 별님을 상전으로서가 아니라 정인인 듯이, 애태우며 사모합니다. 저는 별님께서 저보다 오래 사시기를 바랍니다. 별님 없는 세상에서 살고 싶지 않기 때문입니다. 이런 제가 별님을 그 자리에서 내려놓자고 하는 말이겠어요? 그분이 요즘 워낙 상심하셔서 자꾸 누우시니 후계를 생각하자는 뜻이지요. 이왕 생각할 바에는 이미 무녀로 살기로 되어 버린, 보통으로는 살 수 없게 된 우리 아이를 그 자리에, 훗날에 앉히자는 것이고요. 후계로 정해 놓고 그 자리에 합당한 사람으로 키우자는 것이죠."

거듭거듭 듣다 보니 너무 특별해진 아이를 그나마 안전하게 살게 할 최선의 방법이 그뿐인 것 같다. 그래도 방산은 입이 떨어지지 않는다.

"형님, 일단 오원 회합을 소집하십시오. 보름날에 다 오시겠지만 하루이틀쯤 먼저 닿게 해서 정황을 상세히 설명하시는 겁니다. 보태거나 뺄 필요 없이 그냥 설명만 하세요. 보름날 오원들이 직접 아이를 보시게 될 테니까 보고 결정하시게끔 하는 거지요. 아이를 보시고서 우실 분은 계시겠지만 반대하실 분은 없을 성싶은데요."

수십 대에 이른다는 이전 칠요들에 대해서는 방산이 몰랐다. 이전 오원들이 당대의 칠요에 대해 어찌 느꼈는지도 모른다. 현재 칠요인 반야에 대한 오원들과 무진들의 정이 몹시 깊다는 건 안다. 더구나 자식이며 제자들을 나누어 키우고, 바꾸어 끼고 살면서 정조차 난망하게 얽힌 채 깊어졌다.

"자네가 어찌 알아?"

"어찌 모릅니까? 다섯 분 중 두 분이 지금 여기 계시고, 평양의 한 분은 아이를 막내딸로, 금지옥엽으로 육 년을 키우셨잖습니까. 또 한 분은 천안에 계신 제 사형이시고 그 후계는 지금 별님을 모시고 있습니다. 마지막으로 양평에 계신 한 분은 의원이시면서 우리 별님의 허리에 꽃무늬를 새긴 분이시지요. 그분의 따님도 우리 별님을 육 년 넘게 모시고 있고요. 반대하실 이유가 없지요."

"모르는 게 없는 자네일지라도 모르는 게 있는데, 별님께서 거부하시면 말짱 도루묵이고, 다섯 사람 중 한 사람만 반대해도 마찬가지야. 다수결이 아니라 만장일치여야 하는데, 반대할 이유는 누구나 있을 수 있어."

"설득하셔야지요."

"누가, 내가?"

"그럼 오원이 아닌 제가 나섭니까? 제가 이리 나대는 것만 해도 기율을 크게 어기는 것인데요."

"자네가 나대는 걸 알기는 하나?"

혜원이 흐흐 웃고는 일어나 좀 전의 방산이 그랬듯이 세수를 한다. 소매 자락으로 얼굴을 닦으며 안서재 쪽을 내려다본다. 안서재 마당이 보이지는 않지만 장단소리는 여전하다. 춤사위를 익히느라 얼굴이 발개져 있을 아이. 곱게, 제 서방의 품 안에서 지어미로, 자식들 줄줄이 낳으면서 살게 하고 싶었는데 여기까지 이르고 말았다. 어찌 해야 할까. 어쩌면 좋을까. 이미 결론이 나고 말았음에도 방산은 한숨을 쉰다.

선등仚登춤을 추게 하라

수앙의 내림굿이 이레 앞으로 닥쳤다. 수앙의 무녀 수업이 시작된 건 고작해야 닷새 전이다. 내림굿을 치르고 나서 무녀 수업을 받는 게 보통이라 해도 내림굿을 치르기엔 날짜가 촉박했다. 그렇다고 반 년이나 일 년 뒤로 미루기에는 수앙의 뭇기가 심히 드셌다. 당장 길을 열어 주지 않으면 삼 년 넘게 억눌러 온 기세가 어떻게 터질지 몰랐다. 그런 수앙을 다독여가며 끼고 살기에는 반야 자신의 기운이 이미 쇠했다. 수앙을 데려와 무녀 노릇을 시킬 수밖에 없다는 걸 재삼 확인하고 나서부터 내림굿에 대한 반야의 근심이 시작됐다.

"찾아계시옵니까."

수앙을 가르치고 있던 이소당과 구일당을 불러들인 참이다. 두 사람이 들어와 예를 갖춘다. 단아가 읽어 주던 책을 덮어 두고 나간다. 그런 기척들을 느낄 수는 있되 볼 수는 없다. 눈에 백분이 들어찬 것처럼 되었다. 예전 어둠은 먹물 같았는데 이번 어둠은 백색이다. 원각사 보리암에서 며칠 앓고 난 뒤로 눈이 명암을 구분하지 못하게 됐다. 눈을 뜨거나 감거나 시야에는 백색 어둠만 가득했다. 흑색과 백색이 똑같이 어둠의 색이었던 것이다.

"어서들 오세요. 수앙은요?"

"좌모정에서 동아와 함께 「상산가」를 익히고 있습니다."

이소당이다. 「상산가」는 성주굿의 상산거리에 필요한 노래다. 내림굿을 상산거리 말미에 치르게 되므로 아이한테 급한 것부터 가르치고 있는 모양이다.

"아이가 노래 좀 하겠습니까?"

"뭐든 빨리 배웁니다. 상산가는 며칠 새에 제법 부르게 됐고요. 춤은, 기본 동작을 익히고 장단에 따른 춤사위를 익히는 참입니다."

"선생님들께서 고생이 많으십니다."

"잘 따라오니 가르치는 재미가 쏠쏠합니다. 그나저나 저희들을 함께 부르신 까닭이 따로 계십니까, 마님?"

"내림굿 때 아이한테 선등무仚登舞를 추게 할까 합니다."

선등仚登은 산을 날아오른다는 뜻으로 강신 무녀가 떡시루를 쌓고 그 위에 놓은 작두에 올라 춤을 춘다는 의미다.

"예? 그 무슨?"

선등춤은 강신 무녀가 추는 것이되 보통은 신내림을 받고 일 년쯤 무녀 수업을 한 뒤 내림굿을 할 때 신모가 선등춤을 추게 할지 판단하여 이루어진다.

"얼토당토않은 생각인 걸 압니다만 이왕 무업의 길로 들어선 아이이니 제대로 시켜야겠다 싶습니다."

구일당이 격앙된 목소리로 "마님!" 하며 나선다.

"강신 무녀가 백 명이라 할 때 내림굿에서 선등하는 무녀는 많아야 한두 명입니다. 작두를 타지 않아도 무녀가 될 수 있는데, 작두를 타다 잘못되면 무녀로는 물론 여인으로도, 사람으로도 살 수 없습니다. 그런 위태로운 일을 무엇 때문에 아이한테 시킵니까? 아이가 겪은 고난이 모자랍니까? 어떤 걸 더 겪어야 하는데요? 황공하오나 소인, 마님 말씀에 승복할 수 없습니다. 부디 말씀 거두어 주십시오."

이소당도 덩달아 말한다.

"수앙의 뭇기와 신기의 높음을 이미 확인했는데 굳이 선등까지 시킬 건 없지 않나이까. 구일이 말대로 너무 위험합니다. 뭇기의 강력함과 작두를 타는 것은 전혀 별개입니다. 아니해도 무방할 제 굳이 할 까닭이 없습니다. 무엇보다 수업이 너무 짧습니다. 불가합니다, 마님."

수앙의 작두 타기를 반대하는 이소당이나 구일당은 반야의 할머니인 동매만신의 후계들이다. 전라도 무등산 아래 운림골에서 무등원을 꾸리고 있다. 무원과 약원을 갖추고 있는 작금 무등원은 소속 계원이 이백여 명에 이르는 큰 선원이다. 무등원을 꾸리는 이소당과 구일당은 어릴 때 선등하면서 무녀가 됐다. 강신 무녀가 선등하는 게 얼마나 위험한지 알므로 수앙의 선등을 반대하는 것이다.

반야도 열세 살에 선등춤을 췄다. 맨발로 작두에 올라서면 작두날의 서슬이 정수리까지 아찔하게 관통한다. 그때 정신은 작두날의 서슬처럼 푸르러야 한다. 찰나라도 정신을 놓으면 발바닥이 쪼개지고 일생이 끝나리라는 게 확연히 느껴진다. 두렵다. 어미 뱃속에서부터 담아 나온 모든 두려움이 펄쩍펄쩍 뛸 때마다 펄쩍펄쩍 솟구친다. 두려움의 크기만큼 정신은 더욱 맑아진다. 그 맑음이 신명의 날개로 피어나 신과의 교통, 선등이 이루어진다. 뭇기는 우연히 내렸을지 몰라도 작두 탑에서의 접신은 강신 무녀 자신이 목숨 걸고 이루어내는 것이다.

"위험한 걸 몰라 드리는 말씀이리까. 선생님들께는 아이가 이제 갓 받아들이신 제자입니다만 제게는 일점혈육입니다. 제가 아이를 무녀로 만들지 않으려 얼마나 용을 썼는지 두 분도 잘 아실 텝니다. 그런 제게, 수앙이 무녀로 살아야 한다면 발이 쪼개지든 발목이 잘리든, 작두를 타야 한다는 생각이 듭니다. 만의 하나 더 심한 일이 벌어진다 해도 그건 아이 몫이고 그 어미인 제 몫인 거지요."

"마님의 뜻을 모르는 바는 아닙니다만, 그게 얼마나 위태로운지 마님께서도 아시지 않나이까. 이소당께서 말씀하셨다시피 시일이 너무 촉박하기도 하고요. 부디 다시 생각해 주십시오."

구일당이 완강하다. 이소당에게서는 항심 대신 근심어린 기운이 건너온다. 반야의 뜻이 돌이킬 수 없게 굳은 걸 먼저 느낀 때문이다. 남은 엿새 동안 아이한테 작두 타는 법을 어찌 가르칠까 궁리하는 것 같다. 아이의 발이 작두날에 상하지 않도록, 수백 명 앞에서 추락하여 일생을 그르치지 않게 하려면 어찌해야 할까 생각하기 시작한 것이다.

"강신 무녀 백 명 중에 한둘만 선등춤을 출 수 있을 제, 수앙이 그 한둘이 아니라면, 그 어미인 저는 아이한테 무녀 노릇 시키지 않겠습니다. 수앙이 작두를 못 타겠다며 물러나면 저로서는 오히려 다행입니다. 무녀 노릇 시키지 않을 핑계가 생기니까요. 아이가 다시 벙어리가 되든, 머리를 깎든! 미친년이 되어 저자거리를 떠돌다 시궁창의 쥐 같은 놈들한테 넝마처럼 뜯기고 짓밟힌다 해도, 아이를 무녀로 아니 만들 겁니다. 태우십시오, 작두! 칠요령입니다."

칠요령이라는 말을 뒤늦게 알아들은 두 사람이 황황히 일어나 칠배를 하고는 엎드린다.

"명 받잡나이다, 마님."

"어미로서의 근심을 말하다 칠요령을 발동한 점 두 분께 사과드립니다."

"무슨 그런 말씀을 하시나이까."

"혜원과 방산이, 두 선생님께 수앙의 미래를 논의한 걸 느꼈습니다. 혜원이 무진 회합 준비를 한다고 혜정원에 나가 있는 까닭도 그 때문일 겁니다. 그렇지요, 이소당 선생님?"

"황공하여이다, 마님. 방산으로부터 수앙을 후계로 세우자는 말을 들었습니다. 저는 아직 그걸 논의할 계제가 아니라고, 마님의 뜻을 좇겠노라 했고요."

"그러시는 것 같았습니다. 제가 수앙에게 작두를 태워야겠다는 결심을 하게 된 것도 그 때문입니다. 아이가 그런 논의 대상이라도 될 수 있는지, 그만한 재목인지 저도 알아야 하겠기에요. 아이가 못한다고 물러나거나, 해보려다가 실패하게 된다면 저는 어미로서 아이를 우리 부원의 한 사람으로, 보통 무녀로 고요히 살게 앞날을 열어줄 것입니다. 선등을 이루어낸다면 그때 오원들께서 결정하시는 대로 따를 작정입니다. 아이에 대한 시험이 우리 부를 넘어 우리 세상의 한 과정이 된 것이라 칠요령을 발동한 것이고요. 저를 이해하시겠습니까?"

"물론입니다, 마님. 마님의 뜻을 받잡아 한층 신중하게 성심을 다하여 내림굿과 선등춤 준비를 시키겠습니다."

"고맙습니다. 그리고 두 분께 청합니다. 내림굿의 결과가 어떻든 이제부터 수앙이 무녀 수업을 해야 할 제 두 분께서 논의하시어 수앙의 수업을 맡아 주십시오. 아이를 무등원으로 데려가시든지, 두 분 중 한 분이 예 남으시어 아이를 가르치시든지, 혹은 다른 분을 찾아 주시든지요."

애초에는 내림굿을 치른 뒤 흔휜사의 무녀들 중에서 수앙의 스승을 찾으려 했다. 이 며칠 수앙을 지극정성으로 가르치는 두 사람을 지켜보면서 마음을 바꿨다. 환갑이 가까운 이소당은 무등원을 운영하며 전라도의 칠성부원들을 아울러야 하매 구일당이 적당할 성싶었다. 서른다섯 살의 구일당은 배포가 크고 어질면서 신기가 높았다. 수앙이 무녀로서 독립할 때까지 끼고 가르칠 수 있을 힘과 열정도 높다.

"어떤 방법이 아이한테 좋을지 궁리를 해보겠습니다, 마님."

"잘 부탁드립니다, 선생님들!"

"예, 마님. 소인들 물러가겠나이다."

두 사람이 나간 뒤 반야는 일어나 해바라기 식물처럼 빛이 드는 동창으로 다가든다. 허리 높이의 창턱에 손이 닿는다. 바람이 부는가, 주렴이 나부껴 실에 꿰인 구슬들이 얼굴에 닿는다. 양손으로 주렴을 젖히고 창밖으로 상체를 내밀어본다. 바람이 얼굴을 간질인다. 바람이 얼굴만 간질인 게 아니라 눈물샘도 건드리는가. 이제 서럽지도 않은데 또 눈물이 난다. 원각사 보리암에서 머물 때 이무영이 온 걸 느꼈다. 그의 울음도 느꼈다. 나 때문에 우는 그 때문에 나도 울었다. 나 때문에 우는 그 때문에 일어나 앉았고 죽을 먹고 탕약을 마셨다. 수앙을 무녀로 살게 하자, 마침내 작정했다. 일생의 마지막 거처를 향해 나설 수 있었다. 남은 생에 이무영을 다시 보지 않고 견딜 수 있을지는 의문이다. 한 식경이면 달려올 수 있는 곳에 사는 그를 끝끝내 보자 하지 않을 때 그가 겪을 고통을, 그 자신의 몫이니 하는 수 없노라 모른 체할 수 있을지.

초여름에 눈이 내리면

간밤에 아지가 둘째 아들을 낳았다. 아지의 둘째까지 아울러 삼 년여 동안 허원정에서 태어난 아이가 무려 여덟이다. 아지가 아들을 낳을 때 마구간에서 말이 망아지를 낳았다. 삼 년 내 그런 식이었다. 사람은 자식을 낳고 소들은 송아지들을 낳고 말들은 망아지들을 낳았다. 돼지는 도야지를 낳고 개는 강아지를 낳고 괭이는 새끼괭이를 낳고 닭들은 병아리를 깠다.

"이번에는 애 이름을 뭐라고 짓는담."

온의 혼잣소리에 등청준비를 하느라 옷을 갈아입던 홍집이 웃는다. 형조로 다닐 때 입던 녹색 관복보다 푸른 철릭에 붉은 가슴띠를 매고 붉은 전립을 쓰는 세손위종사 복색이 헌칠한 홍집한테는 훨씬 어울린다. 오늘 그는, 소전을 따라 무과장을 참관하는 세손을 모시고 훈련원에 간다. 옷고름을 매던 그가 말한다.

"큰아이가 참솔이니 돌림자를 써서 참대라고 하지요?"

"참솔이 어미가 애 이름 부르기 어렵다고 이태 내내 불퉁거린걸요. 그래서 솔이라고만 부르잖아요. 둘째를 참대라고 지어주면 뭐라고 부르겠어요. 대야, 하고 부르면 이상하지 않겠어요?"

"그러면 참샘이라고 하시던지요. 샘이라고 부르게."

"아, 그러면 되겠네요."

"허면 나는 나갔다 올 터이니 당신은 아이 이름을 마무리 지으세요."

홍집이 수레좌대에 앉아 탁상을 마주한 온에게 다가들어 볼을 건드리곤 돌아서려 한다. 온이 그의 손을 잡는다.

"여쭤볼 게 있어요."

"말씀하세요."

"우리 아이 미연제, 살아 있지요?"

홍집이 우뚝해진다. 온 자신이 불구가 되기 전에는 거론하고 싶지 않았고 불구로 살게 된 뒤에는 말 꺼내기가 어려웠다. 입을 열어 묻지는 못했어도 미연제가 살아 있는 건 물론이고 홍집이 아이의 소재를 알고 있으리라고 믿었다. 그는 자식의 생사나 거취를 모른 채로 태평하게 지낼 사람이 절대 아니기 때문이다.

"미연제가 어디 있는지, 당신 아시지요?"

"느닷없이 그 아이 얘기는 어찌하십니까?"

역시나 모른다고는 하지 않는다.

"당신한테 죄송하고 아이한테 미안하여 말을 꺼내지 못했어도 생각은 무시로 합니다. 집안에서 시시로 태어나는 아기들을 볼 때마다, 아기들이 자라는 걸 보면서도요. 우리 아이는 지금 여섯 살이 되었을 테지요. 말씀해 주세요. 우리 아기 미연제, 살아 있지요?"

삼 년 전 이월에 온이 가마뫼재에서 팔다리가 뭉개져 돌아온 반년 뒤에 혼례를 올렸다. 집안사람들만 둘러 세운 식이었을망정 정식으로 올린 혼례였다. 두 사람이 미연제를 키우지 못할 이유가 사라진 지 오래되었다. 거리낄 게 없는데도 홍집이 아이에 대해 입을 열지 않는 걸 온은 이해하기 어려웠다. 온의 보챔에 홍집이 마지못해 말한다.

"미연제는 살아 있습니다."

"튼튼한가요?"

"튼튼하고 귀엽습니다."

"그이들, 유모네가 어찌 숨었답니까? 무엇 때문에요?"

"그들은 숨지 않았습니다. 애초에 그들이 연천으로 이사하게 되었다고 하면서 아씨, 부인을 찾아왔지 않습니까."

"그들은 그때 연천으로 가지 아니하였잖습니까. 당신이 그리 말씀하셨고 나중에 내가 난수를 시켜 확인했습니다."

"그때로부터 오래지 않아 내가 찾아냈습니다. 그들은 연천으로 못 갔을 뿐 숨은 게 아니었습니다. 처지가 처지였는지라 내가 그들에게 아이를 계속 키우게 한 겁니다."

홍집은 아이 부모가 쌓은 죄업이 너무 커서 아이를 키우지 못한 거라는, 그 때문에 아이들을 연속하여 잃는 거라는 말은 차마 못한다.

"그들이 어디 살아요? 어찌 살고 있고요?"

"지난 정초에 내가 아이를 보고 왔습니다. 애가 어느새 천자문을 익히기 시작했더이다. 헌데, 내가 갔을 때 아이가 '신사가복信使可覆 기욕난량器欲難量'의 뜻을 묻습디다. '믿음성 있는 일은 거듭 행해야 할 것이요, 도량은 헤아릴 수 없을 정도여야 하는 것이다.' 그렇게 구절의 뜻을 들어도 무슨 말인지 알 수가 없다고 했어요. 헌데 나는 아이한테 사람살이의 원리에 해당하는 신사가복 기욕난량의 의미를 설명해 주기가 힘들었습니다. 물론 아이가 어린 탓이지만, 믿음은 움직일 수 없는 진리이고, 도량은 헤아릴 수 없을 정도로 깊고 넓어야 한다는 그 뜻을 어떻게 설명해야 할지 난감했다는 겁니다."

"시방 나를, 책망하시는군요."

"책망 맞습니다만 아비로서의 자책이기도 합니다. 믿음이 진리라고, 사람의 도량은 넓고 깊어야 하는 거라고 말하기 어려웠던 아비로서의 나를요. 천지간의 모든 약속인 믿음, 그 약속에 우선하는 게 부모가 자식을 기른다는 것일 텐데 당신과 나는 똑같이 그걸 못했지 않습니까. 우리 살자고 아이를 버렸던 게 분명하니까요. 해서 나는 아직 그 아이 앞에 아비로 나서지 못합니다. 더구나 미연제가 강담의 어미아비를 친부모로 알고 자랍니다. 아이가 좀 더 클 때까지는 그대로 둬야 할 성싶습니다."

"당장 데려오지 않더라도 아이 사는 형편을 살펴 도와야지요. 아이가 글을 읽는다면 변변한 선생이라도 붙여야 하고요."

"여섯 살짜리 계집아이가 한글을 술술 읽고 천자문을 배울 정도면 의식주가 불편하지 않으리라는 짐작은 하실 수 있겠지요. 그들 형편은 내 나름 살피고 있어요. 아이가 사는 근동에 글을 잘 아는 부인이 있어 배우게 하고 있고요. 좀 더 두기로 하지요."

"전사가 어떠했든 그 아이의 부모인 우리가 혼인하여 함께 살고 있습니다. 당신은 과거 급제한 칠품 관헌이고 나는 조선 제일 규모의 약방 주인입니다. 우리 아이가 의식주 불편하지 않을 정도인 형편에서 살게 놔두는 게 마땅한가요?"

몸은 불구가 되었을망정 온은 여전히 당당하다. 뻔뻔하기 그지없는 일면도 그대로다. 홍집은 온의 자부심이 싫지는 않다. 딸이 자라고 있기 때문일 것이다. 딸이 살아야 할 나라가 조선이므로 조선 여인들이 모두 만단사와 사신계의 칠성부 여인들처럼 당당했으면 싶었다. 이온이나 함월당처럼 막강하고 혜원이나 난수처럼 은밀하고 연화당처럼 고요히 아름다울 수 있었으면 했다. 그 모든 면들이 한 몸에서 이루어진 여인으로 살아갈 수 있기를.

"사람이 사는 데 의식주만 필요한 게 아니지요. 아이 하나를 키우는 데는 온 고을 사람이 필요하다고도 합니다. 미연제는 저 사는 고을 사람들의 보살핌 속에서 자라고 있다는 말씀입니다. 아무 부족한 게 없이요."

"당장 데려오겠다는 게 아닙니다. 우선은 어찌 사는지 보기만 하겠습니다."

홍집이 낯을 찌푸리는가 싶더니 풀고는 말했다.

"며칠 전에 황해도에 큰눈이 내렸다 하더군요. 몇 고을의 일 년 농사가 망가진 참이라고요."

황해도에 쏟아진 초여름 눈만 문제가 아니라 지난겨울과 봄까지에 이어진 가뭄 때문에 전국에서 모내기를 제대로 못한 게 더 큰 문제인 듯했다. 모내기철 지나 뒤늦게 꽂아댄 벼들이 제대로 자랄 것이라 장담키 어려우므로 가을 작황이 나쁠 것이고 겨울부터 내년 보릿고개까지는 난리가 날 터였다. 온은 허원정은 물론이고 영미동과 산정평 영지의 곡식창고들에 양곡 비축을 시작한 참이었다.

"느닷없는 여름 눈 이야기를 지금 하시는 까닭이 뭡니까?"

"느닷없이 생각나서 해본 말입니다. 어쨌든 미연제 얘긴 나중에 다시 하지요. 다녀오겠습니다."

뜬금없는 소리를 내뱉은 홍집이 아무 얘기도 나누지 않은 사람처럼 방을 나간다. 그는 여일한 사람이었다. 온이 불구라고 꺼리거나 안쓰러워하지 않았다. 호위였을 때나 지아비가 되어서나 같았다. 그렇지만 온은 홍집이 등청할 때나 퇴청할 때 문 밖까지 배웅하거나 마중하지 않는다. 금오당이 대문간까지 나가 배웅한다. 온이 회임한 이후부터 금오당은 홍집을 아들 대하듯 했고 태아를 잃었음에도 아범이라 부른다. 홍집도 금오당을 어머니라 부른다.

"다녀오겠습니다, 어머니."

"잘 다녀오시게나, 아범."

홍집의 등청 길에 대문간에서 이뤄지는 풍경이 그렇다 했다. 그 자리에 하속들이 있으므로 온은 나가지 않았다. 뻗정다리에 목발을 짚고 어기적거리거나 수레좌대를 밀게 하는 등의 모습을 하속들이 보는 앞에서 홍집한테 보이기 싫어서다. 홍집과 둘이 있거나 그가 없는 하속들 앞이거나 할 때는 무람하게 행동한다. 불구가 부끄러운 것보다 홍집에게 보이는 모습을 하속들에게는 보이고 싶지 않은 것이다.

황해도 여러 고을의 일 년 농사를 망쳤다는 초여름 눈! 홍집이 한 말의 속뜻을 온도 안다. 어찌 모르랴. 미연제에게 낳은 어미가 초여름 눈 같은 존재라서 아이를 데려올 수 없다는 뜻이고 이온에 대한 홍집의 생각이 그렇다는 표현이다.

남녀지정, 연심은 변하는 게 아니라 비가 그치고 눈이 그치듯 그치는 것이었다. 이온을 향해 영원불변일 줄 알았던 윤홍집의 사랑이 그쳤다. 그의 혼인은 연민에서 비롯됐다. 온은 혼인 직후 그 사실을 깨달았다. 동시에 자신이 홍집을 사랑해 왔다는 것을 스스로 인정했다. 호원당을 홍집의 여인으로 용인했던 까닭이었다. 호원당이 아이를 낳다 세상을 떠나고 그 자리에 의녀 선덕을 들였다. 의녀 선덕은 보원약방 수의 도손과 매디의 딸이다. 홍집과는 오래 전 보원약방에서 낯을 익혔다. 선덕을 들인 뒤에도 홍집은 가끔 청호약방을 찾아가는 것 같았다. 말은 아니해도 틀림없었다. 그것도 묵인한다. 선덕을 불러 진위를 따지지 않거니와 청호약방에서 내쫓지도 않는다. 한 번 맺은 인연을 소중히 여기는 그 성정 덕에 현재의 이온이 있기 때문이다.

윤미연제. 그 아이한테 성씨를 붙이게 될 날이 올 줄 어찌 알았으랴. 오늘 아는 것을 그때 알았더라면 달리 살았을까. 알 수 없다. 아니 그때 지금의 나를 예견했더라면 오늘의 내가 되지 않기 위해 그때를 달리 살았을 것이다. 그토록 우둔하지 않고, 좀 더 치밀하게, 무녀 중석을 찾아냈을 것이고 비휴들과 무극들을 잃어버리지 않았을 것이다. 비휴들과 무극들이 곁에 있었더라면 불구가 되지 않았을 테고, 부령들이 사령 자리를 넘보게 되지도 않았을 것이다.

삼 년 전 거북부령 황환이 별세했다. 당시 사령께서 거북부령으로 세우려 했던 송도의 한우식 일귀는 중환에 들어 움직이기도 힘든 상태였다. 거북부 일귀들은 온이 제거하려다 실패한 구양견을 부령으로 추대했다. 온이 뭉개진 사지를 끌어안고 몸피 큰 애벌레처럼 방안에서 살던 때였다. 홍집이 사령보위대를 해산시키자 했다. 그들 데리고 할 일도 없는데 다달이 삯 주고, 먹이고 재우고 입힐 까닭이 뭔가. 사령보위부원들을 데리고 할 일이 없다고 말할 때 홍집은 온에게 아무 것도 하지 말라고 못박은 것이었다. 그때 어쩔 수 없이 수긍했지만 어떻게 그렇게 생각할 수 있는지 온은 아직 이해하기가 어려웠다. 일은 하자고 들면 얼마든지 있는 게 아닌가.

홍집은 사령 자리도 다른 데로 넘겼으면 하는 눈치였다. 그는 온이 부친을 허수아비로 세워 놓고 사령 노릇 하는 걸 못마땅해 했다. 곡산에서 불러올린 백두 이하 열두 명의 비휴들을 자신의 휘하로 삼아 버린 홍집은 그들에게 도성 안의 각처에서 따로따로 일하게 만들었다. 이태 전, 온이 불구로나마 운신하게 된 무렵이었다. 열두 명 중 하나인, 한라가 온의 보위대에 들어 있는 까닭도 온이 하는 일의 내막을 속속들이 알려는 홍집의 의도다. 온이 사람을 함부로 부리지 못하게 하려는 것이었다. 더하여 여러 영지에서 부모 잃고 의탁할 곳이 마땅치 않은 아이들을 허원정으로 보내게 하여 계집아이들은 보현정사에, 사내아이들은 이화헌에 있게 했다. 그 일은 만단사자를 키우자는 게 아니라 그저 갈 데 없는 아이들을 돌보자는 것뿐이었다. 온으로서는 홍집이 하자는 대로 따를 수밖에 없었다. 그가 칠성부 쪽은 관여치 않았다. 관여치 않는 대신 협박에 가까운 조건이 붙었다.

"만의 하나라도 당신이 칠성부를 움직여 사람을 해치려 들 경우 나는 당신의 칠성부는 물론 만단사 전체를 와해시켜 버릴 겁니다. 나는 만단사가 사람에 이롭지 않고 해로운 조직이라면 존재할 필요가 없다고 여기기 때문입니다."

그는 예전에 사령의 명으로 만단사 요인들을 여럿 제거했거니와 그들 거의를 파악하고 있었다. 양연무 비휴와 곡산 비휴들이 모두 그의 휘하였다. 아무것도 원하지 않던 윤선일이 윤홍집이 되면서 만단사가 그의 수중에 들어 버린 셈이었다. 만단사를 무너뜨리겠다는 말이 허사가 아님을 알기에 온은 조심해 왔다. 앞으로도 조심할 것이었다. 그렇다고 아무 일도 안 하고 살 수는 없지 않은가.

내가 가만히 있고자 하여도 남들이 나를 가만두는 게 아니다. 아무 일도 아니함은 물가에 지은 모래성에서 사는 것과 다름없다. 파도 한 번 왔다 가면 흔적도 없어지는 사상누각. 무엇보다 온은 해결되지 않은 의문들이 너무 많아 가만히, 죽은 듯이 살 수 없었다. 통천 비휴들과 불영사와 실경사의 무극들이 다 어디로 갔는지, 누가 일성 쌍리와 그 수하 셋의 혀와 손목을 잘라 버렸는지. 자신들을 그리 만든 자들을 끝내 짐작치 못하던 쌍리는 목을 매어 버렸고 그 수하들은 사람 노릇을 못한 채 숨만 붙어 있다.

부령들의 움직임도 심상치 않았다. 신흥군수로 있던 기린부령 연은평은 작년에 신흥에 이웃한 북청군수로 옮겼다. 영전한 것도 아니고 수평이동인데 부임 잔치에 부령들을 초대했다. 칠성부령 이온이 불구의 몸으로 북청까지 못 오리라 여기고 부러 그리한 것이었다. 온은 못 간 게 아니라 가지 않았다. 난수와 보위들을 대신 보내 그들에게 인사를 전하게 하면서 살피게 했을 뿐이다. 나주 목사로 있던 용부령 김현로는 경기도로 옮겨 서울 나들이가 잦았다. 몇 해 전 홍집에 의해 몸을 심히 다쳐서 불구가 될 줄 알았던 홍낙춘은 일 년여 만에 멀쩡히 일어났다. 그리고 다른 부의 부령들과 연대하여 사령이 물러나기를 요구했다. 사령 자리가 종신이 마땅하나 자리를 운영할 능력이 없다면 만단사의 미래를 위해 새 사령이 나와야 한다는 것이었다. 사실상 그가 다른 부령들을 책동하고 있었다.

온은 홍낙춘을 제거하고 봉황부령 자리에 홍집을 앉힌 뒤 언젠가 사령 자리로 밀어올릴 생각이었다. 그럴 만한 능력이 없는 것도 아니다. 문제는 홍집이 자리에 대한 욕심이 없다는 점이다. 아버님이 생존해 계시므로 사령 자리를 부령들한테 넘겨줘 버리라는 말은 차마 못하지만 홍집 자신은 봉황부령도, 사령도 될 생각이 없었다. 아무 일도 하지 말고 물 흘러가듯이 두자는 게 그의 생각이었다. 여지가 보이지 않으므로 그에 관해서는 말도 붙여 보지 못한다. 그렇지만 온은 사령 자리를 내놓을 뜻이 없었다. 부친이 생존해 계시는 한 현재 체제를 유지할 것이고, 홍집이 끝끝내 마다하면 부친 돌아가신 뒤 온 스스로 사령 자리에 앉을 작정이었다. 그리하기 위해서는 부단히 움직일 수밖에.

"누님, 곤입니다."

"들어오렴."

흰 바지저고리에 검정 쾌자를 걸치고 검정 복건을 쓴 열일곱 살의 곤은 초여름 나무처럼 환히 맑고 빛난다.

"오늘은 여느 날보다 이르구나?"

"누님께 청할 일이 생각나 자형 등청 길 배웅하고 이리 들어왔습니다."

무슨 사변이 난 것도 아닐 테니 아침이나 먹고 나서 말해도 되련만 무슨 생각이 나면 때를 가리지 않는 게 곤의 천성이다.

"청해 보렴."

"국빈 형이 오늘 과거를 보잖아요?"

"그렇겠지."

김국빈은 영고당의 조카라 이온과 이곤 남매의 이종사촌이다. 그는 지난달 초여드레 날 심한 몸살 때문에 태학생들 모꼬지에 불참했다. 그 덕에 보현정사에서 추태를 벌인 유생들 틈에 끼지 않았고 결과적으로 득이 되었다. 그 자리에서 술을 마시고 비구니들과 동승들을 희롱했던 유생들이 삼천 자 이상의 반성문을 쓰느라 짧게는 닷새, 길게는 보름씩 다른 공부를 못했다고 하지 않은가. 소전은 유생들이 써 올린 반성문들을 일일이 다 읽고 자신이 들어 안 사실과 다른 내용이 적혔거나 진심이 느껴지지 않는 글은 퇴하고 다시 쓰게 했던가 보았다. 삼천 자 이상의 반성문을 몇 번씩 쓴 유생들이 무슨 공부를 했으랴.

"엊그제 태학 가서 살짝 만났는데 아무래도 이번에 낙방할 것 같은가 봐요. 한 달 전쯤에 몸살 앓느라 며칠간이나 공부를 제대로 못했다고요."

"아직 시험도 안 쳤는데 웬 엄살이야? 게다가 이제 겨우 열일곱 살인데, 낙방하면 내년에 다시 치면 되지. 그래서, 국빈이 시험 보는데 네가 뭘 하겠다고?"

곤과 국빈은 동갑이지만 국빈의 생일이 빨라 곤이 국빈을 형이라 부른다.

"국빈 형 시험 끝나면 오늘은 태학에 안 들어가도 되니까, 같이 보현정사에 가서 영로아기를 만나게 해주고 싶어요. 그리고 저녁에는 국빈 형 네 가서 자고 싶어요."

인달방에 국빈의 모친 구경당이 마련해 둔 집이 있는가 보았다.

"국빈네 가서 자는 건 그렇다 치고 영로아기가 누군데?"

"진장방 우륵재의 딸이죠. 그 모친이 영고당의 동무셨고요."

"아, 그 아가씨! 헌데 국빈이 그 아가씨를 어찌 알고 만난다는 게야?"

"우륵재의 향리가 온양이잖아요. 국빈 형 네도 온양이고요. 영로아기의 삼촌은 현재 세자시강원의 설서로 있는 이극영인데, 이 설서

하고 국빈 형은 어릴 때 온양서원에서 동학했대요. 국빈 형이 이 설서 집에도 자주 갔고요, 그때 본가에 내려가 있던 영로아기하고도 친하게 지냈나 보더라고요. 몇 년이 지나 보현정사에서 딱 만났는데 영로아기가 어여쁜 처자로 변해 있었던 거죠. 이번에 기어이 과거급제를 하고 싶은 것도 영로아기한테 장가들고 싶어서인 같아요. 영로아기가 다른 데로 시집가기 전에 붙들어야 하니까요."

보연당의 딸은 곧 성균관 사성 영감의 딸이고 어영대장을 지냈던 사온재 대감의 손녀다. 그 가문은 누대로 명망을 이어왔다. 국빈의 집안은 반족이라 하나 한미하거니와 작금에는 과부인 모친밖에 없다. 토지도 그리 많지 않은 듯했다. 그런 집안으로 보연당이 딸을 시집보낼 턱이 없다. 보연당의 할머니는 현종의 막내딸인 명윤공주다. 보연당의 친정인 충정재는 명윤공주 생전에는 안국궁이라 불렸다. 안국방에서 가장 큰 집이 충정재다. 그런 친정을 가진 보연당이 잠시라도 김국빈을 사윗감으로 생각할 리 없다. 허원정의 아들 이곤이라면 달리 볼 수도 있을 것이다. 곤도 장가를 보낼 때가 되었지 않은가.

"영로아기는 국빈을 어찌 생각하는데?"

"그건 제가 모르겠는데요."

"너는 영로아기를 어찌 생각하는데?"

"국빈 형이 영로아기한테 장가들면 좋겠다고 생각하죠."

"영로아기에 대한 네 맘은 없고?"

"무슨 맘이요?"

곤은 어릴 때부터 외는 머리가 비상했다. 주변 상황을 연결하여 생각하는 머리는 천치 같았다. 열일곱 살이나 먹고도 여전하다. 계산속 없는 그 점이 귀여운 한편으로 장차 어찌할까 걱정스럽기도 하다. 홍집은 곤이 무예보다 공부 머리가 훨씬 낫다고 하는데 온이 보기에는 이도저도 아니다. 공부란 외는 머리만 가지고 하는 게 아니지 않는가.

"영로아기가 어여쁘다거나, 보고 싶다거나, 장가들고 싶다거나 하는 맘이 없느냐는 말이다."

"에이, 아니에요. 저는 나중에 칠엽화를 다시 만나게 된다면, 그이한테 장가들고 싶어요."

"칠엽화라니. 어떤 처자가 그리 요상한 이름을 가졌어?"

"몰라요. 저한테 용담꽃을 그려 준 처자라서, 그 처자의 낙관에 꽃잎이 일곱 장인 꽃이 그려져 있기에 저 혼자 그리 부르는데 어디 사는지 모르고, 이름도 몰라요."

"네 방 벽에 걸려 있는 그 꽃그림 말이니? 그게 벌써 언제부터 걸려 있던 건데! 너는 그 처자를 언제 어디서 만났는데?"

"저 열세 살 때 홍지문 밖 숲길에서요. 할마님 초상 치르고 두어 달 뒤였어요."

"그때 보고 다시 못 본, 이름도 모르고 어디 사는지도 모르는 처자와 조우하면 혼인을 하고 싶다고? 그 처자가 지금 몇 살이나 됐는데? 그게 어불성설인 건 알지?"

"그냥 그런 생각을 해본 적이 있다는 거죠. 암튼요, 누님. 오늘 국빈 형 시험 끝나면 보현정사로 데려가도 되지요?"

"그러려무나."

"고맙습니다, 누님."

"보현정사도 좋겠지만, 오늘 영로아기가 거기 온다는 보장도 없고, 청계변 가산에 꽃 난리가 났다는데 거길 한번 가 보든지. 아! 덕적골이라는 곳에 새 마을이 생겨서, 모레 거기서 큰 굿을 한다는 소문이 짜한데, 굿판은 아직 안 벌어졌어도 꽃 난리는 거기도 났다니까 차라리 거길 가 보든지. 길 양쪽으로 이팝나무가 운무처럼 폈더구나."

"덕적골이 어딘데요?"

"목멱산 자락, 진강포 뒤쪽이라고 하더라. 나도 가 본 적이 없어서 모른다만, 진강포 가서 물어보면 아는 사람이 있지 않겠니?"

"누님은 가 보신 적도 없는 덕적골에서 모레 열리는 굿판을 어찌 아셨어요?"

"집안 아낙들이 종알거리더구나. 덕적골에서 큰 굿판이 벌어진다는 소문이 도성 안에 짜하다고."

가산이든 덕적골이든 이영로가 새삼스레 새로운 존재로 떠올랐으므로 일단 국빈을 이영로부터 멀리 해놓을 필요가 생겨 나온 소리다.

"그럼 덕적골은 굿판 열리는 날 가야죠. 그런데 누님, 굿판 재미있어요?"

"구경거리가 있긴 하지. 알아서 하려무나. 오늘 보현정사로 가든지, 덕적골로 가든지. 나가면서 나름이 들라 해라."

"어제 공부한 것에 대해 아니 물어보십니까?"

"이제부터 아니하련다."

"왜요?"

"네 글공부를 가늠하기에는 내 공부가 심히 천박함을 알거니와 네 글공부가 일 년여 전부터 거의 진척이 없다는 것도 안다. 해서 네게 글 선생을 다시 붙일 셈이다."

"어, 어떤 선생님을요?"

"찾는 중이다. 대과에 급제한 적이 있으나 현재 벼슬살이는 하고 있지 않은 선비를 물색 하고 있어. 너도 과거를 봐야 하니까 그에 대비해야지."

"저, 저도 과거를 봐야 합니까?"

"허면 과거를 안 볼 생각이었어?"

"막연했죠."

"이곤!"

"예, 누님."

"네가 누구라고 했지?"

"일조 광해의 육대손입니다. 이조 질, 삼조 린, 사조 호, 오조는 연이시고, 아버님은 록자이시고 저는 곤입니다."

온은 곤에게 『허원록』을 읽히고 이 집안 아들들이 대를 이어온 근본이 무엇인지를 수시로 가르쳤다. 부친께서 품었던 꿈 혹은 계획에 대해서는 말하지 않았어도 곤 자신이 어떤 위치에 있는지는 잊지 않도록 수시로 묻곤 한다.

"그렇다, 이곤. 너는 할아버님들과 아버님 덕분에 입학시험을 치르지 않아도 태학에 입학할 수 있고, 과거에 급제하지 않아도 언젠가 벼슬을 할 수도 있다. 할 수도 있다는 건 못할 수도 있다는 거지. 넌 벼슬하지 않아도 우리 일조의 후손으로서, 우리 아버님의 아들로서 또 내 아우로써, 평생 아무 일 아니하고도 거들먹거리며 살 수 있다. 이 집에 속한 것이 모두 너의 것이기도 하니 한량 노릇만 하며 살 수도 있지. 하지만 그것뿐이다. 맹탕이라는 게다. 타고난 것을 지키고 가꾸기 위해서는 자신의 알맹이를 가져야 해. 너에게 알맹이는 과거 급제다."

"지난달에 아버님도 비슷한 말씀을 하시더니 누님도 그러시네요. 그런데 저는 알맹이가 과거 급제라는 말씀은 이해하기 어렵습니다."

곤은 부친과 생일이 같았다. 그 덕인지 부친에 대한 곤의 친밀함이 친부자지간인 듯 깊었다. 허원정에서 상림을 가장 자주 오가는 사람이 곤과 늠이었다. 어지간하면 부친 곁에서 살고 싶은 눈치인데 영고당이 허락지 않는 것 같았다. 상림을 자신의 것이라 여기는 영고당이 곤을 못 봐내는 것이다. 온의 입장에서는 가소롭지만 영고당이 부친의 정실인바 어쩔 수 없긴 했다.

"그렇다면 쉽게 설명해 주마. 우리 옆집인 익익재는 빈궁전 합하의 사가다. 그 부친이신 홍봉한 대감의 가문은 누대의 명문으로 홍대감이 대과 급제하기 전에 그 따님이 빈궁마마가 되셨다. 홍 대감, 당시의 홍 선비는 과거 같은 거 볼 필요도 없었지. 나이가 제법 된 때였고 문음으로 출사도 가능했어. 하지만 홍 선비는 따님이 빈궁마마가 되시고 난 뒤에 과거에 응시해 급제했다. 스스로 당당하기 위해서였겠지. 또, 작금 곤전의 아우들은 스무 살이 넘었음에도 성균관에서 공부하고 있다. 가만히 있어도, 누이이신 곤전과 국구이신 부친이 앞날을 열어줄 것임에도 다른 유생들과 마찬가지로 부지런히 공부한다. 그들뿐이야? 종친가와 사대부가의 아들들이 다 그리하고 있다. 무엇 때문이겠어? 타고난 것, 자신이 이룩하지 않고 이미 이루어진 것을 물려받은 것만으로는 떳떳하기 어렵기 때문이다. 너도 네 스스로 애써 이룩한 게 있어야 해. 어렵고 힘들어도 네가 공부해서 급제 해야만 네 평생이 당당해 질 거란 말이다. 알겠어?"

"무슨 말씀인지는 알겠어요."

"지난 일 년여 동안 네가, 네 누이를 잃고 상심하여 갈피를 못 잡는 걸 알기에 내버려두었다. 앞으로는 못 봐준다. 이 달 안에 선생을 찾을 것이니 너는 선생하고 같이 공부해서 내년에 태학 입학시험을 치러서 입학하고, 네 스무 살에는 과거에 급제해라. 급제 뒤에 벼슬살이는 해도 되고 하지 않아도 무방하다. 그렇지만 급제는 해야 해."

"몇십 년 공부한 선비들도 대과 급제는 어렵다는데 제가 스무 살에 급제 못하면요?"

"그리되면 넌 내가 아주 몰인정한 사람이라는 걸 알게 되겠지."

"누님은 몰인정한 분이 아니시잖아요?"

"아니, 네가 모를 뿐 나는 몰인정하고 잔악하기로 이름난 사람이다. 그런 사람인 나는 네가 스무 살에도 지금처럼 하는 일없이 천지사방 쏘다니며 노는 꼴은 못 봐준다."

"어, 어찌하실 건데요?"

"맨 처음, 늠이를 너로부터 떼어내 팔 것이다. 우리 집안에서는 누대로 종을 속량시켜 양민을 만들기는 할지언정 방매한 적이 없다만 나는 늠이를 내다 팔 것이다. 그놈이 스승 잘 만난 덕에 제법 쓸 만하게 자랐으니 한 삼백 냥은 받을 수 있겠지? 아니 백 냥에라도 아주 먼 곳에다 팔아 치울 테다. 네가 두 번 다시 만날 수 없도록 왜관으로 내다가 왜인의 노예로 팔던가, 책문 데려가서 청인의 노예로 팔던가. 늠이를 그리 치워 버리고 나면 너는 다른 종자 달고 다닐 수 있을 것 같으냐? 어림없다. 네 누이의 위패가 있는 보현정사 출입을 못하게 만들 뿐만 아니라 작은사랑에서 한 발짝도 못 벗어나게 할 테다. 과거에 급제할 때까지 호위를 열 명쯤 붙여서 꼼짝 못하게 할 테고, 그래도 네가 공부를 아니하면 이 집안의 대가 끊길 것을 각오하고 너를 내칠 것이다. 이만큼이 최소한이다. 최대한은 어느 만큼일지 네가 미루어 짐작해 보렴."

"제 급제 문제와 늠이를 연결시키는 건 좀 비겁하십니다."

"나는 내 필요에 따라 움직일 뿐 용감함과 비겁함에 대해 달리 생각할 줄 모르는 사람이다. 그렇지만 네가 스무 살에 급제한다면 부상으로 늠이를 면천시켜 주겠다."

"제가 스무 살에 급제할 자신이 없는데 그런 말씀을 하시는 건 좀 치사하시고요."

이온을 대놓고 비겁하다거나 치사하다고 말할 수 있는 사람이 누가 또 있을까. 온은 속에 이는 웃음을 정색한 얼굴로 가린다.

"네가 자신감을 가지고 공부를 해야겠지? 이제 나가서 나름이 들여보내고 아침 먹어라."

명랑하게 들어왔던 아이가 풀이 잔뜩 죽어 나간다. 아무 것도 계량할 줄 모르고 숨길 줄도 모르는 놈을 볼 때마다 즐겁다. 어엿하게 키워 이 집안의 장주로, 광해의 육대손으로 만들어 주고 싶다. 그리하기 위해 부러 심하게 말했다. 너무 심했나 싶기는 하다.

"아씨 나름입니다."

나름이 새벽에 한 번 비우고 부셨을 요강을 들고 들어온다. 내 몸 내 마음대로 할 수 있을 때는 사람이 오줌을 이토록 자주 누는 걸 몰랐다. 하루 한두 번의 똥도 너무 잦았다. 그래서 좌대 수레를 만들 때 했듯 좌대 요강도 만들게 했다. 좌대 판에다 구멍을 뚫고 그 밑에 요강을 넣어 사용하고 대소변을 씻어내어 말린 요강을 다시 넣어 쓰는 방식이었다. 그렇게라도 움직이기 위해 몸피가 불지 않도록 식생을 최소화하며 지낸다. 한 발이라도 내 힘으로 임의롭게 움직이자면 몸이 가벼워야겠기에. 나름이 골방의 문을 열고 좌대 밑에 요강을 넣고 돌아와 수레좌대를 민다.

온이 집안에서 거의 모든 일을 하게 되면서 난수의 소임이 대폭 커졌다. 보원약방은 물론 열여섯 개에 달하는 보원약방 분원과의 다리 역할을 하게 되었고 서른다섯 명에 이르는 일성사자들과의 소통로가 되었으며 온이 필요한 곳을 보는 눈이 되었다. 그 모든 일을 홀로 할 수 없으므로 수하를 거느렸다. 노서미와 높메, 함화루 출신의 욱진, 양연무 출신의 개암, 곡산 비휴의 한라, 외무집사 박은봉의 손자 공우 등이다. 일곱 명으로 이루어진 이온 보위대는 허원정 중사랑 아래채를 청사로 쓰며 수직청을 숙소로 삼아 지냈다. 난수는 외별당에서 살았다. 온과 가장 가까운 곳에 배치된 셈이었다.

"진장방 우륵재 알지?"

"보연당 마님 댁이지요."

"그 댁에 영로라는 딸이 있는 걸 알 거야. 올해 열다섯 살이래. 그 아가씨에 대해 살펴 봐. 특히 근자에 이영로의 혼사 얘기가 있는지 알아봐."

난수는 한 달 전쯤에 우륵재의 차집인 바올어미를 숭례문 칠패거리에서 만났다. 바올어미는 보연당이 혼인할 때 우륵재로 따라온 뒤 우륵재의 청지기 아들과 혼인하여 바올을 비롯한 아이 넷을 낳았다. 각자 상전들을 수행하는 과정에 난수와 안면을 텄기에 저자거리에서 만났을 때 인사를 나눴다. 안부를 묻고 의례적으로 그 주인댁의 안부를 물었더니 이조참판 집에서 매파가 왔다는 이야기를 했다. 더하여 작년에 들어온 몇 건의 청혼서에 대해서도 자랑했다. 난수는 온에게 바올어미 만난 이야기를 한다.

"청혼서들이 연이어 들어오는 즈음인데 이제 이판 집에서도 매파가 왔다고? 하필이면 이판 집이야? 해서 그 두 집의 혼사가 진행 중이라는 게야?"

온의 재촉에 난수는 고개부터 흔든다. 온은 이조참판 윤급이 우의정 김상로와 막역하게 지내므로 싫어한다. 김상로가 용부령 김현로의 형이기 때문이다.

"사성 영감께서 마다하신 모양입니다. 그러면서 영로 아가씨가 열여덟 살이 되면 혼인시킬 거라 하셨답니다."

"그래? 그건 다행이지만, 여식을 늙혀서 혼인시키겠다니, 그건 또 무슨 배짱일까. 도성 제일의 신붓감이라 한들 열여덟 살이나 되는 묵은 규수한테도 해당할 줄 알고? 그건 그렇고, 이영로는 보통 때 주로 뭘 하며 지낸다고 해?"

"노상 처소에서 지내시는데, 책을 읽거나 책을 쓰시는 모양이라 하더이다."

"겨우 열다섯 살인데 책을 써? 무슨 책을?"

"바올네가 그것까진 모르겠지요."

"머리에 든 게 많은 모양이네. 선생을 시켜야겠다."

"예?"

"책을 쓴다니 보현정사 학동들 글 선생을 할 만하잖아? 반가 규수가 날마다 올라 다니기는 힘들 테고, 닷새에 한 번 정도 강학해 달라고 말해 봐야겠어."

"스님들께서 과목을 나누어 가르치고 계시지 않습니까."

보현정사의 학동들이 배우는 건 한글과 천자문과 그림과 무술과 기초 의약과 기초 의술 등이다. 이화헌 학동들도 비슷하다. 양쪽 학동들의 공부가 어느 정도 진행된 후에는 각 분야의 전문 선생들을 영입하여 가르칠 계획이다.

"선생이 다양하면 아이들도 좋겠지. 글을 가르치는 게 꼭 가갸거겨나 하늘천 따지를 가르치는 것만은 아니잖아. 책의 내용을 이야기로 풀어 듣는 것도 공부지. 이야기 선생이 생긴다면 아이들이 재미나 하지 않겠어?"

이영로를 이곤 도령과 혼인시키려는 모양이다. 우륵재의 딸과 허원정의 아들! 그럴싸한 조합이다.

"그건 그렇고, 욱진한테 알아보게 한 나경언은 어찌됐어?"

나경언은 몇 해 전까지 사령보위대에 있었다. 현재는 이판 윤급의 호위별장을 하고 있으므로 그를 통해 이판과 연결된 용부령 김현로를 알아보려는 것이었다. 김현로는 작년에 경기감영 수사水使로 남양 화량진에 배속했는데 도성 나들이가 잦았다.

"그렇잖아도 아뢰려던 참입니다. 욱진을 불러서 직접 들어보시지요."

"무슨 여상치 않은 일이 있어?"

"소인이 그걸 판단하기가 어렵습니다. 욱진을 부르겠습니다."

사령보위대에 있을 때 욱진은 봉황부 막내였으나 기린부 조장을 지냈던 나경언과 다정하게 지냈던가 보았다. 나경언의 부친 나정순이 기린부령이 될 수도 있었을 즈음에 급작스레 별세하였다. 나정순 사후 나경언은 사령의 천거로 이판 윤급의 호위별장이 되어 현재에 이르렀다. 사령은 나경언에게 관아의 서리직이라도 마련해 주라고 당시 형조 참의였던 윤급에게 맡겼는데 윤급은 나경언을 개인 비장으로 삼았다. 그 집에서 나경언은 청지기에 준하는 대접을 받고 있는데도 어쩌다 욱진과 만나면 신세한탄을 하는 모양이었다. 제 부친이 그리 급작스레 돌아가지 않았더라면 자신의 현재가 이 꼴은 아니었을 거라고. 이판 집의 하속 노릇이 편하지 않다는 뜻이었다.

청사인 아래채 마루에서 동료들과 놀고 있던 욱진이 들어와 읍한다. 온이 탁상 건너편 자리를 가리키며 앉으라 한다. 삼 년 전 사고 이후 온은 아랫것들을 정면에 마주앉힐 정도로 너그러워졌다. 사노 신분이었던 욱진과 그 형 개진을 속량시켜 양민으로 만들었을 정도다. 온이 곧장 묻는다.

"요새 경언이 어떤데?"

"경언 형님이 어떻다기보다 그가, 예전 저희 대장이었던 남수 대장과 친한데 남수 대장이 훈련원 습독관으로 있지 않나이까?"

사 년 전 사령께서 홍남수를 비장삼아 연경으로 데려가기 위해 습독관으로 만들었다. 그게 사령께서 만단사령으로써 마지막으로 한 일이 되고 말았다.

"그런데?"

"홍 습독관이 금위대 사관 김제교 나리하고 친하다 하옵고, 덕분에 경언 형님하고 가끔 어울리는데, 김 사관이 경언 형님한테 글씨 연습을 하라 하였다고요."

"글씨연습? 김제교가 무얼 하려고 나경언한테 글씨연습을 시켜?"

"경언 형님도 그 내막을 모르는 것 같은데, 짐작하기로는 상소문을 쓰게 될 것 같다 하더이다."

“이판 개인의 비장이 무슨 상소문을 써? 쓸 수나 있고?”

김제교는 충주 인당헌의 아들이다. 사령께서 그를 키우셨다. 기린부 삼기사자였던 제 아비가 죽고 나서 시골 반족부스러기로 쭈그러들었을지도 모를 그 집안을 봉황부로 들여놓았다. 김제교를 도선사로 들어가 수련하게 했고 정동에다 집을 마련해 살게 했다. 김제교가 김한구의 큰딸에게 장가를 든 것이나 무과에 급제한 것이나 따지고 보면 사령의 보살핌 덕이었다. 김한구의 둘째 딸이 왕후로 간택되는 바람에 김제교의 운이 탄탄대로로 열렸다. 김한구가 사위를 삼년 가까이 훈련원 정팔품 봉사로 놔뒀던 것이야말로 그 컴컴한 속내의 방증이다. 눈에 띄지 않게 두었던 사위를 근자에야 금위대로 들여 놓았다. 그 일은 곤전의 권력을 키우는 것일 게 뻔하다.

“경언 형님은 그저 『소학』을 베껴 쓰며 글씨연습을 할 뿐 언제, 뭘 쓰게 될지는 모른다 하였습니다.”

“경언이 원래 글을 좀 알았던가?”

“천자문은 얼추 뗀 것으로 아나이다.”

“천자문 뗀 글로는 어지간한 문장은커녕 불러 주는 대로 받아쓰기도 힘들 테고, 누군가 써 준 글을 베껴 쓰게 될 모양인데 김제교가 경언한테 글씨연습을 하라면서, 차후에 뭘 해주겠다고 약조했대?”

“그, 그걸 어찌 아시옵니까? 그도 취중에 흘린 말일 뿐인데요.”

“글의 내용이 막중한 것이면 그 대가도 클 것이라 짐작해 본 것 뿐이야. 김제교가, 아니 그 장인인 오흥부원군이 작용하고 있겠지. 그들이 뭘 약조했대?”

“글씨만 잘 쓰면 의금부 순군巡軍으로 들어가리라, 그런 말을 들은 것 같더이다.”

"의금부 순군이 이판의 비장이나 청지기보다 나을 것이 없는데, 그게 무슨 상이라고?"

"글씨 쓰는 일이 잘 끝나면 문안에 있는 집 한 채도 얻게 될 모양이더이다."

"오호라, 일! 김한구와 홍계희 등의 곤전파가 무슨 일을 꾸미고 있기는 하구나. 욱진!"

"예, 아씨."

"오늘 밤이든, 내일이든 은밀히 경언을 찾아가서 내 말을 전해. 김제교가 시키는 일을 잘하되, 그 일이 끝나기 전에 내게 와서 그 내용을 알려 주면 그 즉시 문안의 집 한 채를 더 갖게 되리라고. 내 말을 전하되, 일이 끝나기 전이라는 단서를 강조해야 해. 상소문이든 뭐든 제 손을 떠나기 전이라야 한다는 거. 그리고 그대는 오늘부터 나경언과 김제교를 유심히 살피도록 해."

"예, 아씨."

욱진이 나간 문으로, 부르지도 않은 나름이 요강을 들고 들어선다. 난수가 수레좌대를 밀어 골방으로 든 뒤 나름을 도와 온을 일으켜 세운다. 나름이 온의 치마를 헤치고 속곳들을 내려 요강좌대에 앉힌다. 난수가 말했다.

"소인은 나가 있겠나이다. 잠시 쉬소서."

온이 고개를 끄덕이며 묻는다.

"난수, 덕적골이라는 데 가 본 적이 있어?"

"아니요, 아씨."

"덕적골에 새로 생긴 집에 대한 소문은 들었지?"

"예."

"모레 굿판이 열린다니 한번 가 봐. 내일 오후쯤이면 굿판 준비하느라 소란할 테니 그때 가 보던지."

"덕적골의 무엇을 보고자 하시는지요?"

"덕적골이 어찌 생겼는지, 굿판을 열면서 온 도성에 소문을 내고 있는 집 주인이 누군지 알아봐. 엊그제 어멈들이 하는 소리를 듣는데 기분이 묘했거든."

"묘하다는 게 무슨 말씀이신지요?"

"중석 알지? 소소라고도 불리는."

"이름이야 어찌 모르겠나이까."

"덕적골에서 굿판을 벌인다는 이가 아무래도 그이 같아."

"만의 하나 그이라면, 어찌하실 요량이신지요?"

"정말 그이가 도성으로 들어와 거기다 집을 짓고 새로 점사를 보기 위해 굿판을 벌이는 거라면, 가 보려고. 묻고 싶은 게 있거든. 삼 년여 전 그때 통천 비휴들과 무극들이 한꺼번에 다 어디로 사라졌는지에 대한 거야. 그대는 그 일이 궁금하지 않아?"

"궁금합니다."

난수도 그게 내내 의문이었다. 무슨 난리가 난 것도 아닌데 서른 명도 넘는 젊은 사람들이 모조리, 종적 없이 사라지다니. 만약 그때 명을 받아 나간 그들 사이에 자신도 끼어 있었다면 지금쯤 나는 어디에 있을까, 여러 번 생각했다. 또 그들은 어디에서 어떻게들 살고 있을지도 궁금했다.

"그런 걸 물어볼 수 있는 무녀가 내 생각에는 그이뿐이야. 그래서 그대한테 먼저 한번 가 보라는 거고."

"그리하겠습니다, 아씨."

"헌데, 난수!"

"예, 아씨."

"우리 내외한테 아이가 있다는 걸, 그대도 알지?"

"짐작은 하였나이다."

"아이 이름이 미연제야. 예전에 그대가 연천 가서 강담 네를 찾은 적이 있었지? 어딘가에 있는 그 강담 네서 계속 자라고 있다는군. 양연께서 미연제를 몇 번 만나신 것 같은데 내게는 아이 행방을 알려 주시지 않네. 내가 보챘더니 황해도에 내렸다는 초여름 눈 이야기로 내 입을 막아 버렸어. 그대가 좀 알아봐. 아이가 어디서, 어떻게 사는지."

유일한 자식인데도 알려 주지 않을 때는 그럴 만한 까닭이 있을 터이니 알려 줄 때까지 기다리면 될 성싶은데 이온은 기다림에 익숙하지 않다. 그 조급함으로 인해 몇 번의 실패를 겪고 결국 불구가 되고서도 바뀌지 않았다. 사람의 천성이 바뀌지 않는 것인지 이온 스스로 바뀔 필요를 느끼지 못하는 것인지 난수로서는 그것도 불가사의다.

"어디서부터 시작하면 될는지요."

"아이 아버지로부터 시작해야겠지. 급할 건 없어. 내가 이리 말한 사실을 아이 아버지는 몰라야 한다는 뜻이야."

"예, 아씨."

오줌 소리를 내는 옆모습에 대고 읍한 난수는 방을 나선다. 중사랑 마당 왼쪽에 설치된 커다란 해시계가 진시 중경을 가리키고 있는데 여름이 가까운지라 어느새 덥다. 난수의 속은 더 덥다. 허원정 유일의 칠대손七代孫을 찾자면 그 부친인 윤홍집으로부터 시작해야 한다는 건 난수도 알고 있었다.

말을 해다오

빈궁은 자신이 온실에 있는 듯이 꾸며 놓고 웃전 심부름 나서는 궁인복색으로 궐을 빠져나왔다. 박상궁이 요금문 밖에 가마를 채비해 놓고 있었다. 소전을 따라 무과 실기 시험장에 나갔던 세손이 중간에 빠져나와 기다리는 중이었다. 무녀 소소가 오랜 유랑을 청산하고 도성으로 돌아왔다며 서신을 보내왔다. 소소는 서신에서, 한동안 조금씩이나마 볼 수 있었던 눈이 다시 완전히 어두워졌노라고 했다. 소소원으로 돌아왔으나 신기가 떨어진 탓에 합하를 알현치 못하게 되었으니 용서하시고, 부디 강령하시길 비노라 인사했다.

신기 떨어졌다는 말은 인연을 정리하자는 의미였다. 잘 알아들었으나 빈궁은 소소를 기어이 만나고 싶었다. 마지막이라는 단서를 달고라도 한 번은 봐야 했다. 요즘 소전이 겉으로나마 점잖았다. 한두 달 전까지에 비하면 그랬다. 술을 마시지 않고 사람을 죽이지 않았다. 새벽이면 세손 내외의 문안을 받았다. 몇 번은 세손 내외와 함께 대전께 문안도 드렸다. 오전에는 편전에서 정무를 보았으며 오후에는 시강원에 가서 세손과 더불어 공부도 한다. 밤에는 이상해졌다. 경춘전으로 들어와 내외가 함께 하는 밤에 소전은 빈궁의 몸을 헤집는 게 아니라 울었다. 체구나 작은가. 그 큰 몸피로 술도 마시지 않는 멀쩡한 상태로 울면서 중얼거리곤 했다.

"난 금세 죽을 것 같습니다. 아바님이 나를 죽이고 말 것이에요. 무섭습니다. 무서워요."

경춘전에 오지 않고 통명전에서 묵을 때의 소전은 더 이상했다. 침소에 관 같은 것을 들여 놓고 그 안에 들어가 책을 읽거나 글씨를 쓰다가 그 안에서 잤다. 관 곁에는 명정 같은 것을 세우고 관 앞에는 제사상을 차려 놓고 그 음식을 먹기도 하매 그건 곧 자신을 죽은 사람으로 치부하는 것이었다.

지난겨울 내내 환후에 들어 지내셨던 대전께서 봄이 되면서 펄펄해 지셨다. 그렇더라도 소전의 무섬증은 정도를 지나쳤다. 닷새 전에는 평안도 관찰사가 장계를 올려왔는데, 영변과 맹산이라는 곳에 때 아닌 큰눈이 내려 농사를 망치게 되었다는 내용이었다. 소전은 평안 관찰사한테 영변과 맹산 백성들의 농사를 돌보고, 세비를 감면해 줄 방법을 찾으라고 현명한 처분을 내렸다. 팔도의 관찰사들에게도 농사 상황을 자세히 살펴 차후를 대비하라는 전교를 내렸다. 낮에 그리 멀쩡하게 정무를 보고 밤에 경춘전에서는 영변과 맹산의 초여름 눈이 자신의 죽음을 예고하는 이변이라 중얼거리면서 벌벌 떨었다. 빈궁이 자신을 도와주지 않는다고, 절에 가서 빌어 주지도 않는다고 원망했다.

"나 죽은 뒤에 아들 끼고 광영천세를 누리시시구려."

소전의 온갖 망상이 병이라 치면 그 병에 대한 처치는 단 한 가지였다. 대전에 국상이 나는 것. 빈궁한테 그걸 알려 줄 수 있는 무녀는 단 한 명, 소소뿐이었다. 빈궁의 잠행을 부추기면서 아들까지 딸려 보낸 소전의 속내도 같았다. 절에 가서 벙어리 부처님한테 기도하라는 게 아니라 무녀 소소한테 그걸 물어보라는 것이다. 빈궁은 세손과 함께 잠행을 감행해 가마골 웃실 입구에 도착했다.

삼 년여 만에 나온 궁 밖이다. 가마골 시냇가 건너편에 오두막들이 옹기종기 놓였다. 그 주변에 사람들이 다니지만 그들은 가마에서 내린 사람이 누군지 알지 못하므로 본 척도 하지 않는다. 당연한 일인데도 빈궁은 어쩐지 무안하고 무색하다. 이십 년 궁 생활을 하는 동안 자신 앞에서 고개 숙이지 않는 사람은 웃전 서너 분뿐이었던지라 현재 상황이 낯선 것이다.

가마에서 먼저 나온 세손이 재미난 표정으로 주변을 두리번거린다. 세손과 그 위사들이 앞서 산길을 오르는 걸 보며 박상궁이 말한다.

"소인이 어제 잠시 들렀다 내려왔는데 약간 가파르더이다. 걸으실 수 있겠나이까?"

"다리가 성한데 못 걷겠소?"

"하오면 오르시지요. 마마께서 잠행하실 거라는 말은 해두었습니다."

"이왕 비밀히 나왔는데, 호칭도 바꾸시구려. 내 나이쯤이면 여염에서는 보통 어찌 불리지요?"

"시모가 계실 경우 아씨이고, 스스로 안주인일 경우 마님이겠지요."

"허면 아씨로 합시다. 아드님은 도령이라 칭하시고."

"예, 아씨."

빈궁은 두어 마장쯤 되는 산길을 걸어 오른다. 태어난 이래 두 발로 이처럼 긴 길을 걷기는 처음이다. 산길을 오르니 기와집이 나타난다. 대문이 열려 있다. 여긴가 싶었더니 앞서 오른 세손의 수위들이 윗집 앞에서 어른거린다. 자그만 통판 문 안으로 들어서자 아담하고 오밀한 초가가 나타난다. 대문 안에서 한 여인이 황급히 예를 갖춘다. 서른 몇 살이나 됐을 법한데 청색 쾌자를 걸쳤다.

"어서 오십시오, 마마. 도착하신다는 시각을 몰라 미리 영접치 못하였나이다. 용서하소서."

"괜찮네. 내 오늘은 사사로이, 비밀히 왔으니 아씨라 칭하게."

"망극하여이다, 아씨."

"소소 무녀는 어디 계신가?"

"이쪽으로 오시옵소서."

여인이 옆걸음으로 빈궁을 안내한다. 방안에 무녀 소소가 있다. 흰 치마저고리에 흰 연꽃이 수놓인 붉은 쾌자를 받쳐 입고 쪽머리를 한 채, 청색 쾌자를 입은 젊은 여인과 서 있다. 눈이 다시 캄캄해졌다더니 빈궁이 방안으로 들어서도 먼 산 보기를 하고 있다. 여인이 속삭이자 소소가 빈궁을 향해 허리를 수그린다.

"오서 오십시오, 아씨."

"오랜만이네. 잘 지내셨는가?"

"소인이야 늘 그만그만 하옵지요."

"아드님이 같이 오시었는데, 들어오시라 할까?"

"원래 어린 사람에 관한 점사는 보지 않는 법이옵니다. 도련님께오서 아직 어리시니 밖에 계시는 게 나으실 것입니다."

"딴은 그렇구먼."

빈궁이 마당에서 두리번거리고 있는 세손에게 말했다.

"아드님은 집 구경이나 하시구려. 그 전에, 소소 무녀의 손 한번 잡아 드리시고."

"예, 어마님."

세손이 들어와 소소에게 다가들더니 그의 손을 덥석 잡아 자신의 얼굴을 만지게 한다. 그리곤 소소를 올려다보며 말한다.

"앞이 아니 보이는 것 같은데, 만져 보세요."

소소의 손이 세손의 얼굴을 쓰다듬지는 못하고 놓인 자리에서 가만하다. 손은 가만히 두고 입으로 낮게 읊조린다. '옴 치림, 옴 치림, 옴 치림.' 온갖 나쁜 것을 물리치고 몸을 보호한다는 호신진언이다. 세손은 무슨 뜻인지도 모르면서 기분이 좋은지 몸을 빼며 외친다.

"고맙습니다, 소소."

어미가 반존대를 하므로 저는 존대해야 함을 느꼈는지 소소한테 인사한 세손이 나가 신당 왼쪽으로 뛰어간다. 세손 수위들이 부랴부랴 쫓아가는 걸 본 빈궁은 양 귀에 걸어 드리웠던 너울을 벗어 소맷부리에 넣으며 방안을 둘러본다. 향이 타느라 향내가 제법 짙다. 불단에 성인 남정만 한 여래 좌상과 아기 몸집만 한 아미타불상이 봉안되어 있다. 빈궁은 무녀의 신당이 난생 처음이지만 불상이 모셔져 있으므로 그 앞으로 다가들어 합장 칠배하고 향촉 하나를 집어 촛불에 대고 불을 붙인다. 향을 모레 그릇에 꽂고 일곱 번 절하는 예를 갖춘다. 빈궁이 절을 마치고 돌아서자 찻상이 들어와 있다. 찻상 시중은 좀 전에 마중을 나왔던 청색 쾌자가 들어준다.

"난 차 대접을 받으러 온 게 아니라 점사를 보러왔네. 복채를 내고 정식으로 점을 보겠네."

빈궁의 정색한 말에 소소가 대답했다.

"차를 드시면서도 점사를 볼 수 있나이다. 우선 갈증을 푸시고 성심을 차분히 가라앉히소서."

빈궁은 찻종지를 들어 호호 불고 차 한 모금을 마신다. 또 한 모금을 머금는데 가슴이 뜨거워지면서 콧날이 매워진다. '장차 국모가 되실 옥체玉體! 국본을 낳으실 성체聖體!' 어릴 때 빈궁을 가르치던 교육상궁들이 허구한 날 그 소리를 입에 달고 살았다. 궐 법도를 잘 배우고 글공부 부지런히 하며 지아비를 사랑하며 국본을 낳으면 그리 되는 줄 알았다. 이십 년 뒤에 허름한 무녀의 집을 직접 찾아오게 될 줄은 몰랐다. 어쨌든 이왕 나섰다. 빈궁은 입안의 차를 삼키고는 큼, 헛기침으로 눈물을 눌러 버리고는 찻종지를 내려놓는다. 청색 쾌자가 차를 따르는 걸 보고 입을 연다.

"보통 점사를 보듯이 정식으로 하세. 복채가 얼만가?"

"그리하소서. 복채는 닷 냥이옵니다."

빈궁은 일평생 돈이라는 것을 수중에 지녀 보지 않았다. 값어치를 돈으로 환산해 본 적 없는 장신구들이며 패물들은 얼마간 있었다. 몇 년 전 자전과 왕대비께서 승하하셨을 때 두 전각을 정리하다 보니 칠십 안팎까지 사시면서 생애의 대부분을 궐의 안주인으로 지내신 두 분의 패물이 너무 소박했다. 빈궁이 자전마마 생전에 받은 것이라고는 금으로 된 봉황 한 쌍뿐이었다. 그나마 그건 자전께서 소소한테 주라고 분명히 말씀하셨기에 당시 입궁했던 소소한테 주었다. 그뿐 두 분의 패물함에 패물이랄 것이 들어 있지 않았다. 기이했다. 두 분은 선대 비빈들에게서 물려온 패물이며 은금붙이들을 죄

가지고 있어야 맞았다. 자신에게 생긴 것들을 다 써 버린 비빈들도 있을 테지만 이십여 성상을 거치는 동안 그 몇 배로 숫자가 많았을 비빈들이 아무것도 남기지 않았다는 건 말이 안됐다. 다른 곳에 모아 두셨나? 혹시 손을 탔나? 별의별 상상 끝에 왕대비전과 곤전의 상궁, 나인들을 의심했을 정도였다.

오늘 가져온 건 그 어른들의 것이 아니라 사가의 모친께서 주신 것이다. 빈궁으로 간택되어 입궁할 때, 사가의 모친께서 금가락지 한 쌍과 금강석이 박힌 은제 향갑을 주셨다. 향갑 안에는 사향이 들어 있었다. 아홉 살 빈궁은 사향이 뭔지 몰랐다. 사향이 남정을 유혹하는 향기일 수도 있다는 건 열다섯 살에 관례를 치르고서야 알았다. 향갑 속에 들어 있던 사향내가 전부 휘발되어 버린 뒤였다. 향갑 안의 사향 주머니를 바꾸기만 하면 된다는 것도 알게 되었지만 그래 보지 못했다. 사향으로 유혹할 수 있는 유일한 남정이 늘 발밑을 어지럽게 하므로 패물함에 든 향갑을 떠올릴 겨를이 없었다. 궁을 나서기 전에 만일을 몰라 그 향갑과 가락지를 챙기는데, 지금까지 쓰지 못한 걸 앞으로인들 쓰랴 하면서도 허룩했다. 한번 달아 보기나 할걸 그랬지. 혼잣말을 하며 향기나지 않는 향갑을 치마말기에다 매달고 왔다.

빈궁은 치마말기에서 향갑을 풀어 찻상에 놓고 왼손 중지에 끼고 있던 금가락지 한 쌍을 뽑아 향갑 위에 올려놓는다.

"나는 일평생 돈이라는 걸 배운 적 없고 만져 본 적도 없어서, 이십 년 전에 내가 입궁할 때 모친께서 주신 이 향갑과 가락지의 값어치가 얼마나 되는지 모르네. 현실의 값어치는 모르지만 내게는 아주 소중한 것이네. 이걸 복채로 내겠네."

소소가 고개를 숙이며 답했다.

"황송하여이다, 아씨. 먼저 소인이 아씨의 옥수를 잠시 잡게 하소서."

"자, 잡아 보시게."

빈궁은 두 손을 앞으로 쑥 내민다. 소소가 더듬더듬 손을 뻗어 빈궁의 두 손을 맞잡는다. 소소의 손이 서늘하여 빈궁은 자신 손에 열이 높다는 것을 느낀다. 앞날에 대한 불안과 무녀의 집에 처음 온 흥분 때문이다. 한참이나 지난 뒤 소소가 가만히 손을 빼어간다.

"아씨. 이제 하문하시되, 궁금하신 내역을 에돌아 묻지 마시고 곧대로 질문하소서. 직설직답이 현실과 가장 가깝기 때문입니다. 물론 아씨께오서 바라시는 답이 아니 나올 수도 있고 소인이 상답치 못할 말씀도 있음을 혜량하시옵길 바라나이다."

"그리하지. 첫 번째로 묻겠네. 삼 년 전 정월에 내 부름을 받고 입궐하던 외명부의 젊은 부인이 사라졌네. 당시 갓 묘령이었고 몹시 어여뻤어. 내 그를 귀히 여겨서 차나 마시자고 불렀지. 헌데 그이가 궐문으로 들어온 뒤에 종적이 없어졌어. 그 친정 모친께서 나를 만나기를 청해, 모친을 만나고서야 나도 알게 된 사실이었지. 나한테는 그 부인의 몸이 아파 입궁치 못한다는 편지가 미리 왔었거든. 그게 거짓 편지였고, 그 부인은 사라졌어. 그의 지아비가 익위사에 있다가 현재는 위종사에 있는데, 내가 몇 차례 알아본 바에 따르면 여태 부인을 못 찾은 것 같아. 그의 집에는 안주인이 없다고 하니까. 그이가 살아 있겠나?"

"아씨의 말씀만으로는 그의 생사를 짐작하기 어렵나이다. 그 지아비 되는 이에게 직접 물어보심이 어떨까 싶고요."

"차마 묻기가 어렵더라고. 살아 있다면 알려왔지 않겠어? 그이가 어찌 종무소식이 되었을까? 전도양양한 지아비에, 그 자신은 화용월태인 데다 총명하기 이를 데 없던데, 왜?"

"소인이 그에 대해 짐작이라도 할 수 있으려면 그의 지아비가 이 자리에 있어야 하나이다, 아씨. 혜량하시고, 아씨께오서 정작 궁금하신 내역을 하문하시기 바라나이다."

안인부인 은씨의 실종이 이따금 궁금했을지라도 오늘 소소에게 그에 대해 묻자고 온 건 아니다. 물어야 할 내용이 크고도 큰지라 숨을 돌리기 위해 은씨로 말머리를 푼 것이다.

"그러면 묻겠네. 내가 자식을 더 낳겠는가?"

"황공하여이다. 아씨께오서 옥체로 낳으실 자식은 다 낳으신 듯하옵니다."

쉰 살에 생산하는 여인들이 있어 쉰둥이라는 말도 있을 텐데 서른 살도 못 되어 자식을 마감하다니. 그럴 것이라 빈궁 스스로 이미 짐작하고 있음에도 정작 들으니 몹시 서운하다.

"근자에 평안도 영변과 맹산 땅에 큰눈이 내리는 바람에 산천의 초목은 물론 전답에 갈아 놓은 농작물들이 크게 상했다는군. 헌데 내 가군께서는 그 눈사태를 당신 앞날에 대한 불길한 조짐으로 느끼고 불안해하시네. 그러한가?"

"초여름에 내린 눈이 큰 이변이기는 하나 가뭄이나 홍수가 나라님의 실정 탓이 아니듯, 소인과 같은 무격들은 초여름 눈도 어느 한 분의 앞날에 대한 징후로 보지는 않나이다. 다만 그와 같은 이변을 접하여 자신을 불안하게 여기시는 분의 마음을 스스로 다스려야 하리라 보옵니다."

"그 마음을 어찌 다스린단 말인가. 그리 못하니 사는 게 힘 드는 게 아닌가. 해서 자네와 같은 무녀를 찾는 게고."

"사람이라면 누구나 어떤 불안이든 갖고 사는바 그런 불안을 다스리는 방법도 제각각일 것입니다. 그러실 때 아씨께오선 온실에 들어가시어 몇 시간이고 식물들을 만지시지 않나이까. 섬섬옥수로 몸소 흙을 이기시고요. 부군께오서도 그런 방법을 찾으셔야겠지요. 심화를 다스리시며 옥체를 보하실 방법을요."

"그분은 아무 것에도 마음을 못 붙이시니 어찌할까."

"소인이 예전에 여기서 살 적에 무수한 남정손님들을 만났나이다. 그러면서 알게 된 바 남정들이 불안할 때는 대개 몸을 망치는 일들을 거듭하는 것 같더이다. 술 마시고, 계집질하고, 남의 계집이나 아랫것들 계집을 빼앗기 일쑤고 계집과 하속들에게 패악을 부리고, 연초를 태우고, 사냥을 나서 짐승들을 죽여 생피를 마시는 데 더하여 폭음을 하고요."

소전이 열댓 살부터 해온 짓들과 똑같다.

"그런 남정들에게 뭘 하여 불안을 다스리라 말해 주곤 했나?"

"소인이 무녀로서 손님들을 향해 할 수 있는 가장 큰 일이 손님들 스스로 속내를 말하게 하는 것이옵니다. 소인을 찾아온 이들은 자신을 바꾸고 싶은 소망과 의지가 있지요. 그런 사람들이라 소인 앞에서 그런저런 스스로의 상태를 털어 놓으면서 자신들이 할 일을 찾아나가는 것 같더이다. 한 번 오신 분들은 꼭 다시 오시곤 했는데 그때 말을 들어보면, 어떤 이는 하룻밤 내내 활시위를 당겨 화살을 쏘고, 어떤 이는 하속들과 함께 논밭으로 나가 김을 메고, 어떤 이는 대금을 불고 어떤 이는 글씨를 쓰고 어떤 이는 그림을 그린다 하였나이다. 어떤 사람은 몇 시간이고 마을을 걸어다니며 몸을 지치게 하옵고요. 그렇게 몰두한 뒤에는 단잠을 자게 되어 다음 날이 맑지 않겠나이까. 그런 날들이 쌓여 앞날이 달라지는 것이겠고요."

"여인들은 삶이 불안할 때 주로 뭘 하는 것 같던가?"

"삶이 불안한 여인들도 남정들과 비슷하게, 심신 망치는 일을 비일비재 벌이더이다. 아씨처럼 꽃을 만지거나 수를 놓거나 하는 등, 고요히 스스로를 다스리는 이들은 드물고 음주하고 대마연초나 아편을 피우며 환각에 빠지고, 젊은 남정 하속을 침소로 끌어들여 농탕을 치고, 자식을 낳아야 하매 서방에게서 씨를 못 받겠다 싶으면 씨도둑질을 불사하고, 눈에 불을 켜고 시앗들을 죽일 방법을 찾고, 그러다 스스로 죽을 수에 걸려 죽기도 하더이다. 세상 법도가 남정보다 여인에게 훨씬 가혹하지 않습니까. 그래선지 여인들은, 앞날을 개선하겠다는 의지를 갖기보다 죽으면 죽으리라 작정하는 경우가 많은 것 같더이다. 소인을 찾아오는 경우도 거개가 어찌하면 시앗을 죽일 것인가, 어찌하면 지아비를 붙들어 놓을 것인가, 어찌하면 자식을 낳을 것인가, 어찌하면 손자를 볼 것인가 등등, 자신을 얽은 문제를 풀기 위함인데도 극단으로 치달아 있는 상태들이었지요."

"그럴 때 자네는 뭐라고 답했나?"

"세상 탓, 지아비 탓, 시앗 탓, 시어미 탓, 며느리 탓 백날 해봐야 자신에게 득 될 것이 없노라, 하였지요. 어쩔 수 없다면 들키지 않게 씨도둑질도 하라고, 시앗을 탓하지 말고 서방을 잡아 버리라고, 지금 하는 짓은 죽을 수에 걸릴 수가 있으니 피하라고, 방책을 일러주곤 했지요. 그들은 점사 한 번에 닷 냥, 열 냥이나 되는 복채를 낼 만한 여인들이면서도 글자를 모르는 이가 태반이니 책을 읽으라 할 수 없고, 붓질에 익숙치 않으니 그림을 그리라 할 수 없고, 집안에서 악기 소리를 내기 어려우니 악기를 배우라 할 수 없고, 나들이가 쉽지 않으니 절집이라도 찾아다니면서 마음을 맑히라 할 수도 없으므로, 당면한 문제를 풀 방책을 일러줄 수밖에 없었습니다."

궐 밖의 세상이 그토록 난만한지 빈궁은 몰랐다. 여인들의 삶은 궁 안이나 궁 밖이나 같을 거라 여겼는데, 아니었다. 외간사내와의 색정질이니 씨도둑질이니 하는 말을 소소가 예사로 하고 있지 않은가.

"내가 아는 세상만으로도 어지러운데 모르는 세상은 더 어지럽구먼. 어쨌든, 자네는 눈이 불편해 몸도 불편할 제 무엇으로 마음을 다스리나?"

"소인은 집안이나 집 주변을 느리게 걷나이다. 소인한테는 낮이나 밤이나 비슷한지라 남들이 잠든 깊은 밤에 가만가만 집안의 사물을 만지며 다니기도 하옵니다. 어디서부터 어디까지 몇 걸음인지 그런 것을 세기도 하옵고요."

"그래도 잠이 아니 올 때는 어찌하는가?"

"소인을 거들어 주는 사람을 불러 책을 읽게 하옵니다. 또 걷고요. 한 걸음 옮기고 세 번 숨쉬고 또 한 걸음 옮기며 세 번 숨쉬면서 소인을, 숨결을 다스리는 것이지요. 그리하다 보며 잠이 오옵니다."

그리할 제 잠이 오는 사람은 무녀 소소뿐이리라. 보통 사람은 한 걸음 옮기고 세 번 숨쉬는 게 아니라 세 걸음에 한 번 숨쉬는 게 자연스럽다. 보통 사람도 감당치 못할 일이매 소전한테는 아예 닿지도 못할 처방이다.

"오래전에 자네가 우리 가군을 살리셨지. 그래서 자네가 그분을 잘 알리라 여기고 묻겠네. 그분이 마음을 붙이고 몸을 상하지 않게 하려면 어떤 일이 적절하겠나?"

"아씨의 부군께오서 소인 앞에 앉아 계신다면, 소인처럼 느리게, 쉬는 숨을 세면서 걸으시라 말씀드리겠나이다. 집안에 깊고 너른 숲도 있으니 숲에서 새들을 만나시고 다람쥐도 보시면서 그저 걸으시라, 하겠나이다. 하온데, 근자에 아씨의 부군께 반드시 드려야 할 말씀이 있긴 하옵니다. 아씨께 다시 서신을 올릴까 하던 참이었고요."

"무슨?"

"당분간 옥체에 쇠붙이를 붙이시지 말라는 것이옵니다. 될수록 멀리 두시고요."

"쇠붙이라면, 검을 말함인가?"

"그렇겠지요."

"내 가군께서는 검을 잡고 홀로 검무 추시길 좋아하시고, 검을 모으는 취미도 있으신데, 해서 줄줄이 세워 놓고 수시로 쓰다듬는 검이 수십 자루인데 그것들을 만지지 마시라? 그게 그나마 가군께서 옆 사람 괴롭히지 않고 점잖게 즐기시는 일인데? 더구나 누가 말린다고 들으실 분이 아니시니 어찌할까. 말리면 욱하여 더하는 분이시니."

요즘 같으면, 말리면 아니할지도 모른다. 그렇지만 또, 그 소란을 떨며 궁밖에 나가서 기껏 그런 소리나 듣고 왔냐고, 마누라 하는 일이 뭐냐고 소리칠지도 모른다. 소소는 자신이 일껏 말했는데도 반박하는 빈궁에게 할 말이 없는지 고개를 숙인다.

"자네 말이라면 가군께서 귀담아 들으실 테니, 자네가 우리 가군을 직접 찾아뵙고 그런 말씀을 드려 주시겠는가?"

"소인이 아씨의 부군을 직접 뵙는 건 그분께 몹시 해로운 일이라는 걸 아씨께서 더 잘 아시지 않나이까? 근자에는 특히 그렇다는 것을요."

사실 억지이긴 했다. 조선은 국초부터 무격을 사대문 안에서 살지 못하게 했거니와 금상께서는 무격들을 도성 밖으로 밀어내셨다. 때문에 도성 언저리, 성저城底에서 사는 무격들도 산 속에다 집을 지어 살면서 점을 치고 굿을 한다. 그런 판에 소전이 무녀를 직접 만났다는 말이 났다가는 무슨 곤욕을 겪을지 몰랐다.

"자네 말이 맞기는 하지."

소소의 말을 수긍하면서도 빈궁은 조급하다. 무녀 집에서 실현 불가능한 처방들이나 들으며 오래 지체할 여유가 없었다. 소전과 빈궁은 어쩔 수 없이 하나로 묶여 있는 바 빈궁이 세손까지 데리고 무녀를 찾아갔다 하더라는 말이 나가 대전이나 곤전에 들어갔다가는 무슨 벼락을 맞을지 모른다.

'늙은 시아비 언제 죽을지 물어보러 갔느냐?'

'죽기를 빌러 갔느냐?'

그러고도 남으실 대전이시거니와 빈궁이 지금 하는 일의 실상이 그렇기도 했다. 이제 정작 묻고 싶은 걸 묻고 서둘러 돌아가 궁 밖 나들이 같은 거 한 적 없는 듯이 되어야 한다. 빈궁은 마음을 다잡고 차를 마시고 한숨을 쉰 뒤 입을 연다.

"알겠네. 내 가군께 자네가 그리 간곡히 말하더라고 전해 드림세. 또 하나 묻겠네. 내가 언제까지 작은집에 앉아 있겠는가?"

이 하나를 물으러 왔다. 빈궁전에 있는 처소가 곤전으로 옮겨질 때가 언제인지. 소전이 대전 될 날이 언제인지. 소소가 대답 대신 손을 더듬거리자 시중꾼이 찻잔을 그 손에 쥐어준다. 느리게 차를 마시고 잔을 내려놓는다. 말을 아니 하거나 딴소리를 할 태세 같아 빈궁은 시틋해진다.

“직설로 물으라 했지 않아?”

“소인 신기가 약해져 드릴 수 없는 말씀도 있을 거라고, 혜량하시라, 미리 말씀드리지 않았나이까.”

와락 싫증이 난다. 무녀 소소에게 처음 느낀 싫증이자 반감이다. 내가 저를 처음 본 날로부터 내도록 귀애하며 존중해 왔는데, 자그마치 이십 년이나 봐 온 셈인데 그 한마디를 해주기 싫어 뺀단 말인가.

“내가 방금 물은 내용을 이해할 터이고, 그런 걸 묻는 내 처지 또한 이해할 터인데 그 대답을 못 해준단 말인가?”

낯을 찌푸린 소소가 한숨을 쉬고, 얼굴을 풀고는 느리게 입을 연다.

“금년 오월에 윤달이 들었사와 아씨께오선 하마 윤오월에 집을 바꾸시게 될 터입니다.”

“유, 윤오월?”

빈궁은 상세히 묻지 못하고 소소는 덧붙이지 않는다. 뒤늦게 빈궁에게 전율이 인다. 두어 달 안에 집이 바뀐다고 하지 않는가. 그 안에 국상이 난다는 소리인 것이다. 빈궁은 찻잔을 들려다가 손이 떨려 포기하고 찻상 아래서 두 손을 주무른다. 서둘러 진정하고 체면을 지켜야 하는데 가슴 속에 피어난 환희가 차고 넘치려 한다. 빈궁은 웃음이 피려는 얼굴을 숙이고 찻잔을 잡는다. 손의 떨림이 멈췄다.

홍집은 세손이 무녀 소소를 찾아 달라고 한 말을 그 이튿날 위종사 수사인 김강하에게 전했다. 그가 세손의 뜻을 그쪽에다 전하겠노라 했다. 이후 연화당의 서신이 빈궁전으로 들어간 듯했다. 빈궁전이 세손을 데리고 소소원으로 간다는 말을 들을 때 홍집은 혹시 연화당이 그곳에 있지 않을까 했다. 소소원에 와 보니 과연 주인이 연화당이다. 자선의 처 능연과 선오의 처 단아, 백동수의 처 자인이 다 시금 연화당을 보좌하게 되었는지 그들도 있었다. 그들과 목례라도 나눌 여지는 없었다. 어린 상전께서 어찌나 팔팔하신지 호위들이 덩달아 바빴다.

신당이 있는 집이 좁다 싶은지 대문을 나온 세손이 윗집으로 향했다. 혜원惠園이라는 편액이 붙은 집이었다. 임림재에서 만난 혜원이 여기서 살았으리라고 짐작됐다. 강원講院이라는 팻말을 단 아랫집도 마찬가지다. 오래전 효맹을 미행해 왔을 때 먼빛으로 바라봤던 강원. 혜원처럼 강원도 소소원의 일부인 것이다.

파도를 탄 듯이 이곳저곳을 기웃거리다 강원으로 들어선 세손이 마루 앞에 이른다. 대청에서 처자와 계집아이가 앉아 실뜨기를 하며 놀다가 세손을 보고는 내외도 하지 않고 웃는다. 오방색실 수십 줄을 꼬아 만든 놀이줄이 아롱다롱 어여쁘다. 계집아이 손목에 감긴 팔찌도 오색실을 꼬아 만든 것이다.

홍집은 세손을 수행해 온 백동수와 은백두의 조원들에게 물러나 둘레를 지키라 하고 스스로는 마루 가까이 다가든다. 열 살 남짓해 보이는 계집아이가 어쩐지 낯익다. 어디서 봤을까 궁리하던 홍집은 속으로 웃는다. 성아가 아닌가. 임림재에서 사내아이인 줄 알았던 녀석이 이제 보니 계집아이였다니! 세상에는 간혹 재미있는 일도 있기는 하다. 세손이 처자와 성아의 실뜨기를 쳐다보며 자신의 두 손을 이리저리 움직여 보다가 궁금함을 참지 못해 묻는다.

"그게 무슨 놀이지?"

처자가 대답했다.

"도련님 보시는 대로 실뜨기 놀이지요. 실을 여러 모양으로 뜨면서 놀고 있지 않습니까?"

"나도 해보고 싶은데?"

"저희 아기씨하고 해보십시오."

"그대 이름은 뭐고 그대 아기씨 이름이 뭐야?"

"소인은 계수이고 저희 아기씨는 별, 성이랍니다. 도련님 함자는 어찌되십니까?"

"나는 이가 산이야."

어지간한 반족들은 세손의 이름을 안다. 그들의 자식들 이름을 지을 제 세손의 이름과 같은 글자를 사용하지 않아야 하기 때문이다. 세손의 이름을 부를 수 있는 사람은 대전 내외분과 소전 내외분, 세손 자신뿐이다. 세손의 이름을 부를 수 있는 사람들은 그렇지만 이름 대신 세손이라 칭한다. 세손에 책봉되기 전에는 원손元孫이라고만 불렀다. 해서 보통 사람들은 세손의 이름을 모른다. 계수가 이산이라는 이름을 듣고도 천연스러울 수 있는 까닭이다.

"네에, 이산 도련님, 신발 벗고 올라오시어 우리 아기씨하고 실뜨기를 해보십시오."

세손이 신을 얌전히 벗어 놓고 올라가 두 아이의 옆에 앉더니 묻는다.

"별이, 성은 말을 못하나?"

홍집이 자신도 모르게 고개를 끄덕이는데 성아가 칫, 하고 바람 빠지는 소리를 내더니 입을 연다.

"내가 말을 왜 못해?"

"아아, 말을 하는구나. 허면 나한테 실뜨기를 가르쳐 줄 테야?"

"이건 가르치고 말 것도 없어. 방금 우리 언니하고 내가 한 거 봤잖아. 형태가 만들어지는 대로 필요한 손가락들을 넣어서 뜨면 되는 거야. 자 봐."

사내아인 줄 알았던 녀석이 계집아이로 변했고 벙어리에 귀머거리인 줄 알았던 녀석이 또랑또랑 말도 잘한다. 더구나 세손한테 또박또박 반말도 잘한다. 홍집은 어이없어 웃다가 성아의 말투를 바꿔 줄 기회를 놓쳤다. 세손이 보통 아이처럼 즐거워하므로 잠시 그대로 둬도 될 것 같다.

높은 곳에 뜬 별처럼 무심하게 올려다보며 살 수도 있었을 세손이 직접, 자신 곁으로 윤홍집을 당겨 들이고 선생이라 칭했다. 그 자리에서 윤홍집은 자신은 신의信義 같은 것 없는 자라고, 스승을 죽인 적이 있으므로 선생 될 자격이 없는 자라고 사양해야 옳았다. 어린 눈망울이 사뭇 맑아 차마 사양치 못하고 선생이 되고 말았다. 그저 옥체만 지켜드리면 되는 상전이 아니라 맘까지 살펴 줘야 하는 제자로 받아들이고 만 것이었다.

한라와 개암에 따르면 이온은 요즘, 이조판서 윤급과 우의정 김상로와 부원군 김한구와 그 사위인 김제교에 대해 살피고 있다. 김상로의 아우가 용부령 김현로인 까닭이고 김현로가 봉황부령 홍낙춘과 지나치게 밀착되어 있기 때문이다. 김제교와 홍남수와 나경언까지 한통속으로 움직이며 무슨 일인가를 꾸미고 있다는 게 온의 생각이다.

작금의 조정은 대전 후궁과 곤전과 소전으로 갈라져 있다. 대전 후궁 파와 곤전 파는 똑같이 소전의 등극을 막으려 한다. 대소전의 불화의 골이 워낙 깊은 데다 불화의 세월 또한 길어지면서 조정에는 소전 편이 거의 없다. 당연히 소전에게는 세력이 없다. 현재 소전의 장인이 영의정이라지만 역부족이다.

그렇게 여기는 온의 생각이 옳다는 걸 홍집도 안다. 온이 사령 자리를 대리하고 있는바 부령들의 움직임을 살펴야 한다는 걸 모르지도 않는다. 부령들도 온을 주시하고 있다. 그들은 부사령 이온을 무너뜨리고 만단사를 차지하여 현실 세상의 권력과 부귀를 공고히 하면서 새로운 권력을 만들어 내고 싶어 한다. 그건 만단사령 이록이 일조 광해의 복권을 꿈꾸면서 시작된 일이 아니었다. 누대의 만단사가 이따금 그리해 왔다. 왕이 되거나 왕을 만들거나. 이록도 사령 자리에 앉으면서 그와 같은 전례를 따랐으나 사신계를 걸고 드는 바람에 실패했다. 만단사의 존속방식으로 보면 지금은 수면 아래로 가라앉아 내실을 다져야 할 시기다. 하지만 작금 만단사 수뇌들은 수백 년 이어온 조직의 존속방식을 안중에 두지 않게 되었다. 봉황부령 홍낙춘과 용부령 김현로, 기린부령 연은평 등이 권력에 밀착되어 버린 탓이었다. 스스로 왕이 되고자 했던 사령 이록이 그들을 너무 키워 놨다.

“여기서부터 시작이야. 잘 봐.”

성아가 매듭지어 연결시킨 실을 두 손에 끼어 양쪽으로 팽팽히 잡아당기더니 엄지를 제외한 네 손가락을 모아 한 번씩 떠서 다시 잡아당긴다. 양손 가운데 손가락을 한 번씩 떠서 두 개의 가위표를 만든다.

“자, 떠 봐. 여기서는 엄지하고 집게손가락을 넣어서 뜨는 거야.”

아이들이 하는 짓을 바라보던 계수가 고개를 돌리더니 홍집을 보며 미소 짓는다.

“아드님이시어요?”

“내 아는 분의 아드님이시오.”

“아아!”

피차 그쯤에서 입을 다문다. 알아야 할 사람은 기어이 다시 만나 알게 되고 확인하게 된다. 홍집 자신이 연화당을 다시 만난 것처럼. 사내아이인 줄 알았던 성아가 계집아이임을 알게 된 것처럼.

조금 전 연화당은 얼핏 본 것만으로도 대번에 느낄 만큼 기력이 약해 보였다. 수앙 때문일 터이다. 수앙은 삼 년 전에 들어간 절에서 나오지 않거니와 입도 닫아 버렸다고 들었다. 김강하에게도 수앙에 관해 묻지 못했다. 선오가 연화당의 측근에 있는 셈이지만 그는 이제 상전의 사사로운 일이나 거취에 대해 말할 수 없다. 최근에는 그를 만나기도 어렵다. 오늘만 해도 선오는 눈에 띄지 않는다.

“선생님, 저 이제 실뜨기 잘 해요!”

세손이 성아와 손을 엇갈려 실뜨기를 하면서 자랑한다. 신난 얼굴이다. 성아 얼굴도 환하다. 가끔 곁눈질을 하며 히죽거리는 걸 보면 홍집을 기억하는 것 같기도 하다. 그 작은 손에 밥 한 끼 얻어먹기가 얼마나 곤란했던지. 그 새벽밥은 또 얼마나 달던지. 아마도 그래서 연화당을 따를 수 있었을 것이다.

성아도 수앙이 어찌하고 있는지 아는 몇 사람 중의 하나일 텐데 아이 얼굴에 그늘이 없다. 어쩌면 수앙은 이 집안 어딘가에 있는지도 모른다. 아니, 덕적골에 있을 수도 있다. 덕적골에 들어선 반야원이 내일 성주굿을 벌인다는 소문이 도성 안에 제법 퍼져 있는 것 같았다. 반야원의 규모가 상당하다 하고 성주굿에 대한 소문을 미리 낼 정도면 그 주인이 무녀라는 건데 작금 조선에서 그런 굿판을 벌일 수 있는 무녀가 연화당 이외에 또 있을 것인가. 그렇게 여겼는데 연화당은 여기서 빈궁전을 맞이하고 있다.

전후의 맥락이 어떻든 연화당이 여기 있으므로 여기가 세상의 중심 같다. 환하고 따뜻하다. 연화당을 향한 홍집의 감정은 너무 막연해서 스스로 이름을 붙이거나 분석하기 어렵다. 자신의 심연을 들여다보려 하지도 않는다. 그저 그와 같은 사람이 있어 세상이 살 만하다 믿을 뿐이다.

"도련님, 이제 그만하시고 돌아갈 채비를 하시지요. 어마님께오서 궁금해하실 겝니다."

세손은 어마님 소리에 꼼짝을 못하고 일어서면서도 못내 서운한 얼굴이다. 홍집이 휘파람을 불어 주변 수위들에게 이동을 알리고는 대청 가장이에 올려뒀던 세손의 태사혜를 잡아준다. 세손이 신을 신고 팔짝 뛰어내려 성아를 보며 묻는다.

"성아, 네 집은 여기야?"

"아니, 나는 어머니 따라 놀러왔어."

"나도 어머니 따라 놀러왔는데. 그런데 성아, 글 좀 읽니?"

"좀 읽지. 왜?"

"글을 쓸 줄도 알고?"

"약간 쓰지. 왜?"

"그럼 이거 줄게. 오늘 재미있는 놀이 가르쳐 주고 함께 놀아 준

보답이야."

세손이 소매에서 첩지를 꺼내 마루에 놓고 가슴띠에 장식처럼 매달려 있던 먹소용을 푼다. 겉장에 왕실 문장인 배꽃이 인장된 첩지와 배꽃이 음각된 먹소용을 함께 성아한테 내민다. 성아가 다가와 받더니 첩지를 넘겨보고 웃는다.

"지지자불여호지자知之者不如好之者, 호지자불여낙지자好之者不如樂之者? 첩지 맨 앞에다 써 놓은 걸 보니 이산은 공자님 말씀을 좋아하나 봐?"

"성이 너, 『논어』를 읽었어?"

"좀 읽는다고 했잖아. 아니 사실 책읽기를 아주 좋아해. 이산, 너도 공부를 많이 해야 하는 것 같고 이왕 하는 공부 즐기면서 하자고 이 문구를 써가지고 다니는 것 같은데, 아주 좋은 습관이야. 우리 언니가 옛날에 그랬거든. 뭐든 놀이처럼 즐기면서 하면 즐거운 놀이가 된다고. 암튼 나도 내 첩지를 줄게. 나는 첩지에다 주로 그림을 그려."

성아가 저고리 소매 속에서 첩지를 꺼내더니 가지고 놀던 색실을 첩지 갈피에 넣고 제 손목의 오색실 팔찌를 풀어 얹어 내민다. 세손이 실 팔찌를 자신의 손목에 감으려다 못하자 성아가 묶어 준다. 손목에 묶인 팔찌를 요리조리 돌려본 세손이 성아의 첩지를 들어 넘기다가 와아, 한다. 손바닥만 한 종이들을 묶은 첩지 장장마다 그려진 꽃이 나타났던 것이다.

"너 글만 잘 아는 게 아니라 그림도 잘 그리는구나?"

"약간 그려."

"약간이 아니라 제법인데 뭘. 고마워. 팔찌도 고맙고. 난 어마님이 찾으실지 몰라서 먼저 갈게. 나중에 또 보자."

"그래. 그런데 산아!"

"응?"

"씩씩해!"

"난 원래 씩씩하고, 항상 씩씩해."

"앞으로도 쭉 그러라고. 공부도 많이 하고."

"그래, 너도! 또 봐."

내일 다시 만나기로 돼 있는 것처럼 손을 흔들어 보인 세손이 돌아서서 대문 쪽으로 나선다. 박상궁이 대문을 막 들어서다가 세손을 발견하곤 활짝 웃는다. 늦봄 오후의 햇살이 쨍쨍해 박상궁의 얼굴이 벌겋게 익었다. 한 식경이나 머물렀는가. 빈궁전은 강원 앞에서 아래쪽을 내려다보고 있다가 세손이 다가들자 꼭 끌어안는다. 좋은 말씀을 들었는지 너울 위쪽으로 드러난 옥안에 희색이 그득하다.

궐까지는 칠팔 리 길이다. 올 때 미시 중경에 출발해 미시 말에 여기 닿았다. 지금 신시 중경쯤 되었으니 유시 초경에나 궐에 닿을 것이다. 아무도 모르게 두 궁宮이 제자리로 들어가기는 불가능하다. 오늘은 넘어갈 수 있을지라도 미구에 이 소소원 행차에 대한 소문이 나고야 말 것이다. 그 같은 위험을 감수하면서 빈궁전이 무녀를 통해 알고자 한 것. 무녀로부터 듣고 얼굴이 환해질 내용은 아마도 대전 국상에 관한 일일 터이다. 빈궁전의 환한 얼굴로 보자면 원하던 말을 들은 기색이다. 홍집은 속으로 고개를 갸웃한다. 연화당은 대전 국상을 운운할 무녀가 아니지 않는가. 말한 사람과 듣는 사람 사이에 어떤 오해가 발생했다고 봐야 할지도 모른다.

산 밑에 이르러 빈궁이 앞쪽 가마에 오르고 뒷 가마에 세손이 오른다. 앞 뒤 호위들이 제 위치에 서고 구령에 맞춰 가마꾼들이 일어선다. 말을 탄 내명부 호위별장을 선두로 하여 가마골 웃실을 떠난다. 말을 탄 홍집은 행렬의 맨 끝에서 따른다. 착잡한 맘으로 세손이 탄 가마를 건너다본다. 세손은 가마 창을 열어 놓고 옆에서 걷는 백동수와 무슨 말인가를 주고받고 있다. 소소 강원에서 만난 계집아이와 실뜨기에 대해 얘기하는가. 작은 손목에 둘린 오방색 실 팔찌가 앙증맞게 흔들린다.

왕후王后

집안의 안주인이 정실부인이듯 나라의 안주인은 정비인 왕후다. 왕비라거나 중전이라거나 중궁이라거나 곤전이라거나 대조전이라거나 국모라거나. 어떤 호칭으로 불리든, 아무 호칭으로도 불리지 않든 여인으로는 왕후가 가장 높다. 왕후란 왕의 제일 안해다. 만조백관을 둘러 세우고 가례를 올렸으며 선대왕들의 신위 앞에서 왕후임을 아뢰는 의식을 치렀다. 그리하여 김여주는 대조전의 주인이 되었다. 열다섯 살 여름이었다.

왕후 간택 당시 내명부에 어른이 없었으므로 대전께서 몸소 왕후 간택을 했다. 재간택을 하고 삼간택에 오르게 된 규수들 중 한 명이 왕후가 될 제 다른 규수들은 후궁이 되는 게 법이었다. 그때 대전에서는 왕후로 간택되지 못한 다른 규수들이 후궁이 되지 않고 예사롭게 혼인할 수 있도록 재간택까지만 했다. 재간택에 오른 규수가 다섯 명이었다. 재간택이 곧 최종 간택이었다. 그 자리에서 대전이 규수들에게 질문했다.

"세상에서 가장 깊은 게 무엇이라 생각들 하느냐?"

맞은편 중앙에 대전이 계시고 그 앞에 다섯 규수가 나란히 앉아 있는데 김여주는 맨 오른편, 대전으로부터는 왼편 끝자리에 앉아 있었다. 왼편 첫 번째에 앉은 규수들부터 대답했다. 세상에서 가장 깊은 게 강이니 바다니 연못이니 대답했다. 자신이 답해야 할 차례가 왔을 때 김여주가 아뢨다.

"소녀는 사람의 마음, 인심人心이 가장 깊다고 여기나이다, 전하."

대전이 반문했다.

"어찌?"

"하늘 밑에서 사람이 어우러져 사는 곳을 세상이라 할 제 세상은 사람들의 마음으로 움직이기 때문이옵니다. 그 때문에 인사가 만사라는 말이 불변의 진리로 상용되는 것이라 여기옵고요."

대전이 큰소리로 웃고 난 뒤 규수들한테 세상에서 가장 아름다운 꽃은 무엇이냐, 하문했다. 그 질문에는 김여주한테 먼저 대답해 보라 했다. 김여주는 목화꽃이라 답했다.

"어찌?"

"목화꽃이 비록, 멋과 향은 빼어나지 않을지라도 솜을 만들고 실을 짜서 백성들을 따뜻하게 해주는 꽃이므로 가장 아름다운 꽃이라 여기나이다."

인심이 가장 깊다는 것이나 목화꽃이 가장 아름답다는 것은 당시 읽었던 이야기 책『만령전』에 나온 말이었다. 수천 수만 가지 세상의 꽃들은 다 아름답다. 가장 아름다운 꽃은 없다. 가장 아름다운 꽃이라 느끼는 사람의 마음과 정신이 있을 뿐이다. 여인뿐만 아니라 사람은 누구나 아름답다. 아름다움을 발견할 수 있는 마음을 가진 자와 못 가진 자 사이에 미추美醜와 귀천貴賤이 달라지는 것이다. 그때 대전께서 물으신 건 꽃의 생김새가 아니라 꽃을 보는 자의 정신, 마음에 대해서였다. 『만령전』에서 만령이 말한 아름다운 꽃과 사람을 대하는 자세와 같았다.

대전의 주름진 용안에 환히 핀 웃음을 느끼면서 김여주는 다른 규수들이 무슨 꽃을 거론하든 대전께 다른 꽃은 들리지 않으리라 자신했다. 예상했던 대로 그날 저녁 김여주가 왕후로 간택됐다는 전교가 관인방 옥구헌玉具軒으로 닥쳤다. 이튿날 아침, 궁에서 나온 가마를 타고 어의동 별궁으로 이거했고 보름 만에 가례를 올렸다. 가례를 올린 밤에 대전께서 대조전으로 들어오셨다. 손녀뻘의 어린 신부일지라도 왕후가 되었는지라 공대하셨다.

"곱구려, 곤전. 잘 지내 봅시다."

내관 내인들이 우르르 들어와 대전과 곤전의 옷을 갈아입히고 침수를 준비했다. 내관 내인들이 물러났고 대전께서는 침수에 드셨다. 주무시기 전에 한 마디 하셨다.

"곤하실 터인데 그만 주무시구려, 곤전."

간택 뒤 가례 전날까지 어의동 별궁에서 동숙했던 어머니 현임당이 교육상궁들이 자리를 비울 때면 속삭이곤 했다.

"전하께서 연만하시므로 방첩에 대한 성의聖意가 별로 없으실 수도 있습니다. 그러므로 마마께서 조심스럽게 전하의 품에 드셔야 합니다. 반드시 합궁을 이루셔야 해요. 첫날밤에 회임하시면 더할 나위 없겠습니다만 그렇지 못하더라도 품에 드셔야 전하와 정이 드실 테고 차후에라도 회임하실 수 있습니다."

어머니가 그리 말씀하시지 않아도 남녀가 합궁해야 자식이 생길 수 있다는 사실쯤은 김여주도 알고 있었다. 별궁에서 보낸 보름 동안 늙은 교육상궁들이 가르친 것도 주로 첫날밤에 어찌해야 하며 두 번째 합궁할 때 어째야 하는지 등이었다. 교육상궁들은 여염의 예를 들어서 연만한 남정의 후취로 들어선 젊은 안해가 어떻게 움직여야 하는지도 말했다. 심지어 합궁은 음경과 음문으로만 이루어지는 게 아니라 입으로도 행해진다는 해괴한 소리도 했다. 더러워라! 여주는 속으로 그리 뇌까렸을망정 내색치 않고 알아들었다고 고개 끄덕이곤 했다. 그런데도 어머니가 첫날밤의 합궁을 굳이 강조한 까닭은 대전의 연치가 예순여섯이나 된 데다 세자와 세손이 있으므로 자식을 낳기 위해 애쓰지 않을 수도 있으리라는 염려 때문이었다. 일국의 왕후라 할지라도 자식이 없으면 힘이 생길 수 없다는 것이며 첨부터 뒷방 늙은이와 다름없이 살아가게 되리라는 뜻이었다.

어머니 현임당은 젊은 시절 미혼과부였다. 열일곱 살에 납폐단자까지 받은 뒤에 정혼자가 죽어 버렸기 때문이었다. 현임당은 스물세 살에야 재취부인으로서 서산 김 문에 들었다. 재취인데도 지아비보다 나이가 두 살 높았다. 현임당은 전실의 딸인 순주 아래로 아들 문주와 구주, 딸 여주와 경주를 낳으며 예사 반족부인들과 다름없이 평범하게 살아왔다. 여주가 왕후로 간택되면서 순식간에 달라졌다. 갑자기 태몽 얘기도 했다.

태몽인즉슨 무지개가 옥구헌 안방으로 비치면서 무지개를 타고 내려온 여의주가 몸속으로 들어왔다는 것이었다. 태몽 때문에 이름을 여주如珠라고 붙였고 여주한테만 보모를 따로 들여 키운 까닭이라고 했다. 긴가민가했으나 어머니 앞에서 의심을 나타내지는 않았다. 사실이 어떻든 현임당은 여주를 낳은 순간부터 왕비로 만들기로 작정하며 살았던 것처럼 딸한테 왕후로서의 자세에 대해 가르쳤다.

"이제 마마께서 이 나라의 안주인입니다. 한 집안의 안주인이 집안을 꾸리듯 나라의 안주인도 내명부를 이끌면서 궁과 나라의 안살림을 경영하는 것입니다. 그리하자면 힘이 있어야 하고 그 힘은 대군을 낳으셔야 생기겠지요. 잊지 마십시오. 반드시 대군을 낳으셔야 합니다. 첫날밤에 전하의 품으로 꼭 들어가셔야 하고요."

현임당의 말을 알아듣기는 했으되 가례날 밤새 왕후 김여주는 코골며 주무시는 대전의 품에 어떻게 들어가야 하는지 알지 못했다. 금침이 나란히 펴져 있긴 했으므로 누웠다. 곤했던지라 쉽사리 잠들었다가 새벽에 일어나 세자 내외와 세손의 문안을 받았다. 그걸로 끝이었다. 그 몇 달 뒤 대전은 영빈과 함께 경희궁으로 이거해 가셨다.

곤전에 들어앉은 날로부터 삼 년이 가까웠다. 대전께서는 부왕이신 숙종의 혼전魂殿 다례를 위해 매달 보름날이면 창덕궁으로 들어오셨다. 부왕 혼전에 차를 올리고는 곤전으로 들어오시어 첫날밤과 똑같이 주무시구려, 인사하시고 점잖게 침수에 드셨다. 그리 지내는 동안 왕후 김여주는 열여덟 살이 되었고 아직 숫처녀였다. 혼인하고 숫처녀로 지내는 게 얼마나 부끄러운 일인지 충분히 느꼈거니와 아랫것들이 시피 여길 것 같아 내색은 하지 않는다. 오히려 대전이 대조전에서 주무시고 일어난 아침이면 간밤에 교접이 있었던 것처럼 굴기까지 한다.

그렇지만 지아비와 합궁할 일이 없으니 자식 낳을 일이 없고 애써 단장할 필요도 없었다. 내명부를 다스린다고는 하나 내명부는 수백 년간 굳건히 잡혀온 체계에 의해 움직였다. 대전의 나이가 많은

지라 후궁들을 돌아보지 않는 덕에 내명부가 흔들리는 일이 없고 기강 잡을 일도 생기지 않았다. 왕후인 건 분명한데 할 일이 별로 없었다. 곤전에 들어선 날로부터 뒷방 늙은이처럼 돼 버린 것이었다. 소전의 이복형이었던 효장세자의 빈은 수정전에서 삼십 년 가까이 뒷방 늙은이처럼 살고 있었다. 수정전은 효종대왕이 모후를 위해 지은 전각이라 했다. 주변이 수림에 둘러싸여 후원에 들어 있는 전각들처럼 한적했다. 효장세자빈이 수정전 밖으로 나오는 일이라곤 특별한 일이 있을 때뿐이었다. 곤전 김여주의 앞날도 효장세자빈과 비슷할 것이었다. 김여주는 그렇게 살 수는 없었다.

"마마, 볕이 따갑나이다. 그만 안으로 들어가시지요."

궐 밖에 나갔던 김상궁이 봉모당奉謨堂 옆 숲까지 찾아왔다. 곤전은 한 시진 넘게 후원을 걸어다니다 돌아오던 참이다.

지밀상궁 김씨는 조부의 서녀였다. 혼인했다가 아들 하나를 낳고 과부가 되었다. 그 아들을 잃은 뒤 옥구헌으로 들어와 어린 김여주를 키우고 수발했다. 김여주가 입궁하면서 함께 들어와 상궁 첩지를 받았다. 김상궁은 대조전의 후원 산보 때마다 한걸음 뒤에서 따라다니다가 산보가 길어진다 싶으면 날씨를 핑계로 들어가자 한다. 바람과 볕과 비와 구름과 눈발 등, 모든 게 산보를 그쳐야 할 이유가 된다. 지금은 밖에 나가 알아보고 온 결과를 말하기 위해 들어가자는 것이다.

"잠깐 봉모당으로 들어갈까요?"

말 떨어지기 바쁘게 내인들이 봉모당 쪽문을 열고 들어가 아래채 마루에 자리를 깐다. 곤전은 김상궁만 남기고 내인들을 쪽문 밖으로 물린다. 봉모당은 선대왕들의 글이며 글씨, 유언이며 즐겨 읽던 책

등을 보관하는 집이다. 대전과 동궁이나 어쩌다 들여다볼까 궁인들이 거의 들지 않는 봉모당에 곤전은 산보 길에 곧잘 들러 아래채 마루에서 잠깐씩 쉰다.

"그 사람 집이 어딘지 알아냈어요?"

세자시강원의 설서 이극영의 집이 진장방 어디인지 알아보라 했다. 삼 년 전 운종가 동시전 책방에서 그를 처음 봤다. 그는 서가 저편에서 고개를 숙인 채 글자를 모조리 삼키는 듯 책에 집중해 있었다. 그를 지켜보는 동안 김여주의 맘에 무언가가 시작됐다. 반짝이는 무엇. 뜨거운 어떤 것. 그는 일각도 넘게 자신을 엿보는 처자를 의식하지 못했다. 그에게 말을 걸 용기가 생기지 않았다. 선 채로 책 한 권을 다 읽은 그가 그 책을 서가에 놓고 다른 책을 들고는 주인에게로 가더니 책값 두 돈을 치르고 나갔다. 뒤따라 나갔을 때 어느새 보이지 않았다. 그 한 달 뒤쯤 보현정사에서 그와 마주쳤다. 간택령이 내리기 한 달 전쯤이었다. 보현정사에서 그를 본 순간 가슴이 너무 뛰어 말을 걸지 못했다. 연 사흘 같은 시각에 그를 봤다. 뒤 이틀은 물론 그를 볼 수 있을까 하여 간 것이었다. 둘째 날 용기를 내어 경문을 써 달라 했다. 사흘째 되는 날에는 더 큰 용기를 내어 그에게 따로 만나기를 청했다. 그는 거절했다. 여주가 기다리겠다고 했고 기다렸으나 그날 그는 돌아오지 않았다. 그를 다시 본 건 이태나 지나서, 장원 급제한 그의 방방례 자리에서였다.

"적선방에 수풍재라는 댁에 사시는데 처가라 하더이다. 수풍재는 전설사의 설희평 별좌 댁이라 하고요."

이극영은 대사헌이며 어영대장을 지낸 이한신 대감의 아들이며 성균관 사성 이무영의 아우라 들었다. 그가 혼인했을 건 불문가지이

되 처가살이를 하고 있다는 건 뜻밖이다.

"진장방이 아니라 적선방에서 산다고요?"

"혼인하시면서 처가살이를 시작하신 모양이더이다. 설 별좌와 이 사성께서 막역지우라 사돈을 맺으신 듯하고, 이 설서께서 혼인하신 지는 이태쯤 되신 것 같습니다."

그가 어디서 살건 무슨 상관일까만 처가에서 산다는 사실에는 가슴이 찌르르하다. 명백한 질투다. 그를 만나기가 여의치 않을 성싶은 실망이기도 하다. 이대로, 이렇게는 살 수 없다고 작정한 이후 소전과 대전 사이의 불화를 부채질해 소전을 끌어내리기로 했다. 그 일은 부친이 알아서 했다. 부친은 딸자식의 장래를 위한다는 명분으로 당신의 권력을 구축하는 중이었다. 형부인 김제교며 큰오라비인 김문주 등이 부친을 보좌하여 소전을 끌어내리기 위한 공작을 펴고 있었다. 와중에 부친께서 김상궁을 통해 이따금 전해오는 말은 단순했다.

"마마께옵선 요조히 지내시며 대군만 생산하십시오. 나머지 일들은 아비가 다 할 것입니다."

하늘을 봐야 별을 딴다고 한다. 왕후의 하늘은 왕일진대 김여주는 하늘을 보기 어렵고 어쩌다 보는 하늘에 별도 떠 있지 않았다. 지난 삼 년간 별을 못 봤으므로 이제는 아예 불가능하다는 걸 인정할 수밖에 없었다. 이극영을 떠올렸다. 처음 떠올린 게 아니었다. 곤전에 든 이래 수시로 그를 생각했다. 앞에 없는 그를 상대로 갖은 상상을 다했다. 그의 손을 잡으면 어떨까. 그에게 안기면 어떤 기분일까. 그와 혼인했으면 지금 나는 어떻게 살고 있을까. 온갖 상상을 해봐도 실감이 나지 않았다. 그와 나눈 게 없기 때문이고 그와 나눌 수 있는 게 없는 탓이었다.

대전은 닿을 수 없는 지아비이되 한 달에 한 번이라도 한방에서 자기는 한다. 이극영은 그의 방방례 때 보고 그만이다. 그는 별처럼 언제나 떠 있으나 닿을 수 없는 곳에 있었다. 여태 그렇게 여겼으나 생각을 뒤집었다. 못 닿긴! 내가 명색이 왕후인데 방법을 찾아내면 되는 거지! 그를 만나 자식을 만들 돼. 그 자식을 대군이든 공주로든 태어나게 하면 되는 거고.

그리 작정하고 나니 방법을 찾아낼 수 있을 것 같았다. 그가 호응만 해주면 되지 않는가. 춘방과 대조전 사이에 수십 개의 문이 있다고 해도 거리로는 고작 몇백 걸음일 뿐이다. 일단 그가 어디 사는 지나 알아야 될 성싶어 김상궁에게 지시했던 차였다. 김상궁이 알아온 그의 집이 처가라는 게 문제다. 어쩐지 그가 훨씬 멀리 있는 것 같지 않은가.

"김상궁."

"예, 마마."

"내일은 우리 보현정사에 기도하러 가요."

"차비를 하겠나이다."

"보현정사에 내가 잠행하듯 간다는 언질을 해놓으세요. 내가 간다는데 그 주인한테 전해지겠죠."

"예, 마마."

지난 삼 년간 풀각시인 듯이 대조전에 앉아 지냈지만 공상만 하고 있지는 않았다. 상궁 몇을 심복으로 만들었고, 그들을 통해 여인들의 세계를 살폈다. 내명부와 외명부들. 도성 안에서 대놓고 한자리하고 있는 여인들.

그동안 살핀 바에 따르면 궐 밖 세상의 여인 중에서 가장 힘있는 이가 보현정사 주인인 이온이었다. 돈이 제일 많다고 해야 할지. 몸이 불편하다는데도 못하는 일이 없다 하므로 그이가 궁금했다. 매년 칠석날이면 보현정사에서 팔도 보원약방의 여인 일꾼들이 모여 벌이는 잔치는 제법 유명하다. 그의 계모가 영고당이었다. 영고당은 군부인인 현임당과도 아는 사이였다. 예전에 김여주가 보현정사를 임의롭게 드나들었던 까닭이었다. 영고당은 그 지아비를 따라 시골에 가 있는 것 같았다. 이온의 지아비는 세손위종사의 관헌이고 이온은 빈궁과 어린 날의 동무라 했다. 그러므로 이온의 힘을 빌려 무얼 하자는 건 아니다. 그저 그가 이루어 사용하고 있는 힘의 원천이 무엇인지 살펴보고 싶을 뿐이다. 여인이매 타고난 것과 물려받은 것만으로 그런 힘을 구사하긴 어려울 게 아닌가.

이온에 버금가게 혜정원주가 궁금했다. 호가 방산이라 했다. 쉰 살쯤 됐다는 방산은 자신의 모친 생전부터 더불어 혜정원을 운영해 온 모양이었다. 혜정원은 객관으로는 조선 최대 규모이고 숙식비도 조선에서 제일 비싸다 했다. 그럼에도 손님이 날마다 넘쳐서 예약치 않고는 하룻밤 방 빌리기도 어렵다던가. 특히 과거시험 때면 팔도의 응시자들이 혜정원에서 묵기 위해 한 달 전부터 몰려드는 모양이었다. 혜정원에서 묵다가 과거에 응시한 자들 중에서 급제자가 많이 나오기 때문이라고. 그 토대가 궁금했다. 대체 집안 내력이 어떻기에 삼내미에다 그처럼 거대한 객관을 이루어 냈는지, 그런 객관을 여인들이 대를 물려 운영하는지. 그런 것들을 물어보려 혜정원주를 불렀더니 그 딸이라는 구여진이 답신을 올려왔다.

'혜정원주 방산 엄가가 요즘 환후가 심하여 운신을 못하는바 곤전마마를 배알키 어려움을 통촉하사이다. 근자에 소인 구여진이 모친의 일을 대리하는 일이 많사와 모친 대신 소인이 입궐하여도 될는지를 삼가 여쭙나이다.'

방산을 이어 혜정원을 경영할 딸이라면 대신 봐도 무방할 것 같았다. 여인 몇 대의 이력이 축적된 그가 더 재미있을 것 같기도 했다. 구여진한테 사흘 뒤에 대조전으로 들어오라 했다.

"이제부터 여러 전각 젊은 내인들 중 내 사람이 될 수 있는 이들을 찾아보세요."

대조전 궁인들은 물론이고 다른 전각들 궁인 여럿을 통하게 해뒀지만 경춘전이나 환경전 등 정작 사세를 살펴야 할 전각들에는 아직 곤전의 사람이 없다. 지금까지 그쪽은 그냥 뒀기 때문이다. 사실 경춘전이 조심스러웠다. 경춘전의 본집은 옥구헌과 비교할 수 없게 높고 단단한 가문이었다. 아홉 살에 세자빈으로 간택된 경춘전이 궐에서 지낸 세월이 이십 년이었다. 그는 세손도 낳았다. 곤전이 가장 조심해야 할 사람은 대전이 아니라 경춘전이었다. 화완 옹주를 신복재에서 쫓아내 버린 그 아닌가. 화완을 추방한 게 경춘전에 어떤 결과를 초래할지 알 수 없어도 아직은 그가 아성이었다. 곤전의 말뜻을 알아들은 김상궁이 복명한다.

"예, 마마."

"내일 아침에 나갑시다."

왕후가 궐 밖에 한 번 나가려면 최소한의 행차라 해도 백 명 이상이 움직인다. 왕후가 행차할 때는 허락을 구할 곳이 없다. 대전의 허락도 필요치 않다. 그걸 몰라 나들이를 아니한 게 아니다. 일백여 사람의 어깨 위에 얹혀 가고 싶은 곳은 없었으므로 궐밖에 나가지 않았을 뿐이다. 왕후의 권위를 지켜야 한다는 강박감에 시달리며 지내왔기도 하다.

"그리 차비하겠나이다, 마마."

"지금은, 춘방 구경이나 한번 가 보리까?"

이극영을 만나고 싶어 나온 말이다. 자식을 낳아야 한다는 것조차도 어쩌면 그를 만나기 위해 만든 핑계일지도 모른다. 보현정사 법당에서 마주쳤을 때 그에게서 나던 땀내와 몸내는 그 어떤 시원의 숲 같다고 여겼다. 그 숲에 들어가고 싶었다. 그 숲에 무엇이 있는지 보고 싶었다.

"춘방 쪽은 관헌이며 궁인들이 많나이다. 곁에 계방이 있삽고, 도총부 청사와 금위대번소 등도 가깝지요. 마마께서 거둥하시면 소동이 날 것이옵니다."

"퇴청 시각쯤에 남장미복男裝微服하고 선인문 바깥쯤에 서 있으면 어떨까요?"

"그분은 춘방에만 계시는 게 아니라 세손각하를 모시느라 환경전에 자주 든다 하옵고, 시강 외 시간에는 집현고나 열고관, 개유와 등의 서고 출입이 잦다 하더이다. 그러니 그분이 어느 문으로 퇴궐하실지 어찌 알겠나이까."

"적선방으로 쉽게 갈 수 있는 문은 어딘데요?"

"돈화문이 그중 가깝고 쉬운 길이 아닐까 싶나이다. 하온데 마마, 소신 간청하오니 서두르시지 마옵소서. 이 대방이나 혜정원주 등을 만나기로 하시었으니 우선 그들부터 보시면서 차근차근 하시옵소서."

"아무래도 그렇겠지요?"

"예, 마마."

"허면 대조전으로 가요. 곤하긴 하네요."

곤전이 나서자 저만치서 시립하고 있던 내인들이 일제히 읍하며 길을 낸다. 왕후자리, 곤위壼位가 혼자서는 단 한 걸음 움직이기 힘든 자리라는 걸 미리 알았더라면 간택을 피했을까. 왕후 자리가 친정 아비에게 벼슬을 안겨 주고 친정에 부귀를 안겨 주었으나 스스로한테는 아무 짝에도 쓸모없는 자리라는 걸 알았다면. 높고, 높기만 할 뿐이라는 걸 짐작했다면! 알 수 없다. 이대로 살 수 없고 살지 않겠다고 작정한 이 봄이 너무 길다는 것은 알겠다.

덕적골의 시루 탑

반야원 외삼문 아래 우물마당과 주변 언덕은 이마에 흰 띠 두른 사람들로 꽉 찼다. 띠에는 띠 두른 사람의 이름과 나이가 적혀 있었다. 무슬도 홍익루에서 흰 띠를 받았다. 장무슬 이십일 세라고 적고 수위들에게 검사받은 후 이마에 두르고 올라왔다. 마당 주변 언덕과 언덕을 감싼 산자락의 나무들에는 오색 종이꽃들이 주렁주렁 매달려 아롱거렸다. 똑같은 옷을 입은 열 명의 무녀들이 재비들의 악기소리에 맞춰 판마다 번갈아 주무와 조무가 되면서 굿을 했다. 붉은 철릭이 휙휙 날리고 재비들의 악기소리가 두둥두둥 울렸다. 사람들은 떡 먹고 물 마시고 추임새를 넣고, 주먹밥 먹고 물 마시고 장단을 맞췄다. 만두 먹고 물 마시며 춤을 췄다. 술은 없는 것 같았다. 술이 없는데도 사람들이 취해 돌았다. 난리굿판인데 굿거리를 주도하는 도무녀가 판세를 잘 휘어잡아 산만하지는 않았다. 재수굿 중간에 도착한 무슬도 떡갈나무 이파리에 싸인 주먹밥 한 덩이와 주먹만 한 만두 한 개를 얻어먹었다.

무슬은 사흘 전에 의과 예비시험으로 문답시험을 치렀다. 그저께는 필답시험을 치렀으며 어제는 실기시험을 치렀다. 문답시험과 필답시험에 들어 실기시험까지 치르게 됐으니 며칠 후 방에 이름이 올라 있지 않아도 체면치레는 한 셈이 됐다. 부친 장 의원은 삼 년 뒤쯤에나 시험을 치러 보라 했지만 무슬은 연습 삼아 응시해 보겠다고 부득부득 우기고 작은형인 무항과 함께 한양으로 왔다. 이번에 의원 취재에 세 번째 도전하는 무항도 실기시험까지 같이 치렀다. 시험을 치고 방이 붙을 때까지 큰형인 무현 네서 묵기로 했다. 오늘은 무슬이 어린 시절의 사형들을 만나 그들과 잘 것이라 형들에게 말하고 나왔다. 밤늦게라도 양연무로 찾아가 볼 셈이므로 거짓말은 아니었다.

유릉원의 영혜당 마님께서 한양 아드님 댁에 다니러 가셨다고 들은 게 무슬 형제가 평양을 나서기 전날이었다. 한양 아드님 댁이라는 말에 무슬의 가슴이 찌르르 울리며 아팠다. 삼 년 전 이월에 수앙에게 무슨 일인가 생긴 게 분명했다. 그때 도방어른과 마님께서 함께 한양에 가시어 한 달여 만에 돌아오셨다. 무슨 일인지 알아낼 도리가 없는데 모른 채 그냥 있을 수도 없었다. 약초 캐러 간다고 나서서 한양까지 와 보았다. 무슬에게 수앙이 있는 곳은 언제나 밝았다. 어둠 속에서도 눈에 보이고 훈기를 느낄 수 있었다. 그래서 누구에게 묻지 않아도 저절로 알았다. 비연재에는 수앙이 없었다. 강하서방님은 목석처럼 뻣뻣하거나 허수아비처럼 흐느적이며 걸어다녔다. 재작년과 작년에도 다녀갔다. 역시나 비연재에 수앙은 없었다. 강하서방님은 여전히 허수아비나 목석처럼 다녔다.

실기시험을 끝낸 어젯밤에 비연재에 들어가 보았다. 늘 그렇듯이 몰래 들어가 살피는데 안채 건넌방 문이 턱 열리더니 계집아이가 나왔다. 무슬이 아래채 옆 담장 그늘에 몸을 들이고 웅크리고 있는데 계집아이가 타박타박 걸어오더니 무슬 앞에 섰다. 무슬이 놀라 쉿, 하자 아이도 쉿, 하더니 옆에 앉아 속삭였다.

"너, 무슬 언니지? 옛날에 숲속 집에서 우리 만났지?"

"넌 누군데 날 아니?"

"난 별이야, 성이."

"성? 성아는 사내아인데? 그리고 성아는 말을 못하는데?"

"나는 사내 옷을 주로 입고 살 뿐이지 계집이야. 말도 못한 게 아니라 아니한 거였어."

"왜 말을 아니했는데?"

"그건 나도 몰라. 그리고 벌써 옛날이라고 그건."

"그렇다 치고 내가 여기 있는 걸 어찌 알았어?"

"그런 건 그냥 알아. 무슬 언니는 우리 수앙 언니 보러 왔지?"

"맞아. 네 언니 어디 있니? 지난 몇 년 동안 집에 있지 않은 것 같은데?"

"수앙 언니는 절에서 살다 나와서 지금은 덕적골에 있어. 잔치하려고."

"무슨 잔치인데?"

"아주 큰 잔치굿. 내일 나도 갈 거야. 내일이 굿날이거든. 무슬 언니도 내일 거기 가서 수앙 언니를 봐. 지금은 얼른 나가고. 이렇게 있다가 우리 큰언니한테 들키면 큰일나. 우리 큰언니가 무과시험 감독하느라고 늦었지만 이제 곧 들어올 거란 말이지."

"넌 그런 것도 알아?"

"그런 건 생각하면 누구나 알지."

"어떻게?"

"우리 큰언니는 훈련원에 있다가 위종사로 옮겼는데, 이번 무과 실기시험의 감독관을 하게 됐거든. 어저께 문장시험 치른 무사들이 오늘은 실기시험을 쳤으니까 감독관인 우리 큰언니는 그 처리하느라 늦은 거고, 늦었지만 인경이 울리기 전에는 들어올 거잖아. 곧 인경이 울릴 테니까 얻어터지기 싫으면 얼른 달아나. 내가 말해 준 건 절대 비밀이다."

그렇게 덕적골에 오게 되었다. 덕적골은 도성을 등진 목멱산 동남쪽의 성곽 밖인 듯했다. 진강포구 위쪽으로 집이 드문드문한 동리들을 지나니 홍익원弘益苑이라는 편액이 걸린 집이 나왔다. 홍익원 맞은편에 홍익루가 있었다. 이층 누각인 홍익루가 반야원의 입구였다. 홍익루로 들어서니 양켠에 삼십여 간은 될 법한 주랑이 있고 주랑이 끝나는 곳에서 길이 양 갈래로 나뉘는데 올라가는 사람은 전부 오른편 길로만 걸었다. 길이 끝나는 곳에 나타난 마당에서 굿판이 한창이었다.

석양녘에 도착한 탓에 아는 얼굴을 제법 발견할 수 있었다. 유릉원의 영혜당 마님과 그 며느님인 숙현당 아씨, 혜원, 능연, 자인 등. 성아도 보았다. 연화당 마님과 수앙은 보이지 않았다. 집안으로 들어가 찾아보고 싶었으나 머리에 흰 띠 두른 구경꾼들에게 외삼문 안쪽은 출입금지였다. 대문을 드나들 수 있는 사람들은 모두 양 손목에 오방색 띠를 매고 있었다. 금지구역에 들어갔다 들키는 날에는 또 경을 치게 될 것이라 무슬은 꾹 참았다.

굿판이 끝났다. 지잉, 징소리가 길게 울린 뒤 마지막 판을 주도했던 도무녀가 양손을 치켜 박수를 치고 나서 입을 연다.

"자아, 벗님네들! 저희 반야원 성주굿 겸 재수굿판이 끝났습니다. 아침부터 계셨던 분들이 많은지라 아시겠습니다만 이제 내림굿을 할 겁니다. 그전에 잠깐 쉬면서 판을 바꾸겠습니다. 날이 다 저물기 전에 내려가실 분은 내려가시고, 남은 분들께서는 판을 바꾸는 데 동참해 주십시오. 내림굿은 달이 뜨면 시작합니다. 숨 좀 고르고 다시 뵙겠습니다."

말을 마친 도무녀와 무녀들이 모두 계단을 올라가 대문 안으로 사라진다. 무녀들이 들어간 대문에서 청색 도포를 입은 일군의 남녀들이 나와 일사분란하게 움직인다. 상에 있던 음식들이 나눠지는데 아귀들처럼 달려든 손들에 의해 순식간에 사라진다. 빈 그릇들도 삽시간에 치워져 대문 안으로 올라가고 차일들이 걷힌다. 굿판이 끝났는데 사람들이 줄어드는 게 아니라 오히려 불어난다. 반야원 안쪽에서 나오는 사람들. 덕적골 아래쪽의 여러 마을들과 진강포구 언저리에 사는 사람들이 더 올라오고 있었다.

삼현육각 재비들이 자리를 옮기고 굿판에 남은 사람들이 자리를 이동하고 멍석이 걷혔다가 마당 가운데를 비우면서 다시 둥그렇게 깔린다. 한 아름은 될 법한 크기의 향로 열 개가 자리를 움직여 멍석 둘레에 십방으로 널찍하게 포진한다. 향로 속에 한줌씩의 긴 향촉이 꽂히고 뚜껑이 닫힌다. 향촉에 불이 붙어 향기가 퍼지기 시작하면 이곳이 시방세계가 된다는 것을 상징하는 모양이다.

강을 건너왔을 달이 동쪽 숲 위로 동실하게 떠오른다. 등롱들이 켜지기 시작한다. 마당가 솥 위에 얹혀 있던 커다란 떡시루들이 향로 안쪽으로 옮겨온다. 대문 안에서 중간 크기 떡시루들과 작은 떡시루들이 줄줄이 나와 그 주변에 놓였다. 삼현육각을 놓고 쉬던 재비들이 악기를 추스르고 느릿한 음악을 연주했다. 산만하게 움직이던 구경꾼들이 청색 쾌자들의 안내에 따라 금줄이 쳐진 마당의 가장이와 일곱 단으로 이루어진 언덕 계단으로 차곡차곡 앉는다. 무슬은 마당을 감싼 동쪽 언덕마루 참나무 밑에 앉았다. 수앙이 이 야단법석野壇法席에 나타날지는 미지수다. 성아는 이곳에 수앙이 있다 했지만 아이 하는 짓이나 말이 워낙 기이했던 터라 어디까지가 사실인지 난해했다. 어쩌면 반야원 안에서 눈이 불편한 어머니를 모시면서 대문 밖으로는 끝내 나오지 않을지도 몰랐다.

달이 뜬 뒤 내림굿을 시작한다던 도무녀가 붉은 철릭을 나풀거리며 계단을 내려왔다. 그의 손에 나뭇가지 모양의 칠지도七枝刀가 들렸다. 그가 정북 쪽의 향로로 다가들자 푸른 철릭이 향로 뚜껑을 연다. 도무녀가 왼손으로 허공에서 무언가를 잡아 움켜 향로 안에 넣는 시늉을 하고는 오른손에 든 칠지도를 휙, 휘두른다. 순간 향로에서 불길이 확 솟구친다.

"와아!"

구경꾼들이 탄성을 지르는데 푸른 철릭이 향로 뚜껑을 덮는다. 불길이 푹 가라앉는다. 도무녀와 푸른 철릭은 다른 향로들에도 똑같이 한다. 도무녀가 칠지도를 휘두를 때마다 화르르 불길이 타오르고 사람들의 함성이 인다. 사람들이 굿판을 구경하러 모여드는 까닭은 먹을거리가 있기도 해서지만 이런 구경거리 때문이다. 와아, 탄성과 함성이 거듭되는 동안 백단 향기가 온 마당 안에 퍼진다. 그렇게 향촉에 불을 붙이면서 소란을 가라앉힌 도무녀가 칠지도를 휘두르며 큰 목소리로 청색 쾌자들을 지휘했다.

"통목들을 가져다 바닥을 만드세요."

청색 쾌자들이 똑같이 재단한 네모난 통목 열두 개를 가로세로로 꽉 맞춰 바닥을 만든다. 그 위에 두툼한 새 멍석이 깔리더니 바닥으로 늘어진 멍석의 네 귀에다 커다란 나무못을 꽂아 고정시킨다. 멍석판이 만들어지자 큰 떡시루 네 개가 옮겨져 판판히 놓인다. 그 위에 똑같이 자른 도톰한 각목들을 괴고, 큰 시루 세 개를 놓고 각목을 괸다. 그 위에 중간 크기 떡시루 네 개가 오르고 각목이 놓인다. 사람들의 시선이 마당 가운데서 벌어지는 공사판에 쏠렸다. 쌓이는 시루 주변에 네모 난 통목들이 계단처럼 만들어졌다. 네 개의 중간 떡시루 위에 다시 큰 시루 한 개가 놓이고 각목이 놓였다. 떡시루로 정교한 탑을 쌓고 있다. 탑과 계단이 한 층씩 높아질 때마다 도무녀가 오르내리며 튼튼한지 확인한다.

무슬은 어쩐지 긴장되어 언덕마루에서 일어선다. 굿판 구경이 처음인 데다 떡시루로 탑을 쌓는다는 말도 들어본 적이 없다. 이왕 구경하는 것 자세히 보자 싶어 마당 안의 어느 방향으로 끼어 앉을까 궁리한다. 북쪽은 반야원의 출입문인 삼외문 쪽이라 안에 있던 사람들이 나와 앉은 자리인 것 같다. 탑의 남쪽에 통목 계단이 만들어졌으므로 탑 위에 뭔가가 얹힌다면 그 방향은 북쪽이나 동쪽이 될 것이다. 나름 방향을 가늠한 무슬은 눈총을 받으면서도 마당 동쪽에 앉은 구경꾼들 틈으로 비집고 앉는다. 무슬처럼 언덕바지에 있던 사람들 거개가 슬금슬금 내려와 마당 안으로 끼어 앉는다. 마당이 원체 넓고 언덕도 넓은 탓에 산자락에서는 굿판이 먼 탓이었다.

구경꾼들이 움직이는 사이에 오층 시루떡 탑이 쌓인 뒤 또 큰 시루가 얹힌다. 육층탑이다. 사신계 별나라 사람들은 칠성을 따르므로 한 층이 더 올라가겠지. 무슬이 생각하는데 이번에는 떡시루가 아니라 흰 천에 싸인 물건이 나와 도무녀의 품에 안긴다. 무슬 앞에 앉은 늙수레한 남정들이 소곤거렸다.

"작두다! 작두를 타려나 봐."

"맞아! 어떤 내림굿은 작두를 타기도 하더라고."

"선등이라고 하던가?"

"선등춤 추다 발이 두 쪽 난 무녀도 있다던데?"

"에이, 아냐. 다 짜고 하는 거라고."

"안 해도 되는 걸 뭣 하러 짜고까지 해?"

"그야 새 무녀 신기가 높다고 자랑하려는 거지! 신기 높다고 소문내서 돈을 왕창 벌게 하려고."

수군거리는 소리를 들은 것처럼 도무녀가 품에 든 것을 받쳐 들고 향로들 바깥을 한 바퀴 돌았다. 도무녀가 마당 북쪽에서 계단을 등지고 서자 악기 소리가 뚝 그친다. 도무녀가 외친다.

"자아 벗님네들, 이게 무엇이겠소이까?"

사람들이 여기저기서 작두라고 외쳤다. 도무녀가 작두판을 내려 조무녀한테 안겨 놓고 입을 연다.

"잘들 아십니다! 작두 날 두 개가 나란히 박힌 작두판입니다. 보통 내림굿은 아까 마친 재수굿판 열두거리 중 상산거리에 이어서 하게 됩니다만 오늘 내림굿은 뒤로 물려 놓고 재수굿 열두거리를 다 진행했지요?"

"예에에."

대답이 꼬리를 물고 이어졌다.

"내림굿을 위해 대신상을 다시 차리고 신명상을 놓았습니다. 신명상 위에는 똑같은 백지에 싸인 아홉 개씩의 크고 작은 그릇이 있고 큰 그릇과 작은 그릇 한 쌍에는 같은 곡식이 들어 있습니다. 아홉 쌍의 그릇에는 각기 다른 아홉 가지의 곡식이 들어 있고 풀칠한 종이로 단단히 봉해져 있습니다. 다들 아시겠지만 아홉 가지 곡식은 우리 무가巫家에서 계통이 같은 많은 신령들의 대표 신을 상징합니다. 다 같이 대답해 보시겠습니까? 귀리는 어떤 신이시지요?"

사람들이 산신이라고 외친다.

"콩은 어떤 신이십니까?"

사람들이 콩은 군웅신이라고 소리친다. 도무녀와 구경꾼들 간의 문답에 따르면 쌀은 천신이고 보리는 제석신이다. 밀은 부처신이고 팥은 서낭신이고 메밀은 물의 신이다. 조는 인신人神, 즉 사람신이다. 사람신이란 무녀 개인에게 특별한 사람을 신으로 모신 경우다. 무슬이 별 공부를 다 한다고 생각하는데 목청 큰 도무녀가 좌중을 향해 말했다.

"지금, 엽전 한 돈을 신명상 앞에 놓으시면서 아홉 신을 상징하는 곡식 종지를 맡아 주실 분들은 앞으로 나서십시오. 이따 강신 무녀가 아홉 분을 찾아낼 텐데요, 강신 무녀는 아홉 분 중 한 분이 가지고 계신 곡식 종지를 받아 들고, 같은 곡식이 든 주발 앞에다 놓게 됩니다. 그 곡식이 의미하는 신께서 오늘 강신 무녀의 몸주가 되는 것입니다. 그 곡식을 맡은 분이 첫 공수를 받으시고 나머지 여덟 분이 순서대로 공수를 받으실 겁니다. 아홉 분에 대한 공수가 끝난 뒤 벗님네들 중에서 공수 받고 싶으신 분들에게 공수를 하게 될 것이고요. 그러니까 새 무녀한테 먼저 공수를 받고 싶은 분 중에서 나오시면 좋겠지요? 자 나오세요. 아홉 분뿐입니다."

한 돈이라니! 한 돈은 십전이나 되는데, 무슨 장사를 하는 것도 아니고 왜 저러시나. 무슬이 생각하는데 몸을 일으키는 사람들이 의외로 많다. 잽싸게 나간 아홉 사람이 신명 상에다 한 돈씩을 올리고 백지로 꽁꽁 싸인 종지 하나씩을 받아들고 설레는 얼굴로 제 있던 자리로 돌아간다. 도무녀가 다시 좌중을 향해 입을 열었다.

"지금 이 마당에 계신 벗님네가 칠백팔 분, 언덕과 숲 자락에 띄엄띄엄 계신 분들까지 아우르면 천 분은 넘으실 성싶은데요, 그중 아홉 분이 아홉 신을 모시게 됐습니다. 종지를 종이로 봉하고 뚜껑을 닫아 놓았기 때문에 그 안에 어떤 신이 계시는지 저도 모르고 모시고 계신 분도 모릅니다. 주변 분들도 신을 모신 종지가 종이로 잘 봉해져 있는지 확인하십시오. 곡식이 꽉 차 있기 때문에 흔들어 보셔도 소용없습니다. 종이를 뜯지 않는 한 종지 안에 어떤 신, 어떤 곡식이 들어 있는지 아무도 모릅니다. 강신 무녀가 찾아낼 때까지 소중히 간수하시며 기다려 주십시오. 오늘 강신 무녀는 도무녀인 소인과 무녀들이 함께 부를 상산가上山歌를 마칠 때쯤 나오게 됩니다. 그 전에 시루 탑을 완성해 놔야지요. 자아! 이 작두를 싼 흰 천은 여인의 속치마입니다. 누구 속치마이리까?"

"새 무녀의 신어미 것! 강신 무녀의 신모 것!"

사람들이 여기저기서 같은 대답을 했다.

"맞습니다, 벗님네들. 지금 여러분이 보다시피 여러분의 눈앞에서 여섯 층의 시루 탑이 쌓였습니다. 이 작두판이 올라가면 칠층탑이 이루어지는데 이름하여 선등 탑이 됩니다. 오늘 선등 탑의 높이는 칠 척 반입니다. 백척간두라는 말이 있지요? 무슨 뜻인지, 벗님네들, 아십니까?"

곳곳에서 아는 대로 말하느라 웅성거린다. 듣고 있던 도무녀가 말했다.

"잘들 아십니다그려. 사람이 장대 끝에 올라선 것처럼 위태로운 상태를 가리키는 말이지요. 내림굿을 치르게 될 새 무녀를 강신 무녀라 합니다. 강신 무녀가 칠 척 반 높이의 작두날 위에, 가녀린 맨발로 올라설 것입니다. 백척간두에 올라선 것과 다름없게 되지요. 강신 무녀가 어디에 올라서는 것이라고요?"

"백척간두! 칠 척 반 시루 탑! 작두날! 선등 탑!"

갖가지 소리들이 지난 뒤 조무녀가 안고 있던 작두판을 쑥 들어 올렸다 내리며 좌중이 고요해지자 도무녀가 말을 잇는다.

"미풍만 잘못 불어도, 길 잃은 나비 한 마리만 날아들어도, 이 작두날에 강신 무녀의 발바닥이 갈라지거나 발가락이 잘리고 밑으로 떨어질 수 있습니다. 떨어져 몸을 다칠 수도 있고 심할 경우 죽을 수도 있지요. 바람이 잘못 불거나, 새나 나비가 날아들어 발이 상하고 떨어져 다친다면, 강신 무녀는 아직 무녀가 될 수 없다는 뜻이 됩니다. 내년에 다시 내림굿을 치르거나, 영영 무녀가 되지 못하고 미친 년처럼 굴러다니다가 배고픈 개나 쥐한테, 개나 쥐보다 험한 사람들한테 갈가리 찢겨 먹힐 수도 있습니다. 제 말이 무슨 뜻인지 벗님네들께서는 잘 아실 텝니다. 어쨌든 그건 강신 무녀 자신의 운수이자 운명이기 때문에 하는 수 없는 일입니다. 그런데 간혹, 구경꾼들 중에서 무슨 억하심인지, 밥을 똥구멍으로 처먹는 족속들인지, 해찰을 부려 강신 무녀를 상하게 하는 사람이 있습니다. 굿하고 있네! 그렇게 큰소리로 비아냥거리고, 지랄한다고 욕하고 심지어는 짚신짝이나 돌멩이를 던지는 족속도 있습니다."

"에에이, 그럴 리가!"

관중들이 도리질하고 손사래 치며 도무녀의 말을 부정했다.

"예, 여기 계신 벗님네들은 그런 일을 상상도 못하시는 어진 분들이시지요. 사십 년째 무녀 노릇을 하는 소인이 그런 일들도 보았다는 겁니다. 강신 무녀가 작두날 위에서 아직 피어 보지 못한 일생을 걸고, 목숨 내놓고 춤을 추고 있는데 말입니다. 엽전을 던지거나 일어나서 손가락질하며 고래고래 소리를 지르거나 침을 뱉는 사람도 있더이다. 강신 무녀가 작두에 올라 춤을 추고 있을 때는 누가 무슨 짓을 하건, 저주이자 살인과 똑같습니다. 이 자리에 계신 벗님들 중에는 그런 분이 아니 계실 걸로 믿습니다만 소인, 간곡히 청합니다. 새 무녀의 탄생을 기꺼이 축수, 축원할 마음이 아니신 분들은 부디, 지금 이 자리에서 물러나 주십시오. 새 무녀의 탄생 자리에서 해찰 부리면 즉시 신령의 급살을 맞기 때문입니다. 소인은 그런 사람 여럿 보았습니다. 그런 작자들은 어떤 식으로든, 반드시 급살을 맞습니다!"

아아, 한탄하고 우우, 야유하는 소리로 장내가 시끄러워졌다. 징소리가 칭! 울리자 장내가 푹 가라앉으며 고요해진다. 달이 더욱 밝아진다. 도무녀가 다시 입을 연다.

"그러니까 강신 무녀가 선등 탑 위에 올라가 있는 동안 벗님네들께서는 자리에 앉은 채로 지켜봐 주십시오. 혹시라도 옆 사람의 움직임이 과하다 싶으면 말려 주십시오. 다들 머리띠에 이름과 나이를 적어 두르고 계시지요? 어두워 옆 사람이 못 읽는다고 해도 벗님 스스로는 자신의 이름을 머리에 두르고 계신 걸 생각해 주십시오. 여러분은 천 명 중에 그저 섞여 있는 한 명이 아닙니다. 자신의 이름을 어엿이 내건 한 분으로 이 자리에 계시는 겁니다. 그 사실을 잊지 마시고 자중해 주시길 청합니다. 장단 맞춰 노래를 따라하시거나 박수를 치셔도 되지만, 더 잘 보겠다고, 혹은 돈을 꽂아 주겠다고 일어나지 마십시오. 엽전을 던지시지도 마시고요. 강신 무녀가 탑에서 무사히 내려오면 어차피 여러분 앞을 골고루 지나게 됩니다. 아홉 신이 들어계신 종지를 찾아내고 나서는, 원하시는 분에게 공수를 해드릴 겁니다. 탑을 이룬 떡들은 고물 한 부스러기 남기지 않고 여러분께 전부 다, 골고루 나눠드릴 것이고요. 그러니까 조급해 마시고 앉은 자리에서 마음을 보태 주십시오. 오늘 이 자리가 무사히 아름다이 마무리되도록 도와주십시오. 다시 한 번 간곡히 부탁드립니다."

도무녀가 팔방을 향해 허리 숙여 인사한 뒤 다시 말했다.

"이 굿판이 무사히 끝난 뒤 내려가실 적에는 머리에 두르고 계신 함자 적힌 띠들을 내려가시는 길가의 이팝나무들 가지에 묶어 놓아 주십시오. 꽃들이 구름처럼 어여삐 피어 있으니 벗님들께서도 꽃을 피우듯 어여삐, 띠들을 묶어 놓으시면 저희 원의 무녀들이 날마다 벗님네들의 복을 빌어 드릴 것입니다. 숲에는 들어가지 마시고 길가의 이팝나무에다 묶어 주시길 당부드립니다. 다시금 말씀드립니다. 숲에는 들어가지 마십시오."

여기저기서 "예." 하거나 알았다는 소리들이 나자 도무녀가 고개를 끄덕인다.

"이제부터 소인 옆에 있는 조무녀, 구일당이 이 작두판을 안고 벗님들 앞을 한 바퀴 돌 겁니다. 벗님들께서는 진짜 작두날이 맞는지, 작두날이 퍼렇게 잘 벼려졌는지, 직접 똑똑히 확인하십시오. 그러면서 강신 무녀가 이 작두날 위에서 무사히 춤을 추고 내려오기를 축원해 주십시오. 동시에 여러분의 소원도 비시는 겁니다. 부처님의 아름다운 말씀이 담긴 경문 중에 가장 유명한 경문이 『마하반야바라밀다심경』, 즉 반야심경입니다. 이 밤, 보름달빛 아래서 작두를 타게 될 강신 무녀의 이름이 반야심경의 심경이라 합니다. 심경한테 신명이 잘 붙어서 무사히 선등춤을 마치고 내려와 선등 무녀가 되면, 소원 비신 여러분에게도 좋은 일이 생기실 겝니다. 벗님네들! 우리 심경이를 축원, 축수하시겠습니까?"

너른 마당의 가장이를 빼곡히 둘러앉은 사람들이 일제히 박수치며 환호했다. 얼결에 박수를 치던 무슬은 등골이 서늘해 두 손을 맞잡는다. 반야원의 심경은 그럴싸한데 심경은 어쩐지 김경이라는 이름과 닮은 것 같다. 세상에는 경 자 붙은 이름이 많고도 많다. 경이라는 외자 이름을 가진 사람도 쌔고 쌨다. 그런데 심경이 어찌 김경처럼 느껴지는가. 아니야, 그럴 리 없어. 그러면 안 돼. 작두날 위에 맨발로 올라서다니. 말도 안 돼. 절대 안 돼.

무슬이 도리질을 하든 말든 도무녀는 옆에 있던 조무녀 구일당이 안고 있는 작두판의 속치마를 헤쳤다. 구일당이 작두판을 안고 마당가를 느리게 돌면서 사람들로 하여금 작두날을 만져 보게 한다. 한참 만에 작두판이 무슬 앞에까지 왔다. 무슬도 작두날에 손끝을 살짝 대 본다. 무의식중에 스친다면 여지없이 베이고 말 것처럼 작두날의 서슬이 푸르다. 무슬은 심경이 김경일 리는 없다 여기며 손끝을 떼기 전에 얼른 빈다.

'누구이시든, 부디 제발 무사하십시오.'

작두판이 무슬 앞을 지나 구경꾼들 앞을 마저 돈 다음 시루 탑 위로 올라가 동서방향으로 묶인다. 강신 무녀는 탑 위로 올라가 무슬이 앉은 동쪽을 향해 서게 되었다. 사람들이 와아아, 함성을 지르는 가운데 작두판을 고정시킨 긴 천이 층층의 각목들을 묶어 내려와 바닥의 나무못에 박혔다.

시루 탑이 완성된 순간 챙 채챙, 꽹과리 소리와 함께 대문 안에서 홍립을 쓴 열두 명의 무녀들이 붉은 철릭을 휘날리며 내려왔다. 그들의 오른손에 칠지도가, 왼손에는 꽃대에 꽂힌 꽃 일곱 송이씩이 들렸다. 칠지화七支華다.

덩덕 쿵기덕 더러러러.

중모리 장단에 맞춰 무녀들의 춤이 시작된다. 쿵 쿵덕 쿵 기덕 더러러러. 무녀들이 장단에 맞춰 시루 탑 주변을 연해 돌면서 구경꾼 가까이 다가들어 칠지도로 찌르는 듯, 일곱 송이 종이꽃으로 쓰다듬는 듯 희롱하면서 춤을 춘다. 사람들이 앉은 채로 어깨춤과 손짓춤을 추며 어우러진다. 일어나 어깨를 덩실거리기도 하는데 자리를 뺏길까 봐 선 채로만 춤을 추어 주변의 웃음을 자아낸다.

무녀들과 구경꾼들이 어우러진 사이 장대 끝에 매달린 등롱들이 나와 시루 탑 주변에 세워졌다. 등롱이 매달린 일곱 기의 장대를 청색 쾌자 두 명씩 붙잡고 기둥처럼 선다. 도무녀가 칠지도와 칠성방울을 흔들면서 탑을 돌며 노래를 시작한다. 상산가다. 춤추던 무녀들이 춤사위를 늦추면서 상산가를 함께 합창한다. 노래를 아는 사람들이 따라 부른다.

산간에 그늘이 졌소 용 계신데 물이로다
물이라 깊소마는 만경창파가 물이로다
마누라 영검 물이라 물의 깊이를 몰라요.

나라는 나라련마는 이 마당은 하늘마당이로세

시절은 시절이나 높고 높은 우리 님 시절이로세
성신이 오던 길 두고 갈 길을 몰라요.

어이하여 못 오시나 무슨 까닭에 못 오시나
산 높아 못 오시나 물 깊어 못 오시나
봄물이 천지에 가득하니 산물이 겨워요.

노래가 십절에 이르러 끝이 난 순간 재비들의 장단이 중중모리로 바뀐다. 덩덕 쿵덕덕 쿵쿵덕 쿵덕. 무녀들의 춤사위도 빨라진다. 중중모리로 삼분지 일각이나 지났을 때 장단이 자진모리로 바뀌었다. 덩덩 쿵따쿵 덩덩 쿵따쿵 덩덩 쿵따쿵. 구경꾼들의 숨결조차 자진모리로 빨라진 어느 결에 나온 것인지, 붉은 철릭의 무녀들 사이에 온통 하얀 사람이 끼어들었다. 땅에서 솟아오른 것처럼 느닷없는 출현이다. 오른손에 칠지도를 잡고 왼손에 칠지화를 들고 선녀처럼 나풀거리는 옷을 머리부터 발끝까지 하얗게 입은, 강신 무녀인 게 틀림없을 그도 붉은 철릭을 나풀거리는 무녀들과 함께 춤을 춘다.

휘황한 불빛 속의 그는 정말 희다. 희기만 하다. 머리에 쓴 흰 조바위 같은 것이 눈과 코와 입술만 남기고 얼굴을 다 가렸다. 복면을 써 봤던 무슬은 사람이 눈코입만 보이면 얼굴이 다 보이는 거라 여겼는데 아니다. 눈코입만 보이는 얼굴은 복면을 쓴 것과 같다.

얼굴을 다 가리고 흰나비처럼 가볍게 팔락팔락 춤추는 강신 무녀! 강신 무녀를 바라보던 어느 결에 무슬의 심장이 쿵 떨어진다. 맙소사, 아아 하늘님, 부처님 맙소사. 무슬의 몸이 떨리기 시작한다. 강신 무녀는, 그가 얼굴을 다 가리고 캄캄한 곳에 있다 해도 무슬은 알아볼 수 있는 김경이다. 꽃님이다. 수앙이다. 강신 무녀로 변한 꽃님 김경이, 수앙이 무슬의 눈앞에서 사뿐사뿐 뛰면서 춤을 춘다. 덩덩 쿵따쿵 덩덩 쿵따쿵 덩덩 쿵따쿵. 무슬의 가슴을 덩덩 쿵따쿵 밟으며 경이 춤을 춘다.

아아, 어떡하나. 어떻게 하나. 어떻게 해야 할까.

무슬은 두 손으로 나뭇잎처럼 떠는 제 가슴을 부여안고 눈물로 흐릿해진 눈을 부릅뜨고 입술을 깨물며 울지 않으려, 떨지 않으려 기를 쓴다. 나는, 나는 열네 살의 선해가 아니다. 난 스물한 살의 장무슬이다. 나는 다 커서 의원 취재 시험을 치렀고, 입격할 것이고, 의원이 될 것이다. 어른이 되었다. 장부가 되었다. 울면 아니 된다. 울 때가 아니다.

무슬이 눈물을 삼키려 기를 쓰는 사이 정북 쪽에서 정남 방향으로 선 수앙이 칠지도와 칠지화가 들린 두 팔을 양쪽으로 쭉 뻗는다. 순간 장단이 뚝 그친다. 수앙이 양팔을 뻗은 채 한 발을 들자 옆에 있던 구일 무녀가 신발과 버선을 촉촉 벗긴다. 다른 발을 뻗자 또 신발과 버선을 벗긴다. 맨발이 된 수앙이 두 팔을 하늘로 축, 치키자 우박이 쏟아지듯 덩 다다 쿵 따쿵 쿵 따다 쿵 따쿵, 휘모리장단이 시작된다. 열한 명의 붉은 옷 무녀들과 흰 옷의 수앙이 탑을 돌며 미친 듯이 춤을 춘다. 덩 다다 쿵 따쿵 쿵 따다 쿵 따쿵.

오분의 일각쯤 지났을까, 휘모리장단이 동살풀이 장단으로 바뀐 순간 수앙이 장단에 맞춰 통목으로 이루어진 계단에 발을 놓는다. 장구는 덩따 딱딱 궁딱 궁궁, 하고 징은 징 징 징 징, 하고 꽹과리는 갱개 갱갱 응갱 깽깽, 하고 해금은 이잉 이잉 이잉 이잉, 하고 수앙은 당 당 당 당, 걸어 작두날 위에, 무슬이 올려다보는 동쪽 방향으로 주저 없이 척 올라선다. 올라섬과 동시에 뛴다. 춤을 춘다. 당 당 당 당. 당 당 당 당. 빠르되 가지런한 동살풀이 장단이 어지럽게 휘몰아친다. 사람들이 숨소리조차 낮추며 마음을 모아 동살풀이 장단으로 박수를 친다. 짝 짝 짝 짝.

장단에 맞춰진 소리에 마당이 울리고 덕적골이 울리다 못해 하늘로 떠오를 것 같다. 작두날 위에서 칠지도와 칠지화를 흔들며 춤추는 수앙은 장단에 맞춰 입을 달싹인다. 노래를 하고 있다. 선등하고 있는 수앙이 노래하는 걸 다른 사람들도 알아보는지는 무슬이 알지 못한다. 그렇지만 수앙은 분명히 노래를 하고 있다. 몇 숨참이나 수앙을 뚫어져라 올려다보던 무슬은 수앙의 입술을 읽는다. '해함하담 린잠우상. 용사화제 조관인황.' 천자문 구절이다. 꽃님 김경이 무서울 때면 읊는 것. '시제문자 내복의상. 추위양국 유우도당.' 꽃님 김경은 지금 신이 올라 제정신이 아닌 게 아니다. 신이 올랐지만 모든 걸 의식하고 있거니와 무서워하고 있다. 아아, 어찌 무섭지 않으랴. 수앙은 멀미 때문에 말도 잘 못 타는데, 배도 잘 못타는데, 저 높은 곳, 시퍼런 작두날 위에서 홀로!

여덟 자로 이루어진 천자문의 백이십오 구절을 다 읊어야 선등 춤이 끝날 모양이다. 이제 겨우 서른두 번째 구절이다. '효당갈력 충즉진명.' 몇 해 전 칠석 날, 캄캄한 어둠 속 비 철철 내리던 선신의 무덤에서 산송장이 된 수앙을 발견했을 때처럼, 영영 멀어지려는 사람을 붙안고 있는 듯이, 무슬의 가슴이 찢어진다. 무슬은 찢어지는 가슴을 붙안고 탑 위에서 뛰며 읊는 수앙의 노래에 맞춰 천자문 서른네 번째 구절을 읊조린다. '사란사형 여송지성.' 기어이 무슬의 눈에서 눈물이 흐르고 만다.

"아주머니, 아들은 살아 있어요. 곧 찾으실 거예요. 걱정 마세요."

작두 탑 위에서 선등춤을 무사히 마치고 내려온 수앙이 제게 손을 내미는 사람들에게 한두 마디씩의 공수를 했는데 맨 마지막 아낙에게 한 말이 그러했다. 내림굿이 끝나고 구경꾼들이 다 내려간 뒤 바깥마당에 여섯 사람이 남아 있었다. 진강포와 진강포 왼쪽의 삽촌과 그 뒤쪽 외실에 사는 남정 넷과 아낙 둘이었다. 능연이 그들에게 내려가지 않는 연유를 묻자 그들이 눈물 흘리며 심경 무녀를 다시 보게 해달라고 간청했다.

심경은 아홉 신을 찾아내고 오십여 명에게 공수를 한 뒤 굿판이 마무리되는 것도 못 보고 안으로 들어갔다. 녹초가 된 탓에 제 처소까지도 못가고 신당채에 있는 별님 처소에서 뻗어 버렸다. 기절하다시피 잠이 든 수앙의 옷을 벗기고 이불을 덮어 주고 나온 자인은 수앙이 사흘은 잘 것 같다고 했다. 그런데 진강포 사람들이 남아서 울며 심경을 만나고 싶다는 것이다.

"무녀 심경은 선등하고 나서 혼절한 것처럼 잠들어 버렸습니다. 아무리 빨라도 내일 아침은 돼야 기신을 하게 될 텝니다. 제가 심경 무녀를 수발하는 사람입니다. 여러분이 무녀 심경을 만나고픈 이유를 저에게 말씀하세요. 심경이 일어나는 대로 제가 꼭 전하겠습니다."

심경에게서 공수를 받은 젊은 아낙이 제 머리띠를 만진다. 그의 머리띠에 가짐어미 서른한 살이라고 쓰였다. 본인이 글자를 쓸 수 있다는 구경꾼한테는 무명조각을 내주었고 글을 모른다는 이들에게는 오늘 굿을 도와주러 온 계원들이 대신 써 주었다. 오늘 굿판 구경꾼들에게 머리띠를 둘러 주자고, 아직 무녀도 못된 수앙이 제안했다. 자신의 이름을 이마에 내걸고 있으면 구경꾼들도 자신을 특별하게 여길 것이다, 모종의 책임감도 느낄 것이다, 무엇보다 재미나 할 것이다! 듣고 보니 그럴 법했다. 가로 한 치, 세로 두 자 길이의 무명 조각 일천여 개를 만들어야 하는 큰일도 감당할 만했다. 그 덕에 머리띠를 두르게 된 가짐어미가 입을 연다.

"저는 삽촌에 사는 가짐이 어미입니다. 며칠 전에 우리 아들들이 없어졌습니다. 저는 아무 말도 안했는데 심경 무녀님이 저한테 대번에 아들을 곧 찾을 수 있을 거라고 하셨어요. 그런데 우리는 우리 아들들을 어디서 찾아야 하는지를 몰라서 못 내려가고 있습니다. 우리 자식들이 어디 있는지 알려 달라 청해 주십시오."

진강포에서 덕적골 사이에는 삽촌과 외실과 노루목골, 등마루평과 샘바위골 등의 마을이 있다. 진강포에서는 그 다섯 동리를 거쳐 덕적골에 이르고 도성쪽에서는 등마루평으로 들어와 샘바위골을 지나 덕적골로 이어진다. 진강포가 동작나루나 마포나루에 비해 규모가 작은 건 맞은편 강안의 형세가 사나워 마주보는 포구가 없기 때문이다. 규모에 비해서 드나드는 배가 많은 까닭도 같다. 다른 진이나 포구들에 비해 덜 붐벼서 관의 관리가 허술한 탓이다. 도성으로 몰래 들여오거나 몰래 나갈 물건들이 진강포구를 통하는 경우가 많다. 서서 듣던 능연은 그들이 앉은 멍석으로 올라앉는다.

"자세한 말씀을 하십시오."

닷새 전인 십일 낮에, 열한 살에서 열세 살에 걸친 여섯 아이들이 포구 언저리 곳집에서 망가진 통발들을 수선했다. 엽전 세 닢을 받으며 하루 종일 하는 일이 사흘째였다. 밤에 되어도 아이들이 집에 돌아오지 않았다. 밤이 늦어 진강포 안쪽에 사는 열세 살 장구의 아비가 아들을 찾아 곳집으로 먼저 가 보았다. 장구는 물론 다른 아이들도 곳집에 없었으므로 선주 집으로 갔다. 아이들에게 그물 수선을 시킨 사람은 선주船主 맹가의 아들로 이름이 학성이었다. 맹 선주는 고깃배 네 척과 나룻배 여섯 척을 가졌다. 학성은 아비와 함께 배들을 운영하고 진강포에 드나드는 외선들을 관리했다. 학성은 평상시 그렇듯 해 질 녘에 아이들을 돌려보냈다고 했다. 어두워지면 일을 못하는데 아이들을 붙들어 놓겠냐고, 무슨 일이냐고 장구아비한테 되레 물었다. 그날 이후 아이들의 종적이 사라졌다. 가짐 어미를 비롯한 여섯 아이의 부모들이 며칠간 미친 듯이 아들들을 찾아다니다가 반야원 강신 무녀의 내림굿 이야기를 듣고 찾아왔던 것이다.

능연은 그들을 바깥마당의 멍석에 두고 신당으로 들어왔다. 별님은 단아와 함께 안당 마당으로 올라갈 채비를 하다가 능연에게 묻는다.

"능연, 그대 맘이 심란하구려. 무슨 일이오?"

능연이 마당에서 들은 사실을 고했다. 낯을 찌푸린 별님이 그들을 데려오라 했다. 한꺼번에 자식을 잃은 그들이 별님 앞으로 인도되었다.

"저는 무녀 심경의 신어미입니다. 심경이 아이가 살아 있다고 했으면 살아 있을 것입니다만, 지금은 심경이 송장처럼 누워 있으니 제가 대신 여러분 말씀을 듣겠습니다. 한 분씩 오시어 제 손을 잡으시고 아이의 이름과 사주를 알려 주세요."

별님이 그들의 손을 잡고 사라진 아이들에 관한 이야기를 듣는다. 열세 살 장구와 옹이, 열두 살의 원두와 희준과 야무지, 열한 살의 가짐이까지.

다 듣고 난 별님이 그들에게 아이들이 살아 있는 게 확실하며 머지않아 돌아올 것 같으니 집으로 돌아가서 기다리라 한다. 덧붙여, 자식들 없어진 이야기를 반야원에서 풀어 놨다는 사실을 소문내지 말라 한다. 그들을 배웅하고 돌아온 능연에게 별님이 말했다.

"아이들이 멀리 있지 않은 것 같소. 그러나 아이들의 생기가 약하니 당장, 기어이 찾으시오."

"어디서부터 찾아야 하오리까?"

"아이들이 사라진 곳에서부터 찾아야겠지요."

"예, 마님."

복명하고 나왔으되 능연은 막막하다. 아이들이 사라진 자리에서 멀리 있지 않다 하므로 진강포에서부터 찾아야 할 것 같지만 이 밤에 진강포 어디를 뒤져야 한단 말씀이신지. 아이들 생기가 약하다 하므로 길게 궁리할 겨를도 없다. 홀로 어려우면 도움을 받아야 하는 법. 능연은 안당 마당에 있는 혜원과 여진을 불러낸다. 안당 마당에서는 심경의 내림굿 여흥을 겸해서 칠성부 무진 회합을 준비하는 차였다. 당좌각까지 내려와 전말을 들은 혜원이 입을 열었다.

"당장, 기어이, 찾으라 하셨다고?"

"예, 아이들이 사라진 자리에서 찾으면 되리라 하셨고요."

"그렇다면 우선 그 학성이라는 놈을 잡아야겠네."

"그자가 아이들의 소재를 알고 있으리까?"

"별님께서 아이들의 생기를 느끼실 정도로 가까이 있다니 포구 언저리에 있을 텐데, 서로 빤히 알고 사는 몇 동리에서 살아 있는 여섯 아이를, 닷새간이나 꽁꽁 숨겨 놓을 수 있는 공간을 가진 자가 누구이겠는가?"

“그, 그렇군요.”

“당장 준비해 내려가지. 헌데, 능연. 자넨 예서 살아야 하니 나와 수열재가 나서야겠는데, 괜찮겠나?”

“무슨 말씀이신지요?”

“자네가 여기 무진이매 나와 수열재가 나서는 게, 월권이잖아.”

“별 말씀을 다 하십니다. 제가 아직 미력하여 두 분 선진께 청한 것을요. 도와주십시오.”

“허면 자넨 수하들과 함께 우리를 따라 소리 없이 움직이도록 하게. 아이들 생기가 약하다니 구심환 준비하고, 복면들도 챙기게.”

인경 즈음에 맹가의 집 뒤 숲 자락에 당도했다. 혜원이 능연에게 감우산, 최선오를 데리고 가서 학성을 잡아오라 손짓했다. 능연은 우산, 선오와 함께 맹가의 집으로 잠입한다. 담은 허술하고 위아래 채며 헛간채, 곳집 등이 지형에 따라 아무렇게 지어진 집 안팎은 산만하다. 사랑채 격인 듯한, 불 켜진 방 앞에 다가든다. 안에서 나오는 말투로 보아 맹씨 부자가 일에 대한 이야기를 나누는 중이다. 내일 새벽에 고깃배와 소금배가 들어올 참인 듯하다. 그에 맞춰 소금장수 수십 명이 진강포구로 몰려들 모양이다.

“안녕히 주무십시오, 아버님.”

학성이 부친 방에서 나와 소피를 보려는지 헛간 앞으로 다가든다. 헛간 앞 오줌동이에서 오줌을 누고 괴춤을 추스르고 돌아서는 그를 우산과 선오가 다가들어 일격에 기절시킨다. 두 사람이 학성을 떠메고 능연의 뒤를 따른다. 학성을 떠메고 나타나자 혜원과 우동아가 같이 있다가 숲을 더 오르자 한다. 앞서 올라 나무 밑의 편평한 자리를 찾아낸 여진이 불을 밝히는 것으로 위치를 신호했다. 나무 밑에 이르러 우산과 선오가 학성을 내려놓자 혜원이 조족등을 받아 들며 그들에게 명한다.

"이자에게 재갈을 물려서 손을 묶고 하의를 벗기세요."

우산이 놀라 더듬거린다.

"소, 속곳까지 전부 말입니까?"

"전부 벗기세요. 놈이 깨어나 제 하근이 덜렁거리는 걸 볼 수 있도록요."

우산과 선오가 혜원이 시키는 대로 해놓자, 여진이 능연과 동아를 비롯한 호위들을 약간 물러나라 한다. 호위들이 불빛 밖으로 물러나자 여진이 칼집으로 학성의 어깨를 사정없이 내리친다. 죽은 자도 살아날 만큼 거친 손길에 극심한 고통을 느낀 학성이 으윽, 비명 지르며 깨어난다. 드러난 그의 하초에다 여진이 칼끝을 댄다. 자신의 하체가 벗겨진 데다 하초에 칼이 닿아 있는 걸 느낀 그가 소스라쳐 버둥거린다. 혜원이 말한다.

"맹가 학성 너, 잘 들어라. 기회는 딱 한 번이다. 내 질문에, 그게 무슨 말이냐 하거나, 모른다 하거나, 네가 누군데 나한테 이러느냐 등등, 헛소리를 한 마디만 하면, 네 하초에 닿아 있는 칼이 그 물건을 끊어낼 것이다. 물건을 끊고, 철철 피 흘릴 너를 강물 속으로 던져 넣어 물고기 밥이 되게 할 것이다. 분명히 말하는데 기회는 딱 한 번이다. 네가 불러서 사흘간 일을 시킨 장구, 옹이, 원두, 희준, 야무지, 가짐이를 어디다 팔아넘겼는지, 즉각 말하겠느냐?"

학성이 전신을 달달 떨며 고개를 연신 끄덕인다. 혜원이 맹가의 재갈을 푼다. 재갈이 풀리자 그가 떨며 입을 연다.

"그, 그날 아이들을 데리러 오기로 한 배가 오지 않았소. 아이들은 우리 젓갈 저장고에 있소."

"네 젓갈 저장고가 어딘데?"

"우리 집 뒤란에서 백 보쯤 오르는 등성이에 바위가 있고 그 곁에 동굴이 있는 바 거기 젓갈 저장고요."

"아이들로 젓갈을 담그려 한 게냐?"

"아, 아니오. 팔려고 했소."

"아이들을 얼마에 팔기로 했고, 사러 오기로 한 놈은 누구냐?"

"황해도 연백 마항포에 사는 장사치 기가라는 것만 아오. 아이들은 닷 냥씩 받기로 했소."

"기가가 진강포에 일정하게 오가는 놈이냐?"

"몇 해 전부터 짐을 싣고 다니면서 한강의 나루들에 부려 놓곤 하오. 우리께도 드나들고."

"기가 놈은 아이들을 사다가 무얼 하는데?"

"그, 그건 잘 모르오."

"모른다는 말은 허용치 않는다 했는데?"

"그, 그놈이 그런 말을 나한테 할 리가 없지 않소?"

"기가 놈 말고 누가 또 있느냐?"

"기가가 직접 배를 부리는 선장이라는 것만 알까 나는 다른 사람은 모르오. 참말이오."

"놈은 어떤 배를 몰고 다니느냐?"

"앞뒤로 돛이 있고 가운데 뜸이 있는 제법 큰 고깃배요. 일꾼을 겸한 노꾼이 열두엇 됩디다."

"네가 지금까지 팔아넘긴 아이들은 몇이나 되느냐?"

"매, 맹세코 처음이오. 이, 이번에 일이 잘 풀렸으면 다시 했을지도 모르지만 정말 처음이오."

"우리가 기가 놈을 찾아내 물어볼 것이다. 네가 처음인지 아닌지. 다시 말해라. 몇 번째냐?"

"정말이오. 처음 했소."

"너는 자식이 몇이냐?"

"세, 셋이오."

"네 자식들을 기가 놈한테 팔면 몇 냥씩이나 받을 수 있겠어? 닷 냥씩은 받을 만해? 지금 네 자식들을 묶어다가 기가 같은 놈들한테 넘겨서 몇 냥씩이나 쳐줄지 한 번 물어볼까?"

학성이 대답 대신 이를 딱딱 마주치며 몸을 떤다. 혜원이 학성의 뺨을 사정없이 후려갈기고 후, 한숨을 쉬곤 말했다.

"아이들이 있는 곳까지 앞장서라."

그가 일어나려 몸을 뒤틀자 혜원이 어둠 속에 들어 있는 호위들에게 나와서 부축하게 한다. 우산과 선오가 학성에게 하의를 입히고는 일으켜 앞장세운다. 동굴 앞에 다다랐다. 동굴에 판문이 달렸고 주먹만 한 쇠불알 자물쇠가 채워져 있다.

"쇳대가 집에 있소."

학성의 말에 우산이 칼집으로 자물쇠를 내리쳐 고리채 뽑아낸다. 곁에 있던 설인준이 문짝을 잡아당겨 연다. 등불을 든 혜원이 먼저 들어서며 동굴 양쪽에 꽂힌 횃불에다 불을 붙인다. 젓갈을 삭히기 위해 자연 동굴을 확장한 것 같다. 사람이 구부리지 않고 드나들 수 있을 만치 높다. 두 사람이 나란히 걸을 수 있을 만큼 폭이 넓고 칠십여 보는 될 듯하다. 수백 개의 항아리와 판자동이들이 줄지어 놓여 비린내와 고리타분한 짠내를 풍긴다. 안쪽은 서너 간짜리 방만큼이나 넓다.

재갈이 물리고 손발이 묶인 아이들은 맨바닥에 주검처럼 아무렇게 놓여 있다. 심하게 맞았는지 피딱지들을 뒤집어썼고 똥오줌을 지렸는지 구린내가 심하다. 능연을 비롯한 호위들이 아이들에게 다가들어 묶인 손발을 풀고 아이들의 숨결을 살핀다. 열한 살의 가짐이인가. 능연이 살핀 아이의 몸피가 가장 작다. 살아 있기는 하다. 숨은 쉬는데 너무 여리다. 능연은 아이를 안은 채 품에 넣어온 구심환을 호위들에게 한 개씩 주고는 하나를 벗겨 깨문 뒤 아이의 입에 흘려 넣는다. 혜원이 무릎을 꿇린 학성에게 묻는다.

"팔아먹을 아이들을 어찌 이 모양으로 만들어 놓은 게냐?"

혜원의 질문에 학성이 우물쭈물하며 답한다.

"기가가 데리러 오기로 한 날, 밤에 오기로 했기에 낮에 아이들한테 일을 좀 하라고 이곳으로 하나씩 데려 왔습니다. 아이들 손발을 묶어 놓고 기가 놈을 기다렸는데 밤이 새도록 그자가 오지 않았고요. 아침이 되어 아이들한테 왔더니 모두 울부짖어대는 바람에……."

"그래서 저 지경으로 만들었다는 것이냐? 쓸모없게 되었으니 젓갈이라도 담그려고?"

"무, 무슨 그런 일을요. 어찌할 바를 몰라서, 화도 나고 그래서. 다시는 이런 짓 아니하겠습니다. 누구신지 모르지만, 용서해 주십시오."

"물론 다시는 이런 짓 아니해야지. 아니할 거지?"

"예, 개과천선하겠습니다."

"개과천선이라! 알았어. 그렇지만 네가 아이들을 이 지경으로 만들었으니 아이들의 몸이 나을 때까지 치료하고 몸을 보할 수 있게, 네가 돈을 좀 내야겠다."

"무, 물론입니다."

"한 열 냥씩은 배상해야 할 거야."

"예, 그리하겠습니다."

"내일 당장! 우리가 이 진강포 어딘가에서 지켜볼 것이다."

"예, 물론입니다."

"그럼 손을 풀어줄 테니 소란 피우지 말고, 조용히 내려가, 네 부친께 네가 한 짓을 고하고, 아이들을 돌려주면서 아이들 집에 줄 돈을 의논토록 해. 그럴 수 있지?"

"물론입니다. 그러고 말고요."

능연은 가짐이를 안은 채 혜원이 어찌 저러나 싶어 돌아본다. 열 냥씩 배상케 하고 없던 일로 하겠다는 건가? 내가 알아듣지 못했을 뿐 별님께서 그리 명하셨던가? 별님의 호위들 모두가 아이 하나씩을 안은 채 의문 어린 눈으로 바라보는데 혜원이 우동아에게 가까이 오라 눈짓한다. 우동아가 학성 뒤로 다가든다. 손을 풀어 주려는 건가, 정말? 능연이 기가 차서 쳐다보는데 우동아가 자신의 품으로 손을 넣는가 싶더니 꺼내 학성의 상투를 어루만진다. 묶인 손이 풀리기를 기다리던 학성이 흠칫하다 몸을 부르르 떨며 옆으로 맥없이 넘어진다. 혜원과 우동아가 한 짓에 놀란 여진이 소리친다.

"형님, 놈을 죽이신 겁니까?"

"아직 안 죽었어. 삼분지 일각쯤 지나야 숨이 완전히 끊길 거야."

"명을 받잡지 않았잖아요?"

"별님께서 능연한테 아이들을 당장, 기어이, 찾으라 하셨잖아. 능연, 자네가 분명히 그리 말했지?"

능연이 답했다.

"그, 그러셨습니다."

"능연, 그리고 수열재도 알아두게. 별님께서 명하시며 기어이라는 말씀을 하실 제, 그 말씀은 어쩔 수 없는 상황이라면, 죽여 마땅한 자를 죽여도 된다는 뜻일세."

여진이 물었다.

"그렇습니까?"

"그렇네. 그러할 제 이자는 죽여 마땅한 정도가 아니라 세상에서 없어져야 해. 그래야 이 아이들과 아이들의 식구들이 앞으로도 이 포구에서 살아갈 수 있을 테니. 우리도 드러나지 않아야 하고. 수열재, 수긍하겠는가?"

"예. 그렇다면 잘 하셨습니다."

"고맙네. 자아, 나와 수열재, 동아는 여기서 뒤처리를 하고 갈 테니, 그대들은 아이들을 업고 속히 홍익원으로 가게. 위에 의원이 여러분 계시니 아이들을 살펴 달라 하고. 어서들 출발하시게."

능연은 안고 있던 가짐이를 들쳐 업고 동굴을 나선다. 불빛 속에 있다 나오니 눈앞이 캄캄하다. 자인을 비롯한 무절들이 차례차례 나와 어둠과 달빛에 눈이 익기를 기다리는 게 느껴진다. 혜원과 동아가 한 일은 곧 내가 한 일이다. 급기야 사람을 죽이고 말았다. 가슴이 먹먹하다.

삼 년 전 정월 그믐날이었다. 대낮에 궐문 안에서 별감복색으로 정중히 다가들던 자들이 있었다.

"빈궁전에서 나왔습니다. 저희들이 모시지요."

그들이 그리 말하며 다가들었다. 양쪽에서 수행하려는가, 궐에서는 원래 이러는가, 생각하는 찰나 두 놈이 덮치면서 코에 독한 냄새가 나는 헝겊이 씌워졌다. 아찔하게 정신을 잃었다. 몇 시간이나 지났던지 정신이 들었다. 수앙이 떠올랐다. 수앙을 찾아야 하는데 몸에서 뿌리가 내린 듯 움직일 수 없었다. 땀을 뻘뻘 흘리며 기를 썼다. 손가락이 움직이려는 것 같았다. 손만 움직일 수 있으면 몸도 일어날 수 있으리라 이를 악물며 힘을 내는데 또 독한 약내를 맡았다. 정신을 놓치는 찰나 간에 누군지도 모르는 자들에게 맹렬한 살의를 느꼈다.

혜정원 처소에서 깨어났을 때 납치된 날로부터 이레가 지났으며, 수앙의 손가락이 잘린 것과 사경을 헤매고 있다는 말을 들었다. 그때는 그대로 죽었더라면 좋았을 거라 여겼다. 수앙이 영영 깨어나지 못하면 나도 죽으리라 작정했다. 능연이 누워 있는 동안 유자선이 여러 번 찾아왔다. 수앙의 생사가 불분명하던 그 즈음, 유자선이 능연에게 몇 번이나 말했다.

"당신 탓이 아닙니다. 아기씨는 깨어나실 겁니다. 혹시 못 깨어나신다 해도 그 또한 당신 탓이 아닙니다. 당신은 최선을 다했고 최선을 다하고도 일어난 일은 불가항력인 겁니다. 기운을 내세요. 당신이 먼저 일어나 기운을 차린 뒤 수앙아기씨가 일어나면 보살펴야지요."

능연은 납치사건 두 달여 만에 자선과 간단히 혼례를 치렀다. 수앙의 의식이 돌아온 직후였다. 수앙이 살아나 능연도 살았다. 수앙이 살아나 이 아이들도 살게 되었다. 다행이다. 그때 죽지 않아 지금 아이들을 살릴 수 있게 되었지 않은가. 능연은 눈을 뜬다. 환한 달빛 속에 훤한 길이 나타난다.

사신총령四神總令

수앙의 내림굿이 열릴 때 강하는 우물마당이 내려다보이는 숲 자락 외곽의 갈참나무 위에 있었다. 흰 옷의 수앙이 굿판에 나오는 걸 봤다. 수앙이 작두날로 위로 올라가 그 위에서 펄쩍거리며 춤을 출 때는 차마 못 보고 눈을 감았다. 작두날에 베인 듯이 눈물이 났다. 어찌 이리하실 수가 있습니까. 별님을 원망했다. 해도 너무 하는구나. 수앙도 원망했다. 아무리 무녀 노릇을 해야 된다손 작두춤까지 춘단 말이냐.

와아, 함성이 들렸을 때에야 눈을 떴다. 선등을 이룬 수앙이 작두탑에서 내려오고 있었다. 수앙이 무사히 내려와 사람들 틈에 끼어서 신들을 상징하는 곡식을 찾아내기 시작했다. 구경꾼들이 덕적골이 들썩일 정도로 수앙을 찬탄했다. 그걸 지켜보고 있자니 또 가슴이 미어졌다. 별님을 비롯한 어른들을 이해하기도 어려웠다. 천여 수는 될 사람들 앞에서 선등을 이루니 대번에 유명해지는데, 내일이면 온 도성 사람이 다 알게 될 터인데 수앙의 이름을 이처럼 높여서 대체 어쩌시려는 것인가. 서방과 같이 살라는 말씀이신지 살지 말라는 말씀이신지.

나무에서 내려와 덕적골을 벗어나올 때 앞날이 막막하고 아득했다. 수앙이 얼마나 유명해지든, 어떤 무녀로 살든, 강하가 그걸 알려면 수앙의 무녀 수업이 끝날 때까지 기다려야 하는데 그날이 언제일지 알지 못했다. 미래는 모르되 칠지선녀 심경 덕에 가끔 특별한 일을 하게 되리라는 건 금세 알게 됐다.

내림굿 때 수앙이 한 아이의 어미에게, 아이를 찾을 수 있으리라고 공수했다. 별님은 아이들을 찾아내라 명했고 혜원과 여진과 능연을 비롯한 무진과 호위무절들이 명을 수행했다. 아이들을 납치해 사경에 빠뜨린 진강포의 맹학성을 죽였다. 맹학성이 저 홀로 동굴에서 돌연히 죽은 것처럼 꾸며 놨으나 아들의 주검을 발견한 그 아비가 우포청에 신고했다. 우포청에서 종사관 백일만이 군관, 순검, 포졸들을 거느리고 나가 맹학성이 넘어져 단순 돌연사한 것으로 확인했다.

사신경이신 김상정 도방께서 딸이며 며느리인 수앙의 내림굿을 보기 위해 상경해 필동 저택에서 머무시는 참이었다. 수앙의 내림굿을 지켜보지는 못하셨으나 딸자식으로 키웠는지라 외면치 못하셨던 것이다. 경령 회합이 예정된 것 같기도 했다. 그제 강하가 퇴청하자 완유헌으로 들어오라는 기별이 와 있었다. 완유헌으로 가니 사신경과 현무부령이 함께 계셨다. 사신경이 지켜보는 가운데 현무부령 이무영이 명을 내렸다.

"현무 무진 김강하, 오부의 무절들을 데리고 황해도 연백의 마항포로 가거라. 연안읍에 성도기라는 청룡부 무진이 있고, 백천 더운 샘 골에 현무부 무진 탁호중이 있느니. 그들과 연계하여, 마항포의 선장들 중에서 기씨 성 가진 놈을 찾아라. 놈이 아이들을 잡아다 어디다 팔아넘기는지 배후를 캐고 아이들을 구하되, 와중에 죽여야 할 놈들이 생기면 죽여라. 사신총령이다."

사신경께서도 덧붙이셨다.

"사나흘 뒤에 나도 뒤따라 연백으로 가 볼 것이니 앞서가 움직이고 있으라."

강하가 여쭸다.

"아버님께서 몸소 움직이셔야 할 정도로 큰일이라 여기시옵니까?"

"사람 사는 세상에서 아이들을 납치해 매매하는 작태보다 더 큰일이 무엇이겠느냐. 어떤 놈들이 그런 일을 벌이고 있는지 내 눈으로 보련다. 또한 어쩔 수 없이 그와 같은 놈들을 죽이게 될 경우 그 책임은 네가 아니라 내게 있음을 너와 네 휘하들한테 보여 주기 위함이다. 어쨌든 나는 연안읍성에 있는 우리 점포로 가서 네게 기별할 것이다."

어제 아침 등청한 강하는, 완유헌에 계시는 어머니 영혜당의 중환을 핑계대고 열흘간의 수유를 냈다. 강하가 비연재로 돌아오니 간밤의 연통에 의해 무절 다섯 명이 비연재로 들어와 있었다. 청룡무절 민미선, 백호무절 장유섭, 주작무절 염사선, 현무무절 진보흠, 칠성무절 우동아 등이었다. 방산이 지의갑紙衣鉀 여섯 장을 내놓으며 말했다.

"바다 쪽에는 해적들 때문에 총들이 많다는구먼. 총이 많으면 총탄 날아다닐 일도 있겠지. 이 종이갑옷이 총알을 다 막아 주지는 못해도 약간은 도움이 될 게야. 혹시라도 전투가 있을 법한 상황에서는 부적이라 여기고 덥고 갑갑해도 착용토록 하시게. 그리고 손톱 하나도 다치지 말고 돌아와서 반납들 하시게나."

처음 보는 종이갑옷에 무절들의 눈이 동그래졌다. 작은 종잇조각들이 비늘처럼 엮인 모양은 예사 갑옷과 비슷한데 비할 수 없이 얇고 가벼웠다. 게다가 차곡차곡 접어 돌돌 마니 바랑 한구석에 쏙 들어앉았다. 지의갑의 실용성은 나중 일이고 우선은 마음에 더 좋은 것 같았다. 든든했던 것이다. 다섯 무절들이 모두 말을 타고 왔는바 여섯 필의 말이 마항포로 향했다. 스물여덟 살의 강하가 연장이고 동아가 스물한 살, 장유섭과 염사선이 스물다섯, 민미선과 진보흠이 스물네 살이었다.

내리 말을 달린 덕에 하루 만에 연안읍성에 가까운 성도기 무진의 집으로 들어선다. 해 질 녘이다. 강하 일행이 총령을 받아 왔다는 걸 알게 된 성 무진의 집에 경계가 펼쳐지는 사이 강하는 현무부 무진인 자신의 신분과 연백에 온 이유를 고했다. 쉰 살쯤 된 듯한 성 무진과 그 아들 상범이 강하의 설명에 놀란 눈을 떴다. 성 무진이 물었다.

"아이들을 납치해다 무슨 일인가를 벌이는 놈이 마항포에 있단 말이오? 예서 겨우 삼십 리 밖인데?"

"일단 알아봐야겠지요. 마항포에서 배를 부리는 기씨 성의 사람을 혹시 아십니까?"

"마항포는 근동 연안에서 가장 큰 포구요. 선주가 여섯쯤인가 그렇고 그 선주들마다 많게는 서른 척도 넘는 배를 부리는데 배마다 선장이 있지요. 다른 포구의 선주들도 마항포에다 어창이나 선창을 두고 있고요. 우리 집에서 거래하는 선주는 박주언인데 그 집안도 우리 세상에 들어 있기에 나는 수십 년 동안 그 집과만 거래를 해왔소. 그 외는 별다른 알음아리가 없어 기씨 성의 선장은 모르겠소. 그렇지만 박 선주나 그 휘하들 중에는 기씨에 대해 아는 사람이 있겠지요. 우선 박 선주를 만나 봐야겠소."

"박주언 그분은 몇 품이십니까?"

"청룡부 칠품이고, 그 아들 연석이는 사품이오."

"그 댁은 어딘데요?"

"여기서부터 마항포 쪽으로 다 가서 오룡평에 집이 있고, 마항포에도 어창이며 점포가 있소. 우리가 움직이게 되면 어차피 그들도 움직여야 하오."

"허면 어르신, 우선 아드님께서 저를 마항포 쪽으로 안내하게 해 주시겠습니까?"

"그야 당연지사고, 우리 쪽 사람들도 같이 좀 가셔야지?"

"아니요. 이쪽 분들은 저희가 요청할 때 움직여 주시고, 저희들도, 낯선 사람들이 한꺼번에 나타나면 이목을 끌 터이니 일단 저만 가 봐야겠습니다. 아드님과 함께요."

"딴은 그렇구려. 아무튼 우선 저녁이나 잡숫고 움직이시구려."

"그쪽 가서 상황을 살피면서 먹는 게 좋겠습니다."

어떤 상황이 벌어질지 몰라도 가능한 조용히, 신속히 처리하고 잽싸게 사라져야 한다. 그러자면 마항포구에 사람들이 움직이고 있을 저녁에 가 봐야 무슨 일이 벌어지고 있는지, 어떻게 대응해야 할지 길이 보일 것이다.

"그럼 다녀오시구려. 애비야, 김 무진 잘 모시고 조심히 다녀오너라."

성 무진의 말에 청룡무절 상범이 가벼운 행장을 꾸렸다. 강하는 일행들한테 쉬고 있으라 한 뒤 상범과 길을 나섰다. 구룡평 박 선주네로 찾아가기엔 늦은 시각이거니와 어쩔 수 없는 경우 이외에는 사람을 덜 봐야 하므로 강하는 상범에게 마항포로 곧장 가자 한다. 이목을 끌지 않으려 말도 두고 걷기로 한다. 초여름 저녁 삼십 리 길은 두어 식경 걷기에 맞춤하다. 상범이 포구에 관한 이모저모를 설명해준다. 마항포구에 집은 오십여 채이고 주막은 여섯 군데이며 날마다 백여 척의 고깃배와 짐과 사람을 실은 배가 드나든다. 배들은 거의 하루 두 차례의 들물 때에 들어오며 들물과 날물 시각이 날마다 조금씩 차이가 나는지라 포구가 붐비는 시간도 날마다 차이가 난다. 지금은 날물 때라 포구가 한가할 것이다.

마항포에 도착하니 어두운 바다에서 밀려온 갯내가 훅 끼친다. 날물 때라 한가한 포구는 군데군데 불들이 켜졌고 불 켜진 곳에서는 사람들이 모여 일을 한다. 그물을 털고 물고기를 다듬거나 소금을 뿌리고 배를 손질하며 청소를 한다. 주변을 살피던 상범이 강하를 이끌고 한 주막으로 들어섰다. 한차례 손님을 치렀는지 마루를 치우던 중년의 주모가 반색하며 맞는다.

"아이구우, 성 선달, 이 시각에 어쩐 일이시래요?"

"웃녘 사는 동무가 모처럼 찾아왔는데 싱싱한 바다 것을 맛보이고 싶어서 이리 나왔어요. 그런데 저녁밥이 좀 늦었지요?"

"늦어도 해드려얍지요. 곡차나 한잔씩 하고 계시는 동안 부리나케 해올리리다. 올라들 오시어요. 어마나, 세상에나. 이제 보니 같이 오신 분이 헌칠한 선랑이시네!"

강하가 쑥스러워하며 객청으로 오르는데 상범이 주모한테 묻는다.

"제 동무만큼 잘생긴, 물좋은 생선이 있어요?"

"해 질 녘에 잘 생긴 민어가 들어와서 갯물 속에 넣어 놨는데 잡으리까?"

"살아 있어요?"

"낚시로 잡아 갯물 속에 넣어 들어온 것이라 아직 펄떡펄떡 합니다."

"그럼 그거 잡아 주세요. 생으로 몇 점씩 먹게 회쳐 주시고, 초무침하고, 맑은 탕으로도 끓여 주시고요. 곡차는 뭐가 있어요?"

"소주차하고 낮에 거른 탁주차지요."

"우선 탁주차 한 사발씩 주시고 회 낼 때 소주차 주세요. 그런데, 그 기씨 선달은 지금 포구에 있어요?"

"기씨 선달이라면 제물포구 정 선주 네의 형주 선장을 말씀하시오?"

"맞습니다. 제물포 선주 배를 몬다는 기형주 선장."

"선달님이 기 선장을 아시우?"

"연전에 저쪽 송아리 주막에서 같이 술을 마셨던 적이 있어요. 활달하고 화통하던데요. 대처에서만 살아온 내 동무한테 바다 얘기나 들려주라고 청해 볼까 싶어서요."

상범의 넉살이 상당하다 싶어 강하가 속으로 웃는데 주모가 도리질을 한다.

"에이그, 그러려면 몇 날은 기다려야 할걸요."

"왜요? 배 몰고 나갔어요?"

"보름 전쯤인가? 음, 초사흘 날물 따라 나갔으니까 보름 전 맞네!"

"멀리 갔나 봐요?"

"어디까지 갔는지는 몰라도 안 가는 데가 없는 것 같긴 합디다."

"보통 얼마 만에 돌아오지요?"

"길면 한 달, 짧으면 보름, 더 짧으면 열흘 정도인 것 같습디다. 포구 동쪽 끝에 있는 정 선주 네 어창 쪽에 가면 언제 들어올지 대충 알 텐데, 게도 오늘은 얼추 닫혔을걸요."

"아쉽네요. 아! 기 선장이 몇 살이나 됐어요? 저보다 젊어 보이던데요?"

"서른댓 살은 됐을 텐데, 무슨!"

"강단이 있어서 젊어 보였나? 암튼 마항포 살면서 제물포 선주의 배를 부릴 정도면 기 선장의 배 부리는 재주가 비상한가 봐요?"

"뱃길을 땅길 같이 오가는 걸 보면 재주든 뭐든 좋긴 하겠지요."

"그러게요. 곡차부터 주십쇼."

주모가 대청에서 내려가 부엌으로 들어간 지 얼마 아니 되어 주막 중노미가 탁주 병과 김치며 어포 등이 얹힌 상을 들고 나타난다. 상범이 두 잔에다 술을 채우고는 제 잔을 들며 말한다.

"자아, 모 선랑! 오늘 기 선장한테 바다 얘기 듣는 건 틀렸으니 저녁이나 먹읍시다."

점심 때 주막에서 국밥 한 그릇씩 급히 먹고 달려온 터라 시장했다. 강하가 술잔을 입에 대자마자 상범은 술잔을 비운다. 탁주부터 시작해 민어회와 소주를 마시고 탕과 함께 밥을 먹는 사이 손님들이 들어와 자리를 잡거나 한두 잔씩 마시고 나가기를 반복한다. 두 번째 술병을 청했을 무렵 세 명의 젊은 사내들이 들어온다. 술 한 병을 거의 혼자 마시고도 거뜬하던 상범이 강하한테 눈을 찡긋하고는 갑자기 혀 고부라진 소리로 누군가를 부른다.

"어이 거기, 박연석 씨."

상범보다 한두 살 아래일 성싶은 사내가 마당의 평상에 걸터앉으려다 말고 눈을 게슴츠레 뜨며 객청으로 다가든다. 상범을 알아보고 반색한다.

"상범 형님! 여기 웬일이요? 골샌님인 줄 알았는데 이런 시각에 술청에 다 앉아 있고?"

"밥 먹고 있는 거지 술청은 무슨! 이리 올라오게. 동무들도 함께 올라오시고. 민어 한 마리가 어찌나 큰지 둘이서 밤새 먹어도 남게 생긴 참인데 잘됐소."

연석과 그 일행에게도 잘된 일인지 스스럼없이 객청으로 올라와 앉는다. 상범이 강하를 평양에서 온 동무 모강수라고 소개하고 연석이 제 일행들을 일수와 병선이라 소개하며 수인사가 오간다. 청룡부사품이라는 연석은 근래에는 배를 덜 타고 제 부친과 더불어 어창이며 선창들을 관리하며 지내고, 일수와 병선은 연석을 돕는 일꾼들이다. 늦은 밤 들물 때 배들이 들어올 것이라 집에 못 가고 시간을 보내기 위해 주막으로 들어왔다. 일수와 병선은 계원이 아닌지 상범과 연석의 대화는 예사롭다. 술잔을 비우고 난 연석이 강하한테 제 잔을 내밀고 술을 따라주며 묻는다.

"모강수 형님이라 하셨지요? 상범 형님하고 어떻게 동무시랍니까?"

"아버님들끼리 동무시라 우리도 어릴 때 보고 오랜만에 만났어요."

"아, 그러시구나. 연세가 어찌되시는데요?"

"연세랄 건 없고, 스물여덟 살이오."

"상범 형보다 높으시니 저한테도 형님이시네요."

"그리 불러 준다면 나도 곡차를 드려야지."

강하는 술잔을 비우고 연석의 잔을 채워 준다. 일수와 병선의 잔도 채워 준다. 느닷없는 아우가 넷이나 생기는 바람에 강하는 모처럼 여러 잔의 술을 마시게 됐다. 그 틈에 상범이 술주정하듯 기형주 얘기를 끼워 넣는다.

"기형주 그 형님은, 요즘도 곡차를 많이 드시나?"

상범의 능청에 연석이 눈을 크게 뜨며 반문한다.

"형이 기형주를 어찌 아오?"

"재작년엔가 송아리 주막에서 어울려 곡차를 마신 적이 있거든. 완전히 말술이던데? 내가 술값 내기로 됐으면 곤란하겠다 싶을 만큼 많이 마시더라고. 그 형님이 돈은 자기가 낼 테니 걱정 말라고 했기 망정이지."

"바다에 떠다니는 사람들이나 바닷가에서 갯내 맡는 사람들이나, 다 말술이잖소. 기형주는 오히려 술을 덜 마시는 것 같던데?"

"자네보다 열 살은 많은 형님한테 말말이 이름자를 그냥 부른다? 왜, 사이가 안 좋아?"

"어울린 적이 없으니 사이가 좋고 말고 할 것도 없지."

"어울린 적도 없다면서 왜 삐딱한데?"

"우리 선원 여럿을 빼갔잖소."

"그랬어?"

"우리뿐만 아니라 이 포구에 적을 둔 선주들이 다 그자한테 젊은 선원 한둘은 앗겼소. 어릴 때부터 배를 타 바다에 훤해지고 고기 잘 잡고 한창 힘쓰게 됐다 싶은 놈들이 그자 배로 갈아타거나 그자 주선으로 다른 포구로 가 버리니, 기형주가 곱겠소?"

“기 선장이 속한 제물포 정 선주가 일삯이 좋은 모양이지?”

“그게 참 오리무중이요. 바다를 파먹고 사는 사람들의 일삯은 팔도 어디나 비슷할 거거든. 청국이건 왜국이건 같을걸? 배를 이용해 올린 수입에서 관가에 낼 세 몫, 선주 몫, 선장 몫, 상등 어부 몫, 중등 어부 몫, 하등 어부 몫, 초짜 몫이 정해져 있다고. 그런데 기형주가 속한 정 선주 네는 일 삯이 높다는 소문이 나서 젊은 선원들이 그쪽으로 가고 싶어 안달을 한다니까. 할당률이 실제 높은 것도 같고.”

“일삯이 높으면 그쪽으로 가고 싶어하는 게 자연스럽지 않아?”

“어떻게 그럴 수 있는지, 그게 수상하다니까요. 가령 열 사람이 배를 타고 나가 이 민어 한 마리를 잡았다 치면, 대가리부터 꼬리지느러미까지 몫몫이 다 정해져 있는데, 그들은 어떻게 더 주냐는 거지. 무슨 수로!”

강하가 이제부터 알아봐야 할 게 그 점이다. 무슨 수로 젊은 선원들을 홀리는지. 진강포 맹학성이 말한 대로 기형주가 유괴하고 납치한 아이들로 장사를 한다면 어디다 파는지. 그 장사에 누가 관련되어 있는지. 연석과 병선과 일수가 번갈아가며 자신들이 아는 기형주에 대해 한마디씩 내놓는다.

읍동에 있는 기형주의 집은 규모가 상당하고 윤기가 나는 모양이다. 본처가 낳은 자식이 다섯이나 되고 한 마을에 둔 첩실도 자식 둘을 기르고 있다. 마항포구 사람들은 제물포의 선주 정가에 대해서는 그다지 아는 바가 없다. 뱃길로만 쳐도 마항포에서 강화도 연안을 지나야 제물포가 나오기 때문에 배를 타지 않는 사람들에게 제물포는 도성이나 다름없이 멀다.

어쨌든 기형주가 황해 연안포구들을 돌아다니며 아이들을 잡아

다가 어딘가에 파는 게 사실이라면 그를 죽여야 하는데 일곱 아이가 아비 없는 자식이 되게 생겼다. 그래서 강하는 진강포구의 맹가 놈이 제 죄를 면해 보려고 그저 둘러댄 말이기를. 제 자식을 일곱이나 둔 작자가 남의 자식들 목숨은 아랑곳하지 않는 놈으로 밝혀지는 일이 없기를 바란다.

강하 일행이 이틀을 지내고 난 석양 들물 때에야 기형주가 포구로 들어왔다. 고깃배인데 고기 대신 짐을 잔뜩 부려 놓은 그가 일꾼들과 어창을 정리하느라 부산을 떨더니 일꾼 두 명을 남기고 무리지어 읍동 쪽으로 향한다. 기형주를 아울러 열한 명이다. 마항포에서 읍동까지는 시오 리쯤 됐다. 걸어서 몇 개의 동리를 지난 기형주 무리가 중간에 있는 주막으로 접어든다. 화암마을 입구다. 오 리쯤 가면 처자식들과 부모가 있는 읍동인데 기형주가 주막으로 들어서는 까닭이 뭔가. 멀찌감치 뒤따르던 강하는 염사선과 우동아를 짝패로 하여 주막으로 들어가게 한다.

"둘이 들어가서 저녁을 먹게."

염사선이 제 배를 소리나게 두드리며 말한다.

"밥을 또 먹습니까? 이러다 배 터져 죽겠습니다."

어둠 속에서 무절들이 낄낄거린다. 기형주를 기다리다, 기형주가 포구로 들어와 포구를 떠나기까지 또 기다리느라 마항포구의 주막들을 모두 섭렵했다. 배가 부르기는 했다. 우동아가 쏘아붙인다.

"배고파 우는 사람들이 천지에 널렸는데 별 타령을 다 하시네요."

우동아가 제 초립을 만지며 앞장서자 염사선이 고개를 젓고는 따라간다. 동아리 여섯 중에 그 둘만 미혼인 탓에 이 며칠 짝지어 움직일 때는 둘을 자꾸 묶는 버릇이 생겼다. 은연중에 둘을 붙이고 있는 셈인데 사선과 동아는 덤덤히 할 일만 했다. 둘이 주막으로 들어가는 걸 지켜보던 보흠이 후유, 한숨을 쉬더니 물어온다.

"대장, 언제까지 지켜봅니까?"

"기형주가 주막에서 잠을 잘 것 같지는 않고, 나올 때 잡지."

"그사이에 우리는 뭘 합니까?"

"별이나 세던지."

"낮에는 도둑놈처럼 숨어서 염탐질하고 밤에는 별이나 세고. 좋네요."

강하는 길 위쪽 숲으로 오른다. 다복솔이며 어린 나무들이 우거졌다. 발로 풀을 뭉개는데 유섭과 미선과 보흠이 올라와 누울 자리를 찾느라 풀을 뭉갠다. 풀섶에 누우니 길 아래쪽으로 펼쳐진 밤하늘이 보인다. 사월 이십일일. 기울어지는 달은 아직 뜨지 않았고 별은 총총 걸렸다.

"아, 각시 보고 싶다."

보흠 건너에 누운 미선의 목소리다. 보흠이 대꾸한다.

"혼인한 지 여러 해 됐다면서 아직도 각시가 막 그립고 그래?"

보흠이 미선과 동갑이라 말을 텄다. 강하는 베개로 삼은 바랑을 누르곤 모로 눕는다. 풀을 뭉개고 누운 탓에 풀 비린내가 짙다. 미선의 낮은 목소리가 들린다.

"그대는 안 그래?"

"난 딸애가 생각나긴 해도 집사람이 그립지는 않은데?"

"애기가 몇 살이라고?"

"세 살."

"이쁘겠다. 애기 이름이 뭐야?"

"꽃님이. 이제 막 걷기 시작했는데 말문도 트였어. 날 부를 때 아부라고 해. 꽃님이가 아부아부 하면서 아장아장 다가들면 나는 뼈가 흐물흐물 녹는 것 같지. 그대는 아직 애가 없댔지?"

"아직 안 생기네."

그 집에도 꽃님이가 있구나! 둘의 속삭임을 들으며 미소 짓던 강하가 살풋 졸음기를 느끼는 참에 휘파람 소리가 들린다. 사선이 내는 신호다. 길로 내려서니 사선이 속삭인다.

"이 주막 주인이 기형주 무리하고 한통속인 것 같습니다. 진강포에 며칠 늦게 닿았더니 맹가가 죽었다는 소문이 났더라는 말을 주고받았어요. 요새는 섬에 가져다줘야 할 물건 구하기가 쉽지 않다는 소리도 했고요."

"현재 주막에 사람은 몇이나 있던가?"

"주인 내외와 중노미 둘에 늙은 드난꾼 하나, 젊은 논다니들이 몇 보이고요. 화암마을 사람 셋이 논다니들을 끼고 술을 마시고 있습니다. 기형주와 그 일꾼들이 있고요. 그런데, 주막 주인이 기형주와 함께 지금 연안읍으로 누굴 만나러 들어가려는 같습니다. 일꾼들은 여기서 묵을 것 같고요."

"그럼 우 무절을 데리고 나와서, 가던 길 가는 듯이 앞서다가 몸을 들이고 있게."

"그런데 기형주가 총을 가진 것 같습니다."

옆에 있던 보흠이 탄식하듯 말한다.

"총이 개나 소나 다 지니는 물건이 된 모양인데, 우리는 없네."

공식적으로 총은 각 군영의 군기고에만 있어야 하고 전시에만 사용할 수 있다. 사사로이 총을 제작하는 건 참수형에 해당하는 중죄이고 개인이 총을 소지하는 것도 마찬가지다. 그래도 총은 은밀히 제작되고 암암리에 유통된다. 만단사 거북부에 속한 강경상단에서 만들어 내는 총은 뱃길을 통해 청국으로 건너갔다가 조선으로 밀반입되어 거액에 팔리는 것 같았다. 물론 조선 내에서 직접 팔리기도 할 터였다.

"기형주가 총을 어디다 차고 있던가?"

"오른쪽 옆구리에 총주머니를 차고 도포로 덮고 있습니다."

"권총을 가졌구먼. 그럼 우리가 그를 공격할 때 총 먼저 무력화시켜야 한다는 것을 다들 유념토록 하고, 염 무절은 여상하게 들어가 우 무절을 데리고 나오게."

사선이 동아를 데리고 나와 연안읍 방향으로 걷는다. 강하는 미선과 보흠에게 그 뒤를 따르게 했다. 이윽고 기형주와 주막 주인이 사립 안에서 나와 사선과 동아가 간 방향으로 향한다. 익숙한 길인지 두 사람은 등불 없이도 잘 걷는다. 오 리쯤 걸어 자봉재에 닿는다. 그리 높지 않은 고개지만 숲이 짙다. 길에서 멀지 않은 숲 안쪽에 상엿집이 있는 걸 살펴둔 터이다. 고개를 넘으면 자봉골이 나오고 오 리쯤 더 가면 연안읍성이 나타난다.

자봉재에서 강하는 미선과 유섭에게 두 사람을 잡으라 신호했다. 낯선 기척에 놈들이 총과 검을 빼 들며 등을 마주대고, 보이지 않는 적들을 겨눈다. 주막 주인이 소리친다.

"웬 놈들이냐?"

잠시 가만하던 유섭이 기형주의 오른 어깨를 겨냥해 단검을 내던

진다. 동시에 미선의 단검이 주막 주인의 오른 어깨를 향해 날아간다. 놈들이 총과 검을 놓치며 비명을 지르며 나뒹군다. 사선과 보흠이 놈들에게 달려들어 손을 묶고 재갈을 물린다. 동아가 놈들의 무기를 수거하고 머리에서 떨어진 벙거지 등을 주워 모은다.

강하는 무절들에게 놈들을 상엿집으로 옮기게 했다. 동아가 부시를 켜 촛불을 밝혔다. 유섭이 기형주의 어깨에서 단검을 뽑아 내자 그가 재갈이 물린 채 몸을 뒤튼다. 유섭이 기형주의 도포 띠를 풀어 그의 어깨에서 흐르는 피를 지혈시킨다. 미선도 주막 주인에게 꽂힌 자신의 단검을 뽑아 내고 똑같이 지혈을 시킨다. 강하는 사선과 보흠에게 바깥에 나가 경계를 서게 했다.

"놈들의 품이며 주머니 등을 뒤져 보게."

강하의 말에 놈들이 주변을 두리번거리다 재갈 물린 입으로 신음인지 분노인지 모를 소리를 낸다. 미선이 주막 주인의 뺨을 사정없이 치고는 품을 뒤진다. 호리병, 돈주머니, 손바닥만 하게 접힌 종이 등이 나온다. 미선이 주막 주인에게서 나온 물건들을 강하 앞에 차려놓고 물러난다. 강하는 접힌 종이를 펴 본다. 황해연안 지도다. 호리병에는 술이 들었고 주머니에는 넉 냥쯤 될 만한 돈이 들었다.

강하가 신호하자 유섭이 기형주의 얼굴을 주먹으로 내지른다. 놈이 뒤로 나가떨어지면서 상여 틀의 단강에다 머리를 부딪친다. 코피를 흘리며 쓰러진 기형주의 가슴팍을 미선이 사정없이 걷어찬다. 거푸 세 번을 차고 아무 일도 하지 않았다는 듯이 기형주를 앉혀놓고 품 속과 소매 속과 주머니 등을 뒤진다. 총탄 여섯 개가 든 탄창과 손칼과 부시주머니, 돈주머니가 나온다. 주머니 두 개가 더 나오고 손수건이 나오고 첩지며 먹소용도 나온다. 기형주한테서 나온 물건들을 강하 앞에 차려놓은 유섭이 물러난다. 돈주머니에는 열 냥쯤 이 들어 있다. 다른 주머니에는 노란 알갱이들이 가득 들어 있다. 사금이다. 또 하나의 주머니에도 사금이 들어 있다. 두 주머니의 사금을 합치면 작은 탕기 하나쯤은 채울 만한 분량이다. 금을 만져 본 일이 별로 없는 강하는 금 알갱이의 무게나 값어치를 따질 만한 식견이 없다.

"우 무절!"

"예, 대장."

"이 사금이 얼마치나 되는지 가늠할 수 있나?"

"죄송합니다. 못합니다."

"장 무절은 할 수 있나?"

"금가락지를 구경한 적은 있습니다만 그런 건 처음 보는지라 값어치를 따질 안목이 없습니다. 죄송합니다."

"나도 몰라 묻는 건데 그대들이 죄송할 건 없지. 아무튼 우리는 구경도 해본 적이 없는 사금을 이만큼이나 지닌 이 자들의 정체를 파보긴 해야겠구먼."

기형주가 당하는 모습을 지켜보는 주막 주인이 공포에 질려 떨었다. 강하가 신호하자 유섭이 주막 주인의 재갈을 푼다. 그사이 정신이 든 기형주가, 금 주머니 두 개를 양손에 들고 흔들어 보는 강하를 째려본다. 강하가 주막 주인한테 묻는다.

"화암골 주막 주인, 함자가 어찌되시나?"

"바, 박운철이오."

"박운철, 그리고 기형주, 잘 들어라. 오늘 밤 여기서 한 사람이 죽을 것인데, 너희 둘 중 하나다. 너희들이 황해 연안포구들에서 아이들을 사다가 어딘가에 넘긴다는 사실을 듣고 왔다. 이 사금은 아마도 사라진 아이들과 관련이 있겠지? 기형주 너는, 진강포에서 맹학성이 급작스레 죽었다는 소식을 듣고 왔을 터이다. 맹학성처럼 너희 둘 다, 죽어 마땅하나 너희들이 해온 짓을 먼저 말하는 자는 살 터이다. 한편으로 너희들 뒤에 대단한 누군가가 있어, 그에게 충성하고자 입 꼭 다문 채 죽겠다고 해도 말리지는 않겠다."

"내, 내가 말하겠소."

먼저 입을 뗀 박운철을 향해 강하가 묻는다.

"아이들을 잡아다 넘기는 곳이 어느 섬이야?"

"귀섬이오. 이도耳島라고도 불리오."

금 주머니를 바닥에 내려놓은 강하는 박운철에게서 나온 지도를 펴 불빛에 비쳐본다. 섬들이 그려져 있긴 해도 이름이 적혀 있지는 않다.

"여기 어느 동그라미가 귀섬인데?"

"강화도에서 작은 연평섬 가는 중간에 귀모양으로 그려져 있는 게 귀섬이오. 귀섬은 무인도라 합디다. 제물포와 마항포의 중간쯤 된다고."

듣고 나서 다시 보니 귀섬만 모양이 다르게 그려져 있다. 큰 섬일리 없는데 크게 그려진 까닭은 지도가 귀섬의 위치를 표시하고 있기 때문인 것 같다.

"아이들을 무인도로 데려가 뭘 하는데?"

"사금을 채취하게 하오."

"이 주머니에 있는 사금이 거기서 나온 건가? 그 아이들이 캔 거야?"

"그렇소."

"언제부터?"

"제물포의 정 선주가 십여 년 전에, 그 섬을 건어창으로나 쓸까 하여 헐값에 매입했는데 매입하고 보니 사금이 나왔답디다."

"귀섬에서 사금이 많이 나?"

"섬 곳곳에다 화약을 묻어 폭파시킨 뒤에 찾았는데 섬 가운데 골짜기에서만 나는 걸로 판명난 것 같고 많은 양은 아닌 듯싶소. 일 년 내 모아야 팔십여 냥쭝이나 될까, 그런 모양이오. 그나마 처음 몇 년 그랬고 근 몇 년은 사금 량이 대폭 줄어서 작년에는 사십 냥쭝 정도 모았다고 들었소."

금값은 은값의 열 배가량이다. 여인들의 금가락지 하나가 보통 금 한 돈에서 석 돈 정도로 이루어진다고 들었다. 금 열 돈이 한 냥쭝이니 팔십 냥쭝 무게의 금을 두 돈짜리 금가락지로 치면 사백 개나 된다. 강하의 깜냥에는 어마어마한데 박운철은 별 것 아닌 것처럼 말한다.

"그래서, 일삯을 안 주고, 세금도 내지 않기 위해 아이들을 잡아다 쓰는 거로군?"

"첨에는 소문이 나지 않게 하려고 배꾼이 되겠다는 아이들을 모아서 데리고 들어갔소."

"십 년 전에 아이들이라면 지금은 스물 몇 살의 장정들이 되었을 터인데, 순순히 갇혀 있어?"

"아이들이 죽기 일쑤여서 그리 큰 아이들은 없는 모양이오."

"섬을 탈출하려는 아이들을 죽이기도 했을 터이지?"

"여, 여기 기형주가 다 해왔기 때문에 나는 그런 것까지는 모르오."

머리를 다쳐 혼미해 있던 기형주가 제게 뒤집어씌우는 소리에 정신이 든 건지 소리를 지른다.

"네 이놈 박가야, 첨에 애들 모아 준 게 네놈인데, 똑같이 해와 놓고 어디서 오리발이야?"

박운철이 도리질하며 강하에게 말한다.

"아니, 나는 첨에 애들을 배꾼 만드는 줄 알고 모아 줬소. 사금 이야기도 나는 일 년은 더 지나서 들었소. 첨부터 알았더라면 아니했을 게요. 나중에 보니 발을 뺄 수 없게 돼 버려서 계속 한 게요."

짐짓 고개를 끄덕여 보인 강하가 박운철 앞으로 다가앉으며 입을 연다.

"현재 귀섬에 아이들이 몇이나 있는데?"

"재작년인가 들을 때 예순 명쯤이라고 했던 것 같소."

놀랍고 기가 막히다. 수앙이 납치되면서 그 자신은 물론 주변 사람들이 죄 지옥을 겪었다. 수앙을 찾아냈고 구했지만 그 사건의 후유증은 계속되고 있다. 최소한 예순 명쯤의 아이들과 그 아이들 집에서 같은 일을 겪고 있는 것이다.

"아이들을 부리고 감시하는 자들도 있을 텐데, 몇이나 되지?"

"열 두엇이 번갈아 지킨다고 알고 있소. 그중 사금채취 기술자며 조수가 있고. 기 선장이 다니면서 양곡이며 물자들을 가져다줄 때 한 번씩 교대하는데, 기 선장 배에서 일꾼으로 일하는 자들이 그들이오. 오늘 나온 자들이 한 달여 만에 나왔고요."

"기 선장 배만 드나들고?"

"정 선주도 간혹 한 번씩 들어갔다 오는 걸로 아오."

기형주가 박운철을 들이받을 듯이 손발 묶인 몸을 뒤챘다. 우동아가 그의 뺨을 사정없이 후려친다. 강하는 기형주를 무시한 채 박운철에게 묻는다.

"당신은?"

"가 보고 싶어도 끼워 주지 않아 못 가 봤소."

"들어간 아이들이 나온 적은 한 번도 없고?"

"그, 그럴 것이오."

"그렇다면 당신이 정 선주를 위해 하는 일은 무어야? 포구 쪽도 아니고 산골이나 다름없는 화암골 입구 주막에서 무얼 하는 거야?"

"화암골이 포구와 읍성 사이의 한중간인 데다 인근 동리들의 중간이기도 해서 기 선장 휘하 사람들이 내 집에서 모이오. 집이 먼 자들은 자기도 하고. 포구 주막에서 어울리다 보면 아무래도 사금에 관한 소문이 번질 위험이 있어서."

"그래서 번다하지 않는 산골 주막에 논다니 여럿이 있는 거고?"

"그런 셈이오."

"지금 당신들이 만나러 가는 사람이 정 선주인가?"

"그, 그렇소."

"그가 어디 있는데?"

"읍성 앞 연안객관에 있소. 연안객관이 정 선주의 것이라 한 달에 한 번 정도 와서 며칠씩 머물곤 하오."

"연안객관이 연안에서 규모가 가장 큰 객관인가?"

"그렇소."

"정 선주의 이름이 뭐고 몇 살이나 됐어?"

"정석달이오. 마흔댓 살쯤 된 걸로 아오."

"기형주와 같이 들어온 뱃꾼들과 귀섬을 오가는 자들의 이름을 전부 아나?"

"부르는 이름은 얼추 아오."

"불러 봐요."

줄줄이 불어댄다. 동아가 놈들의 이름을 받아 적으며 외느라 고개를 연신 끄덕인다. 혜원의 제자이자 단아의 사제인 동아도 그 사문師門 출신답게 보고 듣는 족족 기억하는 것 같았다. 섬을 드나드는 배꾼이 스물 둘이고 사금 채취 기술자와 그 조수들, 기형주에다 선주 정석달과 그 측근 두 명의 이름까지 다 듣고 난 강하도 고개를 끄덕이며 중얼거린다.

"그렇군."

"나를 사, 살려 주는 게요?"

"순순히 털어놨으니 살려 줘야지. 아, 주막에 있는 기형주의 수하들도 총을 가지고 있나?"

"그렇지는 않은 것 같지만 정 선주와 그 측근 수하들은 총을 가진 것으로 아오."

"그 총들은 어디서 구입했는데?"

"먼 바다를 다니는 화물선의 선주며 선장들은 해적들을 대비해서 총이나 폭탄 몇 점씩은 배에 두고 있는데, 황해 연안에 퍼져 있는 신식 화기火機들은 거의 강경에서 만들어지는 것이라 들었소."

선주와 선장들이 최신식 무기로 무장하고 다닐 정도로 해적들이 설친다는 것도 문제려니와 바다에서 신식 무기가 난무하는데, 팔도 군영에 있는 총들은 임진란 당시에 썼을 법한 구식 무기들이라는 건 심각한 문제다. 군기시에서는 신식 화약무기를 제작하지 않고 군영에서는 가지고 있는 화약무기를 제대로 관리하지 않아 태반이 사용

불가한 상태라고 했다. 강하가 훈련원 습진에서 만난 군관들의 말을 들어보면 그러했다. 전쟁이 터지면 예전 삼란 때와 똑같이 삽시에 전 국토가 뚫릴 수밖에 없을 것이다. 소전은 그런 사태를 방비하느라 나름 기를 쓴다. 하지만 건국 사백 년이 가까워가는 나라는 온갖 병폐들조차도 노회하여 소전으로서는 역부족이다. 소전이 때때로 미쳐 도는 까닭이다.

소전이 아주 미치기 전에 그를 도와 조선을 쇄신할 인재들을 따로 꾸릴 작정을 했던 게 연경에 가기 직전이었다. 돌아왔더니 수앙이 그 지경이 돼 있었다. 조선의 앞날이나 소전의 꿈이 강하에게는 남의 일이 되었다. 삼 년여 동안 미치지 않고 죽은 듯이 버티기만도 벅찼다. 이제 정신을 차린 셈이다.

"더 할 말이 있는가?"

"내가 아는 건 다 털어놨소."

강하는 비로소 기형주 앞으로 다가들어 시선을 맞춘다. 기형주의 눈에 어스레한 빛 속에서도 환히 느껴질 만한 맹렬한 분노가 이글거린다.

"기형주, 넌 달리 할 말이 없어?"

"네놈이 관에서 나왔다면 이처럼 음험한 곳으로 끌고 왔을 리 만무. 네놈은 어디서 온 누구냐?"

"지금 너한테, 내가 어디서 온 누구인 게 중요해?"

"박가 놈이나 내가 어찌해도 맹학성처럼 죽일 작정이지 않느냐? 내가 입을 열 필요가 어딨어? 어디 맘대로 해보거라, 이놈아."

"너희들이 아이들을 납치해다 금을 캐게 한 것은 절대 살아날 수 없는 중죄이다. 사유지라 해도 금이나 은이나 동이나 철이 나오면

관에 신고하고 일정 비율을 나라에 내야 하는바 너희들은 성상 전하를 기망했기 때문이다. 그러므로 너희들을 관가로 끌고 가면, 성상 전하의 백성들과 성상전하의 나라를 무단히 훼손한 너희들 모두는 일고의 여지없이 참수된다. 그전에 나는 살려도 될 만한 자를 미리 가려내려는 것이지. 맹학성은 네게 팔아먹을 아이들을 유괴하던 중에 우리한테 걸렸다. 그가 아는 것이라고는 네가 기씨라는 것과 진강포구에 사는 것 같다는 것뿐이었다. 그가 포청으로 끌려가기 직전에 자진한 까닭은 제 식구들에게 화가 덜 미치게 하려는 의도였겠지. 덕분에 그의 식구는 무사하게 된 셈이다. 너도 진강포에 가서 그 식구들이 아비 잃은 슬픔을 겪고 있을망정 무사한 걸 보고 왔잖아?"

"내가 죽어야 한다는 건 변함이 없지 않느냐?"

"살 수도 있노라, 말했다. 네가 네 죄를 토설하는 건 반성의 의미인바 살 가능성이 생기는 것이지. 네 토설로 하여 더 이상의 범죄를 막는 것이니 정상참작을 하겠다는 것이고. 이건 내 뜻이 아니라 저 위에 계신 분의 뜻이시다."

"저 위라니! 저 위에 누가 계시는데?"

"세자저하이시지. 세자께옵서 정무를 보고 계시다는 것쯤은 너도 알 텐데?"

"세자가 겨울날 홑바지 같이 힘없는 사람이라는 건 팔도의 삼척동자들도 다 안다."

어차피 놈을 죽일 것이라 소전을 입에 올렸지만 놈의 불경한 언사를 참지 못한 강하가 놈의 뺨을 사정없이 갈긴다. 놈이 휙 넘어간다. 유섭이 놈을 일으켜 앉힌다.

"아무리 무식한 뱃놈이라도 세자저하께 그런 언사를 사용하면 안

된다는 것쯤은 알아두라고 친 것이다. 어쨌든 이제 기형주 네가 입 다물고 죽으면 연안객관에 있다는 정석달은 모든 죄를 다 너한테 뒤집어씌우겠지. 오로지 기형주 홀로 해온 일이며 자신은 귀섬에 아이들이 있는 것도 몰랐고 그 섬에서 금이 난다는 사실도 몰랐다고 하겠지. 그렇게 될 것이 뻔한 상황인데 너는 정석달한테 신의를 지킬 것이냐? 정석달이 네 목숨을 바쳐도 좋을 정도로 네게 중요한 자야?"

"그의 은혜를 입으며 살아온 건 사실이다."

"은혜라! 사람으로 아니할 짓을 시키면서 그 대가로 네가 얼마간씩 착복해도 눈감아 주었다는 것이겠구나. 그 덕에 너는 부모 봉양하고 처첩과 자식들 거느리며 살 수 있게 됐고? 다른 사람이 자식 잃고 피눈물을 흘리든 말든, 아이들이 섬에 갇혀서 죽든지 살든지 너는 처자식을 호의호식 시킬 수 있게 했으니 큰 은혜지! 은혜를 입었다면 갚아야 하고. 그래야 한다면 너는 정석달이 네게 시킨 모든 일을 네 홀로 한 것으로 해라. 나는 널 죽이고 박운철은 돌려보낸 뒤 읍성으로 가서 정석달을 잡아 한양으로 압송할 것이다. 정석달은 의금부에서 고신을 당하겠지만 저는 아무것도 몰랐다고 한 뒤 태형 백 대쯤 맞고 벌금 천 냥쯤 낸 뒤 풀려날 테니 너는 그에게 받은 은혜를 충분히 갚은, 신의 있는 자로 기억되겠지? 지난 십여 년간 막대한 금을 파낸 정석달에게는 그 금들의 일부가 상납되는 배후가 또 있을 것인데, 그 배후가 움직여서 정석달이 태형조차도 맞지 않게 해줄 테니, 너는 죽어서도 좋은 일을 하는 것이지. 내가 여기서 더 얻을 게 없는 것 같으니 이만 끝내겠다."

장황하게 늘어놓은 강하는 기형주로부터 물러나며 짐짓 낮은 투로 읊조린다.

"죽이게."
유섭과 미선이 다가들자 기형주가 소리친다.
"아니! 말하겠소. 묻는 대로 다 말하겠소."
강하가 유섭과 미선에게 물러나라 신호하고 묻는다.
"제물포에 있다는 정석달의 사업이 어느 정도의 규모냐?"
"그는 제물포에서 어선이며 짐배를 가장 많이 부리는 선주요. 연백과 강화도와 제물포 등에 객관을 벌여 놓고, 또 그 세 곳에 어창을 가졌고 본가는 제물포 안쪽에 두었소."
"제물포 안쪽 어느 동리에?"
"용날골이라 들었소."
"식구는?"
"첩은 연안읍성 앞과 강화도 포구 등에 있고 제물포의 본처가 낳은 아들 둘이 있는 걸로 아오. 큰아들이 스무 살 남짓이고 작은아들은 금년에 열다섯 살쯤 됐는데, 재작년엔가 도성의 높은 집안에 양자로 주기로 했다고 들었소."
"도성 어느 집안?"
"무슨 의빈儀賓 집이랍디다."
의빈은 왕의 사위들에 대한 칭호다. 작금 여러 의빈 중에 자식 없이 죽은 자는 화완 옹주의 부군인 일성위 정치달뿐이다. 그들은 딸 하나를 낳았으나 두 달 만에 놓쳤고 정치달은 딸을 잃은 지 두 달 만에 하세했다. 선왕후인 정성왕후가 승하하던 무렵이었다. 그러니까 정석달의 작은아들이 화완 옹주의 양자로 결정되었다던 후겸인 것이다.
"정석달은 자식을 양자로 보내지 않아도 될 만치 충분한 재물이 있는데 작은아들을 의빈집안으로 주는 까닭이 무엇인데?"

열다섯 살이나 된 정후겸이 화완의 양자로 들어선 까닭이 빤하매 군이 확인하는 이유는 어이가 없어서다. 정석달 같은 놈의 아들로 자라 화완 같은 족속의 양자로 들어섰으니 앞으로 오죽할까.

"정 선주의 조부가 그 의빈집안의 서자 출신인 것 같았소. 아무리 재물이 많아도 반족이 될 수는 없는 게 한이라, 작은아들을 높은 집안으로 보내서 신분을 높이려는 성싶었소. 물론 아들을 보내면서 만만찮은 재물을 딸려 보낸 것 같고."

"아들을 반족집안 양자로 주면 아들만 반족이 되는 것이지 정석달 제가 반족이 되는 건 아닌데?"

"나는 그것까지는 모르오."

"그건 정석달한테 물어보면 되겠지. 알았어. 어쨌든 당신들은 오늘 밤을 예서 지내도록 해. 정석달을 잡아 연백 군수한테 넘기고 너희들을 풀어 주러 오겠다."

"정말, 우리를 풀어 주오?"

"정작 죄가 큰 놈은 정석달이니 당신들은 풀어 줘야지. 대신 당신들은 지금까지와 같은 짓을 다시는 아니해야 할 거고, 할 수도 없을 터이지. 앞으로 귀섬은 나라의 것이 될 것이므로 당신들이 다시 귀섬 쪽을 엿봤다가는 큰일이 날 테니까."

"물론이오. 다시는 그와 같은 짓 아니하리다."

"재갈을 물려 둘 터이니 오늘 밤은 예서 지내도록 해요. 그 정도는 할 수 있지요?"

"그, 그러리다."

"그래요."

중얼거린 강하는 무심히 끄덕이는 듯 우동아를 쳐다본다.

"우군, 두 사람한테 재갈을 물려 둬. 편히 잘 수 있도록 해주고."

동아가 재갈을 물리려는 것처럼 기형주한테 먼저 다가들어 정수리에다 아시독 바늘을 꽂아 넣는다. 칠성부 독술가인 우동아가 이 자리에 있는 이유였다. 기형주가 무슨 일을 당하는지 몰라서 소스라치다가 푹 잦아든다. 뒤늦게 사태를 짐작한 박운철이 묶인 몸을 비틀며 우동아를 피하려다 관료혈에 독바늘이 꽂힌다. 몇 숨참이면 숨이 끊길 두 놈을 바라보는 강하한테 자책이 없듯 분노도 없다. 그저 사람이라는 족속들의 작태에 진저리가 날 뿐이다.

혼인 정략

시험이란 치르는 순간에 결과를 어느 정도 예상하는 법이다. 국빈이 지난 십삼일 과장科場에 앉아 시제를 대면했을 때도 그랬다.

> 복생伏生의 금문상서今文尙書 이래 모기령毛奇齡의 고문상서원사古文尙書冤詞에 이르기까지, 상서尙書에 따른 갑론을박에 대해 고찰하고 그에 관한 너의 생각을 서술하라.

시제를 맞닥뜨린 순간 국빈의 머릿속이 하얘졌다. 『상서』는 『서경書經』의 다른 이름이다. 『상서』는 진시황의 분서갱유 때 없어졌다가 복생이 기억했던 문장들을 이십구 편의 『금문상서』로 다시 쓰면서 살아났다. 이후 동진東晉 때의 매색梅賾이 복생의 이십구 편에다 이십오 편을 덧붙여 오십사 편으로 이루어진 『고문상서古文尙書』를 펴냈다. 세월이 흐른 뒤 오역吳棫과 주자朱子와 오징吳澄 등의 여러 학자들이 『고문상서』에 의심을 품고 『고문상서』가 가짜임을 입증하기 위해 애썼다. 다시 세월이 지나 청나라 강희제康熙帝 연간에 모기령이 『고문상서원사』를 써서 『고문상서』가 진짜임을 주장하고 나섰다. 육십여 년 전이었다. 모기령이 『고문상서』가 진짜라고 나선 까닭은 주자를 비판하고 반박하기 위한 목적이었다. 모기령은 일생 동안 주자를 비판하고 부정하는 것을 목적으로 삼았던 학자였다.

국빈도 그 정도까지는 파악하고 있었다. 존경각 서가에 있는 『상서해제尙書解題』, 『매색서평梅賾書評』, 『주자상서朱子尙書』 등을 읽었기 때문이다. 문제는 모기령의 『고문상서원사』를 정독하지 못한 것이었다. 모기령이 왜 한사코 주자의 학문을 비판하고 반박했는지를 제대로 파악하지 못했다. 주자는 공자에 버금가는 대학자로 추앙받고 있는데 모기령은 어째서 주자를 그토록 걸고 들었는지. 사온재 이한신의 『상서해제』에 따르면 모기령의 『고문상서원사』는 오직 주자를 반박하기 위한 것일 뿐 객관적이지 못하고 공정하지도 못했다. 사온재 이한신은 성균관 사성 이무영 영감의 선친이며 이영로의 조부다. 어린 날 여러 번 뵈었던 대감의 저작인지라 친밀했던가. 국빈은 사온재의 『상서해제』가 쉽고 재미있었다. 그 때문에 『상서』에 관한 것을 전부 알게 된 듯했다. 착각했던 것이다.

봐야 하는 책이 너무 많은 탓에 어느 정도 알게 된 모기령의 『고문상서원사』를 나중에 읽자고 밀쳤다. 밀쳐 두니 읽을 시간이 생기지 않았다. 설마했다. 혹시 시험에 『서경』에 관한 내용이 출제되어도 일반적으로 통용되는 문구들을 해석하는 방식이겠거니 했다. 그러다 과장에서 복병을 만난 듯이 『상서』 논쟁과 맞닥뜨리고 말았다. 쓰기는 썼다. 쓰는 동안 이 시제에서 중요한 건 논쟁에 대한 '너의 생각'이라는 걸 절감했고, 국빈 자신에게는 그게 만들어져 있지 않음을 깨달았다.

시제에 따라 문장을 쓰다 보니 어느새 사온재의 『상서해제』의 논지를 따르고 있었다. 각 경전의 문장은 시류와 세태에 따라 해석을 달리하는 측면이 있는 게 실상일지라도 학문은 기본적으로 공정한 시각에서 이루어져야 하는 것이라는 식이었다. 답지를 다 쓰고 나서야 학문은 객관적이어야 한다는 사온재의 논지도 비판 대상에 올려서 주자 등의 주장을 옹호하는 방향으로 썼어야 함을 깨달았다. 작금의 시관들과 학문이 깊으시다는 성상께서 원하신 답이 그것이리라는 걸. 하지만 다시 쓰거나 덧붙여 쓸 시간은 이미 없었다.

과거장에서 답지를 쓰며 예상했듯 이번 식년 문과 급제자 명단에 김국빈은 올라 있지 않았다. 장원은 고사하고 이번에 급제한 서른일곱 명 안에도 들지 못했던 것이다. 성균관의 교관들께서 위로 한 마디씩을 건네셨다. 연륜이 짧은 탓이므로 실망할 것 없으며 오는 칠월 하순에 정시문과庭試文科가 열릴 터이니 새 맘으로 대비하라. 그 말을 들은 덕에 식년문과 실패의 충격에서 간신히 헤어나는 참에 더 큰 문제가 닥치고 말았다.

어머니가 사월 보름날에 상경해 인달방 집에 계시던 차였다. 국빈의 낙방 사실을 들은 어머니가 네 아직 어리니 실망치 말라, 짧게 위로하셨다. 동시에 혼약이 되어 있던 사실을 밝히며 가례 날짜를 말씀하셨다. 혼인 날짜는 사월 그믐날이고 혼인 상대는 경기 감영 수사인 김현로의 셋째 딸 인혜라 했다. 국빈이 장원 급제를 했어도 이 영로와 혼인하기는 애초에 그른 상황이었던 것이다.

"네 장인 되실 분이 종사품의 경기 감영 수사로 계시고, 처자의 백부께서는 우의정이시라고 들었다. 네 장인이나 처 백부께서 의지할 곳 없는 네게 큰 언덕이 되어 주실 게다."

어머니 말씀을 거역해 본 적이 없는 터에 가례 날짜까지 정해진 혼인을 거부할 수는 없었다. 그렇다고 어머니 말씀에 승복하기도 어려웠다. 국빈은 그날 난생 처음으로 술을 마시고 대취했다. 술에서 깨어나 보현정사로 가서 곤을 불러낸 뒤 또 술을 마시고 보현정사로 돌아가 잤다. 국빈이 성균관과 보현정사와 인달방 집을 헤매고 다니는 사이에 납채納采가 오가고 납폐納幣가 이루어졌다.

급기야 사월 그믐날이 닥치고 말았다. 금세라도 큰비가 쏟아질 듯 하늘이 낮고 무거운 하루가 열려 있었다. 간밤에 성균관에서 잔 국빈은 조반을 챙겨 먹고 『서경』을 공부하는 서재書齋에 들어가 한 시진을 보냈다. 『서경』 때문에 과거에 실패하고 난 이후 『서경』부터 통달해 두자 작정했기에 열흘 넘게 그쪽만 파고 있는 참이었다.

사시 초에 이르러 서재에서 나왔더니 종자 정복이 숙소 앞에서 기다리고 있다. 국빈이 가례에 심드렁해하는 걸 눈치챈 어머니가 정복에게 국빈을 데려오라 한 것이었다. 초례는 유시 초경에 정선방에 있는 신부 집 안마당에서 올리기로 되어 있다고 들었다. 어련히 시간 맞춰 갈 텐데 싶어 국빈은 낯을 찡그렸다. 이렇게 장가들기가 싫은데 신부한테 정이 생길지 의심스럽기도 했다.

어쨌든 국빈은 수유를 청하기 위해 학정學程을 찾아가 가례를 알렸다. 국빈은 혼인에 대해 처음 말하는 것인데 학정은 국빈이 어느 집안 처자와 혼인하는지에 대해서도 알고 있었다. 학정은 국빈에게 성균관 재학생들이 혼인할 제 사흘간의 수유가 정해져 있다고, 장가 잘 들고 나흘 뒤 초사흘 수유까지 잘 쉬고 돌아오라 덧붙였다.

국빈이 인달방 집으로 돌아오니 곤과 늠이가 벌써 와 있다. 허원정의 청지기 할아범도 신랑의 배행이 되어 주기 위해 함께 와 있었다. 인달방 집은 안채와 사랑채와 대문채로 이루어져 규모가 제법 어엿했다. 안채에 방이 세 칸이고 사랑채에도 방이 세 칸이었다. 헛간채가 따로 있고 마당이 넓은 편이며 우물이 있고 집 뒤에는 자그만 숲도 있다. 작년 정월에 국빈이 성균관 입학시험을 치르러 나설 때 함께 상경하신 어머니가 인달방의 이 집으로 찾아왔다. 국빈이 어떻게 생긴 집이냐고 물었다. 어머니가 오래 여축하여 마련한 집이라 하셨다. 어머니도 처음 와 보는 집인 게 분명했는데 어지간한 살림이 다 갖춰진 게 기이했다. 게다가 비어 있음에도 누군가가 일정하게 돌봐주고 있는 듯이 안팎이 다 가지런했다. 어머니가 무슨 수로 이만한 규모의 집을 마련하셨을까. 그때 생긴 의혹은 아직 풀리지 않았다.

안채 건넌방에서 뒷문을 열어 놓고 곤과 겸상하여 점심을 먹는다. 혼례 축하 선물로 석 달 먹은 도야지 한 마리와 생닭 다섯 마리를 가져왔다는 곤이 상을 받아 놓고는 히죽 웃는다. 닭을 삶아 찢은 살코기가 고명으로 올라앉은 국수에다 각종 전적과 맑은 물김치와 보리밥과 강된장, 쌈 용 날 채소와 참외와 수박 조각까지 올랐다.

"점심상이 이리 거한 걸 보니 형, 장가드는 날이 맞긴 한가 봐?"

"밥이나 먹어."

"이왕 들기로 한 장가인데 그 얼굴 좀 펴지 그래? 금방 장가들 사람이 아니라 금방 죽을 사람 같잖아!"

"배고파서 그래."

"딴소리하기는. 재밌는 얘기나 해줄까, 형?"

"해봐."

"우리 누님이 영로아기한테 보현정사 학동들 글 선생 노릇을 해달라고 우륵재로 편지를 보냈나 봐."

"뭐? 그래서?"

"거절당했대. 규수가 집밖 출입을 무시로 하기 어려운 바 전해오신 호의만 감사히 받겠노라 운운. 그리되었다는 말이지."

"그게 재밌는 얘기야?"

"재미없어?"

"재미없어."

이영로가 보현정사 학당 선생이 된다고 해도 국빈으로서는 이제 아무 상관이 없게 되었다. 국빈은 국수를 후르룩 먹고는 수저를 내려놓는다. 몸피는 큰데 무구한 건지 천지인 건지 가늠하기 어려운 곤이 입을 삐죽이고는 똑같이 국수만 먹고 젓가락을 내려놓는다. 뒤란 쪽으로 난 툇마루에 앉아 담장 밑의 풀꽃들을 건너다보고 있던 늠이가 들어와 상을 달랑 들어내더니 툇마루에 앉아 남은 음식을 죄 먹어 치운다. 늠이가 사그리 비어 버린 상을 들고 부엌 쪽으로 가는 것을 보고 있던 곤이 묻는다.

"이 설서는 아니 오시나? 집도 가깝다면서?"

이극영이 살고 있는 그의 처가는 인달방에 이웃한 적선방에 있어 담배 한 대참이면 닿을 만한 거리다. 이 집이 어찌 생겼든지 이극영이 사는 집과 가까운 건 마음에 들었다. 국빈이 성균관을 나와 여기서 상주하게 되면 처가살이를 하는 그를 자주 청할 수 있을 것 같았다. 국빈은 어릴 때부터 극영이 좋았다. 그가 장원 급제했다는 소식을 들었을 때 내가 급제한 것만큼이나 기뻤다. 내가 가게 될 길을 그가 한발 앞서 가면서 다리를 놓아 주는 것처럼 든든했다. 이번에 낙방하는 바람에 그를 뒤쫓아 가는 길이 한발 늦어지기는 했지만 교관들의 말씀처럼 연륜이 너무 짧은 탓이므로 심히 낙담할 것은 없었다.

"혼례에 대해 말도 안했는데 뭐."

"왜?"

"만날 새가 없었잖아."

"그럼 전갈이라도 하지. 나중에 알면 섭섭해하지 않겠어?"

급작스레 진행된 혼례이기도 하려니와 아무에게도 말하고 싶지 않았다. 하다못해 성균관의 한방에서 사는 최생한테도 입을 떼지 않았다. 무엇으로 보나 잘 드는 장가인 게 틀림없는데 어찌 팔려가는 소처럼 마음이 무겁고 떳떳치 못한지 알 수 없다.

"그럴지도 모르겠다."

"지금이라도 늠이를 보내서 알릴까?"

"이 시각에 그가 어디 있을 줄 알고! 됐어. 나중에 한번 다 같이 모여 놀지 뭐. 그건 그렇고, 누님께서 너한테 장가들라는 말씀 아니하시냐?"

"스무 살까지 급제 못하면 좋잖은 꼴을 보게 되리라, 엄포를 놓으시긴 해도 아직 장가들라는 말씀은 아니하셔."

"다행이겠다."

곤은 어린 날 한 번 만난 이름 모를 처자를 사모한다.

"세상에서 젤 예쁠 거야. 남정 행색을 하고 있는데도 얼마나 어여뻤는지 내가 넋이 나가서 다가갔잖아. 그런데 꽃그림을 그리고 있지 않겠어? 그림 꽃이 실제 꽃보다 더 어여뻤어. 환상적이었고. 총명하게 반짝이는 그 눈빛은 어찌나 영롱하던지."

이름을 몰라 칠엽이라 부르게 된 그 처자는 곤이 말할 때마다 점점 더 어여쁘고 신비로워져 갔다. 국빈에게 이영로가 그러했듯이 가질 수 없는 것들은 점점 커지고 점점 아름다워지는 것이다.

"다행인지 아닌지 두고 봐야지 뭐."

둘이서 하릴없는 소리를 주고받는데 늠이가 잰걸음으로 돌아와 말했다.

"신부 댁에서 청지기가 말과 구종과 별배를 거느리고 신랑을 데려가려고 왔답니다."

유시까지 한참이나 남았거니와 신랑이 가는 것이지 신부 측에서 데리러 오는 법은 없다. 그럼에도 이른 시간에 데리러 온 까닭은 큰비가 쏟아지기 전에 초례를 치르자는 뜻이다. 어머니가 신부 측 어른들의 뜻을 반기고 국빈에게 어서 나서라 명한다. 국빈은 꼼짝없이 혼례복을 차려입고 말에 올라 정선방으로 향한다.

신랑 행렬이 신부 집 대문 앞에 다다랐을 때 이극영이 보인다. 혼자가 아니라 조카 긍로와 우진까지 데리고 미리 와 기다리고 있다. 집에 있다 나온 건 아닐 터인데 평복 차림새다. 국빈이 극영에게 손을 들어 보이곤 말에서 내리는데 긍로가 다가들어 말했다.

"빈씨 삼촌 장가든다기에 우진 형과 저는 학당도 빼먹고 구경하러 왔지요. 빈씨 삼촌, 축하드려요."

"답지 않게 웬 공대야? 하던 대로 해."

"어른 된다기에 대접해 주는 건데!"

"대접은 됐고, 이곤 공자와 인사나 나눠라. 황우진 너도. 극영 형님도 이곤 공자를 처음 만나시죠? 곤아, 내가 자주 말했지? 이극영 설서! 그 형님이셔."

이곤과 이극영이 마주 웃으며 악수를 나누는 걸 보는 국빈은 순간 생각한다. 이 동무들하고 같이 여기서 달아나면 어떨까. 극영과 우진과 긍로와 영로까지 어울려 놀던 시절로 도망갈 수 있다면. 생각하니 생각이 커진다. 장가들기 싫다. 이 혼례 하고 싶지 않다. 국빈의 생각을 느끼기라도 한 듯이 신부 집의 청지기가 채근한다.

"서방님, 어른들께서 기다리고 계십니다."

신랑의 기럭아비로 따라온 허원정 청지기 평호가 홍포에 싼 기러기를 국빈에게 안겨준다. 대문간으로 들어서자 집안에 넘실대는 사람들이 보인다. 김현로 수사가 있다. 몇 해 전 조부와 함께 뵌 적이 있었다. 그때 조부가 장차 네게 힘이 되어 주실 분이라고 했던 그도 어쩌면 만단사자일 것이다. 이 혼인이 이루어진 까닭도 그 때문인 것이고. 오늘은 그가 장인으로 국빈을 맞이하고 있었다.

"어서 오게. 비가 쏟아질 성싶어 서둘렀네."

"예, 어르신."

"들어가시게."

사람들을 지나 내원 중문을 넘어서자 기럭아비가 안채 마당에 놓인 소반을 가리키며 국빈에게 이른다.

"소반에 기러기 올려놓고 나서 물러나 신부 자당께 두 번 절하시는 겁니다, 서방님."

멍석을 깔고 그 위에 돗자리를 펼치고 놓인 소반에 청보자기가 깔렸다. 국빈은 소반에 기러기를 올려놓고 물러나, 대청 가운데 앉아 있는 여인을 향해 두 번 절하고 무릎 꿇고 앉는다. 딸 넷에 아들 둘을 낳으셨다는 장모는 몸피가 사뭇 크고 예상했던 것보다 훨씬 젊어 보인다. 시립하고 있던 어멈이 기러기 소반을 들고 올라가 대청 가운데 놓고 물러난다. 장모가 기러기를 향해서 두 번 절하고 일어서 대청 끝으로 나와 말했다.

"온양 김문의 외동아들 국빈, 그대한테 내 딸 인혜와의 혼인을 허락하노라."

국빈이 앉은절로 받들고 일어나 다시 절을 하는데 주변의 여인들이 박수치며 웃는다. 웃음은 금세 가라앉는다. 바람이 초례청의 차일을 펄럭이게 할 만큼 세차게 불어온 탓에 잔치의 소란이 불안으로 바뀌었다. 금세라도 비가 쏟아질 것 같아 모두 조급해진 와중에 교배례交拜禮가 시작되었다.

초례청의 동쪽에 신랑 자리가 깔렸고, 초례청의 서쪽에 신부 자리가 펴졌다. 족두리 쓰고 활옷 입고 혼례포로 얼굴을 가린 신부가 나왔다. 신랑이 신부를 인도하여 제 자리에 앉게 하는 거라는 주례의 말에 따라 신부에게 다가들던 국빈은 놀란다. 국빈은 사내로서 보통 키에 보통 몸피인데 신부의 키가 국빈과 비슷하고 몸피는 두 배쯤 됨직하게 비대하지 않은가. 국빈의 뒷골에 살얼음이 엉기는 듯하다. 신부의 몸이 비대한 것만 문제가 아닐 것 같다. 이만한 집안의 규수가 열여덟 살이 될 때까지 혼인하지 못한 까닭이 더 있을 것이다.

국빈은 신부의 옆에 서서 신부를 인도하여 자신의 자리에 앉히고는 반대편 자리에 와서 앉는다. 신랑 신부가 손을 씻고, 서로 읍하고, 서로 절하고, 술을 나누고 교배례와 합근례合巹禮가 마무리 되었다. 빗방울이 듣기 시작한다. 방합례가 이어진다. 주례가 신랑신부에게 신방으로 들어가라 명한다.

신방은 안채 뒤 후원에 있는 별채다. 초례청에서 별채까지 백포가 깔렸다. 예식 내내 혼례포를 내리지 않은 신부가 수모들에 의지하여 앞서 신방으로 들어간다. 국빈은 시반 둘을 거느리고 뒤를 따른다.

여섯 사람이 방안에 들어서자 문이 닫힌다. 방은 넓고 자개를 박은 가구들은 화려하다. 옆창과 앞창에 구슬을 꿴 주렴이 드리워져 바람에 흔들린다. 나이가 든 시반이 국빈에게 말했다.

"서방님 예복을 벗으십시오."

국빈이 사모와 각대와 단령을 차례차례 벗어 신부의 수모들에게 건넸다. 신랑의 예복들을 접어 갈무리한 수모들이 돌아서더니 신부에게서 먼저 혼례포를 걷어낸다. 낯빛이 백랍처럼 희다. 이마와 양볼에 빨간 연지종이를 붙이고 조그만 입술에 빨간 연지를 칠했다. 두 눈썹은 한껏 다듬어 초승달 모양이고 두 눈은 그려 붙인 듯이 크다. 탈춤 판에 나타나는 소무탈과 흡사하다. 만든 듯이 무표정인 것까지. 국빈의 등골에 다시금 사늘한 기운이 끼쳤다.

수모들이 신부의 예장들을 벗겨내 시반들에게 건넨다. 신랑신부의 예장들을 갈무리한 시반과 수모들이 금침을 만들었다. 금침이 완성되자 팔각반에 차려진 동뢰상이 들어온다. 모든 게 하나씩인 동뢰상을 받아 웃방에 놓은 시반과 수모들이 신랑신부를 마주앉게 하고 술 한 잔씩을 마시게 했다. 국빈이 술잔을 비우자 신부도 따라 마시고 잔을 내려놓는다. 시반과 수모들이 상 옆에서 물러앉더니 소리 맞춰 말했다.

"서방님, 아씨! 부부가 되시었음을 감축드리나이다."

시반과 수모들이 뒷걸음질로 나가 방문을 닫았다. 문이 닫힌 순간 국빈은 벌떡 일어나 방 뒤쪽의 창을 연다. 언덕바지로 조성된 뒤곁에 비가 세차게 쏟아진다. 장대비다. 빗발이 여름 꽃들에 내리꽂힌다. 국빈에게는 장대비가 가슴을 찌르고 들어오는 창날 같다. 기억도 흐릿할 만큼 어린 날에 부친을 잃었을망정 한 번도 자신을 불운하다 느낀 적 없다. 첩실에게서 태어났으나 반족집안의 외아들로 자랐고 부친의 자리를 조부께서 대신해 주셨다. 흐드러질 정도로 풍족하지는 않았어도 굶은 적이 없고 심각하게 아파 보지도 않았다. 홍역이며 천행두도 거뜬히 이겨냈다. 남들이 찬탄해 마지않는 공부머리도 타고났다. 김국빈은 불운한 사나이가 아니다. 이제금 흰 암퇘지 같은 몸피에 탈바가지처럼 무표정한 여인을 안해로 맞이했을지라도 불운하다 여기면 아니 된다. 설령 안해가 백치라 해도 불운하다 생각지 않아야 할 터이다. 그러자면 일단 확인부터 하고 볼 일이다.

후우. 숨을 내뱉은 국빈은 동뢰상으로 돌아와 앉는다. 모시로 지은 노랑 저고리에 다홍치마를 받쳐 입은 인혜는 소무탈을 뒤집어쓴 커다란 목석처럼 앉아있다.

"이름이 인혜라면서요?"

"네."

"내 이름을 아십니까?"

"네."

"내 이름이 뭡니까?"

인혜가 고개를 들더니 국빈을 마주본다. 큰 얼굴에 눈도 크다. 눈동자가 맑은데도 표정이 없다.

"서방님은 김국빈입니다."

국빈은 흐, 헛웃음을 웃고는 술을 따라 마신다. 빈 잔을 채우고 인혜의 잔에도 술을 따라준다. 술잔이 차자마자 인혜가 들어 올려 쭉 마신다.

"큰비가 내리실 것 같습니다. 장마가 시작된 것 같지요?"

"네."

"나는 작년 장마 기간에 무더위를 이겨볼 셈으로 책 네 권을 필사했습니다. 그대는 작년 장마 즈음을 어찌 보냈어요?"

고개를 갸웃한다. 시선은 전적 접시에 꽂혀 있다. 눈빛이 빛난다. 맹렬한 식탐의 눈빛인데 신방에서 뭘 함부로 먹으면 아니 된다고 교육을 단단히 받은 모양이다. 국빈은 한 모뿐인 젓가락을 들어 인혜에게 건네준다.

"시장하신 것 같은데, 드세요."

퉁퉁한 손으로 젓가락을 받아간 인혜가 여러 겹으로 쌓인 전적을 한 장 한 장 벗겨내며 우적우적 두어 번 씹는 듯 마는 듯 삼킨다. 젓가락질은 능숙하다. 국빈이 술 두 잔을 마시는 사이에 전적 접시가 빈다. 내외할 줄 모르고, 눈치볼 줄도 모르고, 음식 권할 줄도 모르는, 백치가 아니라 천치다. 국빈은 또 흐, 웃는다. 난생 처음 맞닥뜨린 불운이 이것이라니 우습다. 어머니가 인혜의 상태를 아시고도 혼사를 정하지는 않았을 것이다. 그리는 아니하셨을 거라고 믿고 싶다. 김국빈은 겨우 열일곱 살이지만 혼자서도 한 생을 개척할 만한 능력이 있다고 자신하는데 어머니가 아들을 못 믿고 권세 가진 사람들에게 의탁하려 했다고는 생각하고 싶지 않다. 그렇다면 자식이 천치인 것을 숨기고 혼사를 진행한 이 집 어른들을 어찌 생각해야 하는가가 문제다. 이러고도 딸이 사랑받으며 살리라 여긴 게 아닐 것이므로 저들은 부실한 딸을 내버리는 방법으로 김국빈을 선택했다는 것인가. 대체 사람을, 나를 뭘로 보고.

신랑신부가 방합례를 위해 신방으로 들어가면서 비가 쏟아졌다. 그래도 초례 마친 뒤에 비가 내려 천만다행이다. 난리 만난 듯 요란하게 초례청이 걷혔다. 손님들이 모두 지붕 밑으로 스며들며 이리저리 어우러진다. 조금 기다리면 신랑이 나와 동상례를 하겠지만 극영은 그들 사이에 섞이고 싶지 않다. 사람이란 사는 곳에 따라서 생각과 태도가 저절로 정해지는지도 모른다. 만단사 용부령인 김현로와 우의정 김상로. 그 형제가 세자와 세손 부자에게 이롭지 않은 짓을 곧잘 하므로 그들과 섞이기 싫다. 극영은 우진과 긍로에게 나가자 눈짓하고 곁에 있는 이곤을 돌아본다.

"이 공자. 초례 구경을 했으니 나는 그만 가 보려오. 나중에 또 봅시다."

"그럼, 저도 나리와 함께 나갈래요."

"나는 국빈의 동무일 뿐이지만 이 공자는 국빈의 이종형제이며 동무이지 않소? 국빈이 동상례 하러 곧 나올 텐데, 이 공자는 좀 더 머물지요?"

"사흘 뒤에 친영례를 한다니까 그때 인달방에 가서 만나지요 뭐. 그런데, 나리. 이 비를 다 맞으면서 나갑니까?"

"쉬이 그칠 비가 아닐 성싶은데 비 그치길 기다리며 날 저물고 날 새는 걸 지켜볼 수는 없잖소. 어차피 맞을 비, 나는 시방 맞을라오."

"허면 저도 지금 맞을래요."

말 많고 탈 많은 이온의 아우, 이곤이 극영을 따라 빗발 속으로 들어선다. 늠이라는 그의 종자와 우진과 긍로가 두 사람을 쫓아 김현로의 집 밖으로 나온다. 극영은 아이들을 데리고 파자교把子教를 거쳐 운종가로 나가 모처럼 혜정원에 들러볼 참이다.

"이 공자도 걸어오셨소?"

극영의 질문에 이곤이 예, 하며 빗물을 받아 먹으려는 것처럼 하늘을 향해 입을 벌린다. 긍로가 이곤을 따라 같은 짓을 한다. 이제 유시 초나 되었을까. 비 내리는 하늘이 아직은 밝은 편이다. 오늘치의 세손 시강이 끝난 뒤 좀 일찍 퇴청하겠다고 웃전에 고하고 나온 터다. 신랑인 국빈의 표정이 그리 어둡지만 않았다면 만단사 용부령 집에서 분위기를 살피며 좀 더 버텼을지도 모른다. 여러 혼례를 구경했어도 오늘 국빈처럼 얼굴이 흐린 신랑은 처음이다.

국빈은 만단사 용부의 사자인 듯했다. 용부사자로서 용 부령의 딸에게 장가드니 자연스럽고, 처가가 작금 조정의 한 맥을 차지한 권문세가의 일원이라 전도가 탄탄히 열린 셈인데 낯빛이 왜 그런지 몰랐다. 신부의 몸피가 좀 크다 싶지만 여인의 몸이 크면 자식도 크게 낳을 수 있다고 하므로 몸이 큰 안해도 괜찮지 않은가.

"나리, 급히 가실 데 있어요?"

이곤이 물었다. 너나없이 이미 홀딱 젖은 터라 급할 게 없다.

"갈 데는 많으나 급히 가야 할 곳은 없소. 어찌 묻습니까?"

"가까운 곳에 이화헌이라 불리는 제 집이 있는데, 이미 다 젖었지만 함께 가시어 비를 그으실래요?"

이화헌은 몇 해 전까지 만단사령 보위부 청사였다가 지금은 만단사의 학당으로 쓰인다고 들었다. 이온의 부군인 윤홍집이 그리 만들었다던가. 윤홍집 덕에 수앙과 능연이 살아날 수 있었다고 했다. 그가 먼저 발견해 흘러나가는 피를 멈추게 하고 체온을 높여 놓지 않았다면 여진 등이 찾아갔을 때는 늦었을 것이라고. 그전에 이록의 명을 받은 윤홍집 등의 비휴들이 별님을 죽이러 갔다가 도리어 별님께 감화되었다. 그들은 만단사에 몸을 두고 있으면서도 사신계에 입계했다. 덕분에 홍집이 무과에 입격했고, 수앙과 능연이 살았으며 이온이 살았다. 사신계와 만단사가 촘촘한 그물처럼 엮였다. 극영만 해도 사신계 현무부 오품 계원으로서 만단사자인 국빈과 동무로 지내고 있다. 급기야 오늘은 만단사령의 아들과 악수를 하고 더불어 비를 긋게 생겼다.

"가깝다면 잠시 들어가 볼까요?"

극영의 대답에 이곤이 제 얼굴의 빗물을 훑어 내리며 씩 웃는다. 두 사람의 대화를 들은 늠이가 앞장서고 긍로와 우진이 그 뒤를 졸졸 따른다. 이화헌은 경철방과 정선방 사잇길 끝자락 태묘 쪽에 있다. 대문 앞의 바깥마당 둘레에 오얏나무들이 일정한 간격으로 서서 경계를 표시했다. 대문 위에는 이화헌李花軒이라는 편액이 붙었고 대문간 바깥 왼쪽에는 보원약방 학당이라는 팻말이 섰다.

"저 오얏나무들 덕에 이화헌이 된 거요?"

"아니에요. 저 나무들은 저 어릴 때 심겼고, 집안 뒤꼍에 오래된 오얏나무가 한 그루 있어요. 그 나무 덕분에 이화헌이 되었나 봐요. 들어오세요."

이곤이 대문 안으로 들어서는데 청지기인 성싶은 할아범이 나와 맞는다.

"도련님, 비를 쫄딱 맞으시고 웬 행차이십니까. 손님까지 모시고?"

"근방에 일이 있어서 왔다가 비를 맞았어. 다들 뭐해? 훈장님들께서는?"

"훈장들께서는 퇴청하시거나, 바둑 두시거나 하시고, 박 훈장께서는 시습당에서 학동 몇한테 나머지 공부를 시키고 계십니다. 여느 학동들은 학이당에서 필사를 하고 있고요."

"허면 나는 손님들과 함께 내 방으로 조용히 들어갈게. 할멈한테 우리 먹을 것 좀 챙겨 달라고 해."

"예, 들어가십시오."

학당은 사랑채와 그 행랑 일원인지 이곤은 안채로 들어선다. 먼저 들어간 늠이가 안채 대청의 뒷문을 열어젖힌다. 그 뒤쪽으로 저만치에 오얏나무가 보인다. 수령이 얼마나 됐는지 태반의 가지가 죽었고 오른쪽으로만 푸른 잎과 푸른 열매를 달고 있다. 늠이가 대청 왼쪽 방을 열고 들어가더니 안에서 큼지막한 수건들을 내다 극영에게 먼저 건네주며 말한다.

"나리, 우선 닦으시고요. 축축하실 터인데, 우리 도련님 옷으로 갈아입으시지요?"

"이따 나갈 때 또 젖을 터인데 수선스럽게 뭘 갈아입나. 물기나 대충 걷고 있으면 저절로 마르겠지."

이곤이 편하실 대로 하라며 방으로 들어간다. 극영은 갓과 쾌자를 벗어 놓고 수건으로 머리며 몸을 대강 닦은 뒤 새 수건을 접어 방석처럼 깔고 앉는다. 긍로는 복건과 쾌자에 이어 버선도 벗어 버리곤 적삼까지 벗으려 한다. 극영이 어허, 말리자 입을 삐죽이고는 적삼 자락을 비틀어 짜댄다. 우진은 수건으로 점잖게 물기를 걷어낸다. 그사이 홑적삼과 홑바지로 갈아입고 학처럼 말개진 이곤이 나와 마주앉는다. 참 훤한 용모라고 생각하는데 그가 입을 연다.

"오래 내릴 비 같지요?"

"그럴 것 같습니다."

"너무 큰비는 아니었으면 좋겠네요."

“그랬으면 좋겠어요. 가뭄난리 간신히 지났다 싶은데 물난리까지 쳐들어오면 골치 아프잖아요.”

“국빈 형이 나리를 형님으로 칭하고, 제가 국빈 형의 동갑 아우이니, 말 놓으시지요?”

“그렇다고 초면에 어찌 말을 놓나?”

크흐흐 웃음판이 벌어진다.

“나리, 술 하세요?”

“술, 못하지는 않지. 자네는 술 하나?”

“저는 아홉 살 때부터 술을 마셨습니다. 생전의 할마님께서 술을 젓수실 때마다 제게도 주신 덕에 일찌감치 술맛을 알게 됐죠. 요즘은 오히려 드물어 졌고요. 최근에는 국빈 형하고 마셨는데, 나리, 술 하실래요?”

“예가 학당이라면서 술이 있나?”

“나리가 드시겠다면 있지요. 훈장들 드시라고 제가 가끔 가져다 놓거든요.”

“선생님들 드시고 남은 게 있다면 몇 잔 하지.”

늠이가 다 알아들었다는 듯이 나간다. 궁금한 걸 못 참는 우진과 긍로가 늠이 뒤를 따른다. 학당 구경을 나서는 것이다.

“국빈 형은 나리께 혼례에 대해 기별하지 않았다던데, 어찌 알고 오셨어요?”

“말 놓으라면서 말말이 나리라네. 형이라 부르지?”

“예, 형님.”

“내가 어제 저녁에 진장방 형님 댁에 들렀는데, 가형께서 그러시더라고. 김국빈이 우의정 대감의 질녀와 혼인한다고, 대사성 영감이 어디서 듣고 와서 말하더라고. 해서 나는 오늘 일치감치 퇴청해 김 수사 댁으로 간 게지. 헌데, 아까 신랑 얼굴이 어찌 그리 어두웠는지 자네 아나?"

"짐작하는 바가 없지는 않은데, 말씀드려도 될지 모르겠어요."

"자네나 나나 그 사람의 동무로서 만났잖아. 어지간하면 말하게."

"영로아기 때문일 거예요."

"영로아기라니. 혹시 내 조카 이영로?"

"예, 그 댁의 이영로 아기씨요."

"우리 영로가 어쨌는데?"

"그 댁이 보현정사 오르는 길목에 있고, 영로 아기씨는 이따금 자당을 따라서 보현정사에 오곤 하는데, 그러다 나랑 같이 간 국빈 형하고 다시 만났잖아요."

"난 국빈한테 아무 소리도 못 들었는데?"

"국빈 형이 나리하고 통 못 만나게 됐잖아요. 게다가 나리님 질녀를 사모한다는 말을 어찌합니까? 부끄럽게."

"그랬군. 그래서?"

"영로 아기씨는 어떤지 모르지만 국빈 형은 그 아기씨를 사모했죠. 장가들고 싶다고 저한테 말도 했고요. 지난 과거시험에 장원 급제해서 사성영감을 찾아뵙고 따님과 혼인시켜 주세요, 청할 계획이었는데 낙방했죠. 동시에 이미 혼약이 되어 있다는 사실을 모친께 듣게 된 거고요."

"장원 급제했어도 이미 늦은 상태였던 거네?"

"실상 그렇죠. 국빈 형이 몰랐을 뿐 혼약은 한참 전에 성사된 것 같으니까요."

국빈의 혼약이 되어 있지 않고 장원 급제를 했어도 영로와 혼인할 수 있을지는 의문이다. 보연당은 국빈 네의 가세가 약하다는 이유로 거부했을 것이고 우륵은 딸을 계외 집안으로 시집보내지 않았을 것이다. 더구나 만단사에 속한 집안으로는 절대 불가할 것이다.

"그렇게 된 거네."

"근데 형님, 혼인은 어른들이 정해 주신대로 해야 하는 거예요?"

"대개 그런 것 같지만, 모두 다 그렇기야 하겠나? 간혹 당사자들의 뜻이 맞아 혼인하는 일도 있겠지."

"누가요, 어떤 경우에?"

"부모, 조부모, 백부모, 숙부모 등 어른들이 아니 계신 경우겠지. 일가친척이 있어도 끼치지 않고 자란 경우. 당사자가 상대를 먼저 정해 놓고 어른들을 설득하거나 조정하는 경우도 있지 않을까? 이몽룡은 임금까지 설득해서 춘향과 맺어졌잖아."

"예?"

이곤이 웃음을 터트린다.

"그걸 몰라 물은 건 아닐 테고, 자네도 빈씨처럼 맘 둔 처자가 따로 있나? 혼인하기 어려운?"

"만날 수만 있다면 청혼하고 싶은 처자가 있어요."

"누군데?"

"누군지 몰라요. 두 번 봤는데, 다시 볼 수 있을 줄 알았는데, 영 나타나지를 않아요."

이곤도 혹시 영로를 맘에 두고 있나 했더니 다행히 아니다.

"언제 봤는데?"

"저 열세 살 때요."

“자네가 현재 몇 살인데?”

“국빈 형과 동갑이라니까요. 열일곱 살.”

“한 번 보고 사 년 넘게 못 본 처자하고 혼인을 하고 싶어? 어떤 처자였는데?”

“용담화처럼 생겼어요.”

“용담 뿌리는 쓰잖아. 오죽 쓰면 용의 쓸개라는 이름이 붙었겠어.”

“꽃이 몹시 어여쁘잖아요. 향기도 멋지고요.”

“어여쁘지 않은 꽃이 있나.”

“형님!”

“예쁜 처자였나 보지?”

“세상에서 젤 예뻐요.”

“이봐, 이 공자. 예쁘다는 건 주관적인 거 아냐? 나한테는 내 안해가 세상에서 젤 예쁘다고.”

“형님한테는 형수님이 제일 예쁘시겠죠. 그건 주관적인 거고요. 하지만 그이는 제 안해가 아니고 누이도 아니니까 객관적으로 예쁜 거죠. 제가 천지 사방으로 쏘다니며 사람구경을 흔히 하는데 그 규수만큼 예쁜 여인을 본 적이 없어요.”

“그리 예쁜 처자를 어디서 어떻게 만났다가 헤어지고 그만인데?”

“가마골 초입의 숲에서 용담화를 그리고 있던 그이하고 만났어요. 남정 복색을 하고 있었는데도 어둠속에 켠 등불처럼 제 눈에 확 들어왔어요. 두 번째 봤을 때 관음봉에서 내려오던 제가 다시 그이를 발견하고 그의 호위들에게 청해서 다가갔죠. 무슨 그림을 그리냐고 물었어요. 비로용담꽃이라고, 백산용담화라고도 불리는 꽃이라고 했어요. 그때 그이가 절더러 관음봉에서 뭐했냐고 묻더라고요. 제가 『장자』의 대지의 숨결 대목을 가져다가 시 좀 짓는 척을 했죠."

"그랬더니?"

"무안을 당했죠. 글쎄 그이가 『장자』를 읽었더라고요."

"그 처자가 『장자』를 읽었어?"

"그러니까요. 처자가 『장자』를 읽었을 거라고 제가 상상이나 했겠어요? 이봐, 도련님! 그건 장자에 나오는 대목이잖아? 그러더라구요, 글쎄. 둘이 마주 웃던 중에 제가 그이가 그리던 그림을 달라고 했어요. 그이가 그림 밑에다 무인년 팔월 육일이라고 써서 저한테 줬어요. 이후에 저는 그이를 칠엽화라거나 별꽃이라고 부르게 됐고요. 그때 그이가 늠이한테도 그림을 줬는데 그 그림에 찍힌 낙관이 별꽃 문양인 데다 꽃잎이 일곱 개라서요."

이곤이 설명하는 세상에서 제일 예쁜 칠엽화는 영락없이 수앙 같다. 용담화가 필 때라면 초가을이었을 테고 사년 전 초가을에 수앙은 비연재에서 김강하와 살고 있었다. 납치 사건이 일어나기 몇 달 전이었다. 숲에 앉아 꽃 그림을 그릴 수 있는 남장 처자가 조선의 도성 안에 수앙 말고 또 있을까. 『장자』를 읽고, 불쑥 다가든 소년한테 아무렇지 않게 그림을 건넬 수 있는 처자가 수앙 외에 또 있다면 조선은 지금보다 백배는 재미있는 나라일 것이다.

"다가서기도 했는데 누군지는 묻지 못했어?"

"물으려고 했어요. 어디 사시냐고. 이름이 뭐냐고."

"그랬는데?"

"그 처자 곁에 예닐곱 살쯤 된 꼬맹이가 하나 있었는데요, 제가 처자한테 그림을 받으려는 찰나에 꼬맹이가 갑자기 일어나 늠이 손등을 깨물었어요."

"뭐? 늠이를 왜?"

"모르죠. 얼마나 세게 깨물렸는지 늠이가 비명을 지르고 칠엽의 호위들이 달려오고 아이를 떼어 내느라 쩔쩔 매고! 밤톨만 한 녀석이 난장을 치는 바람에 혼이 나갈 뻔 했잖아요. 저는 처자의 이름을 듣지 못하게 됐고요. 늠이 손등에 그때 꼬맹이 녀석한테 물린 흔적이 아직 남아 있어요."

성아는 어릴 때 벙어리였다고 했다. 진짜 벙어리는 아니었던지 수앙이 납치된 날 입이 열렸다고 했다.

"수앙 언니 어딨어? 수앙 언니는 아파."

그게 아이가 처음 한 말이었다. 그러니까 이곤이 말하는 아이는 성아고 칠엽화는 수앙이 맞다. 어른들이 무녀가 된 수앙의 얼굴에 복면을 씌우며 살게 했다더니 잘하신 게다. 그 얼굴은 내놓고 다니면 아니 될 얼굴인 것이다.

"술 가져왔습니다."

늠이가 술병 두 개와 안주거리가 얹힌 팔각반을 들고 와 두 사람의 가운데에 놓는다. 잔이 네 개인 걸 보니 우진과 긍로까지 감안했나 보다. 말을 들어서인지 늠이의 왼쪽 손등에 연한 잇자국 흔적이 보인다. 몇 년이 지났는데도 흔적이 남을 정도라면 물릴 때 피도 났을 것이다. 속으로 웃은 극영이 조카들의 행방을 묻는다.

"도련님들은 학이당 쪽으로 가시는 것 같던걸요. 궁금한 게 되게 많으신 것 같더라고요."

"학동들 공부하는데 방해될 텐데, 가서 데려오게."

이곤이 놔두라고 말리며 술을 따른다. 극영이 술병을 받아 그의 잔을 채우고 다른 잔을 늠이 앞에 놓고 술을 따랐다.

"초여름 비 모여서 웅덩이지리니 오얏나무 아래 모인 우리도 술동이를 괴 보자고."

"초 여름비 모여서 우물로 깊어지리니 오얏나무 아래 모인 우리는 이원결의李園結義를 해볼까요?"

"오호, 대귀 좀 달 줄 아는구먼. 좋지, 이원결의! 자, 건배."

자신만만 술잔을 들어올린 극영은 두 모금에 잔을 떼어 내고 훅 숨을 내뱉는다. 혀를 태울 것 같은 독주가 아닌가. 이곤과 늠이는 눈도 깜박하지 않고 잔을 다 비우고 내려놓는다.

"무슨 술이 이리 독해?"

"우리 약방의 증류주를 한 번 더 증류해서 술로 만든 거라 그래요. 이름 하여 이화주李花酒! 그렇다고 형님께선 입술만 축이고 마세요? 이원결의주인데요?"

"마시긴 마시겠는데, 이원결의 두 번 하다간 혀가 녹겠네."

"그러니까 도원桃園의 그 삼형제도 결의는 한 번만 했겠죠?"

내가 지금 무슨 짓을 하는 건가, 하면서도 극영은 술잔의 술을 애써 들이킨다. 첫 맛에 놀랐기 때문이지 마시고 죽을 것 같은 맛은 아니다. 화끈하다. 빈 술잔을 떼어 내며 하아, 한숨을 쉰 극영은 콩나물 냉국이 담긴 사발을 들어 벌컥벌컥 들이킨다. 곤과 늠이 키키 크크 웃어댄다. 극영이 냉국을 반나마 마시고 내려놓자 늠이가 김부각 한 점을 들어 내민다.

"입맛을 달래십시오, 나리."

"자네들은 이 독주가 정말 아무렇지도 않은 게야?"

“아홉 살 때부터 술을 마셨다고 말씀드렸잖습니까.”

“장하구먼.”

곤과 늠이 소리 맞춰 웃었다. 곤이 술병을 들어 잔들을 채우고 나서 형님, 하며 극영을 부른다.

“말해.”

“청이 있습니다.”

“내 힘으로 가능하면 들어주겠네.”

“제 글 스승이 되어 주세요.”

“뭐?”

“현재 저의 어른은 제 누님이십니다.”

“보원약방주이시지.”

“그렇습니다.”

“헌데?”

“누님이, 제가 공부하지 않으면 옆에 있는 놈을 방매해 버리겠노라 하시고, 제가 스무 살까지 급제하지 못하면 파문하겠다, 하십니다.”

“게으름 피우지 말고 공부하라는 채근이시겠지.”

“저도 그리 생각하고 싶지만 누님이 그런 말씀을 하실 때 어조가 고드름보다 선명해서 단순한 엄포로 생각할 수 없어요. 해서 공부를 시작했는데, 자주 막힙니다. 누님이 선생을 물색하고 계시는데, 아직 맞춤한 분을 못 찾은 것 같고요. 형님이 저를 좀 가르쳐 주세요.”

“이보세요, 이곤 공자.”

“예.”

"그대는 열일곱 살이고, 나는 열아홉 살이야. 겨우 두 살 차이라고. 내 공부 정도가 빤하단 말이지. 어쩌다 운 좋게 첫 과거에서 급제했지만 날마다 눈이 벌겋게 공부해야 해. 내 공부로도 날마다 숨이 차다고. 내가 요새 세손 각하의 시강 자리 말석에 배석하는데, 이제 열한 살이신 그분이 얼마나 총명하신지, 미리미리 눈 빠지게 공부해 놓지 않으면 어리신 그분 앞에서 나는 낯을 들 수 없게 돼. 제자님께서 날마다 선생들을 앞질러 계시는데 선생이 잠시라도 한눈을 팔면 제자님께서 말씀하시지. 이 설서께서는 예습을 못해 오셨습니까? 왜요? 간밤에 댁에 무슨 일이 생겼습니까? 그러신다니까. 그런 제자님 앞에서 막힘없이 대답하는 게 내 밥값인 거지. 나는 요즘 내 밥값하는 것만으로도 바쁘다고."

"날마다 오셔 달라거나 가 뵙겠다고 조르지 않을게요. 한 달에 한 번 정도 시간을 내서 저를 지도해 주세요."

"누님께서 선생님을 물색하고 계시다며? 이 학당에도 선생님들이 여러 분 계시고, 또 매부가 계시잖나. 세손위종사에 계시는 윤홍집 종사."

"그렇지요."

"헌데?"

"저는 글 선생만 원하는 게 아닙니다."

"허면?"

"제 편이 되어서 저를 이끌어 주실 스승을 원하는 거예요."

"스승은 다 제자 편 아닌가?"

"모든 사람은 다 자신의 편이죠."

"그리 여기면서 자신의 편인 스승을 원해?"

"그러니까요."

"왜 난데?"

"제가 제 의지로 만났으니까요."

"뭐?"

"저는 제 평생 제 의지로 한 일이 없고, 제 의지로 만난 사람이 없습니다. 그냥 전부 옆에 있고 나도 장독대의 빈 항아리처럼 그냥 있어요. 밤하늘 별만큼이나 먼 별꽃을 제외한다면 내 안에는 아무도, 아무것도 없어요. 내 속에 뭘 담아야 하는지를 형님이 좀 일러주세요. 부탁드려요."

이곤이 일어나더니 절을 한다.

"이봐, 왜 이래."

말리던 극영이 황망 중에 맞절을 하는데 늠이도 덩달아 절을 한다. 셋이 무릎을 꿇은 자세로 마주하고 보니 우습다.

"지금 서방님들하고 저하고, 칠패거리의 왈짜들 같아요."

늠이 말에 웃음이 터진다. 꿇은 무릎들을 풀고 크륵크륵 캘캘 웃어댄다. 비는 내리고 웃음은 자꾸 터지고 술은 독해서 맛이 없다. 극영은 일어나 수박이나 하자고 곤과 늠이를 끌고 비가 쏟아지는 마당으로 나선다. 살에 박히는 빗발이 시원하다. 적삼 소매를 잔뜩 걷어 올리고 수박 자세를 취하며 곤과 마주선다.

"늠이, 자네는 심판을 봐. 곤이 자네는 나랑 한판 붙는 거야. 자네가 이기면 나는 자네가 스무 살이 될 때까지 글 선생 노릇을 하겠네. 내가 이기면 술친구나 하자고."

"약속하신 겁니다."

"약속한 거야."

늠이가 두 손을 머리 위로 들어 올려 박수를 치더니 열까지 세고 시작한다고 선언한다. 열, 아홉, 여덟…….

비가 아직도 쏟아지는가. 사위가 온통 빗소리에 잠겼다. 그래도 창이 희붐한 걸 보니 날이 새는 중인 것 같다. 천지가 잠길 듯 비가 쏟아지는데도 목이 타는 갈증에 일어난 국빈은 방구석에 놓인 자리끼를 발견한다. 주전자 주둥이에 입을 대고 물을 마시고 요강에다 오줌을 누다가 알몸으로 엎어져 있는 인혜를 발견하곤 크, 웃는다. 금수백정의 도살장에 가서 털이 죄 뽑혀 해체되기 직전의 암퇘지를 본다면 저런 형상일 것 같다.

어제 해가 지기 전에 취했고 취한 김에 인혜를 범했다. 동정童貞을 그렇게 수퇘지 흘레붙듯 깼다. 연후에 동상례 자리에 나갔다. 이극영과 긍로와 우진, 이곤과 늠이는 벌써 돌아간 뒤였다. 장인과 장모, 처형들과 동서들, 가을에 팥배골 두동재의 아들한테 시집갈 거라는 처제와 열 살 안팎의 처남들을 만났다. 처 백부인 김상로 대감과 그 부인을 뵈었고 일가친척 수십 명을 봤다. 와중에 알게 됐다.

이 혼사는 장모가 온양까지 직접 가서 어머니를 만나 이루어졌다. 인혜는 제 부친의 전도를 밝혀 주는 사주를 타고 났다. 천치인 데다 셋째 딸일 뿐임에도 인혜가 이 집에서 귀한 존재인 까닭이었다. 인혜가 어엿하게 살아야 부친이 정승 자리까지 오를 수 있고 집안의 부귀도 지속될 수 있다는 것이었다. 어머니 구경당께서는 처음부터 인혜의 부실함을 알았다. 부실함의 정도를 몰랐을지라도 정상이 아닌 건 눈치챘다. 인달방 집은 처가에서 셋째 사위한테 딸과 함께 내

준 집이었다. 인혜의 신행과 함께 자식 셋 달린 종복 내외가 인달방 집으로 와서 살게 될 것이며 과천역 근방에 있는 서른 마지기의 전답이 인혜한테 지참금으로 얹혀 올 것이었다. 어머니는 아들의 일생을 놓고 장모와 거래를 했던 것이다. 매매와 다를 게 없었다.

처가 식구들이 틈틈이 따라주는 술을 마시는 동안 국빈은 취했다. 신방으로 돌아와 인혜를 또 범했다. 따로 배운 적 없고 연습한 적 없음에도 할 수 있는 일이 그 짓이었다. 머리는 아이 같되 몸은 익을 대로 익은 인혜에게도 그 짓은 배우지 않아도, 어둠 속에서도 할 수 있는 것 같았다. 국빈은 잘 됐고 인혜는 잘 따랐다. 말 같은 건 할 필요가 없었다. 뉘어 놓고 헤집고 엎어 놓고 찧고 모로 뉘고 쑤셨다. 인혜는 발정난 괭이 같은 소리를 연신 냈다. 국빈은 태어난 이후 내도록 몸속에 누적되어 온 것들을 모조리 배출했다. 몸에 있던 것들이 빠져나갈 때마다 절망스러웠다. 금수가 따로 없으니 사람으로서 지켜야 한다고 여겼던 것들이 질펀하게 사출되었다.

날이 새는데도 짐승에서 벗어나지 못한 하초가 오줌을 누고 나자 또 곧추선다. 어차피 알몸인 상태다. 빗발이 장막이 되어줄 테니 아무래도 상관없으리라. 국빈은 곧추선 하초를 덜렁이며 인혜에게로 다가들어 비대한 다리통을 양 갈래로 벌린 뒤 곧장 파고든다. 잠결의 인혜가 몸을 움츠리며 돌아누우려 한다. 국빈이 두 손으로 어깨를 누르자 인혜가 제 두 손으로 국빈을 밀어낸다. 순간 국빈은 인혜의 뺨을 후려친다. 인혜가 눈을 떴다. 국빈은 또 한 번 인혜의 뺨을 갈기며 내뱉는다. 눈 감아! 감지 못하는 시커먼 눈동자에 공포가 어리는 것 같다. 국빈이 다시 인혜의 뺨을 쳤다. 고개가 획 돌아간다. 눈이 감겼다.

옹주 화완

작고한 부마 정치달과 옹주 화완의 양자 이야기는 몇 해 전부터 있었다. 부마의 본가에서 양자로 들일 아이를 물색하여 결정하기까지 오 년쯤 걸렸다. 양자로 결정된 아이는 정치달 조부의 서출로서 오래전에 본가에서 떨어져 나갔던 정석달의 둘째 아들 후겸이었다. 당분간 본가에서 지내며 자라게 되리라는 후겸이 원동궁으로 인사를 왔을 때 화완은 놀랐다. 후겸이 열다섯 살이나 된다는 말은 이미 들었으되 정작 만나니 너무 컸던 것이다. 이미 다 커 버린 아이는 이물스러웠다. 얼굴도 썩 단정치 못했다. 사내놈 얼굴 뜯어먹고 사느냐 하지만 이왕이면 다홍치마라고 했다. 그리 단정치 않은 용모인 것도 마음에 들지 않는데 어느새 숙성한 티를 내는지 말이 번드르르했다. 첫 대면에 어머니라고 호칭하지 않는가. 낳기를 했을까. 키우길 했을까. 단 며칠이라도 같이 지내 봤다면 또 모른다.

"소자 후겸, 어머니를 뵙습니다."

놈이 그러면서 절을 하는데 화완은 소름이 쭉 돋았다. 그 이튿날 놈을 보여드리기 위해 웃궐로 갈 때는 양자를 물리고 싶노라, 청하고 싶었다. 그리하기에는 이미 늦었기에 입다물었으나 마뜩찮은 심사는 두 달이 넘도록 여전했다. 모든 게 시들하면서 한편으로는 모든 일에 분이 났다. 동궐 출입이 막힌 뒤부터였다. 동궐 출입이 막히자 천지 간에 갈 곳이 없어졌던 것이다. 동궐 출입이 막혔건 뚫렸건 화완 자신의 앞날이 뻔하다는 게 더 문제였다. 늙어죽을 때까지 하릴없이 궁과 궁을 오가며 살게 될 미래. 그나마 부왕께서 승하하시고 나면 원동궁에 유폐된 귀신처럼 늙어갈 것이다.

정해진 미래가 답답하여 반야원이라는 점집을 찾아가 볼까하는 생각이 났다. 요즘 반야원의 칠지선녀 이야기로 부중이 떠들썩한 듯했다. 복채가 여섯 냥이나 되매 다섯 냥을 받는 가마골의 소소 무녀보다 신기 높은 무녀가 나타났다는 것이었다. 칠지선녀가 추었다는 작두춤이며 그가 뒤집어쓴 복면이며 그 복면 속의 용모가 어떠할지에 대한 궁금증으로 돈 좀 있는 사람들이 남녀를 불문하고 반야원을 찾아간다고 했다. 하속들로부터 그런 말들을 듣고 나니 화완도 칠지선녀를 찾아가 앞날에 대해 물어보고 싶었다.

모궁께 그 말씀을 드리고 허락을 받으려 장락전에 들렀더니 모궁께서는 대번에 야단을 치신다.

"네 아무리 철이 없기로 어찌 그런 생각을 하니? 게가 어딘데 네가 가?"

"숨이 막히는데 어찌하옵니까? 경춘전이 미워서 잠을 못 자겠는데요. 경춘전 미워하다 제가 지레 죽겠는걸요."

"그 입 다물지 못하겠니?"

"어마마마께도 말을 못하면 저는 어쩌라는 말씀이시어요? 참말

숨 막혀 죽으란 말씀이십니까? 경춘전이 제 동궐 출입을 막아 버렸는데요."

"경춘전 그 사람은 원체 온유하고 총명하다. 모자라거나 넘치는 게 없는 사람이야. 네가 오죽했기에 그 사람이 네게 동궐 출입을 말라 했으리. 오누이가 더불어 술에 취해 날밤을 새는데 여염에서도 못 볼 그 꼴을 경춘전이 어찌 보겠니? 어찌 네가 한 짓은 생각지 아니하고 경춘전을 원망해?"

"경춘전이 총명할지는 몰라도 온유하지는 않죠. 얼마나 음측한데요."

"무슨 그런 흉한 소리를 하니?"

"세상사람 모두한테 온유한 것으로 비칠 만큼 처신하지만 그 눈에 들어 있는 욕심과 계략을 저는 알아요."

"그런 소리 그만두래도. 네가 잘한 것이 없으면서 제 할 일한 경춘전을 폄훼해?"

"저는 분명히 사죄했어요. 다시는 그와 같은 일을 아니하겠다고 다짐도 했고요. 그런데도 경춘전은 저를 용서하지 않아요. 오라버니께서는 더 이상 저를 찾지 않으시고요."

"너는 흡사 오라비가 지아비나 되는 듯이 말하는구나. 장성하여 각기 살게 된 오누이가 어울려서 몇 날을 밤새워 놀면 팔도의 올케들이 모조리 분노할 일이다. 부처님이라도 돌아앉으실 것이야. 어찌 그 생각을 못해? 무엇보다도 오누이가 어찌 그리 어울려 놀 수가 있어? 남녀지간이라도 어려울 제 남매지간에? 말해 보렴. 대체 왜 그랬는지!"

"두 달도 넘게 지났습니다. 이제 와 그걸 물으시어요?"

"두 달 전의 그 며칠만 문제가 아니지 않아? 그전에도 숱하게 남매가 어울려서 아바님이 금하신 술 마시고 노래하고 춤춘 걸 온 궁인들이 다 알잖니? 이 어미가 그토록 말라 하여도 귓등으로도 아니 듣고. 이제 그리 못하게 되었다고 경춘전을 원망해? 자식 겉 낳지 속 낳지 않는다 하지만 나는 너를 도무지 모르겠다. 화평과 화협은 음전히 잘만 지내는데 너는 어찌 그러느냐 말이다."

"저도 그걸 잘 모르겠어요. 제가 워낙 어린 날에 혼인한 데다 관례를 치르고 나서부터 달성위가 병약해지더니 허구한 날 드러눕기 일쑤였잖아요. 방사라고 치러 봐야 뭘 하는지도 잘 모르기가 보통이었고요. 그나마 방사 한 번 치르고 나면 또 아파 버리기 때문에 서로 기피했죠. 어쩌다 태기가 생겨서 아이를 낳긴 했는데 두 달 만에 놓치고 달성위도 잃었어요. 저는 이래저래 남정을 제대로 안다 할 수 없는데 주변에 남정답게 보이는 남정이라곤 오라버니뿐이었잖아요. 오라버니가 아주 사내답고 든든했어요. 그런 오라버니가 좋았고요. 오라버니께서도 절 귀애하셨어요. 그러다 보니 스스럼없이 지내게 됐고 버릇이 돼서 자주 어울렸던 것뿐이에요."

"차마 입에 담지 못할 말이다만 혹시 더한 일도 있었니?"

모궁이 말씀하시는 차마 입에 담지 못할 더한 일이 뭔지 화완도 모르지 않는다. 더불어 술에 취했을 때 벌이고 싶었던 그 어떤 일들. 어쩌면 그 일을 벌이기 위해 더 취했을지도 모른다. 하지만 아무리 취해도 선을 넘지는 않았다. 화완이 기억하기론 그랬다. 그러나 소전이나 자신이나 몇 번인가 정신을 잃었던 적이 있으므로 큰소리칠 입장은 못 됐다. 켕기는 게 있어도 그저 그리는 아니했다고 믿을 뿐이다.

“더한 일이 무엇이겠나이까? 그저 몇 번 취해서 노래 부르고 아랫것들 춤추는 걸 구경하며 놀았을 뿐 무슨 더한 일이 있을 거라고 그리 이상한 말씀을 하시어요?”

“허면 네가 지금 이러는 까닭이 무엇이야? 오누이 간의 어울림이 지나쳤으므로 경춘전 입장에서 당연히 할 말을 네게 했는데 너는 어찌 이래? 경춘전 때문에 소전을 볼 수 없어서? 아니면 소전이 널 찾지 않아서?”

“그 두 가지가 다 속이 상하지만 더 애가 타는 건 익위사에 있던 남정을 볼 수 없게 된 것이어요.”

“뭐? 연모하는 이가 따로 있었단 게냐? 누군데?”

과부가 남의 남정을 그린다는데도 모궁은 오히려 반가운 기색이다. 어쩌면 그래서 지금 김강하를 끄집어낸 것인지도 모른다. 뭔가를 가리기 위해서. 어쨌든 그를 사모한 것도 사실이다. 소전궁을 그처럼 자주 드나들었던 까닭도 그가 거기 있었기 때문이다.

“그이는 오라버니 측근으로 지내다 작년에 훈련원으로 나갔던 김강하라는 사람이에요. 그이가 훈련원으로 나다니는 동안 저는 그를 못 봐 애를 태웠어요. 그런데 지난 이월에 오라버니가 그이를 세손위종사로 다시 끌어들였잖아요. 제가 소전궁에 드나들 수 없게 된 무렵에요. 전 그게 몹시 화가 납니다. 화날수록 오라버니와 올케가 더욱 밉고요.”

“참말 어이가 없다만 묻겠다. 네가 못 봐 애가 타는 그 사람은 너를 어찌 대하느냐? 너와 같은 마음이라더냐?”

“아니요. 그이는 저를 마마귀신 보듯 합니다.”

“뭐라고?”

"그이는 오라버니와 동갑인데 혼인을 늦게 했사와요. 전 그이가 혼인하기 전부터 연모했고요. 몇 번 오라버니를 졸라서 그이를 제 나들이의 길잡이로 삼은 적이 있는데, 황홀했습니다. 그이는 참말 점잖고 사내답고 몹시 아름답거든요. 그리 몇 해 지내다 그이가 장가든다는 말에 저는 눈앞이 캄캄 했사와요. 그이가 장가든 뒤에 제가 한번 말했어요. 원동궁으로 와 달라고요. 그때 저는 과부된 지 여러 해째였으니까요."

"그 사람이 원동으로 왔더냐?"

"그이가 오기로 한 날, 아니 제가 그이한테 와 달라고 한 날, 김상궁이 제 궁 들보에다 목을 매달았잖아요."

"그때가 그때란 말이냐? 아이고 맙소사. 나무관세음보살!"

"그러니까요. 대체 왜들 스스로 죽는 거지요? 화순 언니는 형부가 병사한 뒤에 장례 치르고 나더니 곡기를 끊기 시작해 열이레 만엔가 죽었잖아요. 어떻게 스스로 굶어 죽어요? 대체 왜요? 어찌 그럴 수가 있어요? 김상궁도 그렇죠. 왜 죽어요? 그리고 죽으면 죽었지 하필 그날 일을 벌일 건 뭐예요. 암튼 그때 이후로 그 사람이 저를 마마귀신 보듯, 맹물에 삶은 조약돌 보듯 하는 것 같아요."

"손 한번이라도 잡아 봤니?"

"두어 번 업혀 본 적이 있으나 손 한번 못 잡아 본 셈이죠. 그래서 제가 분하고요. 전 사실 그이 자식을 낳고 싶었어요."

모궁의 눈이 커지며 입이 벌어진다. 기가 막힌다는 뜻이다. 화완으로서는 내친걸음이다. 무녀를 찾아갔더라도 털어놓고야 말았을 만치 치받친 상태였다. 후겸이 아들로 마땅찮은 큰 이유도 김강하 때문인지도 모른다. 그처럼 단정한 남정과 정인으로 지내고 싶었듯 그처럼 어여쁜 아들을 갖고 싶었는지도.

"왕녀로서 그게 입에 올릴 소리라고 하는 거니?"

"왕녀건 여염아낙이건 과부 팔자는 같지 않습니까? 전 양자를 들였지만 어쨌든 평생 홀로 살아야 합니다. 생전 본 적도 없는 남의 자식을, 그것도 다 큰 아이를 양자로 삼았는데 그건 내 뜻이 아니라 시가 어른들께서 하신 일이죠. 제가 그 아이한테 무슨 정이 있겠어요? 저는 정들여 키울 어린아이를 들이고 싶은 건데, 그럴 바엔 제가 자식을 낳아서 양자인 척 꾸미면 되지 않겠어요?"

"어떻게 그런 괴이한 생각을 할 수 있는지 모르겠다만, 이미 양자를 들였다. 제발 사위스런 소리를 그치려무나."

"하나 들였는데 둘은 못 들이겠사와요?"

"그만하래도!"

"할 말 아니할 말 다 나온 참인데 더 들어주시기 싫다는 말씀이시어요?"

모녀 사이에 침묵의 골이 파인다. 어머니는 부왕께서 사저에 계시던 젊은 시절에 첩실로 들였던 군저君邸의 종이었다. 부왕께서 세제로 책봉되시고 등극하신 뒤 입궁하여 귀인에 봉해졌고 정빈 소생의 효장세자가 죽은 뒤 칠 년 만에 아들을 낳으면서 영빈이 되었다. 부왕께 어머니 영빈은 조강지처와 다름없었다. 당금에 어머니만 부왕 곁에서 지내는 까닭이다.

"어미로서 할 말은 아니다만 네가 자식을 낳는 게 목적이라면 꼭 그 사람이어야 할 필요가 있느냐? 너를 거들떠도 아니 보는 사람 말고 더 쉬운 남정을 찾는 게 낫지 않아?"

"어마마마, 제가 낳고 싶은 자식은 아무나의 자식이 아니라 딱 그 사람 자식이에요. 제가 사모하는 그 사람을 빼닮은 아들이요. 해서 그이한테 내 속을 말하고 내 뜻을 들어 달라 청할 셈이었는데 어그러졌잖아요. 한번 어그러지니 그이하고는 되는 일이 없고 제 마음은 노상 흔들리는지라, 제 집에 있다가 못 견디고 어마마마께 오고, 여기서 못 견디면 제 집으로 가고. 요새 제가 마구 뚫린 창구멍 형세가 되었습니다. 이런 저를 어찌하면 좋을지 몰라서 무녀라도 찾아가 보겠다는 것인데 어마마마께서는 야단만 치시고요."

"이미 어그러진 걸 알면서도 그 사람과 어찌하고 싶은 게냐? 그 사람이 너를 마마귀신 보듯 한다면서?"

"그래서 소녀가 무녀를 찾아가보고 싶은 거예요. 몇 해 전에 그이한테 큰일이 생겨서 그이가 홀아비가 된 모양이에요. 삼 년이 넘었는데 재취도 아니한 것 같고요. 그이나 저나 홀몸이잖아요. 둘이 대놓고 혼인은 못할지라도 그이가 저를 돌아보게 할 방법을 찾고 싶어요. 굿을 하든지 부적을 쓰든지요."

"내가 예전에 소소 무녀한테 듣기로 부적을 함부로 쓰다간 큰 낭패를 보게 된다 하더라. 부적은 지닌 사람의 마음이고 스스로를 일으키고 다잡기 위함이라고. 다른 사람을 내게 당기고자 하는 용도로서의 부적이 힘을 발휘하려면, 당기고 싶은 그 사람과 나 사이에 연분이 있어야 한다고 하더구나. 그 사람과 연분이 없을 때는 아무짝에도 소용없는 것이라고. 무녀 찾아갈 것 없이 어미도 알겠다. 너와 그 사람은 애초에 연분이 없는 게야. 그 사람은 홀아비가 아닐 성싶고 설령 홀아비라 해도 잠시나마 네 숨겨진 남정 노릇이라도 할 것 같지 않다. 그럴 사람이었으면 진작 네게 다녀갔을 테지. 네가 그리 많은 여지를 주었는데도 모른 척했지 않느냐? 그런 사람은 맘에 담지 않는 게 좋아. 미련이 남았더라도 그래, 잘 살아라, 빌어 주면서 밀어내는 게 맞다."

"밀어내기도 어려울 제 잘 살라 빌어 주기까지 하라는 말씀이세요? 제가 관세음보살이나 되는 줄 아시어요?"

"상대가 잘 되길 바라야 내 미련이 버려지고 잊기가 쉽지 않겠니? 어디 네가 어찌 사나 보자 하고 독심을 품으면 마음이 질겨져서 그를 잊지 못하게 된다. 내 마음만 나빠져서 나만 손해를 보는 것이지. 그 사람은 네가 무슨 맘을 가지든 제 살 대로 살 테니까 너만 손해 보는 게 맞지 않니? 그러니 화완아, 정신 차리고 체면도 차리고 다소곳이 살 방도를 찾도록 해라. 네 오라비 앞날에 네가 자그만 걸림돌이라도 되지 않도록 조심하면서. 그게 네 앞날에도 좋아."

"제 앞날에 무슨 바랄 게 있어서 좋고 안 좋고 하겠습니까? 기껏 속에 있는 것들을 다 내보여드렸는데 어마마마께서는 아드님 걱정만 하시옵니까?"

"요새 네 오라비를 폄훼하는 벽보들이 나붙고 갖은 좋잖은 소문이 부중에 떠돈다 하지 않니? 그런 판에 너까지 나서서 네 오라비한테 흠집을 내면 되겠어? 네 오라비가 강건하게 지내야 왕실이 평화롭고 네 앞날도 평탄하겠기에 하는 소리다. 부디 자중하거라."

자중하기도 글렀다. 김제교와 너무 깊이 얽혀 버렸지 않은가. 둬 달 전 참으로 오랜만에, 아니 난생 처음 생생한 남정의 맛을 봤다. 그는 작정하고 다가든 게 아닌가 싶을 만큼 다양한 색정을 격렬하게 벌였다. 어느 결엔가 잠이 들었는데 깨고 나니 그는 나가고 없었다. 이후 그는 다섯 차례 더 다녀갔다. 열흘에 한 번꼴이었다. 그와 만날 때마다 술을 마시고 색정을 나누었다. 그를 기다리지 않으리라 작정하면서 그를 기다렸다. 그를 좋아하지 않으면서도 기다렸다. 김강하를 상상하면서, 김강하를 그리면서도 그를 기다렸다. 한없이 초라해지는 스스로를 느끼면서 갈 데까지 가 보리라, 추락하듯 스스로를 내던졌다. 화완은 이제 더는 내려갈 곳도 없는 바닥에 내팽개쳐져 있었다. 화완을 그리 만든 사람은 물론 화완 자신이며 김제교였다. 소전과 빈궁과 김강하였다.

"햇빛 한 줄기 들지 않는 응달에서 무사안일하게 시들어가야 하는 게 제 앞날의 평탄이라면, 그게 오라버니의 강건함, 어마마마의 평화라 해도 저는 평탄하길 바라지 않습니다."

"네 이미 스물넷이다. 열네 살이 아니란 말이다."

"이미 스물넷이 아니라 이제 겨우 스물넷입니다. 현재의 어마마마만큼 나이 들려도 앞으로 서른 몇 해를 더 살아야 하지요. 저 혼자서요."

"너 속 시원하라고 입에 담지도 못할 말들을 어미가 다 들어주지 않았느냐? 그러면 속을 풀고 맘을 다스려야지 어찌 이래? 대체 어찌 철이 안 드는 게야?"

"철이 드나 안 드나 앞날이 빤한데 철들어 뭘 하옵니까? 저는 그리 살기 싫습니다. 그리 살지 않을 거고요."

"그리 안 살면?"

"그리 살지 않아도 될 방도를 이제부터 눈에 불을 켜고 찾아볼 겁니다. 어마마마께서는 딸자식의 곤궁을 돌보지 못하시니 제 스스로 무녀도 찾아보고 여승도 찾아보면서 방법을 찾을 텝니다. 못난 여식 물러가옵니다, 어마마마."

"게 앉지 못하니?"

"싫나이다."

화완은 모친의 경계를 무시한 채 장락전 큰방을 나선다. 장락전 궁인들이 모녀지간의 얘기를 다 들었는지 고개 숙이는 척하며 불불 뒷걸음친다. 오라버니와 벌인 짓이나 김강하를 연모한다는 것이나 알 만한 사람은 다 아는 터, 새삼 부끄러울 것도 없다. 뜰 가장이의 나무그늘에 흩어져 있던 화완의 시녀들이 우르르 모여들고 가마꾼들이 그늘에 두었던 가마를 들고 온다. 계단을 내려간 화완은 가마 안으로 들어앉기 전에 현상궁한테 이른다.

"원동궁으로 가세."

아직 오전인데 하루가 다 지난 것 같다. 덥다. 가마 안에 들어앉아 후, 한숨을 쉰다. 부친이 왕이고 오라비가 세자면 뭘 하는가. 부왕의 자애와 오라비의 우애가 그쳤다. 모친조차도 아드님을 빙자하여 당신의 안위만 따지신다. 단 하나 맘에 들였던 남정이 딴 세상에 있는 듯이 멀어서 맘에 들이지 못한 자를 몸에 들였다. 몸에 들인 그자를 좋아할 수 있다면 좋으련만 그를 안을수록 나는 추접해지고 머리를 들 때마다 부끄럽다. 부끄러울수록 그가 싫은데도 오직 그 짓을 하고 싶어 기다린다. 무슨 수를 내지 않으면 몇 해 전의 김상궁처럼 대들보에 목을 매달게 될지도 모른다. 그런데 무슨 수가 무슨 수일까. 화완은 가마 창을 발각 제친다.

– 반야 3부 8권에 계속

사신계 강령(四神界 綱領)

凡人은 有同等自由而以己志로 享生底權利라.
모든 인간은 동등하고 자유로우며 스스로의 의지로
자신의 삶을 가꿀 권리가 있다.

誓願語

不問如何境愚 當絕對沈默於四神界 不問如何境遇 當絕對順從於 四神總令.
어떠한 경우에도 사신계에 대해 침묵하고, 어떠한 경우에도 사신총령을 따른다.

만단사(萬旦嗣)

만단사령(萬旦嗣領)

부사령(副嗣領)

麒麟部(令)	鳳凰部(令)	七星部(令)	龜部(令)	龍部(令)
기린부	봉황부	칠성부	거북부	용부
一麒嗣子	一鳳嗣子	一星嗣子	一龜嗣子	一龍嗣子
二麒嗣子	二鳳嗣子	二星嗣子	二龜嗣子	二龍嗣子
三麒嗣子	三鳳嗣子	三星嗣子	三龜嗣子	三龍嗣子
四麒嗣子	四鳳嗣子	四星嗣子	四龜嗣子	四龍嗣子
五麒嗣子	五鳳嗣子	五星嗣子	五龜嗣子	五龍嗣子

만단사 강령(萬旦嗣 綱領)

人自有其願 須活如其相 有權獲其生.
모든 인간은 스스로 간절히 원하는 바 그 모습으로 살아야 하며
그런 삶을 얻을 권리가 있다.

願乎? 有汝在. 去之!
그대 원하는가. 거기 그대가 있느니. 그곳으로 가라.

誓願語

不問如何境愚 當絶對沈默於萬旦嗣. 不問如何境遇 當絶對順從於 萬旦嗣領令.
어떠한 경우에도 만단사에 대해 침묵하고, 어떠한 경우에도 만단사령의 명을 따른다.

반야 7

초판 1쇄 인쇄일 • 2017년 12월 10일
초판 1쇄 발행일 • 2017년 12월 15일

지은이 • 송은일
펴낸이 • 임성규
펴낸곳 • 문이당

등록 • 1988. 11. 5. 제 1-832호
주소 • 서울시 성북구 동소문로 65-2 삼송빌딩 5층
전화 • 928-8741~3(영) 927-4990~2(편)
팩스 • 925-5406

전자우편 munidang88@naver.com

ISBN 978-89-7456-505-3 04810
978-89-7456-509-1 04810 (전10권)

값은 뒤표지에 표시되어 있습니다.